Les Peyrie

Du même auteur

Le Secret de la Villa Marianne, De Borée roman, 2009.
Charlotte Corday, biographie, France Empire, 2005, 2008.
Ninon de Lenclos, biographie, France Empire, 2002, 2007.
Marie-Adélaïde de Savoie, biographie, Les 3 Orangers, 2000, 2008.
Madame de Pompadour, biographie, Les 3 Orangers, 1999, 2008.
Madame Élisabeth, biographie, Les 3 Orangers, 1997, 2006.
La Duchesse du Maine, biographie, L'Encre, 1995, épuisé.

Imprimé en France en août 2010
Dépôt légal : septembre 2010
ISBN : 978-2-8129-0190-4
ISSN : 1769-1788

MARTIAL DEBRIFFE

LES PEYRIE

De Borée

À ma sœur Cécile.
À mon frère Vincent.
En témoignage de ma profonde affection.

La France tient à l'Alsace
et les Alsaciens tiennent à la France.

Hitler, le 6 octobre 1939.

I

La vie parisienne

« Vous voilà chez vous », lance la propriétaire de l'appartement en ouvrant les volets.

Jules Peyrie grimace un sourire de remerciement, tandis que ses yeux parcourent les murs aux larges taches de graisse, le sol usé, les meubles en bois rustique piqués par les vers : tout ici lui paraît laid, branlant, incommode. Sans rêver d'un palais, il avait imaginé un logement plus convenable pour le prix. Mais Paris, ce n'est pas Bergerac. Voilà deux ans que la ville sort à peine de la crise de 1936 ; la plupart des fonctionnaires de passage logent chez l'habitant. Son regard rencontre celui de son ami Clément Chabory qui lui a obtenu ce deux pièces grâce à une de ses relations. La fatigue des examens et la fin de la thèse de médecine ont mal préparé Jules à la déception.

« J'aurais voulu te proposer un toit plus décent, vieux, mais je n'ai pas mieux, lance Clément.

– Je n'ai rien dit…

– Non, mais tu as du mal à cacher…

– Ça fait cinq cents francs pour le mois en cours, coupe la dame et il faudra me verser un loyer d'avance.

– D'accord », marmonne Jules en tirant son portefeuille de sa poche.

Un malaise s'empare de lui. Des infiltrations noirâtres comblent les interstices du plancher imbibé par l'humidité. Sans doute proviennent-elles de la poissonnerie du rez-de-chaussée ? Une odeur de marée imprègne l'air jusque dans sa pièce principale.

« Crois-tu que tu pourras t'y faire ? demande Clément.

– Mais oui. C'est une question d'habitude. Après tout, je préfère ça à la chambre de l'université.

– Tu as raison. Aucune comparaison. Allez, on te laisse. À plus tard. »

Rapidement, Jules décide d'aller chercher ses affaires à la cité et de rendre les clefs à la concierge. Dans les couloirs et les allées de la Fondation, il rencontre quelques étudiants qui n'ont pas les moyens de retourner chez eux. Ils discutent sur la pelouse et tentent de profiter du soleil. Jules se rappelle avec quelle morosité il repartait chaque été chez son père à Saint-Cyprien, à vingt kilomètres de Sarlat. Heureusement, son cursus est terminé. Il est libre. Dans l'ensemble, les épreuves se sont déroulées sans encombre. Sauf en droit. Matière négligée durant toute l'année. Quand l'examinateur lui a posé la première question, il a répondu : « Ce qu'on ne sait pas, c'est là ce dont on aurait besoin et ce que l'on sait on n'en a que faire… » Comme le professeur le regardait d'un œil passablement étonné, il a rajouté : « C'est de Goethe, monsieur. » Et il a eu une deuxième chance.

Jules ne peut partir en vacances avant le mois de septembre. Il doit continuer son service à l'hôpital en tant qu'interne. C'est la première fois qu'il se retrouve seul un été complet. À peine rentré dans son appartement de la rue Sanson, il déballe son sac, fait le lit, s'apprête à cuisiner un bouillon gras avec une viande. On sonne à la porte :

« Ah ! mon vieux, quelle aubaine. Je viens habiter avec toi, annonce triomphalement Clément.

– Quoi ?

– Tu as bien entendu.

– Mais pourquoi ?

– Je m'apprêtais à repartir à Vichy. Mais je viens de recevoir un télégramme. Regarde. »

Ordre de rester à Paris et d'étudier suffisamment pour être reçu en octobre, lit Jules.

« Évidemment, j'ai essayé de discuter au téléphone. Mais le paternel est formel.

– Et tes affaires ?

– Dans la voiture. »

Jules jette un regard en bas de l'immeuble. Dans le cabriolet, il aperçoit plusieurs valises et un phonographe portatif.

« Tu as oublié tes clubs de golf ! plaisante le médecin.

– Très drôle !

– Tu sais que je travaille à l'hôpital.

– Je ne te dérangerai pas. De toute façon, je dois étudier et réussir. Pas question de quitter Paris. Les mensualités du père, c'est du fixe ! »

Quelque peu agacé, Jules se remet à la cuisine. En levant les yeux, il voit son ami ajuster sa cravate. Qui espère-t-il séduire ce soir ?

« Ce qui m'étonne, rajoute Clément, c'est que je me sois fait coller en chimie, en physique et en physiologie : le grand jeu.

– Tu l'as peut-être mérité.

– Arrête de dire des bêtises. On va dîner dehors ?

– Je n'ai pas tes moyens.

– Ne soit pas ringard. Je t'invite. »

Quelques minutes plus tard, les deux hommes se retrouvent à la terrasse du *Privilège* et restent un moment à regarder le mouvement du boulevard. Clément ne peut s'empêcher d'observer les passantes avec intérêt.

« Pas formidables, ce soir. C'est déprimant. Au fond, ça tombe bien. J'ai décidé de me calmer ! » s'exclame-t-il en bâillant.

Profitant de ces bonnes résolutions, Jules propose à son ami de l'accompagner à l'hôpital dès le lendemain.

« Je ne vais jamais à l'hosto pendant l'année, ce n'est pas pour y courir pendant les vacances.

– Tu ne vas pas rester toute la journée au lit ?

– Si, pourquoi ?

– Et tes études ?

– Justement, je m'y consacre.

– Dans ta chambre ?

– Tu as vraiment la mentalité d'un besogneux. Tu ne voudrais tout de même pas devenir médecin de campagne ?

– Pourquoi pas, ce n'est pas une honte.

– Libre à toi de grimper des étages jusqu'à devenir cardiaque et de tourner en rond pendant quarante ans sur les mêmes chemins de cambrousse. Il faut être fou… »

Clément n'est malheureusement pas le seul à dénigrer la médecine rurale. La plupart des internes arrivent mal à cacher leur ambition. Jules les sent préoccupés par leur future installation et leur condition sociale. Finalement, avec ses carnets de chèques, ses multiples conquêtes, Clément est un étudiant parmi tant d'autres.

Après une longue journée de travail, le jeune docteur rentre vers 7 heures. Ce soir, il est épuisé. Deux insuffisances respiratoires et un accouchement difficile. Clément est avachi sur l'unique fauteuil de l'appartement et laisse son ami s'asseoir sur une chaise. À peine Jules reprend-il quelques forces que son colocataire s'exclame :

« Mon vieux, il faut absolument que tu me rendes un service ! Je viens de rencontrer une Allemande ma-gni-fique. Tout à fait mon type de femme. Seulement, elle a une copine et ne veut pas la laisser tomber.

– Clément, je suis crevé. Tu ne peux pas remettre ton histoire à demain ?

– Non. J'ai rendez-vous et je ne peux pas les traîner toutes les deux avec moi.

– Que veux-tu que j'y fasse ?

– Il faut absolument que tu en prennes une.

– Il n'en est pas question.

– J'ai sorti ma voiture. On va faire un tour à Pigalle, puis on ira voir le clair de lune sur la Butte.

– Mais…

– C'est elle qui me l'a demandé, tu penses bien.

– Et alors, je…

– Les Allemandes… Toujours sérieuses dans leur programme… Et puis toi, tu parles presque couramment.

– Mais non !

– 18 à l'examen, j'ai vu ton relevé de notes, répond Clément en tapant sur l'épaule de son ami.

– J'ai du travail.

– Ah ! Pas d'histoires. Pour une soirée…

– Je t'assure, ça ne me dit strictement rien de sortir avec une fille que je n'ai jamais vue.

– Tu te méfies ? Tu as peur que la mienne soit plus jolie. Tranquillise-toi.

– Écoute.

– Une femme qui désire, c'est sacré : il faut absolument la contenter.

– Mais je n'ai pas envie de…

– Tu lui parleras d'abord de littérature… Schiller… Goethe. Le reste suivra. »

Jules cherche une échappatoire, frotte les bords élimés de ses manches.

« Je ne peux pas sortir comme ça. Tu aurais l'air de promener ton valet de chambre.

– Si c'est tout ce qui t'arrête, je te prête des habits. Viens. »

Clément allume son cigarillo, pousse le jeune médecin dans sa chambre, choisit dans la penderie un costume de flanelle, une chemise, une cravate. Sans réel enthousiasme, Jules enfile sa nouvelle tenue.

« Eh bien, dit l'étudiant en crachant une volute épaisse, il faut y aller. »

Installées à la terrasse du *Privilège*, les deux Allemandes saluent l'arrivée du cabriolet. Jules ne peut se tromper sur celle qui lui est réservée : une fille mince, sans éclat, aux cheveux blonds cendrés, presque blancs et au visage pâle.

Après une rapide présentation, Ursula s'installe près de Clément, Eva grimpe à l'arrière aux côtés du Périgourdin. La voiture démarre.

À l'avant, le jeune homme mélange français, anglais, lâche par intermittence le volant pour poser sa main sur la cuisse de sa voisine. Jules, quant à lui, se tasse dans un coin. Il faut une dizaine de minutes pour rejoindre Pigalle. Clément arrête l'automobile sur le boulevard à la hauteur du *Paso-doble*, un des dancings les plus réputés de la capitale. La salle est pleine. L'étudiant parlemente avec le portier qui finit par conduire le groupe jusqu'à la seule table disponible, la dernière. Bloqués, coincés, imbriqués les uns dans les autres, les danseurs tournent sur place. Sans même s'asseoir pour ne pas perdre de temps, Clément entraîne Ursula. Des ventilateurs brassent au plafond des nuages de fumée. Jules reste un instant debout pour mieux regarder ce spectacle, puis, étourdi par le vacarme et la lumière, il s'assoit. Que ne donnerait-il pas pour rejoindre sa chambre silencieuse et sa lampe de chevet ! Timidement, il demande à Eva si elle sait danser.

« Très mal ! »

« Tant mieux, pense Jules. Ça me dispensera de l'inviter. »

En attendant patiemment le retour des autres, il tire sur sa paille un liquide d'apparence savonneuse commandé d'autorité par Clément. Le médecin aspire rapidement le filet glacé tout en cherchant un sujet de conversation qui le sauverait de l'embarras dans lequel il est plongé.

« Ce n'est pas mauvais ! s'exclame-t-il.

– Non », répond-elle.

Jules se sent gauche. Le traître breuvage commence à rougir ses pommettes et à faire luire ses yeux. De temps en temps, il sourit à sa voisine. Est-ce l'euphorie de l'alcool qui rend désormais l'attente supportable ? Quelques minutes plus tard, Clément, en sueur, revient en compagnie d'Ursula.

« On change de crémerie. On va boire une bouteille de champagne au Louvre.

– Pourquoi ? s'étonne Jules. Je m'habituais. On n'est pas mal ici.

– Peut-être. Mais il y a des traditions à respecter. »

Clément se rapproche de son ami et lui chuchote à l'oreille :

« Commencer par un bastringue à Pigalle pour la mise en bouche, passer au Louvre dans une boîte chic pour créer l'ambiance et finir au lit. C'est un dosage classique, le procédé infaillible et le circuit inévitable.

– Je n'ai aucune envie de bouger, continue à voix basse le jeune médecin. Et puis ça me gêne de te laisser toujours payer. Je n'ai pas d'argent sur moi.

– Ne t'occupe pas et rapplique. »

Le groupe s'installe dans le cabriolet qui démarre brusquement. Le genou de Jules touche celui d'Eva. Un soir, Clément lui a expliqué :

« Si tu fais sans le vouloir du pied à une femme, tu seras bien plus poli si tu ne t'excuses pas. »

À ce souvenir, le docteur sourit et retire sa jambe. L'automobile roule à vive allure à travers les avenues presque vides. Jules met sa tête en arrière. Les immeubles défilent. La vitesse, la caresse du vent tiède sur son visage et une douce ivresse lui procurent une sensation encore inconnue.

Clément arrête bientôt sa voiture dans une rue en pente. Un homme accourt pour ouvrir les portières et escorte les clients jusqu'à un baldaquin de velours rouge et bleu, torsadé de soie, surmontant un vestibule illuminé de cristal de Murano. Un placier les prend en charge. Au moment d'entrer, Jules aperçoit sa silhouette dans la glace. Il ne se reconnaît pas dans ce costume emprunté. Il se trouve presque beau avec ses cheveux noirs gominés, son grain de beauté sur la joue droite, ses yeux en amande et ses lèvres épaisses… Plus élégant encore que Clément qui emboîte le pas au maître d'hôtel. Rapidement, Jules pénètre dans une salle aux murs d'or surchargés de décorations où les couples dansent au son d'une musique douce. Le serveur déplace une table pour installer le groupe sur une banquette profonde et molle comme un divan de garçonnière et apporte un magnum de champagne. Clément regarde l'étiquette en fronçant les sourcils, demande la carte, la parcourt d'un œil expert et commande une bouteille de Mumm. Jules a le temps d'en voir le prix et se retourne vers son ami avec effarement.

« Toujours la règle du jeu, vieux, chuchote l'étudiant. Quand on sort avec une femme, même la plus avenante, il faut mettre le paquet. L'argent facilite les affaires de cœur, crois-moi. »

Puis il se lève en entraînant Ursula sur les pistes. Jules reste près d'Eva. Il contemple cet établissement somptueux, les robes du soir, les smokings. Des hommes en livrée se déplacent à pas feutrés, parlent d'une voix retenue, veillent à ramasser le moindre déchet. Brusquement, il se sent heureux d'être là avec sa future conquête, sagement assise auprès de lui comme une voisine sympathique rencontrée au hasard d'un voyage ou d'une croisière…

Clément revient presque aussitôt et secoue le jeune médecin.

« Fais un petit effort, essaie quatre pas de danse. Elle en meurt d'envie. Choisis le prochain tango. Tu ne risques pas grand-chose, on est dans la pénombre. Tiens, en voilà un, vas-y. »

Clément a raison. L'obscurité de la piste est rassurante. Au bout de quelques tours sans faux pas, Jules se sent décontracté. Jusque-là, il était trop occupé à diriger l'Allemande pour penser à autre chose. Maintenant, il perçoit la peau laiteuse du visage de la jeune femme, ses longs cils qui mettent en valeur ses yeux gris. Bientôt, le morceau s'achève et le couple regagne la table à regret. Pour fêter cet exploit, Clément fait ouvrir une autre bouteille. Jules se laisse aller sur la banquette, plus courbaturé qu'après un violent exercice sans entraînement. Il se sert une coupe, puis deux. Le vin de Champagne, ajouté au cocktail de Pigalle, le détend. Sa tête devient plus légère. En somme, danser n'est pas plus difficile que de jouer aux billes. Le médecin étend ses jambes, regarde intensément le reflet des lumières et l'argenterie, la parade des cavaliers, les belles femmes qui laissent deviner le haut des jambes à travers la finesse du tissu de leur robe. Clément a raison de jouir intensément de la vie. Pour finir de s'en persuader, Jules boit une autre coupe.

Eva porte une tenue de soie légère qui moule sa poitrine. Le médecin suit des yeux le contour des hanches. Peu à peu, c'est le corps qu'il devine sous la robe. Il s'oblige à fixer la salle et pourtant sa main touche le genou de la jeune femme. Il a l'impression de s'être dédoublé et de regarder faire un autre. Il ferme les yeux. Cette vie de plaisir est douce, légère… Comme la chair d'Eva sous un morceau de tissu. C'est peu de chose cette innocente caresse. Dans ce geste furtif, il sent pourtant sa gorge se dessécher, son cœur s'affoler, ses jambes mollir. La tornade du désir prend tous ses sens.

« Tu t'endors près des dames, petit mufle ? dit Clément en le secouant. Ursula est à point. On s'en va. Je te ramène à tes chères études et à ton dodo. »

Jules a quelques difficultés à se lever, cogne l'angle de la table, renverse un verre.

« Marche droit au moins jusqu'à la porte. Après, je te conduirai », ajoute le séducteur en tenant son ami par le bras.

La nuit est encore lourde. Les paupières fermées, Jules sent le vent tiède contre son visage. Il pourrait rester là des heures. Un brutal tournant projette Eva contre lui. Elle y reste, cale son flanc, son épaule. Le jeune médecin entend tout près de son oreille le souffle chaud qui double le sien. Elle lève légèrement la tête pour le regarder. Il fixe la bouche humide qui s'offre à lui et voit clairement dans les yeux de l'Allemande le langage muet d'une supplication voluptueuse. Les avenues sont vides. La voiture roule vite. Au trois quarts affalés sur la banquette arrière, ils passent aux yeux des rares passants pour des promeneurs bien occupés. Finalement, Clément disait vrai : ces filles à l'air chaste sont bien expérimentées ! Le garage se trouve dans une impasse, près du parc qui longe la cité universitaire. Le portail est fermé. Jules et les deux filles descendent péniblement de la Bugatti tandis que Clément essaie de tirer le veilleur d'un profond sommeil. Jules doit se caler contre un mur tant l'alcool le possède encore. Eva pose contre son épaule un visage pâle. À bout de résistance, il s'écarte et bredouille :

« Excuse-moi… Il faut que je parte.

– Quoi ?... Déjà !

– Oui, oui…

– Tu es malade ?

– Non.

– On se voit demain ?

– Sans faute, promis. »

Puis il se met à courir comme pour fuir une situation qui l'oppresse. Quand il arrive à l'appartement, une violente toux lui lève le cœur et un jet de vomissure lui emplit la bouche. Il court aux toilettes avec un sentiment de culpabilité. Le prix de l'excès. Il a honte de lui-même. Il a mal au ventre. Furtivement, il rencontre son visage dans la glace. La fatigue et l'alcool ont détendu ses muscles et ramolli ses joues. Seul le repos pourra venir à bout de ces désagréables symptômes. Dans cette pièce lugubre, il regrette la campagne, le soleil, les promenades de soir d'été, l'odeur du fumier. D'un bout à l'autre de la soirée, il n'a pas été lui-même. Comment aurait-il pu croire qu'un jour il aurait réagi ainsi ? Où a-t-il eu la tête ?

Tout à coup, la porte d'entrée s'ouvre sur Clément et Ursula. Eva est visiblement rentrée chez elle.

« Vous êtes mal installés ici... Vous manquez d'air. Nous, nous avons une chambre claire, très agréable. Quand nous partirons à la fin de l'été, je peux en parler à la propriétaire, dit l'Allemande dans sa langue maternelle.

– Surtout pas, proteste Jules. Je veux rester ici, je ne suis pas loin de l'hôpital.

– Qu'est-ce qu'elle dit ? demande Clément.

– T'occupe, répond le médecin.

– Tu es quelqu'un de sérieux Jules, observe-t-elle. Je te félicite. »

Elle le regarde droit dans les yeux comme si elle voulait remercier le locataire principal de l'accueillir contre son gré. Cette gratitude la rend jolie, malgré la fatigue, les petites rides sur le côté des paupières et son teint fané.

« Eh vieux ! On va te laisser, lance Clément. On a autre chose à faire. Et qu'on ne nous dérange sous aucun prétexte. »

Tout le monde se couche. Jules ferme les yeux. Mais les bruits étouffés de jouissance qui lui parviennent à l'oreille l'oppressent. Au point qu'il n'ose plus bouger la tête sur l'oreiller. Un ultime cri conclut les ébats et plonge l'appartement dans le silence. Jamais Jules n'a eu à subir pareille situation, même dans la promiscuité des chambres universitaires. Son quotidien serait-il désormais une succession de bacchanales ininterrompues avec Clément ? Que pouvait-il envisager d'autre comme schéma de vie ? Toute la journée, l'étudiant raté ose toucher ses vêtements, ses livres et cette curiosité agace profondément Jules. Il regarde la montre. 6 heures et demie. Demain, il devra mettre les choses au point avec son colocataire, établir des règles de vie saines. Le médecin n'est pas fait pour le monde interlope de la nuit. Il tourne la tête vers la lucarne de sa chambre. Un orage a éclaté. La pluie coule sur les carreaux. Il change de côté, cherche le souffle régulier du sommeil. Ne plus penser à rien. Dormir. Enfin, il s'assoupit, la bouche ouverte, persuadé qu'un jour Clément le remerciera de ses remontrances.

À 9 heures, la sonnette retentit. Jules ne sait si ce bruit insolite vient de la porte d'entrée ou de son rêve. Un deuxième coup plus insistant le ramène à la réalité. Les yeux encore gonflés, il enfile un peignoir et ouvre le battant.

« Monsieur Peyrie ?

– Oui, c'est moi.

– Nous avons eu bien du mal à vous trouver, lance un homme de haute taille, bedonnant, trapu. Il faut déclarer votre changement d'adresse à la poste de votre quartier.

– Mais de quoi s'agit-il ?

– Un télégramme ! Vous auriez pu l'avoir hier si vous aviez fait le nécessaire, continue-t-il en tendant le papier. Signez là !

– Merci.

– Remerciez l'université de nous avoir communiqué vos coordonnées.

– Je n'y manquerai pas.

– Ah ! ces jeunes », conclut le postier en lui tournant le dos.

L'air anxieux, Jules referme le battant. Il décachette l'enveloppe et lit lentement.

Nous vous annonçons avec regret le décès de votre père. L'enterrement aura lieu vendredi. Merci de vous présenter à l'étude de maître Foutrac à Saint-Cyprien. Avec toutes nos condoléances.

« Mais qu'est-ce qui se passe ici ? » lance Clément accompagné d'Ursula, hirsute.

Incapable de prononcer un mot, le médecin tend le papier à son ami.

« Oh ! Mon Dieu ! »

Clément s'approche de Jules, le prend dans ses bras et l'embrasse.

« Je suis là. »

Jules ne répond pas, laisse choir sa tête en arrière. Ses genoux le lâchent.

« Il va tomber ! crie l'étudiant en se retournant vers Ursula. Une chaise. »

L'Allemande reste interloquée.

« Une chaise ! Elle ne comprend rien celle-là. »

Enfin assis, Jules est secoué par des sanglots convulsifs.

« Pleure mon gars, ça te fera du bien, dit Clément.

– Laisse-moi seul.

– Non, je vais t'aider. »

Jules prend son visage dans ses mains.

« Allez-vous-en.

– Mais…

– Allez-vous-en ! » hurle-t-il en se redressant.

Malgré tout son flegme, Clément accuse le coup. Il reste quelques secondes sans parler, à regarder fixement son ami. Puis son courage faiblit :

« Comme tu veux, mon vieux. Si tu as besoin de moi, je suis à la cité universitaire.

– D'accord.

– Pas de blague au moins, hein, continue-t-il, inquiet de voir sur le visage de Jules les traits de la souffrance.

– Sois tranquille. »

Les deux tourtereaux quittent l'appartement, descendent dans la rue, tous deux glacés par la triste nouvelle, la fatigue et la fraîcheur de l'orage. Jules, quant à lui, reste un long moment derrière la fenêtre à écouter la douloureuse plainte du vent.

II

L'héritage

ENCORE QUATRE MINUTES. Le train va partir. Jusque-là, Clément et les deux Allemandes sont restés silencieux sur le quai. Un employé avec une casquette passe pour fermer les portières. Jules remonte dans la voiture. Une famille essoufflée et un porteur chargé de bagages envahissent le compartiment où le médecin a réservé sa place.

Par la fenêtre baissée, le jeune homme sourit avec difficulté. Des gens le bousculent dans le couloir et passent leur tête à côté de la sienne. Clément et Jules se regardent dans un mutisme sans espoir. En fait, ils sont partagés entre le refus de l'adversité et la nécessité de comprendre qu'entre eux, dans un bref instant, il ne restera plus qu'un vague souvenir.

« Tu as de quoi lire, vieux ?

– Non, mais ce n'est pas bien grave.

– Attends, je reviens. »

Quelques instants passent. Jules guette le retour de son ami. Enfin, ce dernier réapparaît un paquet de revues sous le bras. Il avance difficilement tant la foule est compacte. Tout en marchant, il jette un coup d'œil sur le journal. Arrivé devant la porte, il ferme l'hebdomadaire, le tend à Jules.

« Pas fameuses les nouvelles ! Ils rappellent six cent mille réservistes sous les drapeaux à la fin du mois de septembre. C'est bientôt pour nous ! » dit-il d'un air complètement détaché.

Sans doute l'étudiant attend-il le moment où le train va commencer à rouler pour oublier l'inévitable guerre qui se profile et pour s'amuser avec les filles. Gagné par l'émotion, le docteur considère l'indifférence de Clément. L'annonce du départ pour Bergerac précède le coup de sifflet de la locomotive. Un mouvement général de mains s'agite de gauche à droite aux fenêtres tandis que le convoi prend de la vitesse en s'ébranlant le long d'une courbe.

« Hier, on a eu un cours sur Nietzsche, lance une jeune brune à son père juste assis en face de Jules dans le compartiment.

– Tu connais sa plus belle phrase, dit l'homme : "Des chattes, voilà ce que sont toujours les femmes. Des chattes et des oiseaux. Ou, quand cela va bien, des vaches."

– Je ne trouve pas ça drôle, conteste-t-elle en se levant. J'ai la migraine. Je vais me détendre dans le couloir.

– Tu ne manges pas ? demande la mère d'un air désolé. La nuit sera longue...

– Non, merci. Plus tard. »

Le médecin regarde la fille qui gagne la porte d'un pas pressé, droite dans sa robe de lainage bleu pâle. Elle passe le battant et disparaît. Cette dispute de famille replonge Jules dans son passé. Lui aussi a vécu les allusions misogynes de son père, la violence et les excès. Durant toute son enfance, il a été le témoin de la soumission de sa mère, Adèle. Au début, il feignait de la croire heureuse. Et puis, à chaque discorde, il jouait au confident, au conseiller. Il se souvient d'elle, assise au bord du lit.

« Le seul fait que tu hésites à le quitter le conforte et le rend plus fort. Il sent que tu as peur du regard extérieur, lui disait-il.

– Lorsqu'on a un fils, on a des responsabilités. »

Elle avait lâché ces mots insensés qui étaient tombés sur les épaules de Jules comme le pied d'un homme sur un insecte. Sans le vouloir, elle avait culpabilisé un enfant pour toute une vie.

Il l'imagine encore dans l'épicerie familiale encombrée de cageots ou dans la chambre à écouter avec angoisse des refrains de chansonnettes. Il pense à elle avec une intensité qui lui grippe la gorge. Elle est partie un beau jour de printemps d'une « mauvaise chute dans l'escalier », pour reprendre les termes du médecin qui a signé le certificat d'inhumation. Mais Jules sait qu'Adèle n'a pas dégringolé par hasard. Pourquoi n'était-il pas intervenu ? Une déclaration à la police. Un dépôt de plainte contre son père. Le jeune homme se replie avec rage sur sa culpabilité. Son visage brûle et le sang bourdonne dans ses oreilles. Mais il n'arrive pas à pleurer. Sans doute n'est-il pas prêt pour ça. Les yeux secs dans le vague, il revoit Adèle qui s'active à éplucher des pommes de terre dans un plat rond. Pourquoi cette image nostalgique ? Il ne peut la chasser. C'est si agréable et si triste de se représenter cette main épaisse coupant le tubercule. Une odeur de fécule lui monte aux narines. Une odeur de maman. Dieu que la vie est injuste ! Puis, sa mémoire lui impose la photo d'une agonisante sur la première marche, les cheveux décoiffés, la jupe remontée, les bras pendants, la face marbrée de plaques déjà anciennes. Elle avait lutté une ultime fois contre l'adversaire.

Déjà, Jules s'exhorte au calme. Même mort, son père devra lui payer la facture. Des pas se rapprochent dans le couloir. Le dos droit, le viage impassible, la fille se rassoit. Le docteur la fixe, le regard dans le vide, une revue ouverte sur ses genoux.

La locomotive traîne en haletant. Il est 10 h 30 du matin. Après une nuit inconfortable, Jules se dégourdit les jambes. Cette terre féconde du Périgord où s'affrontent gorges schisteuses et dépressions débouche sur de vertes vallées. Ce spectacle grandiose console le médecin de son retour…

Le train emprunte maintenant le pont qui surplombe la capricieuse Dordogne. Née au puy de Sancy, la rivière sort des flancs de l'Auvergne et enlace les villages de la région dans des boucles amoureuses. Entourés de leurs forêts sombres, les châteaux se succèdent pour rappeler à Jules qu'il pénètre dans un pays où circulent légendes et maléfices. Enfin, pour finir d'achever le contraste, le convoi longe de curieux bourgs qui respirent la simplicité et la quiétude. C'est dans un de ces lieux que le docteur a grandi, nourri par une saine alimentation achetée au marché. Jadis, il accompagnait Adèle qui s'approvisionnait en produits de saison ramassés la veille, en œufs frais au jaune puissant, en aulx, fromages de chèvre et en légumes. Une odeur de petits pois nouveaux et de laitue cuite avec un savoureux rôti de porc chatouille les narines du jeune homme… Toute son enfance réapparaît à ses yeux comme plusieurs pages d'un livre de cuisine. Les marrons dont la peau épaisse noircit dans une poêle à trous, les cèpes et les girolles qui embaument la maison, les noix fraîches dont sa mère tirait une huile qui parfumait les salades et les haricots blancs mijotés avec des tomates et des petits lardons…

Quelques minutes plus tard, Jules descend sur les quais de la gare de Bergerac, sa valise à la main. Au sortir de la voiture, il cherche l'autocar de Sarlat qu'un employé au nez couperosé lui indique vaguement, sans retirer les mains de ses poches.

À la place du car, un troupeau de salers s'arrête, encadré par deux robustes gaillards à la moustache tombante. On dirait qu'ils descendent tout droit de leur village pour assister à une fête folklorique. Un chien ramène une vache retardataire en lui mordillant les jarrets. Stimulées par les jurons, les bêtes s'avancent à pas lents vers la gare de marchandises. Le véhicule se positionne. Les paysans qui attendent sagement sur le trottoir se dirigent vers les portières et s'installent dans un remue-ménage de paniers remplis de volailles. À peine Jules est-il assis que son voisin, un homme à blouse noire, ouvre sa musette pour en retirer un gros morceau de pain et du jambon gras qu'il engloutit entre deux gorgées de vin rouge.

Dès la sortie de la ville, la route sillonne une campagne vallonnée, parsemée çà et là de propriétés, villégiatures d'été pour riches Parisiens.

Le véhicule suit à mi-pente une vallée large et profonde, pénètre par endroits dans la grisaille d'un énorme rocher vertical. Les villages s'espacent. À chaque arrêt, Jules devine les gens tassés dans les maisons basses aux volets clos. Il aimerait goûter son retour. Trop de mauvais souvenirs. Après la mort d'Adèle, son père et lui se sont évités. Il régnait entre eux une mauvaise entente, une méfiance réciproque. Ils étaient comme deux étrangers qui surveillaient leurs propos par crainte d'un éclat. Oh ! Les amis ont bien tenté de mettre un lien dans leur rapport, en les invitant, en essayant de les distraire. Mais Jules souffrait de cette comédie. Il savait également que son père voulait qu'il s'installât ailleurs. Alors Jules a gagné Paris et s'est lancé dans les études.

Aujourd'hui, il a beau condamner la conduite paternelle, il n'en éprouve pas moins un sentiment filial. En tout cas, il veut le croire pour se rassurer. Pour se sentir mieux. Pourtant, Jules est certain que la seule vue du vieillard sur son lit de mort le révulsera. Il a l'impression de s'enfoncer dans un pays rude et désolé. Au bout du monde. Le voisin au casse-croûte descend. Une grosse paysanne rougeaude le remplace. Elle installe des cageots sous les pieds du docteur. Au bout d'un court moment, elle pousse des soupirs, s'éponge le front. Brusquement, elle a un hoquet, se penche et, après avoir écarté soigneusement sa jupe, vomit son petit déjeuner entre ses jambes. Les voyageurs s'apitoient dans un patois rocailleux. Quelqu'un sort d'un mouchoir à carreaux un flacon d'eau-de-vie bouché par un morceau de liège et offre un sucre imbibé de goutte. Ce traitement paraît efficace.

Assis jusque-là près de la fenêtre entrebâillée, Jules profite d'un mince filet d'air frais qui l'aide à supporter l'odeur ambiante, mêlée aux relents du gazole et de l'huile chaude. Brusquement, la côte devient rude. Le moteur l'attaque dans un bruit effroyable. La voisine de Jules recommence à s'éventer en gémissant. Elle se penche vers lui pour murmurer dans un souffle bileux :

« Heureusement qu'on arrive à Saint-Cyprien. Voilà que ça me reprend. »

Dans un dernier effort hoquetant, l'autocar tourne à droite. Puis, il suit une rue étroite et plus sombre, jusqu'à la place des Oies. Jules descend. La devise de Saint-Cyprien lui revient à l'esprit. Cet ermite installé en 620 dans les grottes de Fages surplombant le village disait souvent : *« Quid sucitabit telum ? »* Ce qui signifie littéralement : « Qui osera tirer un trait ? » Jules voit là un signe divin d'encouragement. L'épicerie familiale se trouve juste derrière le clocher, donjon du XIIe siècle. Et autour, un paysage, non ! Plutôt une mosaïque éclairée d'un ciel dont l'éclat irise les rangs serrés des maisons grisâtres tout en magnifiant le rouge éclatant des fleurs plantées çà et là.

Enfin parvenu devant la devanture tout en bois du magasin, Jules entre sa clef dans la serrure. Mais la porte s'ouvre de l'intérieur.

« Bonjour ! s'exclame une vieille dame, les cheveux attachés en chignon au-dessus d'un visage ovale, strié de rides. Vous devez être Jules.

– Oui.

– Entrez vite. Venez vous désaltérer. Après un tel voyage... »

Le docteur respire l'odeur familière de la maison, observe son interlocutrice à la dérobée. Elle a croisé un châle crème sur sa robe noire. On dirait une carmélite en visite dans la vie civile.

« Quel malheur ! gémit-elle. Un si gentil compagnon. »

Tous deux restent immobiles, sans prononcer un mot. Un chien aboie dehors. Un autre lui répond. Puis c'est le silence. Jules détourne le regard. Inutile de lutter contre lui-même. Tout ce qu'il veut oublier lui remonte en mémoire, dans une bouffée de chaleur. Des scènes se présentent à ses yeux comme des extraits de films muets : ses retours de parties de pêche, la destruction des essaims de guêpes nichés sur les arbres, la chasse aux papillons, aux têtards et même son départ quelques semaines après la mort d'Adèle. Mûri par les difficultés d'une vie étudiante, il est devenu plus renfermé, plus pondéré. Sans doute, la femme conçoit-elle ce présent mutisme comme une profonde tristesse. Elle hésite et reprend d'une voix étouffée.

« Venez. »

Elle traverse la salle à manger. Il lui emboîte le pas. Tout à coup, Jules se retrouve devant son père, couché sur le dos, le nez pointé vers le plafond, les pommettes saillantes, les paupières closes, la bouche fermée.

« De quoi est-il mort ? demande Jules.

– Une crise cardiaque. »

Le médecin se penche sur le corps. Les prunelles écarquillées, il attend la montée d'un chagrin convenable. En vain. À côté de lui, la femme a enlevé son foulard et renifle comme si elle avait perdu son mari. De chaudes larmes coulent sur son visage ovale. « Encore un peu et elle serait capable d'entonner les lamentations de pleureuse de village », pense-t-il, déjà gêné à l'idée qu'elle s'agenouille près du lit.

« Comment est-ce arrivé ? interroge Jules.

– Il était presque 8 heures. On avait fermé le magasin depuis quelque temps. Il était en train de couper le bout des haricots, bien tranquillement… Moi j'étais à ma machine à coudre… Tout à coup, il a dit : "La fenêtre… Ouvre la fenêtre…" Le temps que je me mette debout, et le voilà qui tombe sur la table. Je me précipite. Je le soulève. Il est lourd, vous savez… Il ne soufflait plus. Immédiatement, je suis descendue chez le docteur. Heureusement, il était là… Il est venu… Mais c'était déjà fini… Ah ! Quel malheur !… »

Jules la dévisage. Puis, il s'entend demander.

« Vous êtes couturière à domicile ?

– Non… Je m'appelle Christiane Besson. »

La femme lui lance un regard oblique :

« Les obsèques auront lieu demain. »

La suite s'enchaîne d'une manière à la fois absurde et tragique. On discute pour savoir comment se déroulera la cérémonie. Jules a l'impression d'être dans un décor de théâtre. Trois cierges minables disposés dans des coquetiers éclairent le mort couché sur le lit, chaussures aux pieds et cravate au col. Dieu sait pourquoi on a tendu un drap sur le mur, derrière le chevet. « Il me reçoit beaucoup mieux qu'il ne l'aurait fait de son vivant », pense ironiquement Jules. Costume et éclairage, tout est conçu pour augmenter l'impression de mystère. Sinistre comédie. L'intruse a déposé un chapelet sur les mains croisées du défunt.

« Il n'était pas croyant ! s'exclame Jules d'une voix basse. Pourquoi l'avez-vous drapé de la sorte ?

– C'était sa volonté.

– En êtes-vous certaine ?

– Ce ne serait pas chrétien. La volonté d'un mort est sacrée. »

Elle a dû prévenir les habitants de Saint-Cyprien. Car bientôt les visites commencent. Visages consternés, bras tendus, accolades. Même les pires ennemis se sont déplacés. Devant chacun, Christiane explique les circonstances du décès subit. À force de raconter son récit, elle l'enjolive. Jules ne veut pas s'en mêler. Mais cette importance donnée à son père l'irrite. Les gens vont jeter un regard sur la dépouille, reviennent, soupirent, chuchotent de fades condoléances :

« C'est affreux pour le fils qui reste !... Vous devez avoir tant de souvenirs... C'est terrible de perdre son père. Surtout pour vous qui êtes médecin. Ne pas avoir pu être là pour tenter de le sauver. »

Jules approuve avec le sentiment de feindre un chagrin disproportionné. On l'embrasse. D'autres curieux surviennent. Il laisse la porte de la maison ouverte. Vers le soir, le défilé s'arrête. Le docteur commence à avoir faim. L'heure du dîner est depuis longtemps passée et Christiane ne met toujours pas la table. Elle ne pense qu'au mort. À 9 heures, le jeune homme se rend dans la cuisine pour se préparer un repas improvisé.

« Je vais le faire, lance-t-elle. Mais je n'ai pas grand-chose.

– Rentrez chez vous. Je sais très bien me débrouiller tout seul. J'ai l'habitude.

– Mais chez moi, c'est ici.

– Quoi ?

– Ben oui.

– Dites-moi que je rêve. Vous ne viviez pas avec mon père ?

– Si. »

Le regard brillant, Jules aspire la dernière gorgée du verre de vin qu'il s'est servi en apéritif. Il gonfle les joues comme pour savourer le liquide et noyer ses pensées dans un monde meilleur. Il canalise sa colère. Un frisson hérisse sa peau. Ne pas éclater maintenant.

« Je vais me coucher.

– Mais vous n'avez rien mangé.

– Ce n'est pas grave. Ça peut attendre demain. Je suis fatigué... Le voyage, certainement.

– Je vais faire votre lit. »

Jules passe rapidement dans la salle de bains pour se rafraîchir, contemple son visage triste et s'étonne de la brusque accélération de sa vie. Dix minutes plus tard, il est couché sur le dos, les mains croisées. Inconsciemment, il a pris la même position que son père derrière le mur. Vite, il plie les jambes et courbe le dos. En remuant machinalement les pieds, il s'assure de la mobilité de son corps bien vivant. Puis, il enfonce ses joues dans l'oreiller et enveloppe d'un regard désireux la pêche desséchée qu'il a posée sur la table tout à côté.

Au milieu de la nuit, il s'éveille. La lampe brûle toujours. Le silence de la maison est pesant. Il se rendort. Il a dix ans, douze ans. Son père vient de rentrer, ivre et se met à table. Soudain, il s'aperçoit qu'il n'a pas de fourchette et en fait le reproche à sa femme avant de la gifler. La claque résonne à plusieurs reprises dans le sommeil du médecin. Les yeux d'Adèle rencontrent ceux de son fils, dans un élan de détresse. Demain l'enterrement mettra un terme à la torture psychologique. Du moins, dans le brouillard de ses rêves, Jules le pense-t-il.

* *
*

Le cercueil touche le fond du trou. Christiane fait un signe de croix. Tous l'imitent.

« Mes amis, dit-elle à haute voix, je vous demande d'être en pensée avec celui que l'on vient de conduire dans sa dernière demeure… »

Jules se crispe de la nuque aux orteils. À l'entrée du cimetière, elle l'a prévenu de son intention de prononcer quelques mots. Une chaleur moite stagne sous le ciel gris. Le temps est orageux. Des fleurs fanées ornent les tombes voisines. À côté, contre la levée de terre, s'appuie une couronne de pensées violettes. Un ruban de la même couleur en atteste la provenance : « À mon ami bien-aimé. » Entre sa chevelure tirée et son cou flasque, Christiane arbore toutes les allures du mélodrame. Sa bouche s'ouvre. Puis, elle improvise, une main sur le cœur. Et en avant pour « Notre cher Georges… Toujours là pour son prochain… D'une gentillesse et d'une douceur incomparables… »

« Est-ce bien mon père dont il s'agit là, se demande Jules. Le meurtrier. Cet homme haineux, couvert d'urticaire nerveux ? »

Christiane froisse un mouchoir devant son nez. A-t-elle réellement du chagrin ? Elle incline lourdement le visage. Autour d'elle, l'assemblée garde le silence. Au bout d'une minute, Jules ramasse une poignée de terre et la jette sur le cercueil. Les autres l'imitent. Puis chacun s'éloigne dans l'allée centrale, laissant les fossoyeurs achever leur besogne. Le cimetière de Saint-Cyprien est divisé comme un gâteau. Pour chaque part, une décennie d'enterrés. Il suffit de connaître l'année de décès pour se diriger tout droit vers la tombe désirée. Des arbres alignent leur feuillage protecteur. Les pierres tombales se suivent, pompeuses ou modestes, sous forme de maisonnette ou à même le sol. Jules marche devant, sans desserrer les lèvres. Bien des têtes connues se sont déplacées. Des amis, des clients, de la famille. La tante Lucie de Bézennac, les Bouyer, d'obscures cousines de Meyral qui semblent connaître le défunt même si le médecin est persuadé de les voir pour la première fois. Pas question de supporter la compagnie de tous ces gens en assistant à la sauterie post-mortem organisée dans la salle du presbytère ! Ayant subi de force le dîner organisé le jour de l'enterrement de sa mère, Jules imagine sans peine le déroulement de celui-ci... Au début, paralysés par la gêne, le visage défait, hommes et femmes mangeront comme à regret. On vantera les qualités de Georges entre deux gorgées de vin de Bergerac. Puis, les voix deviendront plus fortes, les joues se congestionneront, quelques rires étouffés monteront de la table réservée aux enfants. Enfin, deux heures plus tard, détendus par la nourriture et la boisson, tous les convives qui ont rarement l'occasion de se rencontrer oublieront la mémoire du défunt et parleront de leurs affaires personnelles, de la politique, de la situation explosive en Europe. Le tout dans une rumeur de banquet finissant. Aussi, au risque de choquer, Jules regagne l'épicerie avec un sentiment de délivrance.

Mais, à peine a-t-il quitté le cimetière, qu'une voix le rattrape :

« Monsieur Peyrie ? »

Il a reconnu l'intonation et se retourne. Absorbé par ses pensées, il n'a pas vu le curé Cabézède qui conversait avec une vieille mégère du village. Laissant là sa paroissienne, le prêtre s'approche de Jules, la main tendue.

« Vous ne venez pas à la salle du presbytère ?

– Non, je n'en ai pas le cœur.

– Je peux le comprendre. Cependant, si vous avez une minute... »

Le médecin se laisse conduire jusque dans la maison de l'homme d'Église, à l'écart des curieux.

« Vous prendrez bien un verre de quinquina...

– Pourquoi pas. »

Ils pénètrent dans une pièce assombrie par des rideaux jaunâtres. Au mur, un crucifix en ivoire sur une croix en chêne foncé sur laquelle on a coincé une branche de buis. Une table parsemée de quelques miettes, trois chaises en paille constituent le mobilier de la modeste demeure. L'abbé apporte une bouteille et deux verres ébréchés.

« Vous n'allez pas rester debout, quand même. »

Devant une telle insistance, Jules prend place. Il ne peut s'habituer à cette pièce qui sent la messe refroidie. Son regard s'abaisse sur les sandales en gros cuir de son interlocuteur. Ce détail le met en confiance, car il devine derrière la soutane une existence ascète avec ses soucis de cuisine, de raccommodage, de rhumes, d'insomnies, de prières. Jules boit une gorgée.

« Vous avez gardé l'église intacte, monsieur le curé. Les orgues sont toujours aussi belles !

– Ils auraient bien besoin d'une réfection, même si des connaisseurs nous l'envient.

– Qui en est le facteur ?

– On ignore tout de l'artiste. D'ailleurs, n'est-ce pas mieux ainsi ? Seul Dieu connaît son nom pour l'éternité.

– Vous dites ?

– Vous me comprendriez si vous aviez la foi.

– La foi ! » murmure Jules en tournant son verre dans la main.

L'abbé le considère en souriant.

« Vous ne me suivez pas ?

– Non. Si Dieu existait, s'il était bon et juste comme vous le prétendez, pourquoi a-t-il laissé partir mon père après ma mère ? »

Le prêtre croise ses mains poilues et renverse légèrement la tête.

« Si vous étiez chrétien, vous sauriez qu'à cette heure elle est certainement plus heureuse que vous. »

Jules jette à l'abbé un coup d'œil agacé. Le calme et l'assurance de l'homme d'Église lui sont pénibles, comme une injure à son désarroi. Dominant son émotion, il articule d'une voix étouffée :

« Quelle consolation ! J'aurais beau prier, elle ne reviendra pas.

– En effet. Mais vous pouvez honorer sa mémoire. J'ai bien connu votre mère. C'était une femme d'une grande bonté.

– Une esclave.

– Jules ! Vous ne pouvez pas dire ça. De là-haut, elle a continué à veiller sur son mari… Elle l'a regardé vivre. Elle lui a pardonné ses erreurs. Ne l'oubliez jamais. »

Le médecin se lève, furieux :

« Je ne peux entendre un mot de plus.

– Vous êtes têtu !

– N'en prenez pas ombrage. Mais avant de donner des conseils, essayez de comprendre le passé de vos paroissiens.

– Je préfère me tourner vers l'avenir. Vous aurez peut-être besoin de mes lumières.

– Je ne crois pas.

– Bien, sachez que je suis là, au cas où. »

Jules rentre au magasin en luttant contre ses angoisses. De quelles « erreurs » parle l'abbé ? Sans doute s'agit-il des violences de son père vis-à-vis d'Adèle ? Sur le bas-côté, un enfant joue au ballon, un vieillard est assis sur sa chaise, le regard dans le vide, une canne à la main. La terre continue à vivre sans Georges. De son côté, au presbytère, les convives pillent les victuailles déposées sur une grande table drapée d'une nappe blanche. Chacun reçoit un verre de vin blanc. On apporte un énorme gâteau aux noix. Le curé a rejoint l'assemblée et regrette que Jules n'ait pas assisté aux agapes.

III

En route vers l'Alsace...

SAMEDI, JOUR DE MARCHÉ à Saint-Cyprien. Christiane ouvre les volets de la boutique et sert les premiers clients. Le bourg s'emplit d'une nuée lente et bavarde. Des charrettes arrivent par les deux bouts de la rue principale et se rejoignent sur la place des Oies. Chacun décharge les marchandises qui seront bientôt en vente sur les étals. Les commerçants dressent des stands recouverts d'une toile, déballent des pièces de tissu, des casseroles, des galoches, des couteaux et disposent des étiquettes sur les tables. Vers 9 heures, Jules entre dans le magasin. Son regard rencontre celui de Christiane. Pour couper court à toute conversation, le médecin lance en se passant la main dans les cheveux comme pour finir de les coiffer :

« Je vais faire un tour. Avez-vous besoin de quelque chose ?

– Non, merci », répond la vieille dame.

À peine sorti dans la rue, il est pris par le remous de la foule qui se déplace le long des éventaires. Quelques gamins jouent à cache-cache sous les tréteaux. Des ménagères encombrent le passage avec leur gros panier porté à bout de bras. Partagées entre le désir d'acheter et la crainte d'être trompées, elles écoutent avec méfiance les boniments des camelots qui secouent sous leur nez des rubans qu'on ne trouve nulle part ailleurs, des pantoufles recommandées par les meilleurs médecins du pays, les torchons inusables, les mouchoirs presque offerts pour complaire à la clientèle exceptionnelle du village. À ces clameurs engageantes répond l'appel monotone des paysannes qui ont installé par terre, sur un lit de paille, les œufs, les fromages, le beurre de leur ferme, les saucissons et les jambons séchés dans leur fumoir. Des fromages de chèvre nature, aux herbes, frais ou plus secs dansent devant les yeux émerveillés de Jules. Des files de chariots s'adossent aux murs des maisons, le cul au sol et les brancards levés. Tout en marchant, le docteur revoit les moments heureux de son enfance, du vivant d'Adèle, quand, main dans la main, mère et fils arpentaient les rues de Saint-Cyprien le samedi matin. Jules s'arrête bientôt devant une maison en pierre grise, agrémentée d'une plaque dorée, et située dans une ruelle étroite du vieux quartier appelé « Montmartre ». Il entre et s'installe dans la salle d'attente.

La montre de l'étude de maître Foutrac marque 10 h 20 lorsque le notaire fait irruption. Jules le suit dans le bureau. L'homme de loi fait asseoir son client dans un fauteuil et prend place derrière la table où s'empilent des revues spécialisées. Après un bref silence, regardant le médecin droit dans les yeux, il commence :

« Nous sommes réunis ici pour la succession de votre père, Georges Peyrie. Je suppose que vous êtes au courant de sa situation.

– Non… Enfin… Tout dépend…

– Je parle de Christiane…

– Sa dame de compagnie ?

– Enfin… Sa femme. »

Jules manque de défaillir. Longtemps, il demeure immobile avec l'impression qu'il ne respire plus, que son cœur a cessé de battre. Il faut réagir. Mais comment ? C'est absurde. Cette union n'a aucun sens.

« Il ne manquait plus que ça, chuchote-t-il.

– Pardon ?

– Mais enfin, c'est impossible.

– Le mariage a eu lieu dans la plus stricte intimité le 14 mai dernier. »

Le médecin ne répond pas. Il a les jambes faibles et les bras lourds.

« Je comprends votre étonnement, continue le notaire. Cependant, je suis là pour vous informer des dernières volontés de votre père.

– Eh bien faites…

– Le cas n'est pas bien compliqué. Vous êtes fils unique et vous récupérez la totalité des biens. Le magasin et deux comptes d'épargne pour une somme de 55 987 francs.

– Bien…

– Cependant, dans sa lettre testamentaire, Georges Peyrie vous fait la demande de ne pas vendre le commerce situé au numéro 2 de la place des Oies.

– Je n'en avais de toute façon pas l'intention.

– Et de donner à Christiane Peyrie née Besson un droit de jouissance jusqu'à son décès.

– Ça veut dire…

– Que sa femme pourrait y habiter, comme une usufruitière, tout simplement.

– Jamais.

– Votre décision me paraît bien arrêtée.

– Mon père était un exemple consternant pour son fils. Je me suis débrouillé seul pour passer mes diplômes pendant qu'il convolait avec je ne sais qui. Et puis, Maître, ma mère, j'en suis convaincu, m'aurait approuvé. »

En lançant cette affirmation, Jules se sent mieux. Dans tous les grands moments de sa vie, pour toutes les décisions qu'il a eu à prendre, il a appelé Adèle à l'aide. En l'associant à son présent refus, il est sûr de ne pas se tromper.

« Bien, conclut maître Foutrac. Nous allons maintenant en informer l'intéressée qui devrait nous attendre.

– Elle ne m'a rien dit tout à l'heure lorsque j'ai quitté le magasin. Tout de même, elle aurait pu…

– Ce n'est pas toujours facile d'aborder ce genre de conversation. Je suis là pour vous aider.

– Mais est-ce vraiment nécessaire ?

– Pour éviter toute contestation de sa part, oui. Il y a tout de même un écrit de votre père.

– Mais elle ne peut pas faire de procès !

– Elle peut saisir le tribunal mais elle n'en a pas l'intention. En tout cas, c'est ce qu'elle m'a affirmé lors de notre premier entretien. »

Quelques instants plus tard, Christiane entre dans le cabinet. Jules considère cette femme au visage ovale, ridé et pâle comme si c'était la première fois qu'il la rencontrait. Elle prononce un « bonjour » avec, dans la voix, une douceur qui laisse présager une fausse humilité et une attitude calculatrice à peine maîtrisée. Pourquoi s'est-elle mariée à Georges ? Par intérêt ou par amour ?

D'abord Christiane se croit obligée de reparler de la mort de Georges Peyrie. Mais comme le notaire réagit mollement, elle se tait, gênée.

« Qui étiez-vous pour mon père ? demande Jules brutalement.

– Sa compagne des derniers jours ! répond-elle comme si elle s'attendait à la question. »

Ces derniers mots le désarçonnent.

« Comment a-t-il pu ? murmure Jules.

– C'est bien mal connaître les hommes que de les croire insensibles à la solitude. Georges avait besoin d'une femme, ne serait-ce que pour l'aider au quotidien.

– Une "compagnie" qui ressemble fort à un assaut !

– Nous nous sommes connus au marché de Sarlat. Si ça peut vous rassurer, à notre âge, nous n'avions plus…

– Assez ! » hurle-t-il.

Le médecin a l'impression qu'ils s'exhibent tous deux sur une scène. Tout est faux. La voix, les sentiments, l'action, le bureau… Ils courent après une sincérité impossible. Avec un effort déchirant, Jules ne peut s'empêcher de s'écrier :

« Le salaud !

– Je sais ce que vous ressentez. Mais vous auriez tort de m'en vouloir. L'existence est trop courte. Georges a eu raison de saisir l'occasion de finir ses jours comme il le désirait. »

Un flot de larmes noie les paupières de Jules. Il enfouit sa tête dans ses mains et, subitement, le souvenir du pâle visage d'Adèle heurte sa mémoire. Une bouffée d'air en plein front. Christiane le juge d'un bref coup d'œil. Par chance, le médecin paraît bien triste.

La discussion en sera facilitée. D'entrée, elle attaque sur un ton à la fois ferme et amical.

« J'ai longtemps réfléchi. Vous êtes désorienté, malheureux parce que votre père est mort trop subitement. Je connais la même solitude, vous le savez bien. Aussi, croyez-moi, je vous plains beaucoup. Mais vous avez un métier, une vie à faire, n'est-ce pas ? »

Jules plisse le front.

« Je devine que vous êtes hostile à ma présence ici, reprend-elle. Mais c'est la volonté de votre défunt père. Le moment est venu de régler les problèmes matériels.

– Qu'est-ce que ça veut dire ? balbutie Jules.

– Que je peux très bien m'occuper de la maison, rester dans les murs où nous avons été si heureux, Georges et moi. J'entretiendrai cette demeure comme si c'était la mienne. Vous reviendrez quand vous pourrez...

– Mais...

– Il s'agit d'un contrat entre vous et moi.

– Justement. »

Et en posant avec force sa main sur sa poitrine, elle continue :

« Sur le plan pratique, il vous suffit de déclarer votre consentement sur un papier que votre père a préparé de son vivant. Après, vous n'aurez plus à vous occuper de rien. Tout continuera comme par le passé.

– Christiane, il n'en est pas question.

– Mais réfléchissez. La maison va tomber en ruine et je sais que vous l'aimez beaucoup. »

Tout en parlant, elle s'exprime par de larges gestes comme si elle parlait à un sourd.

« J'ai dit non, lance Jules d'un ton sec.

– Tout est si simple. Je pense que vous avez besoin de temps.

– Je ne vous ai rien demandé, ajoute-t-il.

– Cette décision, je veux que nous la prenions vous et moi, promptement, mais dans la confiance. Seules comptent dans cette affaire les ultimes volontés de Georges. »

Voilà, le mot est prononcé. « Les volontés de Georges. » La secrétaire du notaire pose deux tasses de café devant les clients et se retire aussitôt. Jules observe Christiane avec une colère qu'il ne parvient pas à dissimuler. Il ramène ses jambes sous la chaise en les croisant. Ses mains tremblent en portant le café brûlant à ses lèvres et il n'en sent même pas la chaleur en l'avalant. Christiane, elle, ne bouge pas. La raideur de son port de tête, la sécheresse de sa voix, l'éclat fixe de ses yeux, tout indique en elle, non seulement le désir de convaincre, mais aussi une tension hostile qui le défie.

« Je crois avoir été assez clair, conclut-il.

– Ne faites rien que vous regretteriez.

– J'assumerai.

– Mais vous me dépossédez !

– Il me semble, Christiane, que vous n'avez aucun droit sur cet héritage.

– Non, mais en la mémoire de Georges, vous pourriez…

– J'ai peu de considération pour sa mémoire et je vous demanderai de quitter les lieux au plus vite. Je céderai les stocks.

– Et après.

– Après… Cela ne vous regarde pas.

– Comme vous voulez. Je vais partir.

– Bon, reprend le notaire avec autorité. Heureux de vous savoir d'accord. »

Christiane et Jules considèrent maître Foutrac comme s'il venait d'arriver. Se faire discret devant les plus grands drames de famille est un métier. Engoncé dans un gilet noir à la chaîne de montre apparente, il se racle la gorge avant de s'exclamer :

« Nous allons procéder à la signature des papiers ! Mme Peyrie, je vous raccompagne.

– Merci Maître. Mais à compter d'aujourd'hui, je reprendrai mon nom de jeune fille. »

Elle se lève et se dirige vers la porte. Au moment de passer le battant, elle s'arrête, se retourne une ultime fois vers le médecin et disparaît enfin.

* *
*

Comme prévu, Jules est rentré à Paris. Peu à peu, le quotidien reprend ses droits. Chaque jour, il part pour l'hôpital à 6 heures du matin et ne rentre qu'à 7 heures du soir, l'air fatigué et absent. Aussitôt, il regagne sa chambre. Une demi-heure plus tard, en pénétrant dans le salon, il est un autre homme. Lavé, peigné, il porte une chemisette défraîchie mais propre, un pantalon fin et des savates trouées. Rituellement, il salue Clément qui se lève tout juste. Puis, les deux hommes se mettent à table. Ce soir, Jules apporte le bouillon d'un pot-au-feu et remplit les assiettes. L'étudiant prend son repas, un journal appuyé contre la bouteille d'eau et lit en mangeant. De temps en temps, il commente les nouvelles en quelques mots et approuve la politique du Führer. Jules lui répond sans lâcher sa cuillère. Ils sont en désaccord sur bien des points : la dangerosité du chancelier allemand nommé Hitler que Clément admire pour son intelligence et sa capacité à unir ; la crainte que la France ne soit pas de taille à riposter en cas d'attaque malgré la ligne Maginot, les accords de Munich[1] signés le 30 septembre 1938… Le médecin sert ensuite un morceau de fromage et une salade de pommes de terre. À 9 heures, Clément s'évade, impatient et endimanché. Jules prend le café sans lui et se couche.

Mais depuis qu'il est rentré de Saint-Cyprien, il a du mal à dormir. Il étouffe dans sa chambre exiguë, malgré la fenêtre ouverte. Cette fois encore, il se réveille en pleine nuit, veut se lever pour boire un verre, mais renonce à son projet par crainte de ne plus pouvoir se rendormir du tout. L'ombre de l'enseigne de la poissonnerie projetée par un lampadaire s'étale sur la table de chevet. Le docteur essaie de lire l'heure sur le cadran du réveil. La soif le tourmente. Il avale une gorgée de salive. Enfin, n'y tenant plus, il se glisse hors du lit. Il boit, ferme les yeux à demi, retient sa respiration et sent le liquide froid descendre dans son gosier. Son cœur gonflé d'angoisse, il se tient immobile dans la nuit. Demain, il lui faudra affronter le professeur Schmidt. Une convocation. Pourtant, Jules est persuadé de ne pas avoir commis de faute. Que lui veut-on ? Schmidt n'est pas un marrant. S'il a demandé à Jules de se présenter à son cabinet parisien, ce n'est certainement pas pour le féliciter. Assis au bord de son lit, les genoux ramenés au

1. La Grande-Bretagne, la France, l'Italie ont permis, par la signature de cet accord, le démembrement de la Tchécoslovaquie. Hitler en profite immédiatement pour renforcer son hégémonie.

ventre, la gorge battante, le jeune médecin songe aux innombrables menaces qui se sont déjà profilées au-dessus de sa vie.

« Entrez, docteur Peyrie, dit la secrétaire en ouvrant la porte. Le professeur Schmidt vous attend ! »

Jules enlève son manteau, trempé par une pluie d'orage à la sortie du métro. Il pénètre dans le cabinet et retrouve le spécialiste renversé dans son fauteuil.

« Installez-vous », lance l'homme d'une cinquantaine d'années, aux cheveux poivre et sel, aux dents de cheval et à l'air sévère.

Jules lui sourit faiblement. Le docteur Schmidt regarde fixement son élève et rassemble son courage.

« J'ai appris... Pour votre père... Quel malheur... Je vous présente mes sincères condoléances.

– Merci.

– Mais pour quelles raisons n'êtes-vous pas resté dans le Périgord ? Les places ne manquent pas là-bas. »

Jules ne répond pas. Pourquoi, quand il songe à Georges le revoit-il toujours vivant, l'œil creux et le nez bleui. Logiquement, il aurait dû garder l'image d'un mort endimanché pour le dernier voyage.

« Je vous fatigue avec mes bavardages. Sans doute n'avez-vous pas envie d'en parler ! reprend le professeur.

– Mais non, contredit Jules. Simplement, je n'ai plus d'attaches là-bas.

– Mais vous n'en avez pas plus ici.

– J'ai un appartement pas bien loin de l'hôpital.

– Avec votre ami Clément.

– Oui.

– Je sais. Je l'ai vu hier. Je n'ai jamais compris pourquoi vous le fréquentiez.

– Ben, c'est un garçon très bien... Il travaille beaucoup, même si ses résultats sont médiocres... »

Le mensonge. Jules aurait tant voulu l'éviter. Impossible.

« Et puis il n'est pas si déplaisant de vivre à Paris.

– Monsieur Peyrie. Vous ne croyez pas un mot de ce que vous affirmez. »

Le docteur Schmidt parle le français avec un fort accent allemand. Des yeux brillent derrière ses lunettes. Son visage se penche sur Jules, le couvre de son ombre, de son haleine.

« Vous êtes mon meilleur élève, jeune homme. Je n'ai pas envie de voir vos talents gâchés par de mauvaises fréquentations.

– Mais je travaille dur à l'hôpital.

– Je le sais. Mais pourquoi ? Pour exercer dans un cabinet de la capitale ? Vous vous voyez palper le ventre de vieilles bourgeoises hypocondriaques. Vous valez mieux. »

Jules demeure pantois. Il ne sait pas s'il doit se réjouir de ce compliment ou s'en méfier.

« J'ai une place pour vous en Alsace, dans un petit village du nom de Westhoffen. Vous y découvrirez un aspect de la médecine complètement différent », continue le professeur en ôtant ses lunettes.

Le jeune médecin balance la tête en signe de dénégation. La crainte de l'avenir lui cause trop de soucis actuellement pour qu'il suive le docteur Schmidt dans son raisonnement. Que ferait-il seul en Alsace, sans amis ? Et pourquoi irait-il s'enfermer dans un village de province alors que, d'ici quelques mois, il pourra gagner beaucoup d'argent en reprenant un cabinet parisien.

« Ce n'est pas possible pour le moment, dit-il. Lorsque je me serai aguerri à l'hôpital, nous pourrons en reparler.

– Il sera trop tard. C'est maintenant qu'il faut prendre votre décision. Une occasion pareille ne se représentera pas tous les jours. Si ce poste ne vous tente pas, j'y nommerai quelqu'un d'autre. Mais c'est dommage. Vous êtes fait pour ça, croyez-moi.

– Tant pis, soupire Jules. Il faut savoir parfois renoncer dans la vie.

– Vous ne savez pas ce que vous perdez par entêtement.

– Vraiment, non. Je ne peux pas.

– Laissez-moi vous expliquer jeune homme. Mon ami le docteur Victor Wittmann est débordé et malade. Je ne voulais pas qu'il vous dérange pour rien. J'ai négocié votre arrivée à la condition qu'il vous passe la main définitivement.

– C'est-à-dire ?

– Que vous reprendriez son cabinet !

– Je n'ai pas assez d'argent. Ce n'est pas parce que j'ai hérité que…

– … Vous n'en avez pas besoin. Il vous le cède pour le moment. Vous lui paierez seulement le gîte et le couvert.

– Je…

– Monsieur Peyrie. Je ne sais pas si vous prenez conscience de l'offre que l'on vous fait. Si vous vous obstinez à rester ici, vous devrez rembourser sous par sous un cabinet qui vous aura coûté une véritable fortune. Vous n'en aurez pas assez de dix ans. Le docteur Wittmann, lui, ne demande rien pour le moment.

– Et pourquoi tant de générosité ?

– Il veut une personne de confiance, un médecin doué pour reprendre une clientèle qui comptera sur vous comme sur le Messie. C'est motivant, non ? À votre place, je n'hésiterais pas un instant. Dans les villages, vous le savez, les trois personnages les plus importants sont le docteur, le curé et l'instituteur. On vous attend déjà avec impatience… »

Jules considère Schmidt avec surprise. Le professeur observe son élève avec un œil malin et sent que ses paroles ont fait mouche. Sur le point de succomber à l'enchantement, le jeune homme se ressaisit :

« Ses patients sont habitués à lui. Un docteur inconnu à la place de leur praticien de toujours, ça va sûrement les effaroucher.

– À la campagne, à cause des travaux des champs, les paysans ne se soignent pas bien. En hiver, ils n'ont pas grand-chose à faire, ils consultent. Vous aurez tout l'été pour vous "aguerrir", n'est-ce pas ?

– Je dois y réfléchir. Les habitants de ces contrées ne sont pas bienveillants avec les nouveaux venus.

– Et pourquoi ? Vous démontrerez vos compétences.

– Et le problème de la langue ?

– Vous parlez très bien l'allemand, me semble-t-il. Et l'alsacien est si proche de la langue de Goethe.

– Oui… Mais… Je ne sais pas. »

Tout en chuchotant cette dernière phrase, il songe que ce départ n'est pas pour lui déplaire. À son dépit de quitter la capitale à laquelle il ne porte qu'un faible attachement se mêle une allégresse d'écolier en vacances. Casser les liens avec le passé. Fuir les frasques de Clément, la superficialité des filles d'un soir. Partir. La tête libre.

« Je ne peux pas vous répondre maintenant.

– Bon. Mais ça vous accroche ! »

À la fois séduit et inquiet, Jules n'ose ni refuser cette offre alléchante ni faire immédiatement un choix qui influencera toute sa vie.

« Oui, enfin je peux vous faire part de ma décision dans trois jours ?

– Bien sûr. »

Jules tend la main au professeur qui le raccompagne jusqu'au seuil de la porte.

Autour de lui, Paris s'étale sur les quais de la Seine avec ses bouquinistes, la Conciergerie, l'Hôtel de Ville. Sur le fleuve, une péniche avance à contre-sens en sifflant. Le tramway lui répond en embarquant en pleine marche des travailleurs pressés. Distancé par cette vie trop rapide, Jules songe à ses préoccupations. Il faudrait au début faire preuve d'humilité, peut-être s'adapter et surtout travailler sans relâche. Sans doute, l'enjeu mérite-t-il un pareil effort ! Pourquoi a-t-il hésité à se prononcer ? Il se sent si seul. Westhoffen… Westhoffen, ce nom résonne à ses oreilles comme un mot agressif et imprononçable. Deux femmes dégustent leur apéritif sur la terrasse du café *Saint-Jean.* Elles se poussent du coude au passage de ce jeune brun qui remue les lèvres en marchant.

IV

Médecin de campagne

LORSQUE LA GARE DE SAVERNE apparaît aux yeux de Jules dans le petit matin du 3 octobre 1938, le jeune homme comprend qu'une nouvelle vie s'offre à lui. Avec ses palettes de couleurs, ses maisons à colombages, sa terre fertile débouchant sur de riantes vallées aux collines bossues, l'Alsace n'est pas un pays comme les autres. L'histoire de cette région est servie par la mémoire d'habitants entièrement dévoués à sa cause et désireux de lever le voile sur le passé d'un territoire ballotté d'un coin à l'autre de la frontière. La population qui a souffert depuis des siècles pour conserver son identité exige que les limites des lieux restent celles que la nature a si bien dessinées lors de sa conception. C'est en tout cas ce que lui a expliqué le docteur Schmidt avant de partir.

Sur le quai, Jules entrevoit un vieil homme élégant qui a le visage tourné vers lui. Il est revêtu d'un grand manteau noir, croisé en V au ras du col. Il a pris sa sacoche de médecin pour être mieux repéré. Il reste debout, au milieu de la foule, en attendant qu'on l'aborde.

« Vous êtes le docteur Victor Wittmann ?

– Oui.

– Bonjour, Jules Peyrie.

– Enchanté et soyez le bienvenu. »

Le praticien est d'une distinction parfaite avec son feutre noir qui chapeaute des sourcils blanchis par le temps, expressifs et bien dessinés, un front haut et un nez aquilin. Les deux messieurs montent dans un char à bancs qui roule bientôt à grand fracas sur une route trempée. À droite comme à gauche, des vallées ombragées, des champs, des pâturages. L'eau vole sur le côté de la voiture. La couverture bleue qui recouvre les jambes des passagers sent l'étoffe moisie et le crottin. Les grelots tintent.

« La route est mauvaise, affirme Victor Wittmann.

– Vous savez très bien tenir les chevaux, répond Jules, le visage ruisselant. Nous sommes loin de Westhoffen ?

– Vous êtes bien pressé d'arriver. »

Jules extirpe de sa poche un paquet de bonbons à la réglisse et en met un dans sa bouche.

« Le bourg que vous voyez là-bas, c'est Singrist ! » crie le vieux monsieur en tendant la main vers l'horizon.

Jules regarde les maisons qui s'avancent vers lui. On dirait qu'elles ont poussé là, en pleine cambrousse. Chaque demeure a son propre potager, son enclos où paissent des vaches et des chevaux joueurs. Une femme en jupe de percale marron, les cheveux tressés en couronne, tire de l'eau du puits. Sous le porche d'une écurie, trois hommes discutent gravement. Le cocher fouette les bêtes. Quelques poules détalent devant le convoi en caquetant. Et le village s'éloigne, dans un fracas de sabots, dans un tintement de grelots exacerbés. Et de nouveau, la campagne s'avance, lisse, pure, interminable.

« Prochain village, Romanswiller. Ensuite Wasselonne puis Westhoffen. »

Plus d'une demi-heure s'écoule sous un ciel ébouriffé de nuages. L'un des chevaux hennit.

« Allez, ya. »

La calèche tourne à droite, vers le nord. D'épaisses forêts de chênes et de châtaigniers s'élèvent sur des collines abruptes, dominent d'opulentes prairies sillonnées de ruisseaux clairs et bondissants. Et enfin Westhoffen... Un petit village enchâssé dans les vignes où se contractent des souvenirs de mille ans d'histoire.

« Westhoffen a été érigée en ville d'Empire. Elle est entourée d'une enceinte. Les portes ont malheureusement disparu, dit fièrement Victor Wittmann.

– C'est très pittoresque.

– Oh ! mais vous n'avez encore rien vu. »

On arrive au carrefour du village. Le docteur Wittmann tourne à gauche et lance le convoi dans une côte. Jules est surpris par le charme des maisons à colombages. Le bois rend les demeures moins austères. Un peu plus loin, la mairie avec une fenêtre gothique. Le corps du logis en équerre s'orne d'une tourelle à encorbellement. Enfin, le char à bancs entreprend le promontoire que domine une magnifique habitation. À mesure que les chevaux avancent, les haies rares et rabougries s'achèvent en clôtures de pierre, recouvertes par endroits de lierre. Des tilleuls et des marronniers protègent l'édifice. Entre ces arbres se dresse une vénérable et pittoresque résidence avec ses murs bien dessinés en pierre de taille rose, couleur grès des Vosges. Une porte de fer dont les piliers s'ornent de grosses boules de granit donne accès au parc. Une pelouse parfaitement taillée et quelques fleurs d'automne confèrent à cet endroit une atmosphère bucolique. Séduit, Jules pose pied à terre, longe une mare. Il ne pleut plus. Seules quelques gouttes d'eau descendent encore des arbres trempés. Une paix profonde règne autour de la demeure qui présente au soleil sa façade plate et ses grandes vitres.

« Soyez le bienvenu au manoir Saint-Martin, lance Victor.

– Merci.

– Venez ! »

Et la visite commence. À l'intérieur du logis, les pièces sont vastes, éclairées chacune par deux fenêtres, avec des parquets luisants. Au rez-de-chaussée, la cuisine, la salle à manger, le salon avec des doubles rideaux fleuris. Au-delà du couloir de droite, le cabinet médical avec sa salle d'attente. Les malades ont leur propre entrée. La vie privée du médecin est ainsi préservée. À l'étage, trois grandes chambres avec des lits très larges. Victor Wittmann n'est pas seulement fier du paysage qu'il contemple par la fenêtre. Non. Il s'étend avec emphase sur la collection de portraits, de marqueterie de Spindler[1], d'étains. Et cette peinture représentant l'ancien maire du village, personnage sombre et renfrogné…

1. Charles Spindler (1865-1938). Ce peintre crée en décembre 1893 à Saint-Léonard près de Boersch un atelier de marqueterie.

« Nous aurons tout le temps de discuter à nouveau plus tard. Je suppose que vous avez envie de vous reposer quelques minutes, lance-t-il en souriant.

– Oui, ce n'est pas de refus. »

Dans l'excitation du voyage, Jules n'a pas pu dormir de la nuit et ces heures sans sommeil, sur un coin de banquette de troisième classe, c'est, avec quelques courbatures, la rançon de sa liberté et de sa joie. À peine a-t-il posé la tête sur l'oreiller qu'il s'endort profondément.

À son réveil, le jeune médecin descend les escaliers, traverse le couloir qui sent le cirage, la pipe froide et une petite odeur de lit défait.

La porte de la cuisine s'ouvre brusquement devant le vieux docteur au crâne dégarni :

« Ah ! C'est vous ? Entrez. Je suis en train de préparer le repas.

– Quelle belle demeure ! Elle est vraiment magnifique.

– Ne croyez pas que l'on puisse se l'offrir avec un salaire de médecin de campagne. Ce manoir est un héritage. Mes parents ne voulaient pas que je devienne médecin. J'ai fait du café ; vous en voulez ?

– Volontiers.

– J'espère que vous aimez la chicorée. C'est comme ça que je le bois bien chaud et fort. C'est très bon pour les intestins. »

Victor Wittmann désigne une chaise à son confrère. Ses yeux scintillent. Il a le feu aux joues. Jules goûte le breuvage :

« Ouh ! Mais ça réveillerait un mort, dit-il en riant.

– Avant toute chose, je pense que l'on pourrait nous appeler par nos prénoms », lance le vieux praticien.

Le regard de Jules parcourt les murs de la pièce, marqués par endroit de trainées humides. Par terre, sur une fine pellicule de poussière, gisent des journaux et des papiers recouverts d'une écriture fine.

« J'ai vu que vous étiez intéressé par les photos dans le couloir tout à l'heure », constate Victor en souriant.

Ses dents brillent d'un éclat juvénile comme si cette affirmation l'avait rajeuni soudain.

« Oui c'est impressionnant. Vous avez reçu ici même Tino Rossi ?

– Oui. Et Lucienne Boyer. Vous savez, dans les années trente, le manoir Saint-Martin était devenu le lieu incontournable de bien des artistes en tournée. Même le comédien Rollex est venu ici. Comme le disait ma femme, avoir Rollex chez soi, c'était une preuve de réussite. Mais je crois que c'est un peu tard pour songer à tout ça, continue le docteur Wittmann, les yeux dans le vague. C'est un peu tard pour bien des choses. Sauf pour mourir.

– Pas si vous vous arrêtez. Et je suis là pour vous aider », rassure Jules, les mains sur sa tasse fumante.

Ces paroles résonnent dans la pièce comme une sentence. Entre les paupières du docteur Wittmann brille un regard qui exprime plus la méfiance que la sérénité.

« Jeune homme ! s'exclame-t-il soudain. Vous apprendrez que vous aurez encore besoin de moi. La théorie ne remplace pas la pratique. Et ce n'est pas avec vos études parisiennes et votre internat dans un hôpital de la capitale que vous arriverez à faire des miracles. »

D'instinct, Victor redresse le buste et fixe son interlocuteur droit dans les yeux.

« Mais je n'en doute pas, répond Jules, presque gêné.

– Un village sans un médecin est un village fantôme. Et c'est bien triste. Vous êtes le premier jeune à vouloir vous installer dans le pays. Ici, pour se faire soigner, il faut faire vingt-cinq à trente kilomètres. Les habitants n'en ont pas les moyens. Et à ma connaissance, à l'hôpital, ils n'acceptent pas qu'on les paye en tartes aux pommes. »

Un silence glacial répond à cette constatation. Le docteur Wittmann se tait lui aussi, la poitrine oppressée. Son émotion est si forte que, pour l'apaiser, il se dirige dans le couloir.

« Venez avec moi », dit-il.

Jules le suit.

« Ces photos ne représentent pas que des artistes. Ce sont mes patients. Ceux que j'ai mis au monde, ceux que j'ai sauvés. Ils ne sont pas de simples malades pour moi. Ils sont ma famille. La plupart n'ont personne d'autre que moi. Et au rythme où vont les choses, je ne serai bientôt plus capable de les voir. Je suis usé. »

Tous ces visages d'un autre temps sont si loin de la situation présente. C'est comme si tout le passé de gloire de l'excellent médecin se rappelait à lui pour justifier son envie de continuer coûte que coûte. Enveloppé par le souffle du souvenir, il redevient le docteur Wittmann de jadis, sûr de son diagnostic. Jules ne sait pas quoi dire. Feindre de ne pas remarquer le trouble de son interlocuteur serait une incorrection. Le souligner et ne pas le soulager serait plus impoli encore. Après un instant d'hésitation, il s'exclame :

« Eh bien, désormais, je suis à votre disposition.

– C'est justement là où je voulais en venir, jeune homme. Tout ce qui intéresse les Parisiens de votre âge, c'est de devenir “spécialiste” ! »

Victor relève une fine mèche de cheveux sur son front avec le revers de la main, comme pour masquer une nervosité mal contenue.

« C'est possible, affirme Jules, mais…

– Je veux que vous ayez bien conscience de ce que vous faites. Je n'admettrai pas de perdre confiance en vous en une semaine. Alors je préfère vous prévenir. Les hommes de terrain comme moi ne sont pas que des médecins. À notre manière, nous sommes aussi des artisans. Nous ne faisons pas d'analyses, ni d'ordonnances de convenance comme dans les grandes villes bourgeoises. On soigne des verrues, des bébés et des jambes cassées. Nous mettons aussi beaucoup de gens au monde et nous en enterrons. Ce n'est pas une façon très… très habituelle pour un médecin de faire le bilan de toutes ses activités. Mais ce que je vous dis n'est que réalité. Les habitants de ce village comme des environs sont tous mes amis autant que mes patients. Nous partageons nos joies et nos malheurs. Nous formons une grande tribu qui essaie de garder la tête hors de l'eau. Sans doute sommes-nous une espèce en voie de disparition. Et si cela est vrai, le pays perdra énormément. Je me suis dit qu'un jour un jeune docteur laisserait tomber les analyses et les ordonnances de convenance pour venir vivre ici. »

Cette prière bouleverse Jules. Il comprend désormais que la parole est à lui. Il considère longuement le visage du vieil homme tourné vers lui. Un peu de salive sur les commissures des lèvres, les joues flasques, des poches sous les yeux… Le temps a bien fait son travail. Mais quelle dignité ! « Tout ce qu'il recherche, pense Jules, c'est qu'on le rassure ».

« Mais docteur Wittmann, je vous dis que j'ai choisi ! s'exclame-t-il soudain.

– On fait beaucoup d'heures, ce n'est pas bien payé mais vous travaillerez au service de la vie…

– Je peux parler maintenant ? »

Le vieux médecin est choqué par ce ton impératif. Si quelqu'un ici peut élever la voix, c'est lui seul !

« On ne se connaît pas, continue Jules. Vous pouvez ne pas me croire. Vous voulez partir l'esprit tranquille, eh bien soyez assuré que je ferai mon maximum pour la population. »

Jules comprend qu'il est imprudent d'insister. Le docteur Wittmann se gonfle de contentement. Ce jeune freluquet semble en vouloir. Planté raide devant lui, il ne se laisse pas déstabiliser. Il a des chances de résister à la mentalité des paysans alsaciens. Cette « aile protectrice » est si surprenante que le vieux médecin éclate de rire et demande :

« Depuis quand, jeune homme, n'avez-vous mangé de tarte aux pommes ? »

Le jeune docteur se retient même de tendre la main pour finaliser. Il admire la dureté impertinente de ce vieux briscard. Avec cette trempe, il est sans aucun doute un homme de parole. Jules se jure à cet instant de ne pas le décevoir.

« Cela dit, je vous souhaite, cher confrère, d'avoir une capacité de récupération plus rapide dans l'avenir, continue le docteur Wittmann.

– Oh ! Il faut espérer en effet.

– J'ai vidé le cabinet. À vous de le décorer à votre goût… Après nous déjeunerons. J'ai quelques conseils à vous donner. Allez, filez. »

Jules pénètre dans la salle d'attente qui donne sur une pelouse agrémentée d'un cerisier. Plus loin, il aperçoit la maison voisine, un morceau de la rue et un coin de ciel. C'est calme. Presque triste. On n'a pas dû aérer l'endroit depuis longtemps. De temps en temps, on entend le claquement des sabots sur la route, puis le silence retombe.

Le cabinet paraît plus agréable. Le jeune médecin décide d'en prendre possession immédiatement et y accroche aux murs ses gravures préférées. Sur les étagères vidées, il place quelques livres. Maupassant, Victor Hugo et des ouvrages de médecine. Pour finir, il range dans le placard des os achetés depuis longtemps pour ses études anatomiques. Par la crasse accumulée dans leurs creux, ils témoignent à eux seuls d'un long usage studieux. À ces ossements d'occasion, il ajoute un crâne acquis deux jours avant son départ pour l'Alsace. Il est neuf, de couleur jaune très pâle. Avant de le placer bien en évidence, Jules fait jouer la mâchoire articulée pour entendre claquer les dents et grincer les ressorts en cuivre. Il regarde la face évidée, tous les détails des cavités, des saillies et se surprend à tâter les reliefs et les dépressions de sa propre tête. Sous son menton, au-delà de sa chair, il situe les trois crêtes verticales qu'il voit également sur le modèle.

Le jeune homme décide de garder son nouvel achat sur sa table, à côté de son stéthoscope. Il recule jusqu'à la fenêtre. « Ça en jette », pense-t-il en jugeant l'ensemble. Un vrai cabinet. Il s'assoit à son bureau. Il imagine la longue suite des besogneuses journées qu'il passera là. Puis, saisi par une soudaine envie de mieux connaître les environs de son domaine, Jules traverse la salle d'attente et s'aventure devant la maison. Il prend alors conscience de ce qui l'attend. Derrière la vigne, il y a la campagne alsacienne, avec ses émerveillements et ses tumultes, les collines à traverser pour soigner une hernie…

V

Mariette

LES VENDANGES 1938 SONT PRESQUE TERMINÉES. Depuis trois jours, le docteur Jules Peyrie ne cesse d'aller et venir, d'examiner, d'ausculter, de piquer, de prescrire. Il faut croire que le fait d'être « de l'intérieur », c'est-à-dire étranger au pays – tare qui, habituellement, exclut pour de longues années toute confiance et confidence paysannes –, n'a pas prévalu chez les patients du docteur Wittmann. La population semble poussée par la curiosité de voir de près ce phénomène jusqu'ici inconnu à Westhoffen : un médecin diplômé de l'université de Paris.

Jules est heureux de commencer son apprentissage de la pratique rurale. Aujourd'hui, c'est jour de visites. Il pénètre dans la cour d'une ferme et descend de sa carriole. Le paysan ne peut s'empêcher de toiser le jeune médecin comme il l'aurait fait sur un marché pour le poids d'un veau. Il le conduit dans une chambre où est couchée une imposante matrone.

« Fouillez-la !

– Pardon ?

– Ben… Tâtez-la ! »

Sans ses origines périgourdines, Jules aurait été désorienté, assurément. Tout ici est si différent ! Au point qu'il semble ne pas s'agir de la même médecine. Privé d'examens de laboratoire, de radios, Jules ne doit se satisfaire que du pouls, de la couleur de la langue, de la palpation du ventre, de l'odeur de l'urine, tel un praticien du début du siècle. Et encore ! Il lui arrive de se fabriquer un diagnostic peu fiable.

Pour ce cas précis, aucun doute possible. Assis au bord du lit, Jules interroge patiemment la malade, tandis qu'il ausculte d'une oreille attentive un thorax brûlant.

« Bien, dit-il en se retournant vers le mari. Vous lui donnerez un cachet de cette boîte toutes les quatre heures jusqu'à ce que la fièvre tombe. Diète et compresses fraîches.

– Vous ne lui faites pas de piqûre ?

– Non, son état ne le nécessite pas.

– Vous êtes un médecin de la ville pourtant.

– Cela ne veut pas dire que je vais faire n'importe quoi pour le plaisir de vous faire payer plus cher. Je pense que vous êtes d'accord.

– Ben... Et comment !

– Restez près d'elle, ce sera bien plus efficace que toutes les injections. »

Jules reprend la route. Le paysan l'a regardé s'en aller d'un air intrigué. La tournée continue jusque tard dans la soirée. Enfin parvenu devant la grille du cabinet, le jeune homme s'arrête. Sous la clarté de la lune, l'ombre des marronniers et des tilleuls se projette sur la pelouse. En remontant le perron, il hume cette odeur particulière qui lui rappelle tant son enfance. De la lumière brille au rez-de-chaussée, à travers les volets de droite. Le docteur Wittmann doit le guetter. À peine le jeune homme a-t-il tourné la clef que le retraité lui ouvre la porte.

« Venez. J'ai à vous parler.

– Bien.

– Entrez, asseyez-vous. »

En pénétrant dans le salon agréablement éclairé de son hôte, Jules enlève sa veste et s'assoit au bord d'une chaise dans l'attitude réservée d'un visiteur. En face de lui, dans un cadre de cuir marron trône la photographie d'une femme. Elle est jolie et triste, avec quelque chose de démodé dans la coiffure et dans le sourire. Entre ses bras, un bébé rit, les joues creusées de fossettes.

« Vous regardez mon épouse ?

– Oui.

– Pauvre Anna. Elle m'a quitté il y a deux ans. Là, c'est mon fils, Samuel. Il est banquier à Genève. »

Silence.

« Ça s'est bien passé aujourd'hui ? continue le docteur Wittmann, les manches retroussées et affublé d'un tablier de cuisine.

– Oui. Enfin, ça n'a pas été facile de se repérer sur les routes. J'ai passé autant de temps sur les chemins qu'en consultation.

– C'est égal. Vous avez du cran et ça me plaît. Je vous ai préparé à manger… Installez-vous. »

Ému par ce compliment, Jules ne se laisse pas prier. Le couvert est dressé sur une table de bridge drapée d'une nappe blanche. Une odeur de viande cuite et de légumes caresse ses narines. Le consommé est copieux, le rôti large et tendre. Le jeune homme mange silencieusement, les mâchoires crispées de plaisir. Il pique de petits morceaux sur sa fourchette pour faire durer le régal. Jusqu'à la dernière bouchée, Victor observe la trêve de la nourriture. Puis il murmure sur le ton de la confidence :

« Schmidt m'avait dit que vous étiez un cas à part. Il avait raison.

– Dois-je prendre cela pour un compliment ?

– Absolument. Même si trois jours de pratique rurale, c'est peu pour juger réellement. Mais je pense que vous réussirez.

– J'ai pas mal de clientèle pour un début.

– La plupart de vos patients sont des curieux. Il ne faut pas les décevoir. Mais attention aux urgences. Car c'est là qu'ils vous jugeront réellement.

– Certainement.

– Donnez-moi vos premières impressions.

– Eh bien… Je trouve que même si la médecine est très différente entre ici et Paris, les malades sont les mêmes.

– Ah bon !

– Partout l'homme aime à se sentir important, il voudrait même croire que le docteur ne se préoccupe que de lui.

– C'est vrai ce que vous dites. Mais prenez toujours votre temps. Ici, ce ne sont pas des bavards. Pour un bon diagnostic, il ne faut pas être pressé.

– Et surtout savoir se plier aux usages sans réellement céder…

– Je ne comprends pas.

– Le rituel du café !

– Ah oui !... s'exclame Victor dans un éclat de rire.

– Le tout est d'éviter le carafon d'eau-de-vie. Au risque d'être ivre mort à la fin de la journée.

– L'alcool a quelque chose de social ici. Comme dans tous les milieux ruraux. Bien souvent, lors de mes tournées, j'ai croisé des paysans venus chez le percepteur, le marchand de grains, le charron, le notaire. Ils s'attardaient longuement chez chacun avant de repartir un peu éméchés, tandis que leurs épouses restées à la ferme les attendaient en s'occupant de la lessive, de l'étable et des marmots. À la campagne, le mâle est roi, ne l'oubliez jamais. Pour la paysanne qui se marie, la trappe se referme. Pendant que l'homme court les foires, la femme est vouée aux maternités et aux soucis de l'intendance. »

Jules hoche la tête dubitativement. Il se sent à la fois si proche et si différent de ces besogneux de la terre. Et pourtant... Oubliant Paris, ses pluies, ses maisons sales, ses journaux pleins de menaces, ses bruits incessants, ses amours impossibles et son amitié douloureuse, il sait que son avenir se trouve ici.

3 h 30. Le téléphone sonne dans le couloir. Jules se lève avec difficulté, saisit le combiné et prononce un « allô, j'écoute » d'une voix ténébreuse.

« Docteur ? Michel Weiss de Traenheim. Je vous appelle de l'*Auberge de la Vieille Corne*. C'est ma femme... Une fausse couche... Elle saigne.

– Avec température ?

– Oui, elle est en nage.

– Je viens... »

Jules raccroche. En cas d'urgence, il pose chaque fois une ou deux questions pour orienter son diagnostic et surtout pour lui permettre de réfléchir pendant le trajet. Depuis son arrivée à Westhoffen voilà deux mois, il n'a été dérangé que trois fois en pleine nuit, pour des broutilles. Là, le cas paraît plus sérieux.

« Que se passe-t-il ? » demande Victor qui n'a pas perdu les habitudes de se lever dès la première sonnerie.

Affublé de sa robe de chambre mauve, le vieux praticien mastique un morceau de réglisse.

« Une fausse couche, dit Jules.
– Oh là là ! Avec une forte fièvre, je suppose.
– En effet.
– Allez, une de plus.
– Qu'est-ce que vous voulez dire ?
– Que si la femme n'avait présenté qu'une hémorragie, on pourrait supposer une fausse couche accidentelle…
– … Alors que là, il y a de fortes chances pour que ce soit un avortement provoqué.
– Bien vu, jeune homme. Dans ce cas, la consigne que je vous donne est formelle. La patiente vous soutiendra obstinément qu'elle n'a rien fait, vous racontera une histoire de lessiveuse trop lourde ou de chute dans l'escalier. Quel que soit le motif invoqué, pratiquez une injection systématique de sérum antitétanique et d'antibiotiques pour essayer, en cas de mensonge, de prévenir les complications les plus graves.
– Mais, docteur Wittmann, vous savez que les injections faites trop longtemps après des manœuvres abortives sont inefficaces.
– Vous avez lu ça où ? Vous avez déjà eu un cas comme celui-ci ?
– Non.
– Alors, un bon conseil, faites ce que je vous dis. Bonne chance. »

Jules monte sur sa carriole et prend la route de Traenheim. On est déjà fin octobre et un vent frais agite les arbres qui surplombent le bas côté. Le médecin se remémore les premiers gestes à effectuer et la liste des produits qu'il a mis dans sa sacoche. Puis il pense à sa patiente. Combien de temps a-t-elle espéré, s'affolant un peu plus chaque jour avant de se décider à avorter ? Comment a-t-elle procédé pour sentir, avec un soulagement mêlé d'horreur, glisser lentement, parmi des caillots, le minuscule grumeau de chair ?

Enfin arrivé à la ferme des Weiss, Jules se prépare à affronter ce qui l'attend. Les fausses couches infectées sentent très mauvais et il va falloir s'habituer à l'odeur. Près de la porte attend un homme très jeune, encore dans sa tenue de travail.

« Vous êtes le mari ? » demande Jules à brûle-pourpoint.

Pris d'une soudaine angoisse, le garçon racle sa gorge avant de répondre :

« Oui, docteur.

– Comme cela s'est-il passé ?

– Je ne sais pas. »

Le médecin prend un air étonné :

« Vous ne savez pas ? Pour soigner votre femme, j'ai pourtant besoin de connaître exactement ce qu'elle a fait.

– Je vous assure, je ne sais rien. »

Jules hausse les épaules. Un avortement, c'est rarement l'affaire d'un homme. Seul le résultat final l'intéresse. Dans la chambre, la malade est allongée, les jambes recroquevillées. Au pied du lit, une serviette traîne, pleine de caillots noirs et de sang. Le docteur reconnaît la puanteur caractéristique. À son entrée, la jeune femme tourne la tête. Son visage est contracté, blafard, couvert de sueur. Deux beaux yeux cernés d'un bleu sombre implorent le pardon. Jules s'approche de la patiente, lui saisit le poignet pour prendre le pouls qui bat rapidement. La peau est brûlante et le corps est secoué par moments de frissons.

Puis en palpant très doucement le bas-ventre qui se contracte, le praticien commence l'interrogatoire : à quand remontent les dernières règles, les saignements, les douleurs, la température, les pertes purulentes. Malgré une voix un peu tremblante, les réponses arrivent précises et sans équivoque. Hémorragies et infections post-abortum : le diagnostic est indéniable et pas très rassurant. Puis, le médecin en vient à la question la plus délicate :

« Comment avez-vous fait cela ? »

Pas de dénégation. Mais cette fois, le regard se détourne. L'avorteur lui a fait jurer le silence ! Jules lui explique doucement :

« N'ayez pas peur ! Ce n'est pas pour dénoncer qui que ce soit que j'ai besoin de savoir, c'est pour vous. »

La femme raconte alors une histoire d'une tragique banalité. Après huit mois de mariage, des règles qui ne reviennent pas et le commencement d'une attente anxieuse. La mère a même choisi un samedi pour l'avortement afin d'être sur pied dès le lundi matin. On lui a recommandé sur Wasselonne une guérisseuse qui pratique en toute illégalité les arrêts de grossesse. La honte et la douleur. Le retour en autobus, dans l'espoir d'achever le travail de décollement ; puis comme rien ne venait, une seconde visite s'est imposée, plus efficace cette fois. La jeune femme a perdu beaucoup de sang, sous forme de caillots d'abord rouges, puis roux, de plus en plus fétides. Ce soir, tandis que la fièvre montait, Michel a pris peur devant les serviettes tachées et a décidé d'appeler à l'aide.

Jules écoute sans juger. Il enfile des gants en caoutchouc et enfonce ses doigts dans la cavité tiède et gluante. Pendant toute la durée de l'examen, les yeux bleus de la patiente restent fixés sur lui. La rétention placentaire est évidente. Heureusement, le ventre demeure souple. L'infection est cantonnée. Le docteur Wittmann avait raison. Il faut faire immédiatement une injection antitétanique et d'antibiotiques. Puis cureter. Jules explique qu'il s'agit d'une petite intervention, cherche le ton apaisant, convaincant.

– Pourquoi ne vais-je pas à l'hôpital ? demande la jeune femme inquiète.

– L'opération est bénigne et peut avoir lieu ici même.

Le médecin ment. On n'a malheureusement plus le temps de la transporter.

– Vous m'endormirez ? »

La petite voix est suppliante. Pourquoi cette terreur ? Jules devine. Encore la vieille légende des curetages pratiqués sans anesthésie pour décourager ou punir les avortées.

« Évidemment, répond-il. Vous ne croyez tout de même pas que je vais vous infliger une douleur inutile ?

– Merci.

– Comment vous appelez-vous ?

– Mariette. »

Le praticien se lave les avant-bras et les mains dans le lavabo situé à côté du lit. Il sent dans son dos le regard de la patiente qui suit tous ses gestes. Sans doute l'a-t-il totalement rassurée ? Ou bien règne-t-il dans cette chambre une ambiance apaisante de sécurité ? L'épaisse garniture de coton situé entre les cuisses de Mariette se gonfle de sang. Jules se sent ému devant tant de jeunesse menacée. Elle continue à sourire d'un air enfantin. Et comme pour s'excuser de la peine qu'elle lui donne, elle soulève un peu la tête tandis qu'il commence à lui injecter une dose d'anesthésiant :

« Quand j'ai été prise et qu'on a su qu'on ne pourrait pas garder l'enfant, mon mari m'a dit : “Va voir le docteur de Paris.” Mais je n'ai pas voulu. Je lui ai répondu : "Tu n'y penses pas ! Un médecin ne peut pas m'aider..." »

Elle laisse retomber sa tête et, tandis que le produit pénètre son corps, son regard chavire. Seul un léger sifflement passe entre ses dents. Jules commence...

Deux heures plus tard, la petite opérée sommeille encore. Elle paraît moins pâle même si sa vie ne tient qu'à un faible espoir. Une mèche poissée de sueur barre le front que peuplent des rêves alourdis par la drogue. Pour la première fois depuis des mois, elle a cherché en tâtonnant dans le noir un corps bien-aimé. Il a fallu l'attacher. Il s'ensuivit du curetage une grande perte de sang. Mariette est faible, au bord du gouffre.

Et Jules qui depuis son adolescence et la mort de sa mère a rêvé d'apprendre aux femmes à se démettre de leur esclavage, à disposer sans terreur de leur corps. Lui qui a tant combattu la mauvaise foi et l'indifférence masculine, clamé des vérités que personne n'ose dire à haute voix aboutit à cette impasse lamentable, à ce ventre saccagé et sanglant. Il se voit encore racler sous ses doigts, parmi les caillots, les débris putréfiés d'un avortement que personne n'a su prévenir.

* *
*

Dans sa chambre, Mariette attend son heure d'épreuve avec plus de bonheur que de crainte. Bientôt, elle rejoindra ses parents au ciel et elle ne souffrira plus. Elle en est maintenant certaine. Comme elle aime cette maison qui par ses craquements lui parle d'une voix basse et apaisante. Entre ces murs résonne l'écho des pas familiers de Michel.

« M'entends-tu, Mariette ? s'exclame-t-il.

– Oui. Où est le docteur ? demande la malade.

– Dans le salon.

– Pourquoi ?

– Il se repose un peu, et moi, tu vois, je prends sa place à ton chevet. Dans un moment, il viendra me relayer.

– Vous ne voulez pas me laisser seule ?

– Non.

– Quelle heure est-il ?

– Midi. Mais ne parle pas, essaie de dormir.

– J'ai bien le temps… Je voulais te dire… C'est trop difficile de vivre… Je ne peux plus…

– Tais-toi Mariette, je t'en supplie. »

Michel arrange les oreillers et passe un linge trempé d'eau froide sur le front, sur les joues de la malade qui transpire abondamment.

« Ma poitrine… Mouille ma poitrine aussi. »

Il frotte la serviette contre les seins de sa femme et les masse délicatement pour les rafraîchir.

« Oh ! C'est bon… Encore un peu… Merci. Écoute… Quand tout sera fini, tu te remarieras. Tu seras heureux et tu essaieras d'avoir des enfants.

– Mariette…

– Je t'en prie Michel. Promets-moi de ne pas refaire subir à ta prochaine épouse l'épreuve que je vis maintenant.

– Mais tu ne vas pas mourir !…

– Cherche le médecin.

– Mais…

– Je te dis…

– Bien Mariette. »

Comme exténuée par cet excès de paroles, elle reste un instant les yeux écarquillés, la face injectée de sang, les bras contractés, pliés sur la poitrine. Jules accourt, lui éponge les lèvres, le menton barbouillé de salive. Les prunelles brouillées de larmes regardent le plafond…

« C'est affreux… j'ai mal… Que ça finisse…

– Michel, lance le docteur, allez me chercher de la glace. Vite !

– D'accord. Je vais en acheter à l'auberge. J'en ai pour un quart d'heure.

– Surtout, dépêchez-vous. »

La maison est immergée dans le silence. Pour ne pas agresser les yeux de Mariette, Jules ferme les rideaux. Désormais, la chambre est irradiée d'une lumière douce qui met en valeur les fioles de médicaments, le bord d'une tasse, d'une cuillère. L'air est saturé par les relents de peau fiévreuse et de pharmacie. Un goût salé monte dans la gorge de la malade. Sa nuque est douloureuse, ses paupières brûlent. Elle agrippe ses draps pour mieux supporter une douleur que Jules s'apprête à calmer par une piqûre de morphine.

« Voilà... Ça devrait aller mieux... Comment vous sentez-vous ?

– Je vais... enfin... dormir... »

En effet, la figure close, Mariette glisse dans le sommeil. Jules ne la quitte pas du regard. L'horloge de l'église sonne 1 heure. Soudain, les paupières de la patiente se soulèvent dans un regard fixe. Un soupir s'échappe de ses lèvres entrebâillées. Sa bouche s'ouvre.

« Mariette ? »

Le docteur prend son stéthoscope. Le silence. Un corps sans vie livre son reste de tiédeur aux doigts qui le palpent mollement. Puis Jules abaisse les paupières l'une après l'autre, ferme la mâchoire de la jeune femme. Mariette se laisse faire, séparée du monde.

Placé devant le fait accompli, le médecin range ses affaires. La sérénité du cadavre influe sur le cours de ses pensées. Il a étudié pour sauver des vies et, pour la première fois, l'échec se fait sentir. Surtout ne pas céder à une sensibilité qui le priverait de ses capacités futures. Il doit lutter contre cette tristesse compréhensible qui l'atteint. Arrivé dans le corridor, il ouvre doucement la porte de la ferme. Il va falloir annoncer la nouvelle à Michel. Un souffle puissant emplit sa poitrine. Cette épreuve est aussi difficile que d'avouer une partie perdue après un effort surhumain. Justement, le voilà à l'horizon, portant la glace demandée. Jules s'entend parler d'une voix monocorde :

« Michel... Michel... Il faut que vous soyez courageux. »

Le jeune homme ne bouge plus. Une expression ahurie passe sur son visage.

« Hein ? Quoi ? Qu'y a-t-il ? »

Jules lui tape sur l'épaule.

« Allez la voir. C'est fini. Elle ne souffre plus. »

VI

La rencontre

Il est près de 8 heures lorsque Jules ferme sa trousse. Son malade vient de s'endormir. Il sort de la chambre et descend. Depuis le drame de Mariette Weiss, il n'est guère appelé dans le pays. Les patients se sont fait rares. Aussi passe-t-il plus de temps au chevet de ceux qui lui font encore confiance.

« Comment va-t-il ? a demandé la mère inquiète de la santé chevrotante de son fils.

– Il faut continuer les soins. Je repasserai demain à 9 heures.

– Merci docteur. »

Le père propose à Jules de le ramener. Le médecin refuse. Il veut marcher un peu. Mais au lieu de suivre la rue principale, il prend le chemin de ronde qui contourne le village. À peine est-il arrivé que Victor le fait asseoir à table. Il brûle d'envie de l'interroger. Lorsque Jules a évoqué la scarlatine, il s'est exclamé :

« Tiens, j'aurais cru que c'était quelque chose de plus ennuyeux. »

Comme le jeune praticien ne fait aucun commentaire, le vieil homme ajoute, d'un ton plein de sous-entendus :

« Il ne faut pas vous décourager. Vous ne pouvez pas sauver tout le monde, docteur Peyrie.

– J'ai pourtant fait tout ce que j'ai pu pour Mariette. Elle avait perdu trop de sang.

– Regardez, vous avez encore des clients... La confiance reviendra.

– J'ai été appelé cette fois parce que les parents ne peuvent pas payer le médecin de Wasselonne. Ils me rémunèrent en nature.

– Il vaut mieux un bon poulet dans votre assiette qu'un porte-monnaie bien rempli.

– Si ça continue, je vais devoir prendre une décision.

– Jules, permettez que je vous appelle Jules… »

Mais pour écourter une conversation qui lui déplaît, le Périgourdin prétexte une grande fatigue. Il se sent agacé, fiévreux. Dans sa chambre, avant d'allumer la lampe, il s'accoude à la fenêtre et écoute les mille clameurs du *Messti*[1] qui annonce un hiver long et incertain. Au-dessus du jardin perdu dans l'ombre, la nuit est lourde. Longtemps, il respire l'odeur des feuilles mortes, du raisin fermenté et des noix que l'on va bientôt récolter.

Jules n'a pas sommeil. Il lui semble qu'il pourrait demeurer ainsi jusqu'à l'aube. Lorsqu'il était adolescent, il aimait regarder de son lit le fourmillement des étoiles et la blancheur lumineuse de la lune.

Après Westhoffen, que fera-t-il ? Avec le nombre décroissant de clients, il ne peut avoir que de vagues projets. Il pense que le plus sage serait de revenir à Paris pour remplacer un quelconque médecin désireux de prendre des vacances. Il se donne quinze jours, trois semaines au maximum pour en informer Victor. Les papillons nocturnes qui l'assaillent sont pareils à ceux de ses vingt ans, le temps des incertitudes, des pensées troubles et des espoirs fous. Mais à vingt-six ans… On doit savoir où l'on doit aller, ne s'arrêter qu'à bon escient, avancer sans se retourner et ne pas s'irriter inutilement devant les difficultés. Du moins, a-t-il eu l'illusion de le croire.

Le lendemain, après avoir visité son malade, Jules rentre au cabinet. Il est presque midi. En pénétrant dans le bureau, il a un mouvement de surprise. Victor l'attend dans le fauteuil de cuir. Devant lui, le journal du 7 novembre 1938 fait état du défilé des troupes à Strasbourg et Colmar en présence du chef d'état-major, le général Gamelin.

1. *Foire annuelle.*

« Alors, cette scarlatine ? demande le retraité.

– Stationnaire. »

Pour cacher son embarras, le jeune médecin vide sa sacoche.

« Je vais aller droit au but, lance le docteur Wittmann. Je suis navré de vous voir si mal en point.

– J'en suis navré aussi, dit Jules d'un ton sec.

– Mais enfin, vous ne pouvez pas continuer à vous lamenter. »

Un flux rose colore les joues flasques et la peau du crâne de Victor. Ses prunelles s'allument de colère. Il tape sur la table.

« Vous n'êtes pas un enfant. Il faut vous battre.

– Je ne pouvais pas prévoir.

– Quoi ? demande le retraité avec brusquerie. Qu'est-ce qui vous empêche de continuer ?

– Vous le savez fort bien… Les affaires.

– Vous êtes compétent. Vous leur démontrerez.

– Je ne sais pas. Je ne sais plus… »

Victor lui jette un regard de reproche.

« Vous n'avez pas le droit de vous décourager. Attendons quelques mois. Qu'en pensez-vous ? »

Jules n'entend pas la question. « Pourquoi est-il venu me parler ? songe-t-il. Pour que son cabinet ne ferme pas. C'est ça. Pour sa fierté. C'est grotesque. »

Victor se lève, appuie ses deux mains sur la table :

« Si vous retrouvez la clientèle, vous resterez ?

– Évidemment.

– Bien ! » soupire-t-il.

Son visage se radoucit.

« Vous ne voulez pas voir vos patients partir. Vous êtes fier docteur Wittmann.

– Tout comme vous jeune homme. Moi, j'ai une excuse. Je me suis battu toute une vie. Mais vous, vous transpirez d'orgueil à cause d'un pauvre échec de début de carrière. Prenez sur vous, bon sang ! »

Jules serre la mâchoire. Il s'attendait à ces reproches et ne sait comment y répondre sans provoquer une rupture définitive :

« L'opinion générale m'est indifférente, dit-il solennellement.

– Oui, oui, marmonne Victor. Je vous comprends. Les affaires d'autrui ne nous regardent pas. Vous n'êtes pas responsable si les gens préfèrent les guérisseurs aux médecins. Mais, Jules, il y a aussi tous les autres malades qui vous attendent. Ceux qui paient avec des lapins et des poulets, avec un simple sourire de reconnaissance. »

La voix monotone du vieil homme endort la colère du praticien. Les arguments du docteur Wittmann se referment sur lui comme des tentacules.

« Mais bientôt, je n'aurai plus d'argent pour vous payer le gîte et le couvert. »

Victor cligne ses petits yeux malins et ajoute gaiement :

« Ah ! Si ce n'est que ça. Alors écoutez-moi bien. Ce n'est pas une guérisseuse de bas étage qui va faire reculer un médecin qui a fait six ans d'études. Je raisonne sans doute comme un sentimental. Mais s'il n'y a pas d'entraide entre nous, il est inutile de continuer. Et puis, on est plus que des confrères… On est ami, n'est-ce pas ? Votre destin est lié à mon indulgence et à ma charité. Je le savais depuis le début. Et ce sacrifice est bien mince quand il s'agit de sauver des vies.

– Certes, mais…

– Je ne sais pas pourquoi je vous dis cela ! Au fond, je prêche à un converti. Vous êtes courageux. On le sait tous deux. Ne faites pas une erreur que vous regretteriez.

– J'y réfléchirai. »

Jules se lève pour raccompagner Victor jusqu'à la porte. Ce dernier marche en fléchissant les genoux. Ses épaules sont rondes. Sur le seuil, il se retourne et articule comme s'il voulait produire un effet :

« J'ai appelé Schmidt avant de passer vous voir, ce matin. Il m'a dit qu'il vous écrirait. »

Après une seconde de réflexion, Jules se contente de sourire, d'un air résigné.

En fin d'après-midi, Victor traverse le jardin tout en portant son pot à lait. Jules rattrape son ami :

« Je vais aller à la ferme à votre place. Ce soir, j'ai envie de prendre l'air ! s'exclame-t-il.

– Les barrières ! Vous ne saurez pas ouvrir et refermer les barrières, proteste le médecin retraité. Si une vache s'échappe, ça va faire un drame !

– Pour un homme qui a fait six ans d'étude… C'est…

– D'accord… Après la deuxième clôture, vous tournez à gauche, puis c'est tout droit. »

La lumière commence à fléchir, elle s'allonge à travers les haies au ras des talus. En marchant, Jules est obligé de surveiller les ornières de boue séchée où il risque, à chaque pas, de se tordre les chevilles. Mais, très vite, le chemin creux débouche sur un pâturage. Il ouvre, puis remet en place soigneusement la première palissade. Il s'arrête un instant. Devant lui, sous la pénombre du crépuscule, une vallée d'herbage s'étend devant ses yeux. Une étoile est apparue, puis une autre. Il a peur d'être surpris par l'obscurité et reprend sa marche à travers la prairie. Après avoir respecté les indications de Victor, il aperçoit la ferme. D'un coup, il entend des cris dans les fourrés sur le côté. Des plaintes de femme en difficulté. Sans réfléchir, Jules court de toutes ses forces :

« Que se passe-t-il ici ? »

Deux visages le fixent. La fille qui était en train de se débattre, s'échappe, paniquée. En revanche, l'homme se dresse, mécontent. Il est roux, fort et piqueté de taches de rousseur.

« Qui êtes-vous ? demande-t-il furieux.

– Jules Peyrie, remplaçant du docteur Victor Wittmann.

– Elle me résiste, continue le paysan, mais je l'aurai.

– Pourquoi insistez-vous si elle n'est pas consentante ?

– Ça vous regarde ? »

Jules tourne le dos et continue sa route. Devant lui, la jeune victime traverse le pré aux arbres tremblants, se refugie dans la grange. Le médecin la suit, ouvre le battant à son tour.

« Bonjour, je m'appelle Jules Peyrie. N'ayez pas peur, je ne vais pas vous faire de mal. »

Elle se rue sur la porte et la rabat. Le choc retentit comme un coup de tranchoir.

« Vous avez eu chaud, n'est-ce pas ? » continue-t-il.

Elle le regarde avec stupéfaction, hochant la tête positivement.

« Vous habitez ici ? »

Nouveau signe d'affirmation.

« Comment vous appelez-vous ? »

Elle applique ses deux poings contre ses lèvres. Des larmes jaillissent de ses paupières. Avant que Jules ne puisse esquisser un geste, elle ouvre la porte et se précipite à la ferme. Le médecin lui emboîte le pas.

Dans la cour, attaché à sa niche, un chien s'est mis à aboyer. Un homme d'une soixantaine d'années apparaît. Apparemment, il reconnaît le pot à lait, car il appelle :

« Marie ! C'est pour le docteur Wittmann. »

Puis il rentre pesamment. Jules le suit dans une cuisine qui sent le bétail. Une horloge à balancier, un vaisselier garnissent la *Stube*[1]. L'homme gagne la table et se concentre sur ses comptes. Au fond, une robuste ménagère en blouse de toile roule de la pâte à tarte. Sur une chaise, la fille de la grange reprend ses esprits, sans rien laisser paraître.

Jules déclare :

« Je suis le docteur Peyrie, le remplaçant du docteur Wittmann.

– Ah ! C'est vous », dit la fermière.

Abandonnant sa pâte, elle se rend jusqu'à l'évier en grès, situé près du vaisselier, se lave les mains enfarinées sous le robinet, prend le pot et sort.

Dans la cuisine, il fait chaud. Jules n'a aucune envie de rompre le silence et se dirige vers la fenêtre. La paysanne est dans la laiterie. Il la voit remuer des gros bidons avant de revenir.

« Emma ! s'exclame-t-elle. Raccompagne Monsieur jusqu'à la route. Il fait noir maintenant. Il ne peut plus passer par les champs. »

En tablier, debout près de la table, Emma ouvre la bouche pour protester. Mais devant le visage renfrogné de sa mère, elle juge plus prudent de s'exécuter. Brune, mal coiffée, les joues rondes, grande et maigre, elle marche rapidement sur le chemin de terre. Jules la rattrape.

1. *La Stube est la pièce principale d'une maison alsacienne.*

« Pourquoi n'avez-vous rien dit de ce qui s'est passé tout à l'heure ? »

La jeune fille accélère le pas.

« Je ne vous ferai pas de mal Emma. Je veux simplement vous aider. »

Elle continue. En arrivant près de la grille, elle constate que le vent a renversé une clôture mal attachée.

« Ce n'est rien, dit Jules. Je vais la redresser. »

Le médecin relève les fils barbelés noués autour d'un morceau de bois.

« Me... Me...rci, dit-elle avec beaucoup de difficulté.

– Ah ! C'est donc ça ! »

Emma baisse lentement la tête comme si elle était coupable d'un crime.

« Il ne faut pas être triste, lance-t-il. Je ne me moquerai pas de vous. Bien au contraire, je vous trouve très courageuse. »

En formulant cette expression banale, Jules se sent maladroit. Il enveloppe son interlocutrice d'un regard à la fois admiratif et tendre.

« C'est.. C'est... Pa... Pa...reil par... Par... tout. On se mo... mo... que tou... tou... jours », dit-elle avec difficulté.

Pris au dépourvu, il cherche fiévreusement de quoi consoler la jeune femme. Mais son cerveau se vide à mesure qu'il s'efforce d'en extraire quelques mots réconfortants.

« Ce n'est pas vrai, coupe-t-il. Vous ne pouvez pas dire ça en parlant de moi. Vous êtes d'accord ?

– Oui. Vous êtes le... le... seul... avec... mon petit frè... frère Paul.

– Vous n'avez qu'un frère ?

– Oui. S'il n'av... n'avait pas été à sa réu... réunion, c'est lui qui vous au... aurait rac... raccompagné ce soir.

– Alors vous voyez. Vous avez des alliés... Et n'oubliez jamais Emma que le meilleur moyen de ne pas être victime de la moquerie, c'est de montrer aux autres que ça vous est égal. Et ils arrêteront de rire.

– Ils... con... con... tinueront.

– Qui “ils” ?

– Singe... Singe... Singert et sa ban...bande. »

Au moment où elle répond à la question, elle déporte son regard de ses chaussures aux yeux de Jules. Il craint de ne pouvoir apporter rapidement à la jeune fille l'apaisement qu'elle recherche. Mais elle paraît moins impatiente que soucieuse. Il finit par lui dire sur le ton de la confidentialité :

« Singert, c'est l'homme de tout à l'heure ?

– Oui.

– Qui est-il, Emma ?

– Le fils du plus gr... gros fer... fer... fermier du vil... vil... village. Mon père veut me ma... marier avec lui. »

Jules jette à Emma un regard d'indignation comme pour lui signifier qu'il la soutient. Comment peut-on orchestrer l'union des corps sans l'accord des âmes ? Il est persuadé à cet instant qu'aucune parole ne la délivrera de ses angoisses. Il faut absolument agir :

« Bon, alors écoutez, dit-il. Pour vous défendre correctement, encore faut-il pouvoir le faire. Je vais vous apprendre à mieux vous débrouiller... Vous voulez ?

– Mes pa... pa... rents ne vou... vou... voudront pas.

– Laissez-moi essayer. Je reviendrai demain un peu plus tôt. En attendant, ne vous aventurez pas trop loin. »

La nuit est calme et douce. Jules songe qu'Emma aurait certainement du mal à justifier son retard. Mais d'un autre côté, il se sent soudain si heureux de pouvoir aider une bègue. Il regarde la silhouette de la jeune femme s'effacer à l'horizon. Elle se retourne une ultime fois, le considère d'un air émerveillé comme s'il eût accompli un prodige.

* *
*

Après une brève conversation avec Victor, Jules comprend mieux pourquoi Emma a affirmé qu'il était inutile de parler à ses parents. D'après le vieux médecin, la famille Zimmermann est « peu recommandable ». Le père boit et la mère en subit régulièrement les conséquences. Jules se rappelle du ton employé par le docteur Wittmann. Sec et sans appel. Jules aussi est issu de parents « peu recommandables ». Mais les enfants dans l'histoire ? Ils ont tous le même désir de faire entendre leur voix par-dessus les cris et la violence. Seulement, Emma a moins de chance que Jules. Des dizaines de fois, elle a pensé à sa rencontre fortuite avec lui. Leur séparation devant la grille. Ce dernier regard, plein d'espoir. Et soudain, la solitude.

Une longue attente de trois jours a fini par la décourager de le revoir. Un rien l'importune. La vue de sa mère lui est insupportable. L'odeur humide et vineuse de son père l'écœure. Puis le dernier soir vers 5 heures, un bruit insolite la fait tressaillir.

« Hue ! Ohé. »

En voyant Jules par la fenêtre, Emma se rue au-dehors pour l'accueillir. Mme Zimmermann observe sa fille en silence, derrière les rideaux. La charrette s'arrête dans un grincement d'essieux.

« J'aurais besoin d'un peu de lait, mademoiselle. »

Elle attrape le pot et va le remplir dans la laiterie. Elle revient bientôt. Jules la regarde intensément. Emma est tellement brune qu'elle contraste avec la nature environnante. Ses yeux sont brillants et fixes. Sa lèvre inférieure tremble. Gênée, elle tend le récipient et croise les bras.

« À quelle heure vos parents se couchent-ils ? »

Interloquée, elle répond avec difficulté :

« Ne… Ne… Neuf heures.

– Bien, je vous attendrai dans la grange, ce soir. Je vous apprendrai la nouvelle méthode parisienne qu'un ami m'a conseillée. Il paraît qu'elle fait des miracles ! »

La jeune fille reste immobile. Elle veut parler mais n'y parvient pas. Comme si, dans le silence, elle appréciait mieux encore le bras qui, aujourd'hui, lui est tendu.

Toute la soirée, Emma se remémore la scène. Elle la voit pour la énième fois. Le repas paraît interminable. Sa mère reprise des chaussettes près de la lampe à pétrole. Ne s'arrêterait-elle pas un jour ? Combien de trous son père a-t-il fait pour nécessiter un tel travail à ce moment de la journée ? Se doute-t-elle de quelque chose ? À mesure que le temps passe, Emma devient nerveuse. Au début, elle s'était résolue à ne pas aller au rendez-vous, et cependant, tout son être se prépare à l'entrevue. La pendule sonne 9 heures et quart. C'est le signal pour les Zimmermann. Ils se lèvent et montent l'escalier qui mène à leur chambre. Emma les suit. Elle attend la confirmation sonore de leur premier sommeil avant de descendre sur la pointe des pieds. Elle chausse ses sabots, décroche son manteau, le jette sur ses épaules et s'échappe, tremblante et ravie, par la petite porte du jardin.

Un brouillard crépusculaire pèse sur le potager. Elle se hâte vers le portillon de la clôture. Au-delà s'étend un pré en jachère dont la brume efface ses limites. Un arbre gigantesque sort de terre et fait l'office d'un phare en pleine mer. La jeune fille se dirige vers la grange. Elle avance d'un pas prudent, comme si elle se rapprochait d'un gouffre. Le sol détrempé colle à ses galoches. Elle a l'impression que son cœur marche devant elle. Arrivée près de la remise, elle s'arrête. Elle pousse doucement le battant, allume la lampe située sur la première poutre de droite. Ses yeux fouillent l'espace, espérant y découvrir celui qu'elle cherche. Mais il n'y a personne. S'est-on moqué d'elle ? Le dépit l'envahit. Elle s'apprête à souffler sur la fine flamme quand une voix jaillit du fond de l'étable :

« Bonsoir Emma, je t'attendais. Je me suis mis avec les vaches… Il y fait plus chaud.

– Ah !

– Regarde, on va s'installer ici. Notre première leçon ne commencera que demain, à la même heure. On se verra deux fois par semaine, car tu auras du travail personnel à fournir…

– D'acc… d'accord.

– Je t'ai apporté des fournitures. »

Jules secoue le gros sac qu'il tient dans sa main droite.

« Tout… tout ça… P… P… Pour moi ?

– Oui. Regarde. »

Il pose le paquet par terre et l'ouvre avec précaution. Emma s'accroupit devant un gros appareil.

« Qu'est-ce… Qu'est-ce que c'est ? demande-t-elle étonnée.

– Un magnétophone de marque AEG ! Il vient tout droit d'Allemagne par l'intermédiaire du professeur Schmidt. »

Elle n'en a jamais vu. Le médecin s'assoit sur les talons, à côté d'elle. Le bord de leurs manteaux traîne sur la paille. Leurs visages se rapprochent au-dessus de cette merveille technologique.

« Il est à toi. Il t'est offert par le docteur Wittmann qui espère aussi te voir réussir.

– Le docteur Wit… Wittmann ?

– Oui. On a beaucoup discuté ensemble de la méthode que nous a expliquée le docteur Schmidt de Paris. Et je pense que l'on verra les premiers progrès rapidement. Après, ce sera plus lent. On enregistrera des groupes de mots sur la bande. Et tu les répéteras tous les jours, en appuyant sur les premières syllabes. »

L'émotion contracte le cœur d'Emma. Ainsi, Jules a fait tout ça pour elle. Jamais elle ne pourra le remercier. Elle le contemple et le trouve beau, avec son grain de beauté sur la joue et son air loyal. Il respire fortement par les narines. Il réajuste son capuchon et s'exclame :

« Bien, je t'ai aussi apporté cahiers et crayons qui te seront nécessaires !

– Je… Je… ne peux… p… pas, dit-elle tristement.

– Pourquoi ?

– Où… où…

– Tu les cacheras dans un coin !

– Vous… vous me le rap…rapporterez cha… chaque fois.

– Non puisque tu as en a besoin pour travailler. Allez, je te laisse… À demain Emma, à la même heure. »

Jules sort et s'enfonce dans la brume. Bientôt, elle ne le distingue plus, ne l'entend plus. Elle reste, un moment, indécise, referme le sac, le serre contre son corps. Elle se dirige vers la maison, sans savoir ce qu'elle va faire de cet objet encombrant. Le plus simple est de le cacher dans le grenier pour ce soir. Demain, elle prendra d'autres dispositions. Et si sa mère ou son père la voient rentrer, à l'instant, avec son manteau sur les épaules et son magnétophone sous le bras, que donnera-t-elle comme excuse ? La folie de son entreprise lui saute aux yeux comme une évidence.

Une courte prière la soutient pendant qu'elle attrape la clenche de la porte du jardin. Fermée. Emma pousse un peu plus fort. Rien à faire. Quelqu'un est venu tourner la clef. Sans doute l'a-t-on entendue descendre les escaliers tout à l'heure ? Peut-être même s'est-on aperçu de son absence ? La ferme est calme, plongée dans le noir. Seul détail rassurant qui semble expliquer que personne ne soit à sa recherche.

Dormir dans la grange est impossible. Sa mère la surprendrait demain à l'heure de la traite. Emma n'a plus qu'une seule solution. Se réfugier chez son amie Hélène, la voisine. Elle a un peu plus de soixante-quinze ans. Elle ne verrouille jamais l'entrée de sa demeure. La fugueuse couchera dans la deuxième chambre située à l'étage… Cette nuit, elle trouvera une solution pour rentrer chez elle sans attirer l'attention.

Cinq minutes plus tard, Emma pousse la porte de la maison de la vieille dame. Le vestibule est désert. Elle retire ses galoches et aborde les marches avec la légèreté d'une ombre. Une fois sur le palier, elle confie ses pieds aux patins de feutre pour glisser, sans bruits, devant la chambre d'Hélène. À trois mètres du but, elle s'arrête, glacée. Un pas s'élève par degrés du rez-de-chaussée au premier étage. Elle reconnaît la démarche de son amie. Même en se précipitant, elle n'aurait pas le temps de gagner la pièce du fond sans être vue. N'osant ni avancer ni reculer, elle avise une porte sur la gauche : la chambre à coucher. Emma s'y engouffre et referme derrière elle, le plus silencieusement possible. Un parfum de chèvrefeuille l'enveloppe. Son regard fait le tour des murs. Épouvantée, elle se tapit sous le lit, le magnétophone entre les mains. Elle retient son souffle comme une souris prise au piège. Cette toux, ce soupir de vieille dame essoufflée derrière le vantail ! Le battant s'ouvre. Les pieds d'Hélène apparaissent sur le seuil.

« Emma, j'aimerais bien savoir ce que tu fais sous mon lit. Relève-toi, s'il te plaît. »

La jeune bègue s'exécute. Hélène tient une lampe à la main.

« Alors ?

– Mais… r… rien, balbutie la fille humblement, sans bouger.

– Comment rien ?... Je me suis endormie dans mon fauteuil et, lorsque je me réveille, je te vois monter les escaliers et te cacher dans le noir.

– Par… par… pardon. Je… je vais… par… partir. »

Tout en parlant, elle essaie de dissimuler le sac derrière son dos. Hélène remarque ses efforts et demande :

« Qu'est-ce que tu caches là ? »

Au lieu de répondre, Emma détourne les yeux.

« Tu ne veux pas me montrer ? reprend la vieille dame.

– Non.

– Pourquoi ?

– C'est… c'est… c'est un secret.

– Tu as des secrets pour moi, ce n'est pas gentil. »

Cette voix est si douce qu'Emma se sent en confiance. Sa volonté de se taire chancelle. Bientôt, elle se dit qu'Hélène est la seule personne au monde capable de la comprendre et de l'aider. Avec un grand frisson, elle murmure :

« Si… si… tu… savais.

– En voilà des mystères ! Tu n'es pas malade au moins ?

– Non… c'est… c'est… c'est pire.

– Je te promets de ne rien dire », dit Hélène en souriant.

Visiblement, elle croit à un enfantillage.

« C'est… c'est… très gra… gra… ve

– Raison de plus pour te confier à moi. »

Elle dépose son sac sur le lit et écarte les bords. Hélène porte les deux mains à sa bouche. Ses yeux s'agrandissent à la mesure de son étonnement.

« Mais qu'est-ce que tu fais avec cet appareil ?

– C'est… c'est un ma… magné… magnétophone. »

Emma lui raconte l'histoire. L'essoufflement d'Hélène traduit son embarras. Tout en réfléchissant, elle regarde le sac.

« C'est un sacré bonhomme, ton Jules. On va tâcher d'arranger ça.

– Co… co… Comment ? »

Un plan mûrit sous le maigre chignon blanc de la vieille femme. Puis les rides de son visage s'effacent et laissent place à un sourire d'enfant.

« Je vais aller frapper chez tes parents. Je vais dire que je ne me sens pas bien, qu'il faut un médecin. Ton père ira chercher le docteur Peyrie. Ta mère veillera sur moi ici même. Toi, tu te cacheras dans le salon. Quand tout sera en place, tu regagneras ta ferme et tu te coucheras. Moi, j'aurai une discussion avec ton Jules… Vous méritez tous les deux de travailler ici. C'est le meilleur endroit pour vous. Et le magnétophone, dans mon armoire. Allez ouste ! On y va. »

Remplie de joie, Emma enlace Hélène à pleins bras et la fait tourner deux fois sur elle-même. Ses baisers tombent sur la joue, sur le front, sur le nez de la vieille dame qui se débat avec des petits rires :

« Veux-tu… Emma, ça suffit… Si tu continues, je vais être vraiment malade ! »

Tout se déroule comme prévu. Emma attend dans le salon. Enfin, le rez-de-chaussée s'anime furtivement, l'escalier s'emplit de la respiration forcée d'Hélène. Elle en fait tellement qu'on dirait un asthmatique en pleine crise. La jeune fille regarde par l'entrebâillement de la porte. Hélène apparaît, minuscule dans sa chemise de nuit trop grande pour elle. Elle a dû prendre un manteau pour sortir et le poser, à son retour, dans le vestibule. Son bonnet de nuit froncé lui couvre la tête comme un tissu coiffant un pot de confiture. Elle continue à monter les escaliers, suivie de la mère Zimmermann. Quand le champ est libre, Emma se rend dans l'entrée à pas de loup, envoie un baiser du bout des doigts vers le haut de l'escalier, sort et regagne sans à priori sa ferme. Elle grimpe dans son lit. Soulagée, elle sent que ses rêves les plus fous prennent l'apparence de la réalité. Parmi toutes les étoiles qu'elle a l'habitude de regarder quand le temps le lui permet, elle est certaine aujourd'hui qu'au moins deux personnes veillent sur elle.

VII

La soupe aux marrons

TROIS MOIS ONT PASSÉ depuis la première leçon chez Hélène. L'hiver a gagné l'Alsace comme un vainqueur envahit un pays à la fin d'une trêve. On est jeudi 5 février 1939, jour de visite de Jules. La vieille dame remet les housses sur ses fauteuils et prépare un plateau avec une bouteille de sirop de coings et des biscuits. Un journal se trouve sur la table principale et annonce en gros titre l'arrestation, la veille, de Karl Roos[1]. Comme à son habitude, Emma termine ses corvées et se hâte de rejoindre la maison de sa complice. Hélène a exigé de régler personnellement les moindres détails des rencontres entre Emma et Jules. C'est aussi elle qui justifie auprès des parents de la jeune femme les multiples absences. La vieille dame a invoqué des rhumatismes paralysants et a appelé ses voisins à l'aide.

Emma ne se fait pas prier. Elle a appris voilà quelque temps que le docteur Wittmann est un grand ami d'Hélène. Cela ne l'étonne pas. Ces deux-là sont de la même trempe.

Emma entre dans le vestibule et pose son manteau sur la table.

« Jules est déjà là ! s'exclame Hélène.

– Ah bon ? »

En prononçant ces deux mots, la jeune fille arrondit ses yeux noirs et aspire sa lèvre inférieure devant une rangée de petites dents blanches et inégales. Elle s'installe, ouvre ses cahiers sur la

1. Germanophile alsacien, soupçonné de connivence avec la police secrète en tant qu'agent de renseignement, arrêté et, après un rapide procès, fusillé à Nancy le 7 février 1940. Les nazis en font un martyr.

table. En multipliant les préparatifs, elle retarde agréablement une minute qu'elle redoute. Elle se penche sur une phrase qu'elle a préparée. Ses progrès sont flagrants, à tel point que ses parents commencent à croire aux miracles. Soudain, la voix d'Hélène casse le charme d'une attention studieuse :

« Emma, Jules a quelque chose à te dire. »

Puis, la vieille dame sort, comme si elle avait oublié un plat en sauce sur le feu. Le médecin accueille son élève avec un visage de deuil.

« Emma, chuchote-t-il. J'ai une mauvaise nouvelle à t'apprendre. Tu sais que je n'ai plus beaucoup de travail ici à cause du décès de la petite Mariette. Le docteur Wittmann m'avait convaincu de rester deux ou trois mois. Mais la clientèle n'est pas revenue. On m'a proposé un poste chez moi à Saint-Cyprien en Dordogne à pourvoir dans un mois. Je pense que je vais accepter. Tu sais, je suis ravi de cette solution… »

Jules n'a pas le temps de terminer. Emma ouvre la porte du salon. Hélène est debout dans le vestibule, un verre de schnaps à la main. Le carillon résonne. Écrasée par le poids de la fatalité, le cœur en miettes, les jambes faibles, la jeune fille sort à toute allure et s'élance dans les champs poudreux à la recherche d'un vain réconfort.

* *
*

Le 15 mars 1939, l'Allemagne envahit la Tchécoslovaquie. La menace nazie se fait grandissante. Victor lit le journal avec inquiétude.

« Jules, je vais à la messe, lance-t-il, en se levant d'un bond.

– Quoi ?

– Vous avez bien entendu.

– Mais…

– Tout le monde peut changer d'avis.

– Alors ça…

– Pouvez-vous vérifier la cuisson du poulet. Je serai revenu pour notre dernier vrai repas ensemble. Faites en sorte de ne pas rater votre affaire, je serai déçu.

– Bon d'accord. »

Victor traverse le bourg. La neige descend du ciel incolore sur le village. Entre les toits et la chaussée blanche, les maisons semblent plus ternes que d'habitude. Il faut dire que la montée du nazisme un peu partout en Europe ne réjouit pas les Alsaciens, trop habitués à subir la puissance de l'Allemagne. Un gendarme roule, droit, sur sa bicyclette. Des paysans descendent de la montagne pour assister à l'office. Des couples marchent côte à côte. En face sur le trottoir, une femme essuie son nez humide avec un mouchoir. Certains interpellent Victor :

« Bonjour docteur, comment allez-vous ? »

Il en est ému comme d'un compliment.

« Oui, tout va bien, je vais à l'église.

– Vous ?

– Et pourquoi pas.

– Mais je vous croyais juif.

– Vous croyez bien. Mais quelle que soit la religion, Dieu est dans tous les cœurs, n'est-ce pas ? »

Victor sourit, incline la tête et continue son chemin. Un coup de vent balance la neige comme un rideau. La fumée des maisons change de sens. Le vieil homme arrive. Sa capuche rabattue lui donne l'aspect d'un moine. Bouleversé par un fol espoir, il rentre pour la première fois dans l'édifice.

Tout le monde le regarde :

« Mais c'est le docteur Wittmann.

– Oui, c'est lui. Mais qu'est-ce qu'il fait là ? »

Les membres de la famille Zimmermann le dévisagent. Le prêche enfin terminé, le curé annonce :

« Je vais maintenant donner la parole à monsieur Wittmann. Il m'a demandé la permission d'intervenir. Et je pense qu'il devrait vous faire réfléchir. Docteur, si vous voulez bien. »

Victor s'avance vers l'autel dans un silence oppressant. Il fixe l'assemblée assise devant lui, telle une forteresse imprenable. Et pourtant, à la voir de plus près, son appréhension s'amenuise. Il a soigné tous les habitants présents. Il en a même vu naître. Comment ces ouailles qu'il a tenues par les fesses pourraient-elles aujourd'hui le contredire ? Il se racle la gorge et commence :

« Vous ne savez peut-être pas que le docteur Peyrie a l'intention de nous quitter demain. Et il est de mon devoir de vous dire que c'est une catastrophe pour le village et les alentours. C'est un excellent médecin. Il est d'ailleurs fort dommage qu'il ait été appelé après les guérisseuses et charlatans de toute sorte. Ça lui aurait évité des déconvenues et des faux jugements sur son compte. »

Le docteur Wittmann se sent soudain investi d'une mission. Convaincre. À tout prix. Le bras tendu, la tête haute, les yeux humides et les joues roses, il continue :

« Certains d'entre vous dans cette assemblée savent très bien de quoi je veux parler. N'est-ce pas Michel ? Le docteur Peyrie a bien essayé de sauver, de toutes ses forces, cette pauvre Mariette, lacérée par une bouchère. Et toi Emma, peux-tu laisser partir un homme qui t'apprend à mieux parler ? Et que vous a-t-il demandé en retour à tous les deux ? Pas même un franc ? Il l'a fait pour l'amour de son prochain. Et je suppose que c'est ce commandement de Dieu que vous venez célébrer ici ? »

Emma secoue la tête, non pour refuser ce qu'elle vient d'entendre, mais pour faire front à la fureur de ses parents. Son trouble est si profond, sa douleur si grande qu'elle n'a pas la force de bouger. Les yeux des Zimmermann brillent du feu de la colère.

« Avant que vous ne sortiez d'ici, j'aimerais vous raconter une histoire... je la racontais à mes petits patients quand ils avaient supporté la douleur avec courage. Je pensais toujours que ça pourrait leur servir un jour.

« Ça s'appelle “la soupe aux marrons”. Je voudrais que vous vous imaginiez un soldat perdu dans une contrée loin des siens. Il est seul dans un pays hostile, où aucune porte ne s'ouvre devant lui. Le militaire arrive dans un petit village. Il n'a rien à manger et le froid le glace. Il est très jeune. Il frappe à toutes les fermes pour demander de la nourriture et un abri. Mais les habitants lui répondent qu'ils n'ont rien. Alors il offre de travailler en contrepartie. On lui claque les battants à la figure. D'après vous, est-ce que notre soldat va repartir dans la forêt gelée ? Non... Il s'installe carrément sur la place du village. Il sort une grosse casserole de son paquetage, prend des blocs de neige et les fait fondre sous un feu doux. Poussés par leur curiosité, les villageois l'observent derrière leurs rideaux. Ils deviennent de plus en plus intrigués. Surtout quand ils voient le soldat sortir de son sac des marrons brillants et les plonger l'un après l'autre dans l'eau bouillante. Ce dernier tient apparemment à ce que tous les habitants voient la scène. Quelques minutes plus tard, voilà qu'il prend une cuillère. Et il remue le contenu de sa marmite. Il en avale une petite gorgée. Et là, il se met à sourire, comme s'il dégustait un festin. Les habitants s'approchent pour voir ce qui se passe. Une fille de l'âge d'Emma pose la question que tout le monde attend :

"Qu'est-ce que vous cuisinez ?

– De la soupe aux marrons."

Et avant que quelqu'un l'interpelle à nouveau, il goûte encore au potage et s'exclame :

"C'est dommage, si j'avais encore un peu d'oignon, ce serait vraiment parfait !"

Un vieux monsieur qui l'entend dire ça admet qu'il en a peut-être encore quelques-uns dans son grenier. Et une minute plus tard, il revient avec des bulbes plein les mains. Le soldat les met dans la casserole, déguste à nouveau et lance :

"Avec quelques carottes et peut-être des pommes de terre, je vous parie qu'elle serait encore meilleure."

Et comme par miracle, les gens lui apportent les récoltes de leur potager. Le militaire croit rêver. Les habitants ne sont finalement pas si pauvres que ça. Avec tous ces ingrédients, le potage sent très bon.

"C'est prêt !" dit le jeune homme tout en remuant.

Il en donne en premier lieu au vieux monsieur qui lui a apporté des oignons. Ce dernier savoure devant l'assemblée silencieuse et conclut :

"C'est vraiment la meilleure soupe aux marrons que j'ai mangée de toute ma vie." »

Victor s'arrête.

« Et… c'est… tout ? demande Emma presque d'un seul trait.

– Oui, répond le docteur Wittmann dans un demi-sourire. N'attendez pas de moi que je vous explique ce que cette histoire veut dire. C'est à vous de trouver la leçon qu'il faut en tirer. »

Victor remet son chapeau. Ému comme lors de l'obtention d'un examen, il sort la tête haute. En poussant la porte, il pense que, finalement, une église n'est pas bien différente d'une synagogue. Il y règne le même espoir.

« Cette histoire nous montre l'importance de bien s'entraider, dit Michel les larmes aux yeux. Regardez ce que le docteur Peyrie a fait pour Mariette. Même si elle est morte, finalement il a donné le meilleur de lui-même.

– Bien sûr, continue Emma. Mais… Cette pa… parabole… comporte… quel… quel… quelque chose… de plus… d'ap… d'après moi.

– Vas-y, dis-nous quoi ? encourage Hélène, fière des progrès de la jeune fille.

– Ben les gens… sont… parfois… bêtes… bêtes et mé… méchants. Il n'en tient qu'à eux de chan… changer.

– Oui, dit la vieille femme. Oui… »

Dehors, Victor se retrouve seul et désorienté. Depuis toujours, il est aimé dans ce village de Westhoffen... Les habitants le suivront dans sa démarche. Il en est convaincu. Mais c'est sans doute la dernière fois. Car, pour certains, le brave docteur Wittmann est devenu un juif comme les autres qui représente un danger pour la force allemande. Un danger ! Lui, Victor, qui s'est occupé de ses patients comme personne.

L'assemblée sort de l'église. Les partisans de Jules se dirigent vers le manoir Saint-Martin tandis que les indécis se retrouvent sur la place. Victor entend de loin : « Je ne pensais pas que le juif irait jusque-là. Il est temps qu'il dégage le youpin. »

Pris de panique, le praticien s'éloigne rapidement, persuadé qu'il est devenu le personnage principal d'un cauchemar. Les larmes brouillent sa vue. La rage, l'humiliation, la déception, la douleur éclatent, tour à tour, en gerbe de feu dans sa tête. Il est bien mort le gentil médecin de famille qui a partagé les joies et les peines des paysans du village durant toute une vie.

Et tandis que chacun se disperse, le père Zimmermann s'approche de sa fille comme s'il se doutait de quelque chose :

« Je te préviens, grommelle-t-il, que ce jeune Français de l'intérieur ne m'empêchera pas de te marier à Armand Singert. Que ce soit bien clair ! »

Les nerfs d'Emma cèdent d'un seul coup. Un flot de larmes l'aveugle comme si l'émotion de ces dernières heures fondait instantanément tel un bloc de neige dans une soupe aux marrons.

VIII

Le refus

« Les Allemands ! Voilà, c'est terminé », pense Jules. En effet, ils sont là, devant lui. Dans une voiture de l'armée. Ils portent des casques ronds qui épousent leur crâne quasi rasé. Le long de leur bras pend une mitraillette, prête à l'emploi. Leurs yeux fixent le médecin sur sa charrette. Hier, ces redoutables militaires dont on parle dans tous les journaux ne vivaient que dans son imagination. En une seconde, ils sont devenus des êtres vivants. Ils ne se contentent plus d'avancer sur des plans, tels des pions déplacés avec une règle sur la carte de l'Europe, ils pénètrent dans les champs avec leurs chars, leurs armes et leur croix gammée. Jules aurait aimé les trouver répugnants. Ils ne le sont pas. Est-ce ce port altier, cette rigueur, cette beauté presque parfaite qui forcent autant l'admiration que la crainte ? Le jeune docteur chasse cette honteuse pensée et domine son malaise. Il se sent en territoire ennemi. Il doit en parler à Emma. Vite. Depuis presque deux ans qu'ils se voient chaque semaine, Jules pense à elle constamment. Elle a poussé la porte de sa vie sans faire de bruit.

Le médecin n'a pas le temps de sonner la cloche que la jeune fille est déjà devant lui. Derrière elle, Hélène regarde le couple avec compassion. Emma est terrifiée. Depuis qu'elle a vu le titre du journal du 17 juin 1940 : « Ils arrivent », elle ne cesse de tourner en rond. L'entrée des Allemands s'est faite sans heurts. La veille, Pétain a appelé à cesser le combat, mais cinquante mille hommes ont continué à se battre. La panique a embrasé la France. On évalue à huit millions le nombre de personnes sur les routes. Il y a un contraste terrible entre la beauté des paysages français avec les forêts, les lacs, les champs de tournesol et la désolation de la campagne jonchée de cadavres, de voitures abandonnées faute d'essence… Et puis, quand la population s'engage sur les sentiers les plus exposés, les avions Stukas[1] de l'armée allemande attaquent. Les gens se réfugient sous leur charrette, dans les fossés. Lorsque les bombardements cessent, les survivants ramassent les morts ruisselants de sang puis cherchent les vélos, les brouettes et les valises avant de reprendre la route.

En Alsace, on est resté calme. Il faut dire que la région a l'habitude d'être non seulement le premier territoire envahi, mais aussi le plus vite vendu. En contrepartie d'une paix relative pour le reste du pays. Ici, pas de panique, on ne creuse pas de tranchées défensives, on n'amoncelle pas des sacs de sable devant les villages. Non, on accueille l'envahisseur avec résignation. Car on sait que l'on va devoir vivre avec lui un mois, des années et peut-être pour l'éternité. L'enjeu de ne pas déplaire est immense, celui de résister est primordial. C'est en tout cas ce qu'explique Hélène à Jules, ahuri de voir les habitants si sereins. La vieille femme a connu une invasion allemande. Alors, une de plus ou de moins.

« Gardons à l'esprit que nous avons le cœur en France, dit-elle. On verra comment ils se comporteront, ceux-là. »

Elle se renverse sur le dossier de sa chaise et soupire :

« Vous vous imaginez peut-être que les Allemands vont s'arrêter là. Non. Ils grignoteront du terrain jusqu'à Paris et, quand ils seront en mesure d'imposer leur volonté, la France brandira l'Alsace et la Lorraine comme monnaie d'échange. Allez les enfants, glanez quelques informations au village et rapportez-les-moi.

– D'accord, lance Jules. Emma, viens. »

Le couple s'élance vers l'extérieur en claquant le battant. Hélène ne bouge plus. Le silence de la maison est lourd de sens. Le passé refleurit dans sa mémoire comme un parterre de primevères aux premières rosées du printemps. Vingt-deux ans qu'elle n'a pas vu les Allemands à sa porte. Elle se souvient de leur départ en 1918. Jamais elle n'avait connu une telle joie. Elle s'était même rendue

1. *Stuka : abréviation de* Sturz , *« en piqué », et* Kampf, *« de combat ».*

au théâtre pour fêter l'événement. Pourtant, les envahisseurs de l'époque n'étaient pas si méchants. Ceux d'aujourd'hui ne sont manifestement pas les mêmes. Ils sont menés par un souci de vengeance. Ils ne cherchent qu'à réparer l'humiliation du traité de Versailles[1]. « Enfin, pense Hélène, ça ne changera pas mon quotidien. On fera vache maigre. Mais Emma et Jules, eux… » Il faudra bien que quelqu'un paie la facture au Reich. Et le prix de la vexation peut se révéler élevé pour les jeunes générations. La vieille dame se lève. Elle doit donner à manger à son chien. Jip remue la queue rien qu'à l'idée d'avoir sa gamelle. Peu lui importe que sa maîtresse soit allemande ou française, pourvu que le garde-manger soit toujours bien rempli. Finalement, dans leurs plus primaires instincts, les animaux ont parfois plus de bon sens que les hommes.

Jules et Emma coupent par la forêt pour rejoindre le village. Le sentier est à peine visible. En arrivant sur les hauteurs de Westhoffen, ils considèrent les fenêtres des maisons qui laissent filtrer de vagues lueurs jaunâtres. La pinède exhale un fort parfum de résine. Le médecin bute contre une branche morte :

« On n'y voit rien ! »

De fines gouttes crépitent sur les feuilles des arbres. Une brise légère balance les branchages.

« Je m'en doutais, continue-t-il. On n'est pas encore couchés ! Les nouvelles vont vite. »

Le couple arrive juste à temps. L'averse accueille les blindés qui sont passés par la route. Beaucoup de monde dans les rues en ce 20 juin 1940. Une date qu'on n'oubliera pas ici. Emma prend le bras de Jules. Marchant côte à côte, ils écoutent le grondement sourd de l'armée allemande et remontent la rue principale. Quelques badauds sont alignés sur le trottoir. Des gradés gantés règlent à coups de sifflet l'arrivée du convoi. Les moteurs des voitures arrêtés, les soldats descendent et attendent les ordres. Un

1. *Traité de paix signé entre l'Allemagne et les puissances alliées victorieuses le 28 juin 1919. L'Allemagne a été exclue des débats où se décidait son sort. C'est pourquoi, outre-Rhin, il fut qualifié de diktat. Hitler l'utilisera pour développer la haine de la population contre les vainqueurs de la Grande Guerre.*

petit homme gesticule et hurle les consignes. En guise de conclusion, il leur fait signe de continuer. Il prend place dans sa voiture personnelle. Son chauffeur démarre et précède une rangée de véhicules lourds. Debout à l'arrière de son automobile, l'officier agite son bras pour inviter le convoi à prendre de la vitesse. Un nuage de poussière danse devant le couple. Jules observe son amie avec inquiétude. Rien qu'à la voir, il devine qu'elle est en proie à une forte angoisse. « Quand on aime quelqu'un, tout se dit, tout s'écoute », pense le médecin. Encourager les confidences et prodiguer les consolations nécessaires. C'est là la seule méthode trouvée par le jeune amoureux pour déclarer sa flamme. Jules estime qu'il ne peut se dérober plus longtemps à ses sentiments. Rassemblant son courage, il décoche un regard à Emma et s'exclame d'une voix mal assurée :

« Ça ne va pas ? »

Elle lève les sourcils.

« Si. Pourquoi ?

– Tu n'as pas l'air. Tu sais, on sera bien obligés…

– Oh ! L'arrivée des Allemands, ce sont des petites choses.

– Des petites choses ? Alors quelles sont à ton avis les grandes ?

– Toi. »

Jules prend le coup en plein cœur. Ses joues s'empourprent. Un sourire brise le coin de ses lèvres.

« Je suis heureux avec toi. »

Sa voix tremble. Il se mouche, comme pour faire diversion à une conversation qui le gêne. Emma s'approche.

« Comme tu es belle », dit-il gravement.

Il prend la main d'Emma, la tourne et applique sa bouche sur la paume ouverte. Elle frissonne, se sent fragile sous cette caresse. Les deux amoureux n'ont plus de retenue vis-à-vis d'eux-mêmes, plus de honte vis-à-vis du monde. Leur attitude ne peut pas être mal comprise puisqu'ils sont faits l'un pour l'autre.

« Je suis certain que ton père sera ravi d'apprendre que sa fille est une belle dévergondée ! » persifle alors une voix dans le dos d'Emma.

Un spasme la secoue de la nuque aux talons. Elle se retourne, se retient de crier. Fier comme un coq au milieu d'une basse-cour,

Armand Singert jette sur elle un regard de mépris. Apeurée, les épaules basses, elle recule comme une voleuse surprise en flagrant délit. D'instinct, Jules ne cherche pas à la retenir. Sans bien comprendre les motifs de ce mouvement de recul, il devine l'ascendant que ce fils de fermier a pris sur Emma.

Rentré dans sa chambre, le médecin reprend ses esprits. Il reste immobile devant la fenêtre quelques instants, les lèvres encore savoureuses de l'odeur d'Emma. Il a désormais besoin d'elle pour vivre. Demain, il déclarera sa flamme au père Zimmermann avant qu'Armand ne prenne plaisir à cracher son venin. Et puis, il faudra rassurer sa promise pour qu'elle ne détale plus à la seule vue de cette petite salissure. Emma ne doit plus avoir peur maintenant qu'il est là. Mais ce n'est pas le sujet de ce soir. Non ! Jules a juste envie de faire rayonner son bonheur sur les êtres qui lui sont chers. Il entend le roulement de la carriole sur le pavé. Le docteur Wittmann rentre. Jules se rend dans le vestibule, vérifie sa tenue, passe la main dans ses cheveux comme si son entrevue avec Emma était passée sur lui comme une bourrasque. Son cœur bat à l'idée d'en parler à son ami : « Elle m'aime, nous nous sommes embrassés… On va se marier. »

Quand Victor pénètre dans l'entrée, Jules le reçoit avec un air bizarre, mélange étrange d'inquiétude et de joie dissimulée.

« Alors, que pensez-vous du passage des Allemands ?

– Hélas ! Que du mal. Le monde s'enfonce, dit le vieil homme.

– Vous ne devez pas avoir bien chaud. Vous êtes trempé. Je vais faire chauffer un peu de soupe.

– Vous êtes gentil.

– Mais non, enfin… C'est normal. »

Jules sourit.

« Donnez-moi votre manteau ! continue-t-il. Si vous restez ainsi, vous attraperez froid.

– Bientôt, vous allez me demander si j'ai été sage. Vous conviendrez que ce serait un comble…, dit Victor en lui tapotant la joue.

– Pourquoi ?

– Parce que le chenapan qui vole les filles des autres, ce n'est pas moi, jeune homme.

– Vous… Vous avez vu ?
– Comme tout le monde. Il faut dire qu'un couple s'embrassant en plein milieu de la route, juste après le passage des chars ennemis, ça ne passe pas vraiment inaperçu.
– Ah oui !... Je ne sais pas… Peut-être. »
Passant du fourneau à la table, Jules dispose les couverts tout en revoyant la scène. Ses mains se posent dans le dos d'Emma, son regard effleure les lèvres et les yeux de sa promise. Il n'a pas quitté la rue principale de Westhoffen. Impossible pour lui d'évaluer le temps passé dans le brouillard de ses pensées.
« Jules, la soupe est en train de bouillir sur le feu, dit le docteur Wittmann, assis devant son assiette.
– Oui… Pardon… Je vais vous servir. »
Penché sur la casserole, une cuillère à la main, le jeune homme tourne le liquide fumant. Il lui est alors difficile de croire qu'Emma ne respire pas en même temps que lui cet aigre parfum de pain noir trempé dans un jus gras.

Levé au chant du coq, Jules se décide d'aller parler à son futur beau-père. La maison Zimmermann se trouve de l'autre côté du village, près du Geisweg. Au bord de la forêt, derrière la palissade, quelques cerisiers, deux pommiers rabougris à l'écorce vieillie et des plants de tomate tout aussi fades font office de bienvenue.
« Entrez cinq minutes, dit Alphonse. Ma femme ne va pas tarder. »
À la chaleur de ce langage, le médecin se sent en confiance et s'assoit sur une des chaises de la cuisine.
« Elle est partie ramener le troupeau de chèvres. Nous allons la chercher si vous voulez, nous aurons ainsi le temps de discuter.
– D'accord. »
Un sentier les entraîne dans un petit bois de chênes aux branches basses. La rocaille devient de plus en plus visible entre les arbres. La crête surgit bientôt avec une cabane au sommet. Sur le versant opposé, une plaine verdâtre plonge vers une sapinière, précédée d'un fin ruisseau.
« Ouf ! lance Alphonse. Je n'en peux plus. Reposons-nous. »

Il se laisse tomber sur une grosse pierre qui surplombe le courant et déboutonne le haut de ses bottines. Jules s'assoit dans l'herbe. La fraîcheur de l'eau se perçoit jusqu'à son visage. Il suit des yeux les reflets des rayons du soleil sur la rivière.

« J'aime bien ce coin, lance Alphonse.

– C'est magnifique, en effet ! »

Le fermier se masse les chevilles avec les deux mains. Soudain, il lève la tête et annonce d'une voix enjouée :

« Voilà ma femme qui revient avec le troupeau. »

Dressé d'un bond, Jules défripe son pantalon et jette un regard dans la direction que lui indique son interlocuteur. En effet, suivant la courbe de la berge, une haute silhouette s'avance lentement vers lui.

« Eh bien, dit la femme. Mon mari m'avait prévenue…

– De quoi, questionne Jules.

– Eh bien que vous viendriez demander la main d'Emma.

– Ah !

– Tout le monde vous a vus hier à Westhoffen.

– Nous nous aimons et…

– Et vous allez arrêter de vous voir très vite, coupe Alphonse.

– Quoi ? »

Cette seule phrase jette le désordre sur les intentions du docteur. Les événements se déroulent à l'encontre de ce qu'il a espéré. Machinalement, il touche du bout des doigts son front perlant de gouttelettes de transpiration.

« Emma est promise à la famille Singert, continue le père. Je lui ai prévu un meilleur destin.

– Mais…

– Il n'y a rien à ajouter, jeune homme. C'est moi qui décide.

– Alors pourquoi m'avez-vous emmené ici ?

– Vous allez tout de suite saisir. Ce terrain devant vous appartient à Armand. Il fait partie du contrat de mariage. Et nous l'exploitons déjà… Par conséquent…

– Eh bien, dit Jules, c'est donc cela ! »

Paralysé par la colère, il reste immobile. Il souffre d'avoir été si facilement berné. Quoi de plus étonnant que de voir un homme vendre sa fille pour une prairie. Le bonheur de son enfant, contre une mince production de fromages de chèvre… Désormais, Jules attend la réaction de la mère d'Emma. En vain. Sans doute s'est-elle lavée à la fontaine, car elle a un visage propre et les cheveux mouillés. Sa veste la serre aux épaules. Les manches trop courtes découvrent ses poignets osseux.

« Et vous ? Qu'en pensez-vous madame ? » demande Jules.

Elle ne répond pas.

« Voulez-vous le bonheur de votre fille ou la satisfaction de votre mari, insiste le prétendant ?

– Ça suffit », lance Alphonse furieux.

Il marque un temps et prononce encore dans un demi-sourire :

« De toute façon, ce n'est certainement pas ma femme qui décide. »

Son visage long, aux pommettes rougeaudes, aux petits yeux vifs et agressifs se concentre sur la prochaine réplique :

« Vous aimez votre métier ?

– Oui, bien sûr. Je l'ai choisi, répond Jules.

– Je sais, je sais, murmure le paysan. On me l'a dit.

– Pourquoi me demandez-vous cela ?

– Je voulais savoir ce qui vous avait motivé pour renier les origines de votre famille. Ici, on est fermier de père en fils. Et ma fille ne fera rien d'autre que de cultiver la terre. Est-ce compris ? »

Pendant qu'Alphonse parle, Jules cueille une herbe et la glisse entre ses dents.

« Quand je suis sorti de l'école, je voulais m'établir à Paris, explique-t-il. Et puis, on m'a proposé ce poste. J'en rêvais. Car je suis campagnard dans l'âme et c'est ça l'important monsieur Zimmermann, la façon de penser et de se faire aimer plutôt que de rechercher la grosseur du porte-monnaie. Maintenant, le docteur Wittmann doit m'attendre pour le déjeuner. »

Jules tend la main et serre gauchement le bout des doigts mous d'Alphonse.

« J'espère que vous ne m'en voulez pas de vous laisser. »

Et il s'éloigne sans attendre la réponse. Il marche vite, tout en faisant attention à l'endroit où il pose ses pieds. Quelques minutes plus tard, il entre dans la cuisine du manoir Saint-Martin. Victor s'active et dispose déjà les assiettes sur la table. Un parfum de poireaux émane de la casserole. Les traits de son ami sont tirés par la fatigue. Ses yeux brillent comme s'il avait bu un apéritif. Un tremblement agite ses mains.

« Ils ont demandé aux juifs de se faire recenser à la mairie. Un jour ou l'autre, il faudra bien que je prenne la décision de partir.

– Et ça changera quoi ? Vous êtes médecin. En temps de guerre, vous êtes intouchable. »

Durant tout le repas, il n'est question que des Allemands, de leurs conquêtes, de leur volonté politique. Personne ne s'inquiète de savoir si Jules est content de sa promenade à la ferme des Zimmermann. À plusieurs reprises, le jeune docteur est tenté d'annoncer le refus catégorique de la famille. Mais il trouve ses pensées égoïstes face aux profonds soucis de son ami. Tout se brouille dans son esprit. Il ne sait même plus ce qu'il mange, n'entend plus les paroles inquiétantes de Victor. Après le déjeuner, il retrouve son cabinet avec soulagement. Il s'assoit devant son bureau et sort du tiroir du papier et de l'encre. Il écrit, longuement. En relisant, il n'est pas satisfait. Sans doute met-il trop de forme dans la rédaction ? Il conclut qu'il s'agit là d'un brouillon, rectifie quelques adjectifs et biffe la dernière phrase. Comme chaque fois qu'il s'adonne à un exercice de style, l'image de sa mère, prévenante et souriante, surgit d'un coin de sa mémoire. Inspiré par ce souvenir, il reste un instant la plume suspendue. Puis, brusquement, il se décide :

Ma chère Emma,

Ce matin, j'ai demandé ta main à ton père. Il a refusé catégoriquement. Tu es promise à Armand Singert depuis ta naissance. Car ça permet à Alphonse de récupérer un pré pour un troupeau de chèvres. J'avoue que j'en suis…

Il fixe ses yeux sur le mur pour mieux asseoir sa réflexion :

Décontenancé… Déçu… Choqué…

Rien ne lui convient. En désespoir de cause, il écrit :

Enfin, chacun voit midi à sa porte.

Il veut ajouter qu'Alphonse s'est joué de lui en l'emmenant sur le terrain en question. Mais cet aveu l'effraie. Il ne désire pas qu'Emma sente dans son récit la moindre once de l'humiliation subie. Jules saisit la lettre et la déchire en petits morceaux. Aucun mot dans cette missive ne correspond à la réalité. Plus tard, demain peut-être, quand il se sera calmé, il saura dépeindre ses états d'âme avec précision.

* *
*

Il ne grêle plus. Dans les prés comme sur le bas-côté de la route, la fine pellicule blanche se dilue rapidement devant le soleil revenu. D'un pas décidé, Hélène se dirige vers la ferme des Zimmermann. Un sentier mène à la porte qu'encadrent une pile de bois et un tas de fumier. Des aboiements retentissent. Une boule couleur feu se précipite à sa rencontre. C'est Laïka, une splendide bâtarde au museau barbu et blanchâtre, espiègle, affectueuse et d'une gourmandise insatiable. Elle a eu des petits le jour où Jip lui a conté fleurette, au détour du chemin. Mais son maître les a noyés. D'un bond, elle se jette sur Hélène qui se retient à son bâton pour ne pas tomber.

« Tu es sale, Laïka, dit Hélène. Tu sens la bouse. »

Prenant ces paroles pour un compliment, la chienne jappe de plaisir. Chaque fois qu'elle vient à la ferme, la vieille dame lui rapporte une gâterie derrière le dos de ses maîtres. Aujourd'hui, os de poulet et croûte de fromage. L'œil globuleux, l'haleine vineuse, Alphonse sort sur le pas de la porte et grogne :

« Ah ! C'est toi Hélène. Bonjour. Sacré mauvais temps !

– Oui.

– Entre donc. »

Hélène pénètre dans la sombre et basse salle à manger qui sent la suie, la soupe et le lait caillé.

« Bonjour, lance la mère Zimmermann. Quelles nouvelles ?

– Je viens pour une minute, as-tu encore quelques pommes de terre de l'année dernière ?

– Oui, attends. »

La paysanne pousse un portillon, descend trois marches et disparaît dans une pièce creusée en contrebas où s'entassent les vivres du foyer : fromages, jambon séché, beurre. Un instant plus tard, elle remonte à la surface.

« Voilà, dit-elle, j'ai choisi comme pour moi. Deux kilos au moins, ça ira ?

– Oui, merci. »

Laïka avance son museau pour flairer les tubercules.

« Faut toujours qu'elle fourre son nez partout ! » s'exclame en riant Emma qui revient de l'étable.

À ce moment, Alphonse donne un violent coup de pied dans la mâchoire du chien.

« Pauvre bête, lance Hélène.

– Oh ! Ne la plains pas. C'est une fainéante et une voleuse, affirme Marie.

– Ce n'est pas grave ma belle. Tu verras quand tu vivras chez Emma et Jules, tu seras plus heureuse. »

Alphonse et sa femme se redressent et un même soupçon assombrit leur visage.

« Où as-tu entendu cela, toi ? demande le fermier.

– C'est moi qui vous le dis », répond Hélène.

Alphonse rit fort puis grommelle :

– Eh bien, tu divagues...

– Tu sais qu'il n'en est pas question, continue la paysanne.

– Je ne peux tout de même pas laisser Emma...

– Cela ne te regarde pas.

– Eh bien si, figurez-vous. Vous n'avez pas le droit de rendre votre fille malheureuse pour un champ...

– C'est vrai », lance Paul, le frère d'Emma.

Avec sa large veste noire, ses bottes kaki en caoutchouc, la taille mince étroitement prise dans une ceinture de cuir usé, Paul se dresse en défenseur.

« À toi non plus, on n'a pas parlé, rétorque Alphonse.

– J'ai quand même la possibilité de donner mon avis. Cet Armand Singert est un facho. Un salopard de nazillon.

– Tu n'es pas mieux. J'ai un enfant communiste... », dit-il en se retournant vers Hélène.

Paul s'avance rapidement vers son père. La vieille dame leur barre la route.

« Nous ne sommes pas là pour parler de politique, mais de l'avenir d'Emma.

– Elle fera ce que je lui demande ! hurle Alphonse en regardant sa fille tapie entre le buffet et la porte de la cave.

– Asseyons-nous au lieu de hausser la voix », dit Hélène en désignant les chaises collées contre la table.

Tous acceptent.

« J'ai l'intention d'emmener Emma chez moi ce soir jusqu'à son mariage avec Jules Peyrie, continue doucement la vieille dame.

– Hors de question.

– Alphonse, si au lieu de gagner un champ, je t'annonce que tu en gagnes deux en mariant ces enfants. »

Le fermier la considère d'un regard stupide.

« Qu'est-ce que tu veux dire ?

– Tu te souviens de l'oncle Fernand ?

– Oui et alors ?

– Eh bien, il avait fait un testament avant sa mort où il te déshéritait.

– Quoi ?

– Tu le sais bien puisque ce document tu l'as détruit juste avant l'enterrement.

– Tu n'en as aucune preuve.

– Et si, Alphonse. Fernand a été prévenant et m'a confié un double.

– Saloperie ! »

Hélène sursaute à cette insulte, mais ne se laisse pas influencer.

« Pour te permettre de nourrir ta famille et t'éviter de sombrer dans la pauvreté, j'ai caché le papier plus de trente ans, mais si en revanche tu ne laisses pas la petite se marier avec le médecin, je te jure que je n'aurai aucun remords. »

Offensé par les mots d'Hélène, Alphonse se fige sur sa chaise, le regard horizontal et la bouche close. Paul jubile. Recroquevillée par la crainte de voir ressurgir le passé, la mère Zimmermann se lève et s'accroche au bord de la table :

« Je te l'avais dit que cette histoire reviendrait ! lance-t-elle.

– Tais-toi, vocifère Alphonse.

– Non, pas aujourd'hui. »

Il se verse un verre de vin, l'avale, s'en remplit un autre. « S'il continue, il va devenir violent », pense Emma. Un silence écrasant s'installe. Hélène observe les uns et les autres, d'un œil interrogateur.

« Bravo, lance bientôt le fermier. Tu as gagné. »

La vieille dame a enfin entendu ce qu'elle voulait. Il ne faut surtout pas qu'elle en ajoute davantage. Elle risquerait de rompre un accord obtenu in extremis.

« Vous devriez partir tout de suite », murmure-t-il.

Hélène agite la main pour demander à Emma de se presser. Pendant que la jeune fille fait son bagage, Laïka sort la tête du dessous de la table. Ses yeux brillent.

« Et puis, je prends le chien aussi, dit la vieille dame.

– Si tu veux. De toute façon, ce n'est pas un cadeau.

– Mettez-lui une ficelle autour du cou, je m'en arrangerai.

– On peut dire que tu as une bonne âme, ça m'aurait fait mal de devoir l'abattre. »

IX

Le départ

En franchissant le seuil de son cabinet, Jules s'aperçoit qu'une lettre a été déposée sur son bureau. Il pose sa sacoche, ramasse l'enveloppe et la décachette. L'écriture de Victor court sur une page complète.

Mon cher Jules,
Je t'écris ces quelques lignes pour t'informer de mon départ ce matin. Nous ne nous reverrons plus avant très longtemps. Je compte rejoindre mon fils en Suisse. Il m'a demandé de venir visiter ma petite-fille qui est née la semaine dernière. Ça ne se refuse pas ! Je te laisse le manoir Saint-Martin. Prends-en soin et surtout… Surtout… Ne laisse pas les Allemands s'y installer. Mes parents se sont battus pour acquérir ce bijou qui a appartenu au rabbin Debré, une grande figure du village. Mon enfance est ici, dans ces murs. Et c'est ici que je voudrais mourir. Installez-vous jusqu'à mon retour. Je pars l'esprit tranquille. Mon seul regret est de ne pas avoir pu te parler avant de m'en aller définitivement. Mais n'est-ce pas mieux ainsi ? Aurais-je eu la force de supporter ton regard ? Je ne te communique pas mon adresse. C'est inutile. Inutile et dangereux pour nous deux.
Victor.

Jules laisse tomber la missive sur ses genoux. Il songe au visage du docteur Wittmann. Finalement, il est heureux que le praticien à la retraite ait eu le courage de partir. Un homme de sa qualité mérite une fin de vie sans soucis. Aurait-il pu supporter le racisme des Allemands, leur autorité et l'humiliation de l'étoile jaune ? Lui qui pendant sa carrière a soigné et guéri les hommes et les femmes de toute religion, sans à priori... Jules relit la lettre. Quelle dignité dans la décision ! Sans doute le docteur Wittmann désire-t-il libérer Jules de la suspicion et des ennuis.

Il est 1 heure de l'après-midi quand Emma arrive au cabinet. Elle paraît enthousiaste.

« Ce matin, je suis allé à la quincaillerie déposer la liste de mariage. Jules, tu te rends compte, dans moins de quinze jours, nous serons unis pour la vie.

– Oui, répond-il tout en ne pouvant masquer la tristesse qui l'accable.

– Qu'est-ce qui se passe ? »

Jules tend la lettre de Victor. À mesure qu'Emma la parcourt, son visage s'assombrit.

« Mon Dieu, ce n'est pas possible ?

– Il a raison au vrai. Car ces Allemands-là ne sont pas ceux de 1914. Il sera en sécurité en Suisse. Et ce n'est pas plus mal.

– La vie est étrange. En quittant Westhoffen, il nous épargne aussi. Il a tout abandonné pour nous. »

« Emma a compris le docteur Wittmann sans même bien le connaître », pense Jules. Elle regarde son fiancé à la dérobée. Lui la dévisage avec gourmandise.

« Pour notre repas de noces, ce ne sera pas comme avant-guerre, dit-elle

– Je sais, répond-il. Je vais me procurer deux lapins, ce sera parfait. »

Penché sur Emma, il avoue :

« Je n'ai pas encore mangé et j'ai très faim. Pas toi ?

– Si, répond-elle, amusée de cette question insolite.

– Tu sais que tu as fait des progrès considérables ?

– J'ai un bon professeur. »

Une bouffée de chaleur monte à la tête de la jeune femme. Il saisit la main de sa promise, la serre fortement pour entériner un pacte passé il y a longtemps déjà. Elle répond par une pression des doigts. Jules l'entraîne dans un monde nouveau et incertain où, malheureusement, Victor n'a plus sa place.

Les derniers jours avant le mariage passent rapidement. Prise par les obligations, Emma en néglige le ménage qu'elle a promis à Hélène. Laver et épousseter de fond en comble la maison qui accueillera les invités du couple, c'est la moindre des choses aux yeux de la future épouse. Mais ayant vécu par procuration un roman d'amour, la vieille dame ne lui en tient pas rigueur. Bien au contraire.

L'union est célébrée à Westhoffen. Emma arrive devant le maire dans une robe blanche très simple, les cheveux bruns bouclés qui ondulent jusqu'à une rose accrochée sur la droite de sa tenue. Jules est à ses côtés, dans un costume gris clair. Il est raide, pâle et rasé de près. Il se dit qu'il n'oubliera jamais ce samedi 10 août 1940. Le couple se tient debout, serré pour prononcer le « oui » fatidique. Ensuite, les jeunes époux, les parents et les deux témoins – Paul Zimmermann et Michel Weiss – s'engouffrent dans les charrettes qui les emmènent directement dans le grand jardin d'Hélène. Des fleurs fraîchement cueillies sont disposées dans une corbeille.

La vieille dame embrasse les mariés et leur adresse ses plus sincères félicitations. La mère Zimmermann se contente d'un discret baiser. Alphonse, quant à lui, serre lâchement la main de Jules, sans mot dire.

« C'est un immense bonheur de recevoir ici Emma et Jules ! » s'exclame alors l'hôtesse.

Courts applaudissements.

« Et c'est pour moi le moment de vous offrir ceci, continue-t-elle en posant un paquet sur la table.

– Non, c'est trop, répond la mariée, visiblement très touchée.

– Ne dis pas de bêtise. Tu n'as même pas commencé à ouvrir votre cadeau. »

Trop émue pour parler, Emma déchire le papier qui entoure une magnifique soupière. Ses yeux se voilent. Elle connaît bien l'histoire de cet objet beige en porcelaine de Saxe, décoré d'un fier et majestueux paon bleu roi sur la face bombée. Elle a appartenu aux parents d'Hélène qui l'ont eux-mêmes reçue à leur mariage en 1851. La vieille dame l'appelle « la soupière bleue ». Pour son dessin bien sûr. Et aussi pour l'espoir qu'elle symbolise. Par ces temps de désordre, le passé prend tout son sens. Emma embrasse Hélène sur les deux joues, lui promet d'en prendre soin, repose l'objet sur la table et laisse la place à Jules qui empoigne sa bienfaitrice.

« Bon, on mange ? » conclut Hélène pour cacher l'émotion qui la gagne.

Malgré les restrictions, de nombreux saladiers s'alignent entre deux bouteilles de vin. Emma regarde sa mère et un léger malaise se mêle à son plaisir. Sans doute Marie Zimmermann sent-elle que son mari ne saura pas se contenir. On parle d'abord de la cérémonie, puis la conversation dévie doucement vers la politique. On évoque la fuite des Alsaciens, poussés à quitter au plus vite leur terre, mais aussi les prochaines opérations militaires, l'attitude du gouvernement vis-à-vis du conflit. Emma observe son père situé en face d'elle. L'expression vague de ses yeux noirs montre à quel point son esprit flotte dans une région où nul ne peut le rejoindre. Sans doute pense-t-il à la nomination du Gauleiter[1] Wagner ? Ou alors il a bu. Une réflexion de Jules le fait sursauter.

« Dans le Sud-Ouest, les Alsaciens ont été assez bien accueillis, affirme le médecin.

– Tu trouves ça normal ? demande Alphonse. On est bien ici. Et s'il faut composer avec les Allemands, on se mettra au pas. Après tout, ils ne sont pas si terribles.

– Pas si terribles ?

– Non. Ils nous prennent la moitié de nos récoltes, mais nous paient en contrepartie.

– Et que faites-vous avec cet argent ? Vous ne pouvez même pas vous acheter un morceau de viande, du café ou du tabac. »

Emma sent que la conversation vire au conflit. Alphonse commence à s'échauffer. Et il ne faut pas compter sur Jules pour se taire.

« Quand une guerre est déclarée, on doit se battre pour son camp, déclare le docteur avec un air de fierté.

– Tu lis trop les journaux, gamin. Et tu n'y connais rien. Tu n'étais pas là, toi, en 14.

– Les anciens combattants sont bien sympathiques et je les respecte. Cependant, ces Allemands-là ne sont pas les mêmes.

1. *Chef d'une branche du parti national socialiste qui coordonne les événements régionaux et travaille avec le gouvernement en région.*

Oublions le passé et pensons à ce gouvernement de Vichy qui collabore !

– Oublier ? rugit Alphonse qui sursaute comme traversé par une décharge électrique. Comment veux-tu qu'on oublie, espèce de blanc-bec de l'intérieur. Quand vous êtes passé deux fois par l'annexion, ça vous reste dans la peau. Une fois Français, une fois Allemand… Tu sais ce que c'est toi, fils de commerçant de Bergerac. Hein ? Tu sais ce que c'est ?

– Alors quoi ? Sous prétexte que vous avez trinqué ici, il faudra accepter cette nouvelle invasion comme une fatalité ?

– Nous sommes des vendus, il faut bien s'y habituer sans mot dire. Des vendus… »

Alphonse répète ce mot avec une rage impuissante. Sa mâchoire tremble, ses yeux brillent. La mère Zimmermann fait un geste d'apaisement à son mari.

« Allez, Alphonse, c'est une belle journée. Sans rancune, conclut Jules.

– Si on avait su, intervient Paul… C'est à cause des capitalistes que tout va mal dans le pays… Le profit… Les affaires… Le chômage… Et finalement qui paie la facture ?... Toujours les mêmes.

– Ah toi, répond son père, tu ne vas pas t'y mettre avec tes idées communistes.

– Je suis d'accord avec Jules. Il faudra se battre contre ces salopards de nazis.

– Dégage ! » hurle Alphonse.

La mère d'Emma se lève et murmure à l'oreille de son mari :

« Tu es fatigué. Tu devrais aller te coucher.

– Pourquoi ? Je ne vais pas me laisser faire par ces jeunes trous du cul qui n'ont rien dans le cerveau. C'est ça les héros de la nouvelle génération ? »

Alphonse porte la main à son front.

« Tu as mal à la tête ? demande sa femme.

– Oui, cet idiot m'agace. De quoi se mêle-t-il, après tout. Il n'est pas d'ici.

– C'est ton gendre, tout de même

– Un morveux… Un moins que rien.

– Allez viens, je te raccompagne à la maison. »

Par la même occasion, Emma saisit deux plats vides sur la table et les ramène à l'intérieur. Ce n'est pas la première fois qu'elle cherche un prétexte pour fuir la honte que lui inspire son propre père. D'ailleurs, les autres invités sont si absorbés par la discussion qu'ils ne remarqueront pas son absence. Elle dévale le petit chemin, les bras chargés de vaisselle. « Tiens, la porte d'entrée est fermée. Je vais passer par le cellier », se dit-elle. Emma contourne la maison et s'engage dans l'escalier. Il fait plus frais ici. Elle avance pliée en deux pour ne pas se cogner la tête au plafond. Enfin parvenue à la dernière marche, elle se relève et allume la lumière.

« Eh ! Te voilà ma cocotte. Pas encore au lit avec ton époux ? Mes plus vives félicitations... »

Les saladiers collés sur son ventre, Emma tressaille et s'immobilise

« Alors, on n'est pas contente de me voir ?

– Armand ! lance-t-elle en levant des yeux implorants.

– J'éteins la lumière. C'est mieux. Pas vrai ? »

Une contraction douloureuse noue l'estomac de la jeune mariée. Si elle crie, personne ne l'entendra. Cette fois, il faut qu'elle se débrouille seule :

« Je dois aller chercher quel... quelque chose à la cuisine.

– Que de progrès. Ça sert d'avoir un mari médecin.

– Je t'en prie. »

Il lui saisit le bras et la pousse par les épaules. Elle se retrouve plaquée contre le mur, entre deux étagères de conserves. Son cœur bat jusque dans sa gorge. Elle tourne la tête pour éviter de regarder la face enragée de son agresseur.

« Comme ça on est rudement bien... On oublie les autres qui discutent au-dessus. On va pouvoir s'amuser un peu, tu ne crois pas ? » affirme-t-il.

Armand sent la bête.

« Non !

– Quoi ? Tu n'as pas envie ? Hum... Tu t'es parfumée ?

– Non.

– Alors c'est naturel. »

Il penche la tête, respire le corsage de sa prisonnière. Puis il l'embrasse dans le cou.

« Au secours ! crie-t-elle
– Inutile ma belle. Personne ne peut t'entendre. Et toutes les portes de la maison sont fermées… »
Il commence à déboutonner sa robe sur le devant. Elle sent le contact de ses gros doigts sur sa peau. Le visage d'Armand qu'elle distingue dans la pénombre porte tous les signes de la folie. Il la renverse à demi-nue sur le sol, lui remonte sa jupe, arrache sa culotte. Elle se débat tant qu'elle peut. Il se frotte sur sa proie avec maladresse. Soudain Emma entend tambouriner. Sous l'ivresse du désir, Armand continue à la pétrir.
« À l'aide ! hurle-t-elle.
– Ouvrez », commande la voix d'Hélène distinctement.
Armand se fige d'un coup, attend. Soudain, ses muscles se relâchent et il s'écarte d'Emma qui tente aussitôt de s'échapper. Elle titube, cherche d'un œil avide la première marche qui la mènera à la délivrance. Armand la rattrape. Il saisit solidement la poignée froide de sa proie. Mais elle a le temps d'ouvrir le battant avec sa main libre. Hélène se précipite et prend le jeune homme par l'épaule. Emma s'échappe et va se réfugier près du grand chêne. Le regard qu'Hélène lance à Armand l'arrête net. L'ordre est clair, l'expression terrible. *Plutôt te tuer que de te laisser violer cette pauvre fille.* Il comprend, crache par terre pour se donner une contenance. Il rajuste son pantalon et se dirige vers la sortie. Depuis des mois le corps d'Emma habite sa chair. Un jour, il la possédera.
« Ne t'avise jamais plus !… s'exclame Hélène.
– Ça va mamie. Je m'en vais. »
Une peur brusque saisit le cœur de la vieille dame. Elle sait qu'Armand ne s'arrêtera pas à ce stade. Elle ferme les paupières, les rouvre et, devant elle, le visage du violeur esquisse un sourire sarcastique.
« Va-t'en », dit-elle.

Pendant qu'Armand s'éloigne, Hélène rejoint sa protégée.
« Comment ça va, ma belle ? demande-t-elle, inquiète.
– Je vais bien.
– Il est parti. Tu peux aller te rhabiller. »

Emma s'exécute. Hélène la regarde un long moment avant de lui adresser une parole. Une soudaine douceur s'est installée dans l'air et le ciel est d'un bleu limpide, comme neuf. Des rayons dorés glissent entre les feuilles de l'arbre.

« Tu sais, il faudra en parler à Jules », dit sereinement Hélène.

Emma pousse un faible cri. Son visage recule dans l'ombre. Il lui semble que toutes ses forces la quittent avec son sang. Elle demeure là, vidée, hébétée. Elle ne sait plus parler. D'ailleurs, il n'y a rien plus rien à dire. Le silence se prolonge. La sueur coule sur le front de la jeune femme, sur sa joue, dans sa bouche. Elle se sent sale. Sa peau brûle. Elle croit qu'elle va s'évanouir de désespoir. Hélène s'approche d'elle, une lampe à la main.

« Un homme comme Armand ne te laissera jamais tranquille, lance la vieille dame.

– Je t'en supplie, ne dis rien à Jules...

– Peu importe l'heure ou le moment pour Armand. Il essaiera toujours de te surprendre. Il est têtu, rapide et rusé. On en rediscutera toutes les deux. Allez, viens. »

Enfin, après avoir regagné le cadre rassurant de la cuisine, Hélène verse un verre d'eau à son amie.

« Demain, nous y verrons plus clair », conclut-elle.

X

Le cauchemar

Le 3 septembre 1940, la loi est promulguée autorisant les arrestations de personnes considérées dangereuses et des responsables politiques. Durant quatre jours, la Luftwaffe pilonne Londres. L'Allemagne continue à tisser sa toile en Europe et envahit la Roumanie. En France, beaucoup attendent du gouvernement un miracle. D'autres se préparent à l'adversité. Car la soudaineté de la défaite n'en paraît pas moins inexplicable. La population française est décimée, reflue dans les prés et les bois, s'accroche à son destin. L'Alsace s'organise. Certains fuient. Les Suller ont découvert un beau matin un billet de leur fils, littéralement volatilisé dans la nuit. Bien des hommes valides s'évanouissent dans la nature. Il faut essayer d'imaginer leur vie en lisant sur la carte les noms des forêts qui accueillent les résistants de demain. À Westhoffen, Armand Singert et ses amis ont pris un autre parti. Celui de l'occupant. Ils se sont installés à l'hôtel de ville et jouent aux policiers, dénoncent le marché noir, les paysans qui font des réserves.

Quand Jules revient de ses consultations, Emma termine tout juste son ménage.

« Je me demande ce qu'ils vont nous apprendre encore par la radio, à midi et demie, dit-il en tirant le poste de TSF de derrière l'armoire.

– Rien d'important sans doute. Les nouveaux ministres viennent juste d'être nommés.

– Nommés pour annoncer la capitulation de la France.

– Tu crois ?

– Certainement. Et la prochaine étape, ce sera l'annexion de l'Alsace et de la Lorraine. »

Emma s'essuie les mains sur son tablier.

« Ne parle pas de malheur. »

Elle est persuadée que le pays vit sur un malentendu. Parmi ceux qui souhaitent l'arrêt des hostilités, combien seraient déçus en apprenant que l'Alsace et la Lorraine vont faire partie du IIIe Reich ?

« Si Pétain signe un accord, forcément, nous n'avons aucune chance », rajoute le docteur.

« Le sacrifice. C'est le mot qui convient » se dit la jeune femme. Arrêter le massacre, ramener les soldats chez eux, rendre à la population un peu de calme. Au prix de deux régions perdues et habituées à cohabiter avec le pays voisin.

« Tu dois te tromper, Jules, conteste-t-elle. Pétain l'a bien expliqué. Il a signé l'armistice le 22 juin dernier. Cela ne veut pas dire que nous avons été abandonnés ! »

Le médecin hausse les épaules. Un silence plonge chacun dans sa réflexion. Le couvert sur la table. Du vin dans une carafe. Le pain coupé. Comme la France. Vaincue et divisée. Un souffle léger serre la gorge d'Emma. Qui donc est responsable ? Le Périgourdin se lève bientôt, marche vers le buffet, retire une carte de France et un crayon rouge dans le tiroir. Chaque jour, avant le déjeuner, il note les progrès de l'armée allemande. La géographie de la défaite est devenue sa spécialité. Ayant étalé la feuille sur la table, entre les assiettes, il penche dessus un regard réprobateur.

« Bar-sur-Aube, Dijon… Ça continue. »

Il annonce les villes perdues et les biffe.

« C'est du joli, marmonne-t-il. Ce ne sont pas des envahisseurs, mais des touristes. Ils se promènent chez nous. Bientôt, ils vont faire du camping sur les bords de la Seine.

– Ne parle pas comme ça. Tu me fais mal.

– Je suis désolé, Emma. Je n'ai pas faim, dit-il brusquement. Je vais me reposer avant mes visites de cet après-midi.

– Tu n'es pas malade, au moins ?

– Non, rassure-toi. »

Un parfum de légumes cuits s'élève au-dessus de la casserole. Des mouches bourdonnent autour. Jules s'approche de la fenêtre. Il serre ses mains l'une contre l'autre comme pour se prouver qu'il est bien conscient. Il respire par à-coups. Dehors, un chien hurle aux loups.

* *
*

Une fois de plus, Paul se réveille en pleine nuit. Derrière les barreaux de l'unique fenêtre, le ciel ne blanchit pas encore. Il doit être 5 heures environ. Bientôt l'ouverture des portes. Roulant d'une épaule sur l'autre, Paul change de position. Les ressorts de son lit grincent doucement. Il partage sa cellule avec quatre autres personnes. Les gardiens les appellent par des numéros. Paul ne sait rien sur l'instruction de son dossier. Sauf qu'il a été dénoncé pour communisme. Ce matin encore, on viendra le chercher. On le fera patienter dans un vestibule obscur et on le recevra pour lui poser les mêmes questions que la fois précédente. Ramené dans sa cellule en fin de journée, il se couchera avec l'impression de tourner en rond. Le chef de prison, un homme irritable et maigrelet, veut lui faire dire qu'il est en faction avec les bolchéviques. Et lui, avec l'obstination de l'innocence, oppose un démenti à toutes les accusations. Les trois semaines que Paul vient de passer dans sa cellule lui ont fait perdre la notion du temps. Certains prisonniers attendent là depuis plusieurs mois déjà. Les tribunaux, dit-on, sont débordés. Mais Paul est persuadé qu'ils n'existent même pas. Qui donc a pu le vendre ? Le jour se lève. Un à un, les lits s'animent. Les pas traînants du maton se rapprochent dans le couloir. À intervalles réguliers, des verrous craquent. Un concert de toux et de grognements salue l'ouverture des portes. Bien qu'il n'y ait pas d'ordre établi pour les ablutions, on se bouscule autour des cuvettes. Chacun, à tour de rôle, se rend aux toilettes qui se situent au bout du couloir. Le gardien annonce :

« Paul Zimmermann est appelé au parloir.

– Vous êtes sûr, balbutie l'intéressé.

– Certain.

– Qui me demande ?

– Ah ! ça ! Je ne saurais vous le dire. »

Paul emboîte le pas du surveillant. En traversant la cour, il se sent épié par les prisonniers qui n'ont pas sa chance. C'est pourtant la première fois qu'il reçoit une visite depuis son incarcération. Évidemment, il ne peut s'agir que de ses parents. Il leur a écrit à deux reprises. Il entre dans une salle confinée entre deux portes grillagées, gardées par un homme. En passant le battant, Paul ne tarde pas à découvrir le visage de sa visiteuse : Emma ! Ils tombent dans les bras l'un de l'autre.

D'abord, elle se justifie. Si elle n'est pas venue plus tôt, c'est parce qu'elle aussi a été soumise avec Jules à un interrogatoire. Les liens familiaux en font des suspects. Mais personne n'a été arrêté. Une simple perquisition. Enfin, grâce aux démarches de quelques confrères influents, Jules a sollicité une visite qui lui a été accordée sans difficulté.

« Ce qui prouve bien que tous les espoirs sont permis, lance Emma, le visage rayonnant de confiance.

– Non, non, dit Paul distraitement.

– Tu parais découragé.

– Un peu, en effet.

– Pourquoi ?

– Parce que je ne...

– Je vais te sortir de là.

– Je n'en suis pas si sûr.

– Promis, Paul. C'est promis. »

Le jeune homme acquiesce de la tête.

« Quand tu seras dehors, tu viendras vivre à la maison.

– Pourquoi, les parents...

– Ne veulent plus entendre parler de toi. Je préfère te prévenir.

– Je m'en doutais bien.

– Bon...

– Tu sais, si je sors un jour d'ici, je m'engagerai. »

Et aussitôt, un grand soulagement s'opère en lui. Comme si, après une longue route sans horizon, il trouvait enfin un but à son existence.

« Je le savais ! » s'exclame Emma.

Et il l'embrasse. Il est à la fois triste de se séparer de sa sœur et fier de son aveu. Maintenant, il faut patienter. Paul se demandait encore ce matin ce qui pouvait le pousser à quitter la prison. Lui qui, dans sa tristesse, ne trouvait plus de goût ni à la liberté ni à l'action est désormais impatient de passer de l'autre côté du mur. Son avenir s'anime.

« Patience ! Patience ! répète Emma. Je m'occupe de tout. Mais, surtout, ne parle à personne de ta décision.

– Le temps de visite est terminé, jeunes gens... ! » s'exclame le gardien par l'entrebâillement de la porte.

Paul embrasse une ultime fois sa sœur. Réconcilié avec lui-même, il retrouve ses copains de cellule avec le détachement d'un homme chargé de mission.

Une fois assise dans le café situé en face de la prison, Emma déboutonne le haut de son corsage et respire un grand coup. Une brusque angoisse lui glace le dos. Elle palpe de la main la lettre pliée en plusieurs morceaux qui gonfle sa poche. « Pourvu que tout se passe bien », murmure-t-elle. Elle sent son genou qui tremble sous l'étoffe de sa robe. Elle relie la missive :

« Ma chère Emma,

Je pense que tu seras ravie d'apprendre que j'ai localisé ton tendre frère disparu...

La voix d'Armand Singert retentit dans l'oreille de la jeune femme. Incontrôlable. Il lui semble que les mots se détachent très clairement.

Te souviens-tu quand nous étions enfants, nous avions fait un pacte.

Elle l'imagine tel qu'il était alors, roux carotte, serré entre ses compagnons d'étude. Armand était un peu veule, mais si gentil, si moqué de ses camarades qu'elle en avait la gorge serrée. La méchanceté des enfants... Voilà ce qui les rassemblait. Et puis, un jour, le père Singert a décidé de forger son fils à son image. Le frêle garçon est devenu une brute épaisse qui cognait le moindre contestataire. Seule Emma lui résistait.

À cette époque, tu faisais la maligne, et tu me défiais. Maintenant, la balle est dans mon camp, ma belle.

Dans son rêve éveillé, Emma aperçoit le regard dur et brillant du rouquin. Il est là, à côté d'elle, déjà vainqueur. Elle claque des dents, comme une voleuse prise la main dans le sac. Elle a envie de lever le coude pour se protéger. Il s'avance vers elle. Elle le voit grandir à vue d'œil. Elle défaille au son terrible de sa voix. « Tu t'es parfumée ? » Cette phrase la frappe comme une volée de pierres. Elle hurle.

« Ça va, Madame ? demande le patron du bistrot.

– Oui, merci. Ce… Ce n'est rien. Un mauvais rêve. »

Emma reprend la lecture.

Ton communiste de frère est en prison à Strasbourg. Il va être jugé. Et personne ne doute de sa culpabilité. Tu sais ce qu'on leur réserve aux rouges… Schirmeck[1] *n'est pas loin !*

Il y a bien un moyen d'empêcher ce malheur. Je n'ai que le petit doigt à lever pour le faire libérer. Et tu sais parfaitement ce que je veux en échange. Je suis libre tous les soirs chez moi, après 7 heures. Je te laisse jusqu'au 14 septembre pour y réfléchir. Après, je ne réponds plus de ton cher Paul et tu pourras te glorifier toute ta vie de l'avoir expédié en enfer.

Armand.

Les yeux embués, Emma replie la missive et respire largement. Elle voudrait se reposer, ne réfléchir à rien. Mais des images s'attaquent à elle comme un cauchemar de fièvre et la harcèlent avec exactitude.

Dans la rue, elle marche comme une somnambule pendant deux heures.

Elle s'enfonce dans un labyrinthe de murs et de fenêtres, se laisse dériver au gré de cette avenue des Vosges, quartier juif devenu désert. Après une demi-heure, elle gagne la gare. Des garçons et des filles discutent un peu partout. Certainement des étudiants. Ils sentent les parfums bon marché. Emma est fatiguée. Heureusement, elle a prévu de ne rentrer à Westhoffen que le lendemain. Elle a loué une chambre, près de la cathédrale. Elle y retourne et demeure un moment au centre de la modeste pièce. Des portes

1. *Camp de rééducation en Alsace.*

claquent dans le couloir, les escaliers craquent. Toute la bâtisse lui fait comprendre qu'elle est indésirable. Que sa place est ailleurs. Dans le lit d'Armand. N'y pouvant plus, elle saisit son manteau, sort du bâtiment comme une intruse. Sur la place, elle hèle un taxi-vélo :

« Roulez où vous voulez. »

Puis, Emma s'installe sur la banquette. Alors, elle comprend que son destin se confond dans les pas du rouquin. Il se met à pleuvoir à grosses gouttes. Elle imagine le chant insupportable de la pluie sur le corps flasque et graisseux de son violeur. Les maisons glissent devant ses yeux comme des feuilles d'ardoise. La chaussée se déforme dans le reflet des lampadaires. Emma s'écroule.

* *
*

Le salon du manoir Saint-Martin est obscur et frais. Les deux grandes fenêtres ouvertes sur le sud encadrent un jardin dépourvu de feuillages. Deux mouches rabougries, vestiges de l'été précédent, dansent à la limite de la lumière. En ce 23 octobre 1940, on se demande comment elles sont encore là. De temps en temps, Emma caresse le brasier de la cheminée avec le tisonnier, tandis que Jules dort confortablement dans la chambre. Le nuage de fumée qui se dégage des charbons écarte les insectes en fin de vie. Va-t-elle, ce soir encore, se dérober, renoncer à la tâche ? Elle a pourtant besoin de se confier à ce cahier effiloché, aux feuillets jaunâtres. Elle marche à tâtons jusqu'au bureau et trempe sa plume dans l'encre. Une nouvelle fois, elle a envie de parler de Paul, dont elle entend les pas dans la pièce voisine. Sans doute s'habille-t-il tout en se contemplant dans la glace ? Il est heureux et croit sa sœur ravie de son départ pour la Résistance. Comment pourrait-il en être autrement puisqu'elle a cédé aux désirs de son frère ? Emma n'a qu'à tendre la main pour toucher ce faux passeport, noué d'une ficelle marron. Tout à l'heure, elle le remettra à l'intéressé. Et ce geste banal déclenchera son destin. Paul lui-même a choisi son nouveau nom : Jacques Petit. Elle n'en a pas parlé à Jules. Il s'inquiéterait pour rien. Le médecin le croira parti vers d'autres horizons, et c'est très bien ainsi. Il s'agit d'un secret entre frère et sœur. Il faut remonter bien loin pour expliquer une telle complicité.

Il est 3 heures du matin. Cette nécessité de tout écrire la surprend et l'inquiète. Elle ne peut plus se taire, pour ne rien oublier. Devant elle s'ouvrent quelques feuilles rédigées d'une écriture nerveuse. Celle d'Armand Singert. Elle n'a pas changé depuis l'école primaire. Elle a toujours ses jambages, ses taches, ses gros points écrasés au bout des lignes.

Emma a récupéré le dossier qui a dénoncé Paul aux autorités. Elle voudrait raconter ici toute l'histoire, mais sa main refuse d'obéir. Alors, la jeune femme ferme les yeux, non pour dormir, mais pour tenter d'apaiser l'angoisse qui la ronge. En vain. Les membres au repos et l'esprit en éveil, elle se laisse envahir par des images de son enfance où le souvenir se mêle au cauchemar.

Tout à coup, la voix de Paul la sort de sa torpeur. Son frère vient lui faire ses adieux. Il part cette nuit. Tout est prêt : les faux papiers, le sac à dos, les provisions.

« C'est bien, dit-elle. Mais as-tu bien mûri ta décision ? »

Il hausse les épaules tandis qu'elle ferme discrètement la chemise. Une mèche brune tortille verticalement sur le visage d'Emma. Paul la regarde avec bienveillance :

« Comment t'es-tu procuré ça ? demande-t-il en désignant les feuilles cachées sous le bras de la jeune femme.

– Ça n'a aucune importance.

– Emma, pas à moi…

– Eh bien si tu veux tout savoir, j'ai négocié avec Armand. »

Paul a un petit rire nerveux et bref qui fronce ses narines. Il grommelle :

« Que tu n'aies pas songé à m'en parler plus tôt, ça me dépasse.

– Si j'avais pu prévoir que ça t'intéresserait, répond-elle avec ironie.

– Un type comme Armand Singert est dangereux. Il n'est pas du genre à faire le moindre cadeau. C'est du haut niveau, ce gars-là.

– Ma parole, tu le portes aux nues. »

Emma repense aux rapports que ces deux hommes entretenaient quand ils étaient petits.

« Il n'y a pas longtemps encore, tu le détestais ! Tu n'aurais pas toléré que quelqu'un parlât en ces termes de ton pire ennemi. Tu aurais pâli d'indignation, affirme-t-elle avec colère.

– Tu confonds les choses... Je ne l'aime pas, mais je reconnais son machiavélisme. C'est tout. »

La jeune femme se lève, marche dans la pièce à grandes enjambées. Elle a froid. La tête lui tourne un peu. Elle balbutie :

« Le principal, c'est de parvenir à nos fins. »

Elle sent le ridicule et la pauvreté de sa défense. Pourtant elle continue :

« Machiavélisme... En voilà des grands mots.

– Emma, je ne te reconnais pas. Qu'est-ce qui se passe ? Tu cherches la dispute alors que je veux simplement voir clair. Avoir ce dossier en main n'est pas si simple que ça en a l'air.

– Change de vocabulaire, veux-tu... On a tout à gagner de l'avoir récupéré. Et je te rappelle que c'est pour toi que j'ai traité l'affaire.

– De quelle manière ?

– Ça ne regarde qu'Armand et moi. Personne ne découvrira rien.

– Tu es d'un cynisme. »

Il lui prend les poignets, l'immobilise en face de lui et la fixe de son visage perlant de sueur.

« Je te demande Emma, comment tu t'es procuré ces documents ?

– Je les ai achetés.

– Avec l'accord de Jules ?

– Non...

– Combien ?

– Ça n'a aucune importance. »

Il frotte ses mains moites l'une contre l'autre. Il trouve sa sœur trop rapide au jeu, effrontée, sûre d'elle. Et pourtant, il sent bien qu'elle ment. Derrière cette histoire, il y a des tas de non-dits. Mais Paul sait qu'il doit l'accepter. Car il ne pourra pas démêler la vérité maintenant. Il grogne :

« Tu n'as pas froid, habillée ainsi ? »

Emma rit de toutes ses dents brillantes. Son peignoir mince bâille sur sa poitrine, découvre ses longs bras légèrement poilus, ses jambes nues.

« Moi, je n'ai pas chaud. Dur mois d'octobre, constate-t-il comme pour changer de conversation. Heureusement, tu m'as sorti de cette prison. Je n'aurais pas voulu la connaître en plein hiver.

– Je sais, cette discussion nous énerve tous les deux. Je ne comprends pas pourquoi tu t'attaches à ce détail. Songe plutôt à ta liberté. »

Elle lui saisit le bras, l'attire vers la fenêtre qui domine le parc du manoir Saint-Martin. Ils s'accoudent côte à côte. Les arbres se dressent, endormis, attendant le souffle du vent pour se ranimer. Emma chuchote :

« Songe à tous ceux qui dorment au village, dans leur maison. Ils espèrent tous la délivrance du joug allemand. Ils ont tous un parent mort ou en fuite. On a besoin de toi quelque part. Durant cette maudite guerre, tu verras des choses bien plus graves que ce simple détail d'achat de dossier.

– Tais-toi Emma. Je ne suis pas un héros.

– Mais j'ai confiance en toi. Tu le deviendras.

– Quand je pense qu'aujourd'hui même Hitler a rencontré Pétain à Montoire-sur-le-Loir..., dit-il en éteignant la lampe.

– Tu vois ! Tu as ta place dans la Résistance. »

Il lui enveloppe les épaules de ses bras pesants. Tout contre son oreille, elle entend la voix humble et soumise du petit Paul, frère protégé depuis toujours :

« Merci grande sœur. »

La jeune femme ne peut s'endormir. Elle a entendu Jacques Petit sortir sur les coups de 4 heures et ne s'est pas remise à son journal intime. À quoi servirait-il au juste de confier ses dissimulations sur une page blanche ? Il faudra désormais qu'elle s'habitue à son secret, qu'elle l'étouffc, qu'elle l'enfouisse au plus profond d'elle-même. Pour ne plus être dérangée. Oui, il faudra qu'elle joue vis-à-vis d'elle-même la comédie de l'autopersuasion. Toutes les vies sont bâties sur le mensonge, nourries, animées par le mensonge. L'un se targue d'avoir été héros des tranchées de la guerre 14-18, l'autre se vante d'avoir résisté à un ordre des autorités allemandes, un troisième dit posséder une fortune qui n'existe que dans ses rêves. Ces petites fraudes intimes deviennent des forces quand elles sont crues par la personne qui les invente. « Je n'ai pas couché avec Armand Singert, se répète Emma. Je ne l'ai plus revu depuis très longtemps… Quand déjà ? Depuis l'arrivée des Allemands à Westhoffen… C'est ça. L'épisode du viol consentant n'a jamais existé. Le contact de cet homme au plus profond de moi-même est un cauchemar qui ne se réalisera plus. »

À cet instant, elle a le brusque désir de brûler ce cahier qui contient déjà trop d'informations compromettantes. Le faire disparaître. Vite. Il en est encore temps. Mais la tromperie ne cachera pas le poids de la culpabilité qui transpirera dans ses regards, ses espoirs, ses gestes. À jamais. « C'est drôle comme un amoncellement de petits faits accidentels font prendre une route ou une autre à l'existence, se dit-elle. Je suis allée trop loin dans le risque pour qu'il soit possible aujourd'hui d'avouer. Faites, mon Dieu, que je ne regrette rien et que le petit que je porte en moi ne soit pas roux. »

XI

L'enfant rêvé

19 JUIN 1941. Depuis plus d'un mois, Emma ne quitte sa chambre qu'aux heures des repas et passe le plus clair de son temps devant le secrétaire encombré de divers papiers. Écrire pour oublier la dureté de la vie et la présence des nazis, déjà installés à Strasbourg depuis tout juste un an. L'annexion s'est faite en silence, insidieusement. La langue allemande est devenue la seule autorisée. Les banques ont été dissoutes. Les réunions politiques nazies sont devenues obligatoires pour l'ensemble de la population. Il est interdit de parler l'alsacien, les enfants étudient *Mein Kampf* à l'école. Les prénoms sont germanisés. Des milliers de passeport sont renouvelés à la Kommandantur. Même la cathédrale de Strasbourg est fermée au culte. Il est interdit de montrer un quelconque signe pro-français : les bérets sont bannis. Et pourtant, le peuple alsacien a le cœur en France. Emma écrit sur son journal intime « Le jour, les habitants sont contraints dans leur vie quotidienne de faire le *Sieg Heil*, et le soir, quand les portes sont fermées, ils brandissent le *V* de la victoire comme un espoir secret. »

Soudain, elle est prise d'une violente contraction. De l'eau coule le long de ses jambes. La main sur le ventre, elle se dirige à petits pas vers le lit.

« Jules », hurle-t-elle.

Silence.

« Jules ! ! !

– Oui ma chérie, dit-il derrière la porte. Qu'est-ce qu'il y a ?

– Je crois que c'est le moment. »

Il entre précipitamment dans la pièce, ausculte sa femme.

« Le travail risque d'être long, affirme-t-il. Tu as le temps de t'installer confortablement. Je reviens. »

Le médecin s'absente un bon moment. La douleur est de plus en plus intense. Emma renverse la tête en arrière. Ses cheveux bruns collent à son visage par mèches entières. Agressée par les contractions, elle n'a même pas la force de les repousser. Elle a d'autres priorités : la future maman a l'impression qu'on la déchire de l'intérieur, qu'une masse informe triture ses entrailles avec violence. Pour se soulager, elle crie intensément en s'agrippant aux côtés de son oreiller. Jules a été chercher sa trousse et a rejoint sa femme.

« Voilà, c'est bien, dit-il. Ça évolue doucement. »

Emma regarde son mari de ses yeux exorbités. Autour de lui, deux cuvettes, du linge frais pour éponger le front ruisselant de la parturiente. Et là – déposés sur la table comme des couverts prêts à l'emploi – une grosse pince la terrorise. « Le travail risque d'être long... », se répète-t-elle. Mais elle est sûre d'être allongée, les jambes écartées depuis des heures déjà, sans notion de jour ou de nuit. Jules a glissé entre le matelas et le drap une sorte de toile cirée qu'il transporte partout dans ses tournées, « pour éviter de jeter la literie après les interventions », prétexte-t-il. Emma sent le contact désagréable de cette matière sous ses fesses. La douleur s'éloigne enfin, mais laisse la jeune femme dans l'angoisse de la subir bientôt à nouveau...

« Je vais te donner un peu de lait chaud, ça te fera du bien ! » s'exclame le médecin.

Cette attention la fait sourire.

« Je pense que vous devriez lui faire boire plutôt un bon verre de schnaps », intervient Hélène.

Emma tressaille. Depuis quand la vieille dame est-elle dans sa chambre ? Pourquoi Jules lui a-t-il permis d'assister à l'accouchement comme à un spectacle ? Dans un sursaut de pudeur, elle lâche le coussin et remonte le drap sur ses jambes dénudées.

« Vous en avez ? continue Hélène.

– Non, répond Jules. Je ne pense pas que ce soit la bonne solution. Les remèdes de grand-mère ne sont pas efficaces pour tout.

– Eh bien, tu te gênes devant moi, demande-t-elle encore à Emma ? Tu sais, je t'ai vue naître.

– Je sais… Mais… »

Et tandis que l'alitée s'apprête à argumenter sa réponse, une nouvelle douleur la surprend.

« Jules ! hurle-t-elle.

– Allons, calme-toi.

– Je vais me mettre de côté.

– Non, prends la position de tout à l'heure. Hélène est une personne de confiance. Et c'est la nature… »

Emma a l'impression que son ventre est en train de se décoller. Des coups de couteau. Une lame tranchante. Est-ce cela donner la vie ? Profitant d'une brève accalmie, elle pense soudain que si l'enfant est roux, la vieille dame ne pourra cacher sa surprise. Emma aimerait être seule avec Jules. Elle lui dirait que le bébé ressemble à un de ses aïeuls du côté de son père. Elle mentirait avec aplomb. Mais si Hélène est là… La dissimulation sera plus difficile.

La torture redouble d'intensité.

« Tes parents sont aussi présents. Ils sont dans le salon », lance Jules.

Une violente nausée monte à la gorge d'Emma. Eux aussi comprendraient la supercherie. Un ascendant roux dans la famille ? Alphonse contesterait.

« Il y a longtemps qu'ils sont là ?

– Une heure au moins.

– Et ils m'entendent crier ?

– La belle affaire !

– Je ne hurlerai plus… J'ai trop honte.

– C'est vrai que ta mère a reçu ses enfants par la poste. Elle ne sait pas ce qu'est un accouchement. »

Cette moquerie rassurante amuse Emma qui, soudain, s'accroche au matelas.

« Ne me fais pas rire. J'ai encore plus mal.

– Ne me demande pas de pleurer maintenant. Je suis le père tout de même. »

Emma le regarde avec compassion. En venant au monde, ce bébé dont on espère qu'il fera trois kilogrammes pèse déjà des tonnes dans sa vie. Elle aurait aimé ne rien avoir à se reprocher, pouvoir regarder Jules dans les yeux et lui offrir le cadeau d'être père. Mais cette joie lui est refusée. Son mari ne soupçonne pas qu'elle est en train de souffrir pour un morceau de chair qui la dégoûte. Une nouvelle contraction se fait sentir.

« Jules, je t'en prie, fais quelque chose, j'ai trop mal. »

Elle se soulève avec effort. Nouveau coup de lance en plein ventre. À cette torture presque insoutenable se mêle une angoisse terrible de ne pas être à la hauteur des difficultés qui l'attendent. Les mains tièdes et tordues d'Hélène lui caressent le front. Cette fois, la douleur ne s'éloigne plus. Elle a investi son corps tout entier.

« Vas-y, Emma, pousse ! » lance Jules.

Elle ne sent pas ses efforts. Elle a juste envie que tout s'arrête au plus vite.

« Continue. Crie. »

Elle hurle.

« Je n'en peux plus.

– Ne t'inquiète pas, demain, tu n'y penseras même plus. Encore… Pousse, je te dis. »

À partir de cet instant, Emma prend conscience de sa situation : Armand l'a rendue prisonnière à perpétuité. Prisonnière du silence. Prisonnière de la souffrance. Ne se retrouve-t-elle pas par sa faute les jambes écartées au milieu d'une chambre à essayer d'expulser un mouflet criard ? Elle doit accepter sans mot dire les conséquences de ses actes. Et pendant ce temps, Jules travaille entre ses cuisses, heureux de découvrir au fur et à mesure du temps le résultat de la longue et belle aventure de la vie. Et dans cette action presque irréelle se mélange des odeurs fétides de sang séché et de pharmacie.

« Vas-y, encore ! encourage Jules. Je vois ses cheveux.

– De… De quelle couleur ?

– Tout noirs, comme les tiens. »

Toutes les paroles d'encouragement ne valent pas ces dernières. Emma se sent pousser des ailes. Elle réunit sa colère, son angoisse et sa joie dans un ultime effort qui vient la délivrer. Bientôt à bout de souffle, elle sent partir de son corps une petite masse accrochée à un cordon bleuté. Hélène frappe légèrement sur la fesse de l'enfant. Un cri provenant d'un râle profond, d'un premier contact avec l'air. Emma regarde partir son bébé entouré d'un linge blanc. Jules s'approche d'elle, la regarde en souriant. Elle voit dans ses yeux la fierté et l'allégresse du médecin qui ne s'est aperçu de rien. Dans le halo de la lampe de chevet, il prononce doucement :

« Tu as bien travaillé. C'est un beau petit garçon. »

Emma ne parvient pas à dormir. Épuisée, elle porte ses yeux sur le crucifix en ivoire. Hélène est partie après avoir tout lavé, désinfecté, rangé. La chambre sent bon. Sur son fauteuil situé près de l'armoire, Jules somnole, le menton bas et les bras abandonnés le long du corps. À ses pieds, Laïka s'est glissée doucement. Pourtant, l'accès lui est interdit. Mais cette chienne adore braver le danger. À portée de main de la maman, dans le berceau, le petit Henri geint doucement. Jules souhaite l'installer dans une autre pièce, mais Emma s'y oppose. Elle veut son enfant près d'elle. Ailleurs, il n'aurait pas été en sécurité. Elle se redresse sur son oreiller. Les bandages que Jules lui a serrés sur son ventre lui font mal. Elle doit tendre le cou pour apercevoir par l'entrebâillement du rideau de mousseline un petit bout coiffé d'un bonnet blanc. « Ce qui m'inquiète, pense Emma, c'est la tache de vin dans son dos. » Elle avait vu la même sur le corps d'Armand, sur son sein droit. « C'est certainement héréditaire, se dit-elle encore. Oui… Mais c'est moins voyant que d'être roux. »

La maman sourit au souvenir d'Hélène élevant dans ses grandes mains noueuses le fruit de ses efforts enveloppé de langes. Elle se demande pourquoi elle aime un enfant si fripé et tellement laid. Jules rejoint sa femme. Mal réveillé, les cheveux hirsutes, il est manifestement très ému. Les mains cachées derrière le dos, il regarde Henri.

« Demain, j'irai déclarer mon fils au bureau de l'état civil[1]. » Cette phrase ébranle Emma. Comment se pardonner un jeu si malsain ? Comment vivre avec un tel doute et supporter l'idée de devoir

1. *Henri, prénom trop français, sera germanisé en Heinrich à l'annexion.*

élever l'enfant de la violence et de la honte ? Certainement en se promettant de tout faire pour qu'Henri ne soit jamais comme Armand. Emma se rappelle une conversation entre sa mère et une amie. Cette dernière avait adopté un garçon qui se transformait en véritable petite peste. Elle affirmait que, pourtant, elle ne l'avait pas éduqué de cette manière, que, finalement, la mauvaise graine pousse toujours dans un terreau propice. Selon elle, tout était joué d'avance, à la naissance. Mais alors, si Henri est le fils d'Armand… La vie deviendra un enfer.

* *
*

Le vin monte rapidement jusqu'au goulot. Armand referme le robinet, tend la bouteille à son copain Yves qui s'essuie le front avec le revers de la manche.

« On y est presque. Près de cent trente litres. On a fait vite. »

Dans la cave basse et voûtée, l'odeur du raisin fermenté se mélange à un remugle de bois moisi et d'humidité. Une bougie éclaire faiblement les deux fûts. En guise de pause, Armand allume une cigarette. À la première bouffée, son visage joufflu s'arrondit de plaisir. Une volute sort de ses lèvres entrouvertes.

« On en aura assez pour régaler tous les officiers du coin, dit-il.

– Tu crois ?

– Et comment ! »

Yves considère son ami avec admiration. Il est fier d'avoir gagné l'amitié d'un nazi authentique. Bien sûr, il y en a d'autres dans le coin, mais ils sont loin de valoir Armand, bien plus catégorique dans ses jugements.

« Il est sympa le père Hermann de nous laisser tirer son vin, lance Yves.

– Ouais. Enfin s'il savait pour qui on le réserve…

– Il en crèverait… De toute façon, il n'en a plus pour longtemps. Tu as vu comme il tousse.

– Le principal, c'est qu'il nous laisse terminer le boulot.

– T'as raison. »

Subitement, les deux amis lèvent la tête : au-dessus le plancher craque.

« Voilà la fin de la sieste. Le vieux se lève. »

Un pas plus rapide vient interrompre leur conversation.

« Il n'a pas l'habitude de recevoir, le bougre, lance Yves.

– Écoute, on s'en moque. On est rentré par l'extérieur. On ressortira de la même façon. Ni vu ni connu. »

Pendant qu'Armand écoute les bruits de la maison, sa cigarette s'éteint. Il s'étire. Son ombre s'allonge sur le mur de pierre.

« Allez, assez causé, on continue. »

Les dernières bouteilles sont vite remplies, bouchées et rangées. Comme il reste un fond, Armand incline le fût au-dessus d'un récipient. Un liquide jaunâtre se déverse par le trou. Après l'avoir filtré, le rouquin remplit deux verres et en tend un à Yves.

« À toi ! Et vive le IIIe Reich !

– Vive le Reich millénaire. »

Ils boivent à petites gorgées.

« Pas mauvais, constate Yves

– Un peu vert encore », répond Armand en remontant son pantalon.

Éclairé par la lumière tamisée, son visage devient énigmatique :

« Ce n'est pas tout, continue-t-il. As-tu mes renseignements ?

– Oui. Depuis qu'elle a accouché, elle a changé ses habitudes.

– C'est-à-dire ?

– Elle sort moins et jamais à la même heure.

– Pour aller où ?

– Faire quelques courses au village. Tu sais depuis que le docteur a pris la petite Suzanne pour faire le ménage et la cuisine, la Peyrie a moins le nez dehors.

– Quoi ? Ils ont pris la Suzanne.

– Ben oui… Je croyais que tu le savais.

– Quand est-elle seule chez elle ?

– Jamais. Et le dimanche, le toubib est là.

– As-tu vérifié si elle se rendait parfois chez cette vieille folle d'Hélène ? »

Surpris par la question, Yves demeure un instant la bouche ouverte, les bras ballants :

« Pas encore ! dit-il enfin. Je n'ai pas eu le temps.

– Grouille-toi, mon vieux. Autrement, je prendrai un autre *associé* pour cette affaire. Tu penses que c'est couru à ce tarif-là.

– Je m'en assurerai cette semaine. Mais…

– Quoi ?

– Tu es sûr que tu tiendras ta parole ?

– Tu vas finir par me vexer. Je te l'ai promis. Tu me regarderas faire d'abord et tu pourras en profiter ensuite. »

Yves en rêve. Lui qui n'a jamais connu une seule femme dans l'intimité pourra se flatter d'en avoir une toute offerte à ses transports. Grâce à Armand, il pourrait se payer une des plus belles filles du pays. Au début, les deux amis en avaient parlé en rigolant. Yves ne voyait dans ces conversations ponctuées de mots salaces et de ricanements étouffés qu'un jeu masculin. Puis Armand est devenu sérieux, acceptant de partager avec lui, au nom d'une vieille amitié, sa future proie. Yves en oublie le moment présent. Son âme s'emplit de convoitise et d'excitation. Le vin lui tourne la tête. Il ne se passe pas un jour sans qu'il ne s'imagine la scène. La Peyrie couchée sur le dos, les mains et les pieds attachés…

De nouveau, le pas alerte fait craquer le plancher.

« Assez pour aujourd'hui, on y va ! s'exclame Armand.

– Je passe devant. »

Et, en empoignant la bougie, Yves se dirige vers l'escalier étroit et raide. Il s'imagine alors dans les bras d'Emma et sourit comme un enfant à qui l'on a donné une friandise.

* *
*

Le soir même, en rentrant du travail, Jules embrasse sa femme et annonce d'une voix rauque :

« Une mauvaise nouvelle, je le crains.

– Quoi ?

– Dans trois jours, je dois aller à Strasbourg.

– Pour quoi faire ?

– Je ne sais pas. Je suis convoqué en tant que médecin.

– Tu vas t'y rendre ?

– Mais bien sûr. Je n'ai pas vraiment le choix.
Combien de temps ?
– Une semaine. »
Il s'assoit, l'air malheureux. Son visage est marqué par une anxiété mal contenue. Puis il frappe le poing sur la table :
« J'en ai plus qu'assez. »
Oubliant son propre chagrin, elle se précipite vers lui, passe son bras autour du cou et l'attire dans un murmure de paroles douces. Par des expressions rassurantes, elle inverse les rôles. Alors qu'elle devrait montrer sa profonde déception de rester seule, elle prêche la patience. Il ne faut pas refuser les contraintes et surtout ne pas se mettre à dos les autorités.
« Mais il n'y a pas assez de médecins à Strasbourg ? Pourquoi viennent-ils te chercher ?
– Je ne sais pas.
– Enfin, six jours, ce n'est pas une catastrophe. Je saurai gérer mon petit ménage. »
Emma essaie de sourire. Mais des larmes de femme amoureuse brillent dans ses prunelles marron. Au bout d'un moment, elle le prend par la main et le guide vers la table. Pendant le repas, il lui raconte le détail de quelques maladies. Après avoir débarrassé la vaisselle, il la saisit par la taille et la soulève de terre en imitant le cri d'un ogre. En même temps, il cherche à l'embrasser dans le cou. Frémissante, elle pousse un éclat de rire nerveux, se jette en arrière, échappe à ses mains et s'étend de tout son long sur le canapé. Sans doute pour susciter chez lui l'envie de l'emmener dans une lutte voluptueuse. Mais il n'est pas dans son état normal. Immédiatement, elle demande :
« Qu'as-tu, Jules ?
– Rien, répond-il avec un sourire niais.
– Je te trouve bizarre avec moi. Tu me caches quelque chose ?
– Peut-être.
– Tu ne veux pas parler ?
– Si.
– Et bien… Vas-y.
– J'ai peur que tu ne te trouves mal en m'écoutant. Ce que j'ai à te dire est si perturbant. »

En un quart de seconde, elle voit défiler devant ses yeux toutes les hypothèses. Le consentement de la coucherie avec Armand, la tache de vin… Qu'est-ce que son mari peut avoir en tête ? Il faut à tout prix dissimuler. Elle s'assoit, remet sa jupe en place.

« Voilà. Cet après-midi, j'ai visité le père Hermann.

– Et alors ?

– Alors, il est très mal en point. Je suis resté chez lui un bon quart d'heure. Quand je suis sorti, Armand Singert et Yves Dutrimann sortaient de la cave par l'extérieur. »

Les noms de ces deux hommes pénètrent dans la tête d'Emma comme deux obus sur un immeuble. Ses yeux ne se détachent plus de l'accoudoir du canapé. Son cœur bat jusque dans le creux de son ventre. Sa bouche s'ouvre dans le vide. Elle a chaud, veut déboutonner sa chemise. Mais ce détail la trahirait.

« Oui. Eh bien ? s'entend-elle dire doucement.

– Ils se félicitaient d'avoir fait cent trente bouteilles dans l'après-midi. »

De nouveau le silence.

« Mais et alors ? »

Il joint les deux mains.

« J'étais en retrait sur la terrasse. Ils ne m'ont pas vu. Ils discutaient de toi.

– De moi ?

– Armand Singert a dit à son ami : “On l'aura la Peyrie tu sais. Tôt ou tard.” »

Emma ne répond pas.

« Je n'aime pas ça, continue-t-il. Ils sont capables de tout, ceux-là. Surtout depuis le début de la guerre. Le régime leur donne des ailes. »

Jules étudie le problème. Un pli vertical creuse la peau de son front. Puis ses traits se détendent.

« Je ne veux pas que tu restes seule.

– Mais je ne le suis pas.

– La journée ! Mais la nuit…

– Oh, Jules, ne dramatise pas.

– Je n'en dormirai plus.

– Je peux aller chez Hélène.

– Hélène ? C’est une vieille dame incapable de te défendre.
– Je peux retourner chez mes parents.
– Alors là, il n’en est pas question. Non, tu vas partir avec moi. »
Emma a un mouvement de recul.
« Comment ça… Tu n’y penses pas. Et le petit ?
– Et alors… Ce n’est pas bien dérangeant. Les choses se compliqueraient si je devais rester plus longtemps sur place.
– C’est-à-dire ?
– Je ne sais pas ce qu’ils veulent. Et je me méfie de leurs “cinq ou six jours”…
– Jules, je ne vais pas rester à l’hôtel à t’attendre des semaines entières…
– Pourquoi pas. Tu es un appât bien trop faible pour cette vermine.
– Je ne suis plus une gosse. »
Le regard de Jules se glace :
« Emma, la décision que j’ai à prendre est suffisamment grave pour que je ne m’embarrasse pas de ce qui te plaît ou de ce qui ne te plaît pas. »
C’est la première fois que le médecin élève un peu la voix. Mais, dans la situation présente, elle doit convenir que ses arguments personnels ne sont pas bien convaincants. En même temps, elle réalise à quel point elle a eu raison de se taire pendant tous ces mois. Et puis les craintes de Jules sont fondées. Au départ de son mari, Emma devra résister aux assauts d’Armand. À cet instant, elle revoit la peau adipeuse du rouquin contre la sienne, les mouvements de va-et-vient rapides de cette masse de chair enivrée par l’excitation. Elle aussi est persuadée qu’elle doit suivre Jules.
« Et si tu dois rester quelques semaines, nous ne pourrons pas payer une chambre d’hôtel. Nous n’en avons pas les moyens.
– Nous tâcherons alors de trouver une autre combinaison. Ta cousine Félice pourrait t’héberger, non ?
– Oui, dit-elle. On s’inquiète peut-être pour rien. »
Emma essaie de sourire, tousse et s’exclame encore sans avoir honte de sa duplicité :
« Cet Armand est vraiment le dernier homme que j’aurais épousé. L’imaginer… enfin… Beurk !

– Ne t'inquiète pas. Notre décision est prise. Je dois te préserver… Nous préserver de ça. »

Elle verse l'eau de la vaisselle dans la bassine. Une moue triste tire ses lèvres. Visiblement, elle se défend contre la crainte que lui inspire le quotidien dans une chambre minuscule de la ville avec Henri dans un couffin. Pendant qu'elle lave les assiettes, Jules les essuie et les range dans l'armoire. Soudain, il pose son torchon :

« Et puis, je dois te dire que j'ai pris rendez-vous avec Ernest, le pharmacien de Wasselonne.

– Je croyais que tu ne travaillais plus avec lui. »

Un sourire s'étale sur les lèvres du médecin.

« Je n'ai pas travaillé. On a pris un verre ensemble. Il m'a parlé de ce qui se préparait en Alsace. C'est passionnant, tu sais.

– Je m'en doute. Et il t'a demandé de te tenir prêt au cas où la Résistance qui s'organise aurait besoin de toi.

– Oui, c'est ça.

– Et tu trouves ça normal ?

– Ben oui… D'ailleurs, rassure-toi, je serai moins en danger à ce moment-là que la nuit sur les routes du pays. »

Est-ce lui qui ment mal ou elle qui ne veut pas être rassurée ?

« Tu ne crois pas un mot de ce que tu dis ! soupire-t-elle.

– Mais si Emma. »

Et pour l'empêcher de l'interroger encore, il l'embrasse. Chaque baiser écrase une question. À bout de souffle, les larmes aux yeux, Emma se dégage faiblement.

« Quand revois-tu Ernest ?

– Bientôt.

– Où ?

– Chez le forgeron de Cosswiller. »

Elle a l'impression qu'elle est sur un pont de chemin de fer et qu'un train passe à vive allure à ses côtés.

Lui sourit et dit encore :

« Je dois agir. Je n'ai pas le droit de rester inactif. »

À cet instant, elle se demande si les intentions de Jules n'ont pas été renforcées par le chagrin que lui aurait causé une trahison.

La journée suivante est marquée par quelques coups de fil énigmatiques pour Jules et par la visite impromptue d'Hélène qui affirme savoir de « source sûre » que les Allemands s'apprêtent à annexer l'Alsace et la Lorraine. Tous trois mangent avec appétit un peu de chou cru et de la confiture sans sucre sur un morceau de pain de la semaine précédente. On s'est mis à table très tôt, car les journées sont courtes en cette fin du mois d'octobre 1941. À 6 heures et quart, Jules et Emma raccompagnent la vieille dame chez elle. Sur la place de Westhoffen, Armand et quelques jeunes gens parlent à voix basse :

« Regardez-les, dit Jules. Je suis sûr qu'ils ont un brassard nazi autour du bras. Il faudra se méfier.

– Et toi, tu n'en aurais pas un rouge, lance Hélène.

– Mais non, répond-il en riant. Quelle idée ! »

Ils descendent vers la rue principale avec le landau. Au mur d'une maison pendent des affiches lacérées : « Paysans Alsaciens, vous ferez bientôt partie du grand Reich, unissez-vous contre la vermine juive. » Sur un portrait d'Hitler est collé, en plein centre, un carré blanc, frappé d'une croix gammée. « Alsaciens et Allemands pour le même combat. » Un autre placard, signé des communistes résistants, appelle le « peuple alsacien à l'insurrection libératrice ». Un attroupement se forme devant ces premiers manifestes. Les feuilles sont encore humides. Qui les a posées là ? Soudain, le groupe se fractionne, les curieux se dispersent sur le trottoir avec des mines de promeneurs indifférents. Armand apparaît :

« Par ordre des autorités d'occupation, le couvre-feu est fixé à 8 heures du soir. Nous sommes chargés, mes gars et moi, de faire respecter cette obligation. Nous tirerons à vue, sans sommation, sur toute personne qui circulera au-delà de cette heure limite... »

« Les salauds », murmure Jules.

Armand et sa bande s'éparpillent. Les passants échangent des regards incrédules : où est le temps de l'Alsace libre ? Une escadrille bourdonne dans le ciel. Une tornade de feu peut s'abattre d'un moment à l'autre sur la population. Tout le monde lève le nez en l'air :

« Ils vont nous tirer dessus, dit l'un.

– Non, il fait nuit...

– 7 heures, constate Hélène. On doit y aller. »

Jules obéit de mauvaise grâce :

« Ils nous en feront voir de toutes les couleurs. »

Une demi-heure plus tard, ils arrivent chez Hélène. La nuit a envahi la maison. L'électricité manque. À défaut de bougie, la vieille dame allume un cierge. Il lui en reste encore deux, sur la douzaine qu'elle a achetés à l'église.

« Asseyez-vous mes enfants. J'ai à vous parler. Vous dormirez ici ce soir. »

Le visage d'Hélène est pâle, fatigué et songeur. Un bonnet de dentelle couvre ses cheveux remontés sur la nuque. Sous ce nuage de tissu blanc, son regard est d'un bleu fixe. Emma et Jules l'attendent dans le salon.

« Cette bande de collabos va nous en faire baver, lance Jules.

– Certainement, répond Hélène avec indifférence. Mais ce n'est pas pour parler de politique que je vous ai demandé de rester.

– Ah !

– Non. Emma m'a parlé de votre "voyage" et je partage ton point de vue, Jules, de partir avec ta femme et ton enfant. Sinon, il se peut bien que tu les retrouves tous les deux morts en revenant. »

Ébahi, Jules croit d'abord à une mauvaise plaisanterie. Mais l'air grave et résolu d'Hélène prouve qu'elle ne lance pas ces paroles à la légère.

« Tu ne crois pas que tu exagères un peu s'exclame Emma.

– Pas du tout. Si tu restes ici, tu auras la visite d'Armand en pleine nuit. Et tu ne pourras rien faire.

– C'est que...

– Nous allons être plus malin que lui et le coincer. Jules partira le premier à Strasbourg. Toi, Emma, tu le rejoindras le lendemain. Armand croira que tu es au village avec ton enfant, dit la vieille dame en se retournant vers son amie. J'habiterai au manoir pendant votre absence et je m'occuperai d'Henri.

– On ne va pas te laisser le petit !

– Et pourquoi pas. Je n'en suis pas à ma première expérience. »

Emma tressaillit. Ces quelques mots la bouleversent. Laisser son enfant huit jours, même à Hélène, est pour elle un déchirement, une idée inconcevable.

« Je ne peux pas… Henri.

– Tu sais bien qu'il sera entre de bonnes mains.

– Mais…

– Ma mignonne, on n'a pas le choix. J'attendrai Armand chez vous.

– C'est pire qu'un roman d'aventures ! s'exclame Jules.

– Ne sous-estimez pas notre homme, répond Hélène d'un ton sec. Il viendra. Vous verrez ! »

En vérité, Jules est à la fois heureux de la tendresse dont témoigne la vieille dame et un peu contrarié à la pensée de ne pas emmener son fils avec lui.

« Tu penses peut-être que ce n'est pas raisonnable, Jules. Mais j'ai tout prévu. J'ai deux mots à dire au gaillard. Et ton épouse ne risque rien, affirme Hélène.

– Si tu en es certaine…

– Allez vous coucher maintenant. »

Elle n'en dit pas davantage. Le médecin l'observe avec une telle anxiété que son interlocutrice en détourne les yeux. Mais il devine sa pensée. Il a peur soudain. Peur du silence de cette pièce. Sur le mur d'en face, un sanglier à la hure noire montre ses défenses. Le combat s'annonce difficile.

« Ah ! Pas un mot à tes parents Emma. Alphonse a rejoint le clan d'Armand. »

La jeune fille perd l'équilibre. Ce n'est pas possible. Elle ne peut pas avoir un père nazi. Elle tremble, les yeux humides, la bouche entrouverte.

« Quand même… Je ne peux pas croire que…

– Tu ne sais pas où la passion politique peut mener. N'oublie pas qu'il a une dent contre Jules », continue Hélène en se levant de son fauteuil.

Sa propre franchise la surprend. Mais elle doit trancher dans le vif pour éviter la gangrène. Un bonheur comme celui du couple Peyrie mérite tous les sacrifices.

« Quand comptes-tu rejoindre Strasbourg, Jules ? demande la vieille dame.

– Après-demain.

– Demain sera plus sage.

– Pourquoi ? C'est trop tôt.

– Plus vite vous serez partis de ce village, plus vite on sera débarrassé de la pression d'Armand.

– Comment comptes-tu le faire céder ?

– Ça, c'est mon affaire. Allez ouste, au lit. »

Le couple monte les escaliers et se faufile dans le couloir obscur. Il gagne la chambre. Deux oreillers blancs, une couverture rouge, un cierge allumé sur la table de chevet. Fourbu, Jules grimpe sur le lit. Il est fier d'avoir comme amie une personne aussi remarquable qu'Hélène. Quelle femme ! Rasséréné, il ferme les yeux et s'endort profondément.

XII

Escapade strasbourgeoise

EST-CE LE TIC-TAC DU RÉVEIL qui retarde le sommeil d'Armand ? Une réflexion l'attire vers les remous de sa conscience. Il imagine le manoir Saint-Martin perdu en plein cœur de la nuit, cerné par le silence. Emma est seule dans son lit, prête à l'emploi. L'amour ? Il a voulu y croire, jadis. Mais il s'interdit aujourd'hui d'en accepter l'idée. À quoi bon se leurrer davantage sur la nature des sentiments qui poussent deux êtres l'un vers l'autre ? « Mariage, ménage, époux, sacrifice, partage », tous les mots relatifs au couple lui paraissent ridicules, vides de sens, quasi bourgeois. À quoi bon supporter le quotidien alors que l'homme et la femme ont la même finalité : le déshabillage hâtif, la chemise qui sort du caleçon mouillé de désir, le relent de la sueur pendant l'action, les baisers à la bouche ouverte, l'étreinte et les hoquets de plaisir. Par quel tour de force Emma arrive-t-elle à supporter les boutons de son mari, le lavage de ses chaussettes, le rangement de la maison tout en disant « je t'aime » ? Quelle hypocrisie pour masquer une finalité animale somme toute parfaitement prévue dans la chaîne de reproduction. Les mots doux font sourire les lèvres des amants, la musique transcende leurs sentiments, le maquillage embellit la face des femmes, le sport sculpte le corps des hommes, mais tous se retrouvent à feindre la raison même de leur attitude : séduire pour laisser un jour son odeur dans les draps d'un autre. « Voilà la plus grande hypocrisie de la société aujourd'hui, pense Armand. Heureusement, les nazis vont changer le cours des choses. N'y a-t-il pas en Allemagne des *Lebensborn* qui accueillent sans honte les femmes désireuses de se faire féconder par un Aryen ? »

Le rouquin ne sera jamais conquis par l'amour. Il en est certain. Ses rapports avec le sexe faible ? Comme il se doit. Directs et sans préliminaires. Bon, il n'a pas eu beaucoup d'occasions. Lors de deux voyages à Strasbourg dans des maisons closes. Et Emma… qu'il posséderait à nouveau bientôt.

Au début, il s'est accusé de déficience sexuelle. Mais à présent, il sait que c'est autre chose. Une grande lucidité le rend gestionnaire de ses propres plaisirs. Il n'en est dépendant que lorsqu'il arrive au but. Au moment où la raison des autres chavire dès la première rencontre, la sienne ne s'emballe que lorsqu'il peut jouir d'un moment volé, au coin d'un bois ou dans un fossé. « Pour mesurer la valeur d'un homme, continue-t-il à penser, il faut le mettre nu devant une femme qui dort. C'est là que l'on voit son degré de virilité, sa hardiesse à refouler les préjugés chrétiens. S'il la prend immédiatement sans lui demander son avis, c'est un vrai. S'il réfléchit, c'est un minable. »

Armand se hausse sur l'oreiller. Il étouffe. Au fond de lui-même, il a peur de sa propre réflexion. Pourquoi est-il ainsi ? La pluie coule sur les vitres invisibles.

« Ce n'est rien », murmure-t-il.

Emma lui reviendra bientôt. Puis il la prêtera à Yves pour lui montrer que les femmes sont essentiellement là pour assouvir les désirs des hommes qui partent à la chasse. Il se rappelle que, encore enfant, il détestait tous ceux qui s'approchaient d'elle. Un jour Emma était sortie faire une promenade avec un garçon. Le lendemain, Armand avait enfermé ce dernier dans une maison vide dans l'espoir qu'il y meure de faim. Le pauvre gamin… On l'avait retrouvé plus tard, déshydraté. On lui avait demandé pourquoi il s'était caché ainsi. Il n'avait pas répondu. Par peur des représailles. Et la victime, c'était Yves. Cette crainte de voir Emma s'intéresser à quelqu'un ! Elle est là la souffrance d'Armand. Ce Jules Peyrie ne perd rien pour attendre. Lui ravir celle qu'il aurait pu posséder en toute légalité ! L'essentiel est d'arracher la jeune femme à cette sangsue de médecin. Dehors, une branche craque, s'effondre. Une porte claque. Puis, le silence. Armand allume une cigarette. Dans la glace sombre de l'armoire en face de lui, il voit le bout incandescent se balancer au gré de ses gestes. Tout en se masturbant, il s'applique à suivre le mouvement de cette lueur orangée avec l'intime conviction de pulvériser l'ennemi.

Armand ne se réveille qu'à 9 heures. Une lumière filtre à travers les volets clos. La pièce sent le tabac froid. La montre s'est arrêtée. Il se lève, s'habille rapidement et sort dans le couloir. La chambre d'Yves est située à côté de la sienne. Depuis qu'ils ont fait de la maison de feu père Hermann leur quartier général, les hommes ont dû s'habituer à une vie en communauté. Armand pousse le battant. Personne. Il descend. Yves prend son petit déjeuner.

« Que se passe-t-il pour que tu sois déjà debout ?

– Une sacrée nouvelle. Elle va te réjouir.

– Alors parle !

– J'ai vu partir les Peyrie chez la vieille Hélène hier soir. Ils ont dormi là-bas. Alors, j'ai visité le manoir Saint-Martin cette nuit. J'ai pris tout mon temps.

– Et bien alors, parle !

– La révélation de l'année ! Je te dis.

– Oui, accouche !

– Jules Peyrie est juif non déclaré aux autorités. »

* *
*

« Jules, tu entends ? On a tiré, chuchote Emma.

– Oui, ce doit être du côté du Rhin. »

Il allume la bougie sur sa table de chevet. La flamme s'allonge au bout de la mèche. Les murs se lèvent dans une clarté jaune. Adossés sur les oreillers, les mariés écoutent les rumeurs de la rue. Depuis trois jours qu'ils sont à Strasbourg, il ne se passe pas une nuit sans que n'éclate une fusillade dans les parages. Jules s'assoit au bord du lit et cherche ses pantoufles. Quand il s'approche de la fenêtre, les hostilités s'arrêtent.

« N'ouvre pas ! crie Emma paniquée, de toute façon tu ne verrais rien. »

Malgré cet ordre, il entrebâille le volet.

« C'est pourtant le couvre-feu. Risquer sa vie comme ça, c'est insensé, lance-t-il.

– Si l'agitation est importante ici, imagine dans la capitale.

– Tu as tort de t'inquiéter pour les Parisiens, réplique Jules. Ils n'en font pas autant pour nous.

– Quel malheur que l'on ne puisse pas téléphoner à Hélène. J'espère qu'elle n'a pas d'ennuis avec Henri. Tu te rends compte si une bataille éclatait à Westhoffen, si…

– Emma. Vas-tu t'arrêter un peu de t'inquiéter.

– Oui, chéri… D'accord. J'ai peur des représailles demain.

– Malgré ce que pense Hélène, je suis certain que l'Alsace redeviendra française.

– Tu crois ?

– On a des alliés.

– Les Anglais sont loin et les résistants trop peu nombreux. Alors je me demande qui nous aiderait désormais. »

Jules cherche une réponse aussi peu compromettante que possible, se couche et grogne :

« Allez, bonne nuit ! »

Emma appuie sa tête contre l'épaule de son mari. Elle songe toujours à son fils.

« Henri est trop loin de moi, lance-t-elle. Il me manque. Quand pourrons-nous rentrer ? »

Un ronflement lui répond. Déçue, elle souffle la bougie.

L'hôtel dort encore quand Jules se lève. Il tient ses chaussures à la main. Le réveil marque 5 heures. Il descend l'escalier sombre et se faufile dans la cuisine où la tenancière lui a préparé la veille un mince petit déjeuner sur un plateau. Puis, il remet ses souliers et boutonne sa veste :

« À cet après-midi, mon chéri, dit Emma derrière lui.

– Mais qu'est-ce que tu fais là ?

– Je voulais t'embrasser avant que tu ne t'en ailles.

– Tu es adorable.

– Fais attention à toi, continue-t-elle en croisant son peignoir sur sa poitrine.

– Ne t'inquiète pas.
– Eh bien justement... »

Jules ouvre la porte, fait un signe de la main et disparaît dans la fraîcheur de la nuit.

Emma reste seule, quelques instants. Dans le coin de la pièce, Lolette, la chienne de l'hôtel, est couchée, le museau allongé sur les pattes de devant.

« Tu as la belle vie, toi. Tu n'as pas de soucis. »

La jeune femme lui caresse le flanc, sans obtenir un coup de langue de remerciement.

« Bon, je ne te dérange pas plus longtemps. »

Lolette pousse un soupir et détourne les yeux.

« Espérons qu'il ne lui arrive rien. C'est ma seule crainte. »

* *
*

« Jules, où es-tu ? s'exclame Emma en serrant le récepteur à deux mains. »

Une voix lointaine répond :

« Du côté de la gare... Je te parle d'un bistrot... Ne m'attends pas pour le dîner, mon amour !... »

Depuis la veille, Jules paraît plus sombre, plus concentré. Sont-ce les prémices d'un danger imminent ?

« Pourquoi ? demande-t-elle, inquiète.
– On a besoin de moi ici.
– Où, ici ?
– Je ne peux pas te le dire.
– Pourquoi ? »

Silence.

« Pourquoi, Jules ? reprend-elle. Que fais-tu ?
– Rien, pour l'instant.
– Tu mets ta famille en danger.
– Mais non. »

La faiblesse de cette protestation confirme les craintes d'Emma.

« Jules ! crie-t-elle, où te trouves-tu exactement ? Il faut que je sache. Jules ? Jules ? Réponds-moi. »

Il murmure :

« Ne t'inquiète pas ! Emma, ma chérie, je ne cours aucun danger. Je te retéléphonerai ce soir, un peu avant le souper. Je t'aime, tu sais. »

Il raccroche, laissant sa femme indécise, affolée. Incapable de réfléchir, Emma contemple les murs roses de la chambre d'hôtel. Et soudain, au cœur de son abattement, une idée vient la réconforter. « Vais-je rester ici pendant qu'il risque sa vie ? Ma place est auprès de lui. Je vais le retrouver, coûte que coûte. » Le quartier de la gare n'est pas si vaste aux yeux d'Emma. Il n'est pas impossible de chercher son mari à bicyclette. Galvanisée par cette résolution, elle dévale l'escalier, demande à la tenancière de l'établissement la permission d'emprunter un deux-roues, se met en selle, arrange sa jupe sur ses genoux et pédale en direction de son but.

Il pleut sans discontinuité depuis quelques heures. Des passants courageux déambulent sur les trottoirs sous leur parapluie, à la recherche d'une épicerie approvisionnée, d'un ami ou d'un travail. Deux mères avec des voitures d'enfant discutent du boulevard d'Anvers qui s'est vidé brutalement de ses juifs. Par mesure de prudence, Emma contourne les abords de l'église Saint-Guillaume et suit un itinéraire tortueux pour approcher de la Karl-Roos Platz. Aucun bruit. On dirait une ville morte. Ou tétanisée par la peur. Dans l'avenue qui mène à la place de la gare, des ménagères parlent d'une fenêtre à l'autre, la poitrine serrée par la barre d'appui. Une concierge lave le pas de sa porte. Au bout de l'artère, deux jeunes empêchent Emma de passer.

« Impossible, madame.

– Mais pourquoi ?

– Zone dangereuse. Un groupe d'opposants a fait sauter le train du général… »

Le garçon doit avoir dix-huit ans, au grand maximum. Il crispe les mâchoires pour paraître plus sérieux.

« Je viens accueillir mon père à la gare. Je vous en prie, il ne connaît pas Strasbourg et… Vous comprenez, c'est un vieux monsieur, il va paniquer.

– Dans ce cas, c'est différent ! Dépêchez-vous avant que le secteur ne soit totalement bouclé. »

Elle s'élance. Au bout de la bandoulière, son sac bat légèrement contre sa hanche. À chaque mouvement, sa jupe découvre ses genoux. Quand elle débouche sur la place, une appréhension la saisit. Un attentat. Le mystère de la convocation à Strasbourg est enfin résolu. Jules est dans le coup. Incontestablement. Plusieurs camions allemands sont stationnés sur le côté. Elle pose son vélo et entre dans la gare. Des débris de verre jonchent les abords du quai numéro 1. Sur le numéro 2 un groupe de curieux bavardent à l'entrée du souterrain. Parmi eux, des femmes et des enfants. On est au spectacle.

« Heureusement, il n'y avait personne au moment de l'accident, dit l'un.

– Oui, en effet », répond l'autre.

Emma ressort. Les soldats ont installé un barrage. Quelques planches hérissées de grands clous sont alignées à même le sol pour crever les pneus des véhicules qui tenteraient de franchir les limites. Une certitude frappe Emma, comme un éclair en pleine nuit d'orage : Jules ne peut être loin. Sautant de sa bicyclette, elle se dirige au hasard dans une des petites impasses qui longent le boulevard en parallèle. Devant elle, un homme rase les murs en balançant les bras. Son allure leste laisse sous-entendre qu'il n'est pas tranquille. Au bout, elle aperçoit une mitraillette qui le menace. Soudain un crépitement répété d'armes automatiques le fait tomber sur les pavés. Emma se rue dans la première cour sur la droite. Paniquée à l'idée que les Allemands puissent penser qu'elle suivait le fuyard, elle jette son vélo contre un mur et tente d'entrer dans la première maison qui s'offre à ses yeux. Mais elle se heurte à une porte fermée. Elle sonne. Une fois. Deux fois. Emma se retourne vers la chaussée. Certaine d'avoir été vue, elle se sent coupable de faits qu'elle n'a pas commis. Les Allemands se rapprochent, elle en est sûre. Elle frappe violemment contre la vitre du battant. Enfin, le cliquetis de la clef dans le verrou la soulage instantanément. Elle entre dans la pièce tout en poussant son hôte : un homme trapu, coiffé d'un chapeau et habillé d'une veste.

« Mais qui êtes-vous ? Que faites-vous là ? On ne se connaît pas.

– Je cherche mon mari.

– Vous croyez que ce n'est pas malheureux de traîner dehors un jour pareil ? »

Il retire son feutre et le pose sur la table. Emma s'approche de l'homme :

« Pardon monsieur, je tente de trouver Jules Peyrie.

– Comment dites-vous ?

– Jules Peyrie.

– Il n'est pas ici.

– Le connaissez-vous ?

– Non… »

Des coups de sifflet stridents coupent la conversation.

« Planquez-vous ! hurle-t-il. Vite ! Allez dans la pièce d'à côté. »

Lui même disparaît derrière un meuble. Emma obtempère. En poussant la porte, elle a un mouvement de recul. Une dizaine d'hommes se trouvent déjà rassemblés dans trois mètres sur cinq, éclairés par une bougie. Avec le geste autoritaire d'un garçon de café constatant que son établissement est complet, un jeune brun referme le battant doucement et commente les événements à la nouvelle venue :

« On a signalé une voiture allemande tout à l'heure. Avec ce qui s'est passé à la gare, si la patrouille nous rafle, on sera conduit à la Kommandantur. »

Emma entend battre son cœur jusque dans sa gorge. Que ne donnerait-elle pas pour retrouver la chambre rose de l'hôtel. Derrière les volets, elle entend le bruit des bottes sur les pavés. Tous retiennent leur souffle. Le garçon chuchote dans l'oreille d'Emma :

« Est-ce qu'ils n'auraient pas pu attendre qu'on soit rentré chez nous pour taper sur les Allemands ? »

Soudain, on frappe à la porte. Ordre d'ouvrir immédiatement. Une voix glapit :

« Ne tirez pas ! »

C'est l'homme aux cheveux gris. Il s'avance seul vers les soldats.

« Il est fou, murmure Emma. Il va se faire tuer.

– Oui, il a du culot, chuchote le jeune homme. Et il a l'habitude. Il va les tranquilliser.

– Taisez-vous les deux. On va se faire piquer. »

Emma pense à Jules. Ne prend-il pas les mêmes risques en ce moment ? Il est si inconscient ! Pas un bruit. La discussion s'engage avec l'Allemand. Puis une phrase conclut leur entretien :

« D'accord... Bien sûr... Si je les vois... Je préviens immédiatement. »

La porte d'entrée claque.

« Vous pouvez y aller maintenant ! crie l'hôte à l'intention de ceux qu'il a cachés. Les Allemands lèvent les barrages. On peut dire qu'on a eu chaud encore une fois. »

Emma sort de son refuge.

« Vous êtes vraiment courageux monsieur.

– Jeune fille, c'est l'expérience. Allez, filez !

– Merci. »

Emma reprend son vélo et s'élance dans la rue. Les volets sont à nouveaux ouverts. Le quartier s'anime. Elle marche jusqu'à la place de la gare, enveloppe le bâtiment d'un dernier regard et, rassemblant ses dernières forces, se dirige d'un pas décidé vers son hôtel. À 5 heures de l'après-midi, les mollets raidis par la fatigue, les pieds en feu, elle erre encore un peu sur la Karl-Roos Platz qui se trouve sur son trajet. Mais elle finit par croire que la fatalité la pousse où son mari ne se trouve pas. Mille idées contradictoires se heurtent dans son cerveau : Jules a peut-être été blessé et transporté dans un hôpital. Ou bien a-t-il été fait prisonnier. Ou encore est-il mort. À chaque pas, elle ressent un courant douloureux qui la traverse des pieds jusqu'à la nuque. La pluie a cessé. Parvenue à l'hôtel, elle a de la peine à gravir les étages. Ses jambes tremblent encore de l'angoisse passée. Elle ouvre la porte de la chambre et pousse un cri de délivrance :

« Jules ! »

Il est là, debout, solide, sans une égratignure. Il l'observe à la fois d'un air furieux et ravi.

« Enfin ! s'écrie-t-il en la prenant dans ses bras. Il y a au moins un quart d'heure que je t'attends. D'où viens-tu ? »

Au lieu de répondre à la question, elle s'exclame :

« C'est bon d'être à tes côtés !

– Merci ma chérie. »

Et il répète :

« D'où viens-tu ? »

Emma secoue la tête pour chasser les mauvais souvenirs de l'après-midi.

« Quelle journée !... Je t'ai cherché partout du côté de la gare. Je suis morte de fatigue, dit-elle en se laissant tomber sur le lit. »

Jules la prend par les épaules.

« Quoi ? Tu as fait ça ?

– Oui.

– Mais tu es folle.

– Pas plus que toi.

– Tu ne te rends pas compte de ce que tu risquais en te promenant par là ? Je t'avais pourtant bien demandé de ne pas sortir.

– Pourquoi t'aurais-je obéi, puisque tu n'en faisais qu'à ta tête ! »

Il fronce les sourcils.

« Mais c'est différent. Je suis un homme. Et, d'ailleurs, je ne me suis pas exposé inutilement.

– J'en ai vu un qui ne s'exposait pas inutilement, réplique Emma avec brusquerie. Il est mort en pleine rue...

– Te rends-tu compte des risques que tu as pris ?

– Heureusement, j'ai pu me réfugier, car ça a chauffé.

– Ce n'est pas vrai... Écoute Emma, écoute-moi bien. Je t'en prie, ne t'occupe plus de cette affaire. N'essaie plus de me suivre. Tu as failli te faire tuer. Pense à Henri. »

Elle s'étonne de tant de reproches.

« Tu es bizarre, tu sais. Tu me parles d'Henri en me culpabilisant. Mais toi ? Si jamais cet enfant ne connaît pas son père, lance-t-elle avec aplomb.

– Tu lui expliqueras que je me suis battu pour lui.

– Que j'aie eu tort ou raison, le principal, c'est qu'on soit ensemble. »

Il consent à sourire, mais ses yeux demeurent graves. Il vient se blottir contre elle. Emma s'épanouit au contact des lèvres chaudes qui s'appliquent sur les siennes et les écrasent comme on croque un fruit juteux. Des frissons irradient ses nerfs et les détendent.

Elle reprend possession de Jules. Il est de nouveau entièrement à elle. Les murs de la chambre virent au mauve dans le crépuscule. À travers la confusion de ses pensées, elle s'entend demander à son époux :

« Pourquoi m'as-tu menti, Jules ? Pourquoi m'as-tu raconté que tu devais venir ici, convoqué par les autorités, toi petit médecin de campagne ? »

Il baisse la tête et ne répond pas. Comme si l'idée du devoir le rendait imperméable à toute émotion normale. Elle se sent impuissante à le retenir et n'ose l'interroger par crainte d'entendre sa réponse. Enfin, elle se décide et demande faiblement :

« Que vas-tu faire, Jules ?

– Je partirai demain matin, à 8 heures », dit-il doucement.

Et il la reprend dans ses bras.

XIII

La surprise

LA LUNE DESCENDANTE BALAIE le nuage de chaleur qui s'est installé sur le manoir Saint-Martin. Tout est calme. La maison craque par intermittence pour rappeler au monde qu'elle est bien vivante. Hélène a passé la journée avec Henri dans le jardin, avec les canards et les deux cygnes qui anoblissent plus encore ce lieu sorti tout droit d'un rêve. La vieille dame ne quitte plus l'enfant. Elle est aux aguets du moindre de ses besoins, à l'écoute de ses petites angoisses. Ce soir, elle l'a couché plus tôt que de coutume car il s'est endormi dans ses bras. Elle le trouve changé depuis sa naissance. Ses yeux naguère en amande sont aujourd'hui fendus comme deux traits entre les paupières boursouflées. Et puis, ce regard fixe dont les longs cils ne cachent plus la fatigue de la naissance. Henri… Son réconfort. La nuit, étouffante, pèse sur les épaules d'Hélène qui a bien du mal à trouver le sommeil dans cette immense chambre. Soudain, dessinée par l'éclat d'une torche, une ombre danse contre le mur pâle de la pièce. Enfin, Armand s'est décidé à franchir le Rubicon ! Couchée dans le lit d'Emma et de Jules, Hélène fronce les sourcils et concentre son attention avant d'intervenir. Le sang afflue à son visage tant l'émotion la gagne. L'indignation s'empare d'elle. Même si elle était sûre de le voir débarquer une nuit, au fond d'elle-même subsistait encore l'infime espoir que le rouquin reprenne le droit chemin.

« Emma ! s'exclame Armand. Je suis certain que ces derniers mois tu as compris que tu n'aurais pas dû te fâcher avec moi. »

Ainsi donc, il attend qu'elle s'avoue vaincue. Et comme elle n'obéit pas assez vite, il la rappelle à l'ordre, il la somme de se présenter devant lui sous peine de la soumettre comme « une chienne ». Quelle outrecuidance ! Hélène a élaboré son plan d'action depuis longtemps. Elle répondra coup pour coup.

« Bonjour Armand, dit-elle en enlevant la couverture.

– Hélène !

– J'allume ma lampe. Éteins la tienne qui m'aveugle. »

Le jeune homme s'exécute. Une lumière jaunâtre colore désormais toute la pièce. Saisie par la présence d'Yves, la veille dame ne sait plus quoi penser de la situation. Un vide solennel l'entoure. Puis elle serre des mains l'une contre l'autre comme pour se prouver qu'elle ne rêve pas. Jamais elle n'aurait imaginé qu'Armand pousserait l'audace jusqu'à venir avec un ami. Faut-il qu'il soit d'une perversion sans limites ? Elle doit se ressaisir. Ne pas montrer son étonnement. Elle reprend sa respiration, se lève et s'avance vers Yves. Plantée devant lui, elle prononce à haute voix :

« Qu'est-ce que tu fais là ?

– Eh bien…

– Allez, on s'en va, coupe Armand.

– Pas question, répond Hélène. Vous allez m'expliquer la raison de votre présence ici.

– Tu le sais bien ! s'exclame le rouquin. On voulait s'amuser un peu. »

Hélène éprouve soudain un écœurement insoutenable. Elle imagine ces deux hommes, le visage enflammé sur le corps d'Emma. Cette vision lui donne la nausée. Elle essaie de chasser au plus vite les images cauchemardesques qui se présentent à ses yeux. Revenir à la réalité. Vite.

« Qu'est-ce qui vous prend d'agir ainsi ? grommelle-t-elle. Vous êtes… Vous êtes des porcs.

– Oh là ! répond Armand. Que tu défendes ton amie Emma, je veux bien. Mais arrête de nous faire la morale.

– La morale ? crie-t-elle, les larmes aux yeux. Non seulement vous êtes ignobles mais encore vous n'avez aucun respect vis-à-vis du docteur Peyrie qui a sauvé tant de vies, dont celle de ta mère, Yves.

– Comme c'est aimable à toi de défendre un juif, lance le rouquin.

– Un juif ?

– Oui.

– Tu te trompes Armand. Je connais bien le couple.

– Ah bon ? »

En quelques secondes, Hélène cherche les mots qui vont justifier son affirmation. Elle se les répète comme si elle les eût appris pour un examen. « Quelle preuve as-tu ? » « Jules ne m'a jamais parlé de ça. » Mais aucune de ses phrases ne convaincra Armand qui doit avoir tous les arguments nécessaires. Hélène est tirée de sa songerie par la voix du jeune homme qui s'exclame :

« Évidemment, c'est dommage ! C'est le deuxième médecin que l'on va perdre. Car je vais être obligé de le signaler et de demander son arrestation.

– Et tu récupéreras Emma et ton fils Henri.

La réplique d'Hélène frappe Armand comme un coup étourdissant en plein ventre :

– Quoi ? »

Le visage aux rides profondes de la vieille dame fait face. Son regard est d'une fixité gênante. Il dévisage Armand comme pour évaluer sa capacité de résistance. Intimidé, Yves s'écarte de son ami afin de signifier qu'il lui laisse l'entière responsabilité de ce qui va suivre.

« Tu ne me crois pas ? demande Hélène. Alors suis-moi. »

Armand emboîte le pas de son interlocutrice jusque dans la chambre d'Henri. Ils pénètrent tous deux dans la pièce en silence. Elle relève la robe du bébé. Le rouquin constate la tache de vin. Le guérisseur du village lui a dit un jour que ces marques étaient héréditaires et souvent une volonté de la nature de dénoncer une paternité cachée. Il n'a pas besoin qu'on l'éclaire davantage. Ses jambes faiblissent sous le poids de son corps. Le choc engourdit sa réflexion. Sans forces, le regard dans le vide, il s'appuie contre l'armoire. Une voix rauque sort de sa bouche.

« Un fils ! Tout ce dont j'ai toujours rêvé.

– Il est tard, mon petit, pour regretter…

– Regretter quoi. Je ne l'ai pas voulu. Et je ne peux pas l'assumer.

– Tu as raison… Il faut absolument éviter de laisser sous-entendre à la population que tu as couché avec une femme souillée par un juif. Sinon, tu n'as plus aucune crédibilité vis-à-vis du parti et du Reich ! »

Armand se fige. Cette garce d'Hélène le tient. Un reflet tragique drape la face contrariée du rouquin. Il se tourne et se dirige vers la fenêtre, le cou tendu, les mains derrière le dos, comme s'il avait une décision grave à prendre. En fait, il se retrouve aujourd'hui enfermé dans le piège qu'il a lui-même tendu. Malheureusement, il ne peut pas faire arrêter qu'un seul membre de la famille Peyrie. Dénoncer le médecin, c'est envoyer son fils quatre pieds sous terre.

« J'ai une idée, dit Hélène brusquement.

– Laquelle ?

– Si le couple Peyrie ne revient pas, je peux garder le petit.

– Oui, mais…

– Je les préviendrai demain de leur future arrestation et leur demanderai de fuir. C'est l'unique voie pour sauver ton fils. Évidemment, tu dois te taire et demander à Yves d'en faire autant. Il sera le seul à savoir. »

Armand se retourne vers Hélène et ne bouge plus. La tête rentrée dans les épaules, il sait qu'il n'a pas d'autre choix. Quelques secondes interminables s'écoulent.

« Tu as raison, répond-il. C'est la meilleure solution. Je passerai vers midi pour savoir si tu as réussi à les joindre.

– Bien.

– Le principal, c'est qu'on soit débarrassé de cette sale race de juifs. »

Cette phrase frappe la vieille dame dans le dos comme une balle qui a atteint sa cible. Désormais, tout se passe très vite comme après la signature d'un contrat. Armand retourne dans la chambre d'Emma pour chercher Yves qui n'a qu'une seule hâte : sortir au plus vite. Les deux hommes quittent le manoir Saint-Martin comme deux chiens errants, la queue entre les jambes.

Soulagée, Hélène se rend à la cuisine et s'assoit sur une chaise, devant la table. D'un œil hébété, elle regarde la bassine, les assiettes posées sur le meuble, les beaux verres et les ustensiles accrochés au mur par ordre de grandeur. On dirait des objets de décoration tant ils ont été lustrés. Hélène couche son visage sur son bras replié sur la table. Le bois sent la cire et le lait caillé. Cette odeur lui rappelle son passé de femme active quand elle allait à la traite avec Emma. Cette petite était si gentille, si rieuse, si curieuse. Elle la revoit encore courir dans les herbes hautes pour cueillir des fleurs fraîches.

À la place de ce regard, de cette voix fluette, il y aurait un silence sans fin... Ne plus pouvoir aider sa protégée, minimiser les dangers, encourager les initiatives. Hélène écrase son poing contre ses lèvres. Et Jules ? Que va-t-il advenir de lui dans ce naufrage ? Pourquoi n'a-t-il pas confié son secret plus tôt ? Autant de questions auxquelles elle ne peut répondre. Henri hurle dans sa chambre. Elle doit le rassurer. Elle se lève, se sert un verre d'eau, range le pot dans l'armoire et prépare un biberon. Sans pour autant apaiser son désespoir, ces gestes ménagers l'aident à reprendre conscience de sa mission dans le logis. Elle renoue avec le quotidien, seule source d'apaisement. La perspective de l'effort surhumain qu'elle aurait à fournir pour élever Henri à près de soixante-quinze ans s'impose à elle comme une évidence. « Je le ferai pour toi Emma. Reviens vite, avant que je m'en aille. » La bouche d'Hélène frémit. Ses yeux se voilent de larmes. Pendant que le lait chauffe doucement, elle se rassoit, les jambes coupées et attend le moment où le calme reviendra dans son cœur. Puis, prenant la tétine, elle se dirige vers la chambre de l'enfant. Elle pose ses pieds l'un devant l'autre, en essayant de ne pas penser à l'avenir proche. En vain. Arrivée devant la porte, elle s'arrête pour maîtriser sa respiration. Le visage pâle mais confiant, Hélène prend le bébé. Soutenue par une pile d'oreillers, elle le nourrit tout en espérant que le seul témoin de sa conversation avec Armand se taise. Sans conteste, le rouquin fera comprendre à son ami que l'enjeu est de taille.

Le lendemain, vers 9 heures, après un violent orage, elle se rend au *Weibe Rössel*[1], le café du village, pour appeler Emma et Jules, leur conseiller de fuir au plus vite.

---

1. Le Cheval blanc.

Tenant le parapluie d'une main et son sac de l'autre, Hélène avance à petits pas sur le sol glissant. La rue est déserte et sombre. Le bourg semble abandonné de tous ses habitants. Une pluie drue crépite dans les flaques. Le froid pénètre ses os. Elle entre dans le café. Des yeux se fixent sur elle le temps d'une seconde et repartent à leur préoccupation.

« Si, je t'assure, dit l'un. Yves Dutrimann est mort. D'après ce qu'on entend, il serait tombé d'une échelle. C'est Armand Singert qui l'a découvert ce matin tôt en allant le chercher. »

Le tenancier nettoie la table sans faire le moindre commentaire. Saisie, Hélène marque un arrêt. Elle se demande si elle ne doit pas rebrousser chemin. Mais « une telle attitude risquerait d'attirer l'attention », pense-t-elle. La vieille dame rassemble son courage, s'approche difficilement de la porte de la cabine et s'enferme. Yves mort ! Armand ne l'aura pas loupé. Preuve que ce dernier a accepté le marché. Les Peyrie ont une chance. Elle saisit le combiné tout en écartant les mèches de cheveux collées sur son front. La vitre du battant est embuée par l'humidité.

« La centrale, j'écoute ! Qui demandez-vous ?

– 5452, hôtel *Berlin* à Strasbourg… Pour Emma Peyrie. »

XIV

La vengeance

JULES OUVRE LA PORTE avec précaution, entre dans la chambre et s'immobilise, étonné. Emma est assise au chevet du lit, dans un fauteuil, le profil éclairé par une lampe à pétrole.

« Excuse-moi, je croyais que tu dormais à cette heure, lance-t-il doucement en repoussant la porte derrière lui.

– À vrai dire, je t'attends depuis ce matin.

– Mais je t'avais prévenue que…

– Je sais. Mais il n'empêche que j'avais hâte que tu rentres. »

Jules remarque les deux valises sur le côté de la commode.

« On s'en va », lâche Emma.

Il accuse le coup avec un raidissement du buste et sans prononcer un mot, se dirige vers la chaise pour y déposer sa veste. Elle l'examine avec intensité. Ce soir, elle est frappée par la robustesse du cou de son mari et les veines bleues et intenses qui longent le côté de la trachée.

« Je n'ai pas fini mon travail ici, dit-il.

– Hélène a téléphoné un peu après ton départ.

– Henri… Comment va-t-il ?

– On ne le reverra pas de si tôt !

– Qu'est-ce que tu racontes ?

– On a très peu de temps pour s'enfuir.

– Quoi ?

– Jules, tu es juif ? »

La question le surprend sans le fâcher. Il hausse les épaules. Il ne peut supporter l'interrogatoire de sa femme qui le questionne d'un air souffreteux. Comme elle lui parle très poliment, il n'a rien de précis à lui reprocher, et, cependant, jamais encore il ne s'est senti aussi humilié devant Emma. Comme si le fait de répondre « oui » avait quelque chose de honteux, voire d'anormal.

« Je suis capable de tout entendre sauf la mauvaise foi », continue-t-elle.

Elle lève les sourcils, le considère sans mot dire tout en laissant une larme glisser jusqu'à son menton.

« Ah, alors d'après toi je suis de mauvaise foi ! » s'exclame-t-il.

Elle ne s'attendait pas à cette réplique et regrette l'étourderie dont elle vient de faire preuve devant un homme abattu par le sort. Mais peut-être dit-il la vérité. Hélène s'est sans doute trompée. Elle paraissait si certaine au téléphone ce matin. Sur le point de s'attendrir, Emma se crispe, refuse d'être dupe, aiguise son regard.

« Parfaitement ! Tu ne vois pas que je suis capable de t'aimer envers et contre tout. Tu m'as fait croire à des balivernes et, aujourd'hui, on est obligés de fuir comme des voleurs et d'abandonner notre fils dans les bras d'une dame de soixante-quinze ans.

– Je n'ai rien à me reprocher.

– Mais pourquoi ne m'as-tu pas prévenue ?

– Écoute, mon père a été enterré selon les rites catholiques et tu as bien constaté toi-même…

– Quoi ?

– Que je ne suis pas circoncis. »

Elle respire une odeur de transpiration froide. Il a dû courir. Ses cheveux sont encore humides.

« Allez, Emma. Calme-toi. »

Pendant un moment, ils entendent leurs deux respirations dans le silence.

« Les preuves, c'est Armand qui les détient », annonce-t-elle.

Jules perçoit la vibration de l'émotion dans la voix de sa femme. Son esprit est en émoi. Des constellations de croix gammées et d'étoiles jaunes tournent devant ses yeux. Plongeant son regard dans celui de son épouse, il y découvre de l'ardeur, de l'arrogance et un brin de désolation.

« Jules, dit-elle doucement.

– Oui ?

– Pourquoi ne veux-tu pas me faire confiance ? »

Il se sent stupide et ne sait pas comment terminer l'entretien. Tout à l'heure, il a cédé à un mouvement d'humeur impardonnable. Le sujet de la religion le rend-il impuissant à contrôler ses paroles, ses gestes ?

Emma lui tend la main.

« Pourquoi Jules ?

– Parce que nous ne sommes plus pratiquants dans la famille depuis deux générations...

– Tu sais pourtant que, pour les Allemands, ce détail ne fait pas grande différence. »

Devant cette évidence, il ne peut rien rétorquer. Si Armand est au courant du secret qu'il cache depuis le début de la guerre, il ne reste plus que la fuite comme unique solution. Une voiture allemande passe dans la rue. Sous le ciel noir, les lampadaires semblent plus jaunes que d'habitude. Quelques gouttes se détachent des nuages pour finir leur course sur la vitre de la chambre. Emma se demande si Jules a remarqué qu'elle s'est coiffée comme le jour de leur mariage. Cette question saugrenue l'étonne elle-même. Machinalement, elle caresse la boucle de cheveux qui descend le long de son visage et la tortille nerveusement. Elle se réfugie dans ses pensées comme dans un abri imprenable. Soudain, sous la porte de la chambre, une lueur bleuâtre tombe d'une lampe à pétrole. Derrière, deux hommes discutent en allemand. Un rire, des paroles indistinctes. Le silence. Jules souffle sur la flamme et s'immobilise. Emma se fige. Puis elle serre son poing contre sa bouche pour éviter de crier. Elle écarquille les yeux comme pour mesurer le danger qui la menace. Les marches craquent.

« Allons *meine Herren*[1], je ne peux pas prendre les deux en même temps, lance la prostituée qui loue la chambre juste en face. »

Emma en profite, se dresse d'un bond, se rend discrètement jusqu'à la porte et ferme à double tour. Son cœur cogne contre ses côtes. Elle se sent pâlir. De deux choses l'une : soit ils arrivent à quitter l'hôtel par miracle, soit ils se font cueillir comme deux fleurs dans un pré. Elle ferme les yeux. Son estomac se soulève. À cause

1. Messieurs.

de la pluie, le deuxième larron n'est pas pressé de quitter l'établissement.

« Si tu acceptes de nous prendre tous les deux, ça fera combien de plus ? demande le soldat évincé.

– Dix Reichsmarks.

– C'est beaucoup !

– Comme vous voulez.

– Comme je veux ! Moi je ne veux pas ! C'est toi ! »

Emma espère que l'affaire se fasse. Son cœur ne tient plus qu'à un fil. Elle ôte doucement la clef de la porte et regarde par le trou. La fille est assez laide, très maquillée, le visage ovale et la bouche épaisse.

« Non, vraiment, je ne peux pas, dit-elle

– Alors, qu'est-ce que tu me conseilles ?

– Je ne sais pas moi… Vois avec ma collègue d'en face !

– Quoi ?

– Vois en face ! » crie la jeune femme tout en désignant la porte de la chambre du couple Peyrie.

Le regard paniqué d'Emma coule vers Jules et le supplie de se cacher. Le médecin se glisse sous le lit tout en veillant à ce qu'aucune partie de son corps ne dépasse des bords. On frappe. Emma allume la lampe. Elle sent sa mèche de cheveux gratter sa joue. D'une main tremblante, elle la remonte et l'attache avec une épingle. La pluie se calme sur la fenêtre. Elle ouvre la porte. Le jeune soldat qu'elle a aperçu par le trou de la serrure est là devant elle, en gros plan, le casque à la main.

« Bonsoir, mademoiselle. C'est complet en face, êtes-vous libre ? »

Elle a envie de l'insulter, de le jeter dans l'escalier. Mais, en même temps, elle a peur d'exciter la latente violence du militaire. Le désir de blesser son adversaire lui semble une très mauvaise stratégie. Il faut prendre au contraire le contrepied de la situation et entrer dans le jeu.

« Oui, bien sûr, dit-elle en souriant.

– C'est combien ?

– Cinquante Reichsmarks.

– Quoi ?

– Oui. Pourquoi, tu n'as pas d'argent, joli minet ? demande Emma en se dandinant exagérément. »

De sa cachette, Jules fait la grimace : sa femme a toujours des idées bizarres dans les situations extrêmes.

« C'est trois fois plus cher qu'en face, continue l'Allemand.

– Ce n'est pas la même prestation, beau chevalier. Entre un morceau de poulet grillé et une viande rouge de premier choix, il y a une différence », affirme-t-elle avec aplomb, un sourire aux lèvres.

Le militaire franchit le pas de la porte. Il est désormais à côté de la table de chevet. Son visage pénètre dans la lumière.

« Cinquante Reichsmarks ? C'est votre dernier mot ? »

Le regard du soldat est si pressant qu'Emma est prise un instant de faiblesse et appuie ses deux mains sur le rebord du lit. Il faut dire rapidement à cet homme qu'il doit faire un choix. Mais les paroles qu'elle prépare dans sa tête se révèlent imprononçables. Elle lutte contre elle-même. La voix grave reprend.

« Oh ! Vous pouvez faire un prix pour un Allemand vigoureux.

– Écoutez… Je n'ai pas le temps de discuter. C'est ça ou rien.

– Vraiment ?

– Oui.

– Et si je ne suis pas d'accord ? »

Emma hésite. Elle sent qu'elle perd pied. Elle improvise d'une voix sûre.

« Je n'ai pas que ça à faire. Je ne reçois d'habitude que les officiers. Alors si vous avez envie que je parle de votre tentative d'intimidation à vos supérieurs au moment où ils seront très attentifs aux confidences, je n'hésiterai pas à le faire. »

Il balance la tête comme pour refuser un mauvais médicament.

« Bon, ben… Je vais m'en aller. Mais peut-être pouvez-vous reconsidérer les choses ?

– Ça suffit ! Cinquante Reichsmarks ou rien.

– Je ne les ai pas. Mais Dieu que vous êtes belle… »

Sous le lit, Jules crispe ses muscles pour vaincre l'ébranlement nerveux qui le secoue jusque dans l'extrémité de ses doigts. Il s'apprête à bondir pour venir en aide à Emma, au cas où l'affaire tournerait mal.

« Pourquoi dites-vous cela ? Vous ne croyez tout de même pas que je vais céder à la flatterie ? demande celle-ci, un sourire ironique aux lèvres.

– Vous me plaisez.

– Je ne veux pas, affirme-t-elle d'un ton plus ferme.

– Qu'est-ce que vous ne voulez pas ? Personne ne peut me défendre de vous trouver jolie. D'ailleurs, vous le savez fort bien que vous êtes jolie. »

Jules ne peut plus supporter cette conversation. Comment Emma peut-elle rester là, debout devant ce soldat qui lui fait la cour ? Ce dernier se rapproche encore de son interlocutrice. Emma veut crier. Mais elle trahirait une terreur inexplicable pour une prostituée. L'effroi circule dans ses veines.

« Bien, je vais donc attendre chez vous que mon ami ait fini sa petite affaire ! » poursuit l'homme en s'asseyant sur le lit.

Jules voit les ressorts descendre dangereusement sur lui. Encore un peu et il serait écrasé par le poids de l'Allemand.

« Comme vous voulez », répond Emma.

« Mais elle est inconsciente », pense le médecin.

« N'ayez pas peur, continue le militaire… Je ne vous ferai pas de mal… Croyez-moi… Au contraire…, dit-il en se relevant tout à coup. »

Emma lui tourne le dos et se poste à côté de la fenêtre. Elle devine les contours de la grande ombre qui s'avance vers elle, en faisant craquer le parquet sous son pas. Une haleine chaude effleure son oreille. Une main s'appuie sur son épaule. Une autre glisse sur son avant-bras. Elle veut se dégager. Mais ses membres refusent de la suivre. Les lèvres de l'étranger montent le long de son cou, goûtent la peau de sa mâchoire. Cette caresse délicate l'enferme encore un peu plus dans le piège qu'elle a tendu. Les doigts de l'Allemand sur ses hanches lui arrachent un gémissement de révolte :

« Allez-vous-en. »

Il s'écarte légèrement. Elle a l'impression qu'elle ne peut rester debout. Jules, lui, ne conçoit pas ce qui se passe en lui. Est-ce la peur, la honte, le dépit ou la confiance en sa femme qui l'empêche de réagir ? Que fera-t-il si le soldat utilise la force pour parvenir à ses fins ?

Sentant les prémices d'un malaise, Emma s'entend dire encore :

« Allez-vous-en !

– Je reviendrai demain, chuchote le militaire. Vous aurez peut-être changé d'avis.

– C'est ça.

– Il faut que je vous revoie.

– Siegfried, viens, lance soudain le soldat allemand sur le palier d'en face. Pour dix Reichsmarks, ça vaut vraiment le coup. »

Emma ne bouge plus.

« J'arrive ! » dit le dénommé Siegfried en s'écartant de la jeune femme, puis il disparaît dans le couloir en lançant : « À demain ma belle. »

Emma ferme la porte, éprouvant une allégresse extrême devant l'imprévu de ce départ prématuré. Jules se glisse hors de sa cachette et passe la main dans ses cheveux pour se recoiffer.

« Allons, je dois reconnaître que tu es très forte, admet-il.

– Chut, répond-elle en mettant un doigt devant sa bouche. Je n'ai pas envie de… »

Mais avant qu'elle n'ait terminé sa phrase, les deux bras de Jules l'entourent amoureusement. Elle écrase son visage contre le tissu froid de ce maillot de corps qui sent l'effort et la rue.

* *
*

Jules s'éveille. Pendant une fraction de seconde, il se demande où il se trouve. Puis, il se souvient de l'épisode de la veille, de la fuite dans Strasbourg et de l'accueil chaleureux de son ami Ernest, le pharmacien de Wasselonne, qui les a reçus dans son appartement. Emma avait été étonnée de le savoir lui aussi dans la capitale alsacienne. Jules est persuadé qu'elle a fait le lien avec la Résistance. Sans montrer le moindre sentiment, Ernest a insisté pour offrir son lit au couple et dort actuellement par terre dans la cuisine.

Le médecin s'étonne que la place à côté soit vide. Il s'assoit dans son lit. Comment Emma a-t-elle pu se lever, s'habiller et sortir de la chambre sans le déranger ? Quelle heure peut-il être ? Il enfile sa robe de chambre et se dirige doucement vers le couchage d'Ernest. Derrière le battant, son épouse est en grande conversation avec le pharmacien.

« Bonjour, vous êtes bien matinaux tous les deux », lance-t-il encore à moitié endormi.

Soudain, en s'approchant du visage d'Emma, Jules s'aperçoit qu'elle pleure.

« Oh ! ma chérie ? Qu'est-ce qui se passe ? demande-t-il.

– Oh mais rien ! Nous allons devoir abandonner notre fils, mais ça n'a pas l'air de te gêner…

– Oh que si alors ! Ne crois pas ça. Mais tout est allé si vite hier soir. Je n'y suis pas préparé, j'ai du mal à concevoir notre nouvelle situation.

– Je pense que tu t'accoutumeras plus vite que moi.

– Mais qu'est-ce que tu veux dire ?

– J'ai beaucoup réfléchi cette nuit. J'ai compris certaines choses dont je ne me rendais pas compte à Westhoffen. Il a fallu que je te voie à l'ouvrage. Tu m'as menti depuis le début sur ta religion, sur la Résistance, sur tes activités. Mais crois-tu que ce soit une vie pour Henri et moi ?

– Écoute Emma. »

Jules tente de la prendre dans ses bras, mais Emma lui échappe et se rapproche de la fenêtre qui donne sur la cour de l'immeuble.

« Hen... Henri... hurle-t-elle à en perdre haleine. Henri… Oh ! mon Di… Dieu. »

Jules pose ses mains sur les épaules de sa femme.

« Chut, ma chérie… Chut, ça va aller… »

Le monde s'en va à la dérive. Son tout-petit, la chaleur de ce corps frêle et la douceur de ses sourires. Emma a envie de crier à la perspective de ne plus pouvoir le bercer. Une cavité se creuse au cœur de son ventre, un gouffre s'ouvre sous ses pieds, ses jambes se dérobent.

« Une chaise, Ernest, vite. »

Le Périgourdin assoit son épouse. Le regard dans le vide, les yeux effleurant l'intimité de la pièce, Emma part ailleurs pour un voyage dans ses souvenirs, sur le visage de son enfant.

« Je vais aller chercher Henri, dit Jules doucement.

– Il n'en est pas question, lance Ernest. C'est beaucoup trop dangereux. »

Le médecin sait que son ami a raison. Retourner au manoir Saint-Martin relèverait de la folie. Mais que faire devant la détresse d'Emma ? Jules se donne un moment de réflexion. Cependant la jeune femme se dirige déjà vers la chambre. Le médecin veut la suivre, mais Ernest le rattrape par le bras : « Laisse. Il faut qu'elle se fasse une raison », s'exclame le pharmacien.

La clef de la porte de la chambre tourne dans la serrure. Emma s'est enfermée. Jules applique son oreille au battant et croit entendre des pleurs, des reniflements, des soupirs.

« Emma, ouvre ! », demande-t-il.

Pas de réponse. Il frappe, secoue la poignée.

« Ouvre immédiatement. »

Peine perdue. Elle veut le laisser dehors pour avaler son chagrin, seule. Elle sait pourtant que Jules n'est pas homme à piétiner dans le couloir en attendant que sa femme consente à l'écouter.

« Jules, laisse-la, continue Ernest. Il faut qu'on étudie ensemble les préparatifs de notre départ.

– Qu'est-ce que tu viens de dire ?

– Tu as bien compris. Je viens avec vous.

– Mais…

– Si toi tu es cuit, je le suis aussi. Je n'ai pas d'attaches ici.

– Ernest !

– Ne discute pas. As-tu une idée de notre destination ?

– J'ai la maison de mes parents à Saint-Cyprien en Dordogne.

– En zone libre… C'est parfait. Je vais prévenir le réseau. Il nous donnera un coup de main pour le voyage. J'en ai pour une heure. Veille à ce que tout soit prêt dès mon retour.

– D'accord.

– Jules… Surtout… N'insiste pas auprès d'Emma. Elle saura s'en sortir. C'est une fille forte. »

Le silence qui s'ensuit sonne comme une fin de non-recevoir. Ernest s'éloigne, tête basse. Pourquoi a-t-il demandé à Jules d'entrer dans la Résistance alors que le médecin a une famille à chérir ? À ce moment, le pharmacien a le désagréable sentiment d'avoir gâché la vie de trois personnes et d'en être l'unique responsable.

Ernest parti, Jules se dirige vers la chambre, bien décidé à convaincre sa femme de discuter avec lui. Planté devant le battant en bois mince, il mesure l'obstacle du regard, crie encore « Ouvre ! » et pose sa main sur la poignée. Avec surprise, il trouve le verrou ouvert. Il pénètre sur la pointe des pieds. Les volets fermés maintiennent une pénombre démoralisante. Emma est assise, tout habillée, au bord du lit. Immobile, muette, elle ne semble pas remarquer qu'il s'avance vers elle. Soudain, elle se dresse d'un bond et se colle contre la poitrine de son mari en gémissant :

« Oh ! Jules... »

Il s'attend si peu à ce changement d'attitude que sa tristesse fait place instantanément à un sourire de réconciliation. Délivré de son principal souci, il couvre de baisers le visage défait d'Emma. Elle ne se défend pas, mais son consentement ressemble à un découragement. Enfin, elle s'écarte de lui :

« Comment vais-je faire pour supporter une telle séparation ? Je ne comprends pas que toi tu réagisses avec calme. On se demande si tu aimes ton fils. »

Tout en parlant, elle l'observe avec insistance, comme pour jauger s'il est capable de comprendre l'importance de ces mots.

« C'est justement parce que je l'aime que je suis dans la Résistance. Pour que le monde bouge.

– Pour que le monde bouge... On peut crever. Sacrifier sa famille pour un idéal. C'est ça ! »

Jules a beau expliquer qu'il faut se sacrifier maintenant pour garantir l'avenir des enfants demain, Emma refuse d'entendre ses raisons. Il lui prend les mains et l'invite à s'asseoir sur le lit. Puis, il reprend d'une voix chaude, persuasive.

« Il faut comprendre, Emma. Si les Allemands arrivent à leurs fins, je n'en ai plus pour longtemps. Une course contre la montre s'est installée. Nous n'avons plus beaucoup de temps pour les écraser. Sans ça... Je suis d'origine juive. Je n'ai pas le choix. Le combat ou la déportation pour nous tous. »

Il s'enferre. Emma est mise devant le fait accompli. En somme, Jules lui demande de choisir entre son mari et son fils.

« Je suis persuadé que notre décision est la meilleure solution : Henri est entre de bonnes mains et j'ai la vie sauve. »

Emma tressaille et arrondit les yeux. Ces derniers mots la choquent. Jamais elle n'a imaginé que le médecin était en danger à ce point.

« La vie sauve ? dit-elle dans un souffle. Mais enfin... Tu n'as pas lieu de t'inquiéter à ce point.

– Si Emma. Songe que demain, je peux faire partie d'une rafle et ne plus te revoir. On doit vivre avec cette angoisse permanente. Ne parler à personne. Fuir. Et résister. »

Emma appuie une main contre sa poitrine qui se soulève et s'abaisse à un rythme rapide. Des images terribles se présentent à ses yeux. Elle imagine Jules entre deux Allemands, les fusils braqués contre lui, les balles qui trouent sa poitrine. La descente aux enfers.

« Tu crois qu'on va réussir ? demande-t-elle d'une voix qui veut rester calme.

– Si je ne le croyais pas, je ne serais pas ici, mais à l'hôtel ! »

Elle lui prend la main et la serre fortement. Désormais, elle ne le lâchera plus.

« Je suis prête pour aller avec toi où bon te semble.

– Nous irons à Saint-Cyprien en Dordogne. Il y a là-bas des gens qui me respectent parce qu'ils me connaissent depuis que je suis bébé. On aura moins de problèmes. Heureusement, papa s'est fait enterrer à l'église. Ça nous facilitera la tâche. Peu de gens sont au courant de nos racines... Et puis, je pense qu'ils comprendront qu'on peut être quelqu'un de très bien tout en ayant des origines juives. »

Elle secoue la tête positivement :

« Oui, tu as raison. J'espère que tu dis juste. »

Il sourit.

« Tu me connais assez pour être certaine que je ne supporterais pas une situation équivoque. Si j'avais l'impression que je te laisse courir un danger, alors nous irions ailleurs.

– Et Henri…

– Tu te vois maintenant avec le petit sur les routes ? Dans la clandestinité avec les biberons et les langes ? En t'obéissant, je commettrais une folie que nous regretterions tous. Voilà pourquoi je suis plus dur que toi. On n'a pas le choix. On doit sauver notre peau. Et celle de notre fils. Henri sera plus en sécurité avec Hélène qu'avec nous. »

Jules caresse de son index le dessous de l'œil droit d'Emma.

« Ne sois pas triste ma chérie… On aura peut-être des nouvelles de temps en temps jusqu'à la fin de cette foutue guerre. »

Elle l'écoute tout en sentant le manque de son enfant jusqu'au plus profond de son être. Elle ne le verra pas grandir. Le reconnaîtra-t-elle quand elle rentrera ?

« Emma, il faut s'apprêter. »

Elle ne répond pas.

« S'il te plaît, il faut se préparer et n'emporter que le strict minimum. Une longue route nous attend. On ne doit pas être chargés.

– Oui, Jules. Je vais m'en occuper. Laisse-moi maintenant. »

Il l'attire vers le lit. Ils s'assoient tous deux.

« Un jour, tout reviendra dans l'ordre, dit Jules. Je te le promets. »

Comme cette minute plaît à Emma ! Elle sent l'amour de son mari l'enlacer comme deux bras protecteurs. Mais la guerre rôde. Le poids des événements change les êtres. La jeune Alsacienne a beau savoir que Jules a raison, elle a conscience aussi qu'elle ne sera plus elle-même tant qu'elle n'aura pas retrouvé son enfant. La pluie bat de nouveau sur la vitre. Une lueur pâle s'infiltre dans la chambre. Bientôt le jour. Jules regarde le profil de sa femme terrassé par la fatigue, les soucis et le chagrin. Une ride en patte d'oie sur le côté de l'œil se dessine dans un sourire. Comme les multiples chemins qui s'offrent à eux aujourd'hui. Jules se lève doucement. Est-ce vraiment la fin du bonheur ?

* *
*

Un barrage ! Jules lève le pied de l'accélérateur tandis que les battements cardiaques d'Emma augmentent. La voiture confiée par la Résistance et bourrée d'armes dissimulées dans le bas de caisse ralentit. Le médecin, Emma et Ernest arrivent sur la route de Bordeaux. Un camion allemand derrière une herse attend les candidats à la zone libre. Le docteur Peyrie s'appelle pour le voyage Antoine Lepelletier, grand chirurgien parisien réquisitionné par le régime. Il est accompagné de sa femme et de son secrétaire. Jules a pris son rôle très au sérieux. Un soldat doté d'un fusil mitrailleur scrute les passagers. Ses yeux fixent Emma qui détourne le regard. Jules considère le camion juste devant, plein de soldats. Après un court moment, le militaire s'exclame :

« *Papiere Bitte !*[1]

– Voilà, répond le médecin en tendant les trois passeports. »

L'Allemand les étudie consciencieusement. Une auréole de transpiration se dessine sous les aisselles de la robe d'Emma. Ernest domine son malaise.

« Où allez-vous ?

– À Bordeaux. Je vais opérer une personne très importante.

– Vous avez donc un ordre de mission.

– Bien entendu. Voici, dit Jules qui n'a pas voulu immédiatement donner l'ensemble de ses cartes.

– Oui. Ah ! Je vois, s'exclame l'Allemand.

– C'est strictement confidentiel, ajoute Jules.

– Vous ne devriez pas avoir trop de problèmes pour circuler jusqu'à Bordeaux.

– Je vous remercie, répond Jules, heureux de voir le soldat croire à son mensonge.

– Mettez-vous sur le côté. On va procéder à la fouille du véhicule.

– Je suis pressé, je dois…

– Vous devez avant tout obéir à mes ordres. »

Jules ferme la vitre de la portière et se dirige vers le côté du barrage.

« Ils ne nous laisseront pas passer, chuchote Emma.

---

1. « Papiers, s'il vous plaît ! »

– On verra bien répond sèchement Ernest. Du sang-froid. Jules, ça m'étonnerait qu'ils trouvent la marchandise…

– Oui, mais on a la valise avec la radio dedans. On doit éviter qu'ils y mettent le nez, sinon on est cuits. »

Parvenus devant les barbelés du barrage, les trois occupants sortent de la Traction. Le militaire lève la main. Aussitôt cinq S.S. se dirigent vers eux.

« Vous avez des choses à déclarer ?

– Non, répond Jules. Des affaires courantes, des effets personnels et un peu d'essence. »

Le silence de la peur coiffe les têtes des trois complices. Les soldats attendent les ordres, le fusil à la main.

« *Durchsuchen, Schnell !*[1]

– Justement, continue Jules, pendant que vos hommes font leur travail, peut-être pourriez-vous nous aider ?

– En quoi ? »

Le médecin attrape une valise accrochée à l'arrière de la Traction et la ramène vers l'avant.

« Il est fou, pense Ernest. Il va nous faire piquer.

– Voilà, nous ne sommes pas d'accord mon secrétaire et moi sur la route à prendre jusqu'à Bordeaux. »

Jules actionne la serrure de gauche, puis celle de droite et ouvre en grand le bagage. Une couverture rouge striée de noir recouvre la radio. Au-dessus, une carte de France que le docteur déplie sur le capot de la voiture.

« Bien vu, mon chéri, se dit Emma. C'est le seul moyen de s'arracher à ce bourbier. En espérant que ça marche. »

Le stylo à la main, Jules discute avec le militaire. Emma se dirige vers le plus zélé des S.S. qui fouille l'intérieur. Elle espère qu'il ne lui viendra pas l'idée de déchirer le revêtement de sol. Tous les trois seraient alors déportés. Le soldat passe la main sur la banquette, puis sur le plancher. Soudain, il se relève, soucieux. Il se rabaisse et tâte à nouveau le bas de caisse avec ses doigts. Témoin de la scène, Ernest est tétanisé. Il ne peut plus prononcer un mot. À court d'idées, il observe Emma désespérément. Elle hésite un

1. *« Fouillez, vite ! »*

instant. Mais il faut faire vite. Très vite. Soudain, elle se dirige vers l'Allemand et lui tape sur l'épaule. Le S.S. se redresse. Son casque rond couvre une figure rouge et hostile. Une jugulaire serrée relève son menton en boule. Elle prononce lentement :

« Je suis désolée, Monsieur. Je n'en peux plus. J'attends un bébé.

– *Ich verstehe nicht.*[1]

– Un bébé, insiste-t-elle en dirigeant son index sur son ventre. Auriez-vous un verre d'eau ? continue-t-elle en faisant le geste de boire. »

Le militaire occupé avec Jules relève sa tête de la carte et s'exclame en allemand :

« Eh bien, qu'est-ce que vous attendez pour apporter de l'eau à la dame ? Docteur, vous devriez examiner votre femme.

– Ça va très bien, lance Emma. Je veux juste un verre d'eau.

– Nous avons fait un très long chemin sans nous arrêter, continue Jules. Dès que nous serons sur la bonne route, nous ferons une halte. »

Peu après, le S.S. tend un verre rempli à Emma. Elle a des prunelles brillantes comme des billes d'acier. Pendant qu'elle boit, il tourne autour de la voiture, examine les pneus, jette un coup d'œil côté conducteur. Mais il ne revient plus sur le bas de caisse. Elle lui sourit. Les soldats se consultent du regard. Elle les observe, une moue engageante aux lèvres, heureuse de leur plaire et de mettre tout son espoir dans une séduction qui les sauvera peut-être. Enfin, Jules plie la carte.

« Allez, fini. Bonne route, conclut le militaire qui a dessiné au crayon le tracé qui lui paraissait le plus convenable. »

Le médecin boucle la valise, l'attache à l'arrière en se confondant en remerciements pour le service rendu. La Traction repart. Au débouché du pont, un soldat agite son bras avec la régularité monotone d'un robot et invite Jules à prendre de la vitesse.

« Bravo Emma, dit Jules en lâchant le volant pour taper dans les mains. Tu es vraiment exceptionnelle. Le coup de la grossesse, ma belle, c'est génial.

---

1. *« Je ne comprends pas. »*

– Oui, mes compliments, renchérit Ernest. Tu es digne d'une résistante. »

Déjà, le bruit des camions allemands s'estompe. Jules est en communion avec la campagne environnante. Tout est beau. Les hautes herbes qui dansent au gré du vent, les arbres dénudés, les vaches rousses sur le bas-côté.

« On l'a échappé belle, lance Ernest.

– Oui, vivement Saint-Cyprien », conclut Jules.

Sa hâte se communique au moteur. Un air froid passe par les jointures des vitres. L'odeur de l'essence monte du bidon qui tinte dans le coffre. Un village déambule devant leurs yeux avec son lot de fenêtres et de murets en pierre. Un paysan suit d'un regard étonné cette auto noire qui roule à toute allure en laissant derrière elle un nuage poudreux de poussière.

Il est 10 heures du soir, ce 10 août 1941, quand ils pénètrent dans la rue principale de Saint-Cyprien. Pas une âme qui vive. Arrivé au bout du voyage, Jules s'étonne encore de sa réussite. Les phares de l'auto creusent un tunnel lumineux dans la nuit. Tout est noir, silencieux et désert autour d'eux. Maintenant, Jules est tranquille. Il remue ses épaules qui s'engourdissent, bouge ses doigts moites sur le volant. Bientôt les rayons des projecteurs éclairent le parvis de l'église. Jules arrête la voiture devant l'épicerie fermée. Son cœur crève d'impatience et de joie. Il voit d'avance sa jolie Emma servir les clients. Oh bien sûr, elle manquera de tout et devra se satisfaire des tickets d'approvisionnement, mais au moins le couple aura la paix. « Et puis, moi, je continuerai mon travail de médecin ici. La population doit en avoir bien besoin », pense Jules. Cette décision l'emplit d'une joie si intense que les mots lui manquent pour souhaiter la bienvenue à ses invités. Sa maison ! Enfin ! Il veut franchir le seuil doucement, en savourant chaque pas qui le transportera dans des souvenirs douloureux. Il revoit les derniers moments de son père défiler dans sa tête comme un film muet. À l'époque, Jules n'avait aucune envie de revenir au village. Et voilà qu'une guerre le rattache à ses racines. En mettant la clef dans la serrure, il ferme les paupières avec un nouvel espoir. Le battant s'ouvre. Derrière le comptoir vide, le visage souriant de sa mère le regarde intensément et s'estompe dans le brouillard de ses pensées. Ses nerfs tendus cèdent d'un seul coup. Un flot de larmes l'aveugle.

XV

Retour aux sources

EMMA SURSAUTE ET OUVRE LES YEUX dans l'obscurité de la chambre. Dehors, tout est calme. Le bruit vient de son cerveau. Elle est arrivée depuis une semaine à Saint-Cyprien, elle s'éveille chaque nuit à la même heure avec le même cauchemar. Avec une grande netteté, elle se rappelle les péripéties de son voyage, les circonstances de sa décision de partir loin, sans Henri, une décision si brutale. Certes, elle aurait pu essayer de rester à Strasbourg coûte que coûte. Se cacher, attendre le moment propice pour une nuit gagner Westhoffen et récupérer le petit. Devant Hélène, elle aurait trouvé les mots nécessaires. Elle ne se serait pas laissé attendrir comme autrefois. Ah non alors ! Elle regrette de n'avoir pas agi ainsi. Elle s'en veut tellement qu'aujourd'hui le plus dur est de pouvoir s'estimer à nouveau. Quelque chose en elle a changé, l'a bouleversée au-delà de ses limites. « Jamais, je ne me le pardonnerai. J'ai abandonné mon enfant, mon bébé. » Une larme glisse sur sa joue et finit sa course en dévalant le long de son cou. « Henri… Je suis à tes côtés, maman est là. » Un coq chante. Les prunelles d'Emma s'écarquillent sur les ténèbres. Le visage souriant de son fils s'impose à ses yeux avec ses fines lèvres humectées de salive, ses gencives vierges et ses joues dodues comme deux petites balles. Mais il n'y a pas de son. Elle aimerait l'entendre rire, pleurer, gazouiller. Dehors, le bourg s'éveille. Les souvenirs la paralysent : ses promenades dans les rues en poussant le landau, l'heure du biberon, les berceuses chantées près du berceau. Elle remonte à la source de ce terrible moment où elle a arrêté de vivre.

On lui a arraché une partie d'elle-même. Ni Jules ni personne ne la guériront du drame de sa vie, de sa faiblesse passée. Le son de la cloche matinale la sort de sa torpeur. Jusqu'à la nuit prochaine où elle aura rendez-vous avec Henri, dans la fraîcheur du crépuscule.

* *
*

Jules marche à pas lents, la tête haute, les épaules droites et tient fermement le bras d'Emma sous le sien. Fier de se montrer à côté de sa femme, il salue tous les gens sur sa route et s'arrête pour échanger quelques mots avec ceux qu'il connaît le mieux. Heureusement, il n'y a pas trop de réfugiés à Saint-Cyprien. D'une rencontre à l'autre, la même conversation domine. Chacun attend des nouvelles d'un absent, se plaint du manque de ravitaillement. Il n'y a plus d'épicerie dans le village depuis près de trois ans. Les habitants ne comptent que sur le marché où les commerçants pratiquent des prix scandaleux et vendent les trois quarts des marchandises sous le manteau. Les vieilles personnes catalysent tous leurs espoirs sur le Maréchal pour remettre de l'ordre dans les affaires de l'État. Comme Jules et Emma ont vu les Allemands de près, les curieux viennent se renseigner : « Sont-ils aussi disciplinés qu'on le dit ? Il paraît qu'ils sont mieux préparés que les Français et, surtout, mieux équipés, c'est vrai ? »

« Je ne sais pas, répond évasivement Jules. Je ne les ai pas côtoyés ! »

Sur le côté, à coups de bataille de cailloux, les enfants tentent de gagner une guerre que leurs pères ont perdue.

Devenue soudain le centre de l'attention, Emma a de la peine à vaincre sa timidité. Troublée par tant de regards, elle entend mal ce qu'on lui demande, répond par de minces remerciements et sourit d'un air absent.

« Oh ! quelle belle femme tu as là, Jules, dit l'un.

– Oui, on te félicite, lance l'autre.

– Tu l'as trouvée à Paris ! s'exclame un troisième.

– Non, répond le médecin. Elle est alsacienne.

– Quoi ! Tu nous ramènes une Boche dans le village ! Alors que nos enfants sont au front. Tu ne manques pas de toupet », interpelle un vieil homme.

Emma tourne la tête vers son mari. La stupeur dilate ses prunelles. Sa bouche tremble. La colère monte à son visage. Elle pose son panier à terre.

« Si vous affirmez cela, monsieur, c'est que vous ne connaissez pas l'Histoire de votre pays et que vous n'êtes pas bon patriote. Vous apprendrez que pendant la guerre de 1870 ma famille s'est battue avec les Français et, si nous sommes ici aujourd'hui, c'est que nous avons choisi notre camp car le gouvernement de Vichy n'est pas bien loin de nous vendre une fois de plus à l'ennemi. Alors vous me direz, heureusement que vous avez l'Alsace et la Lorraine en monnaie d'échange, ça permet à la France de limiter les dégâts des Allemands qui sont entrés ici comme dans une motte de beurre.

– Emma, interrompt Jules.

– Je n'ai pas fini, tu permets, continue-t-elle devant l'homme ahuri. Vous apprendrez également, monsieur, qu'il n'y a pas plus français qu'un Alsacien. Et que nous résisterons tout autant que vous. Au revoir. »

Jules et le vieux la regardent partir.

« Eh bien dis-moi, mon garçon, celle-là a de la trempe ! lance l'ancien.

– Si on t'insulte, tu ne fais pas la même chose ? »

Énervée au plus haut degré, Emma profite de sa liberté provisoire pour regagner l'épicerie. Il reste quelques pommes de terre froides dans le buffet de la cuisine. Ce vieux paysan lui a ouvert l'appétit. Mais autant ne pas se presser et flâner encore quelque temps, à l'ombre des grands chênes sur la place du village. Soudain, une voix l'arrête :

« Madame Peyrie… Madame Peyrie ! »

Emma se retourne et voit arriver vers elle une femme âgée qui ouvre les bras dans un geste théâtral. Elle porte une robe noire et un chemisier blanc.

« Bonjour madame Peyrie. Vous ne me connaissez pas ! s'exclame-t-elle. Mais Jules vous a sans doute parlé de moi. Je suis Christiane Besson. Votre belle-mère. »

Le choc ébranle Emma. Sa gorge se contracte. Sa belle-mère ? La jeune femme la croyait morte depuis bien longtemps. Elle reste un moment l'esprit immobile, comme engluée par ce qu'elle vient d'entendre.

« Vous n'avez jamais entendu parler de moi ? reprend l'inconnue.

– ... Non.

– Décidément, rétorque Christiane, ce Jules restera toujours un petit cachotier. »

Promenant les yeux autour d'elle, la veuve rajoute en chuchotant :

« Les murs ont des oreilles... On serait sans doute mieux à l'épicerie pour discuter. »

Et elle éclate de rire, croyant avoir fait une plaisanterie. « Venez », propose Emma, encore sous le coup de la surprise.

Les deux femmes se dirigent à grandes enjambées vers le commerce. Emma essaie de répondre succinctement aux banales questions de son interlocutrice : « Quand vous êtes-vous mariés ?... Êtes-vous heureuse d'être ici ?... » tout en s'efforçant de prévoir la suite des événements. « C'est insensé, se dit-elle. Pourquoi Jules ne m'a jamais parlé de... » Emma rencontre alors le regard de Christiane, un regard glaçant qui en dit long sur son dessein. Mal à l'aise, elle baisse les yeux. D'un geste nerveux, elle ouvre la porte de l'épicerie et conduit son invitée dans le salon.

« Ah ! Que de souvenirs me remontent en mémoire, s'exclame la vieille dame en s'asseyant. Georges et moi avons été vraiment très heureux ici.

– Mais vous êtes la...

– Non ! Je ne suis que la seconde femme du père de Jules. »

La veuve allonge ses jambes. À présent, elle est de nouveau chez elle. Elle imagine une longue suite de jours heureux ici. Plus tard, Jules la remerciera de ce qu'elle a fait pour Georges. « Quand on a été la femme d'un juif... » Elle n'achève pas sa pensée. Un sentiment de dégoût se glisse en elle, vague et insinuant, comme l'annonce d'un vertige. Elle veut se défendre contre cette impression nauséeuse et invoque une fois de plus les souvenirs de jadis.

« Vous restez déjeuner avec nous, demande Emma. Jules ne va pas tarder.

– Volontiers.

– Ce sera un repas tout simple. »

Mieux qu'une confidence, la vue de la table dressée renseigne Christiane sur l'importance qu'Emma attache à sa visite. Elle se tourne vers son hôte, lui sourit tendrement. « Ne vous donnez pas tant de mal pour moi. »

À cet instant, la porte claque dans le vestibule. Jules est de retour. Il aperçoit Christiane et son visage se durcit.

« Tiens, vous êtes là, vous ! s'exclame-t-il. Emma, je te présente Christiane Besson, la seconde femme de papa. »

La jeune femme guette un signe d'embarras sur le visage massif de Jules. Mais ce dernier sourit avec une désinvolture à peine croyable et dit :

« Quelle belle journée, n'est-ce pas ? »

Pas un mot pour Christiane. « Je devrais avoir le courage de couper net, pense-t-il. Mais Emma ne comprendrait pas. »

Il se jette sur le fauteuil et lève les yeux au plafond. Il fixe une craquelure qui, de tout temps, l'a incité à la rêverie. Christiane ! Jamais elle ne le laissera tranquille. Jules est certain qu'elle cache son jeu. Trop polie pour être honnête. Avec son père, il a appris qu'on peut vivre pendant des années auprès d'un être sans soupçonner qu'une partie de lui – la plus importante – demeure invisible comme la base des icebergs dont les sept huitièmes sont enfoncés dans l'eau. Les conventions sociales ne servent qu'à masquer la brutalité, l'injustice, l'appétit qui règlent l'existence secrète des individus. Il faudrait être idiot pour croire au sourire, à une promesse, à une poignée de main de Christiane. Et puis, personne… Personne ne pourra remplacer sa mère. Au milieu de cette pensée, il constate qu'il a faim. À un moment pareil ? C'est presque de l'indécence. Tout son esprit se révolte contre l'exigence agaçante de son estomac. Son regard embrasse la nappe, les couverts, les assiettes. Il capitule devant les nécessités quotidiennes de l'existence.

La voix d'Emma retentit :
« Coupe du pain, Jules.
– Oui d'accord.
– Des tranches fines... »
Il prend la miche sur la desserte et choisit un couteau bien aiguisé. La lame entame la croûte avec un craquement sympathique. Des miettes tombent sur la nappe. Peu à peu, l'idée que Christiane puisse entrer dans cette pièce s'asseoir, manger, parler, sourire avec Emma, ne lui semble plus inacceptable. Il l'imagine même très bien dans ce décor familier. Il dépose les morceaux de pain dans une corbeille en osier.
« C'est fait Emma.
– J'ai sorti la dernière bouteille de vin blanc. Elle se trouve dans la glace. Prends-la avant qu'elle ne soit froide. Et débouche-la.
– Je vous remercie de me recevoir, dit Christiane en souriant. Enfin, je suis de retour à la maison ! »
Jules ouvre le tiroir de la desserte, saisit le tire-bouchon et serre le flacon entre ses cuisses. Des casseroles tintent. Il a l'impression d'être berné par le diable en personne. Un chavirement s'opère en lui. Il se rappelle les termes de Christiane chez le notaire. Le bouchon claque en sortant du goulot. Jules pose la bouteille sur la table. Et Emma qui semble heureuse de recevoir Christiane !
Enfin tous attablés, la veuve s'exclame :
« Je suis venue m'arranger avec vous !
– À quel sujet ? demande Jules.
– Je pourrais vous rendre de multiples services ici.
– Pour quelle contrepartie ?
– Aucune enfin. Je suis de la famille, tout de même. Et je ne vais pas laisser la pauvre Emma assurer ce magasin toute seule. Ce serait inhumain. Jules, avez-vous déjà tenu une seule journée une épicerie ? Il y a beaucoup à faire.
– Je sais.
– Non, je ne pense pas.
– Mais Christiane...
– J'habite Bergerac, dit-elle en croisant ses mains devant son assiette. Mais il y a des maisons à louer ici. »
Jules et Emma se regardent.

« Tout le monde sera content et je ne vous dérangerai pas dans votre vie de couple, continue-t-elle. Tout ce que je désire, c'est de vous rendre service.

– Merci, dit Emma. Nous apprécions. Jules, tu ne manges pas ?

– Non, balbutie-t-il. Je n'ai pas faim. »

Il se renverse sur le dossier de sa chaise. Sa gorge se contracte. Même s'il n'en a pas la certitude, il pense qu'il est en train de faire entrer le loup dans la bergerie. Cette Christiane, c'est du miel. Une sensation de sucré qui va s'accrocher à tout ce qu'elle touche. Emma change les assiettes et sert un très mince morceau de fromage : la provision d'un mois. Tintement des couteaux, des fourchettes et un enchevêtrement de paroles inutiles :

« Vous pouvez venir un peu après l'ouverture, Christiane. Dans les premiers temps, vous aurez de la route.

– Merci Emma.

– De rien, c'est moi qui vous remercie. »

La conversation bourdonne autour de Jules sans l'atteindre. Au dessert – un fruit –, Emma et Christiane partent dans une discussion sans fin sur les tickets d'approvisionnement. Jules fixe Christiane intensément et se dit que souvent, dans un ménage, le vainqueur n'est pas forcément celui que désignent les apparences.

XVI

Le soupçon

Christiane s'est installée dans la maison vide des Conaillac, juste avant le cimetière, à la sortie du village. En approchant de l'épicerie ce matin, elle éprouve dans tout son corps comme une pression anxieuse et mélancolique. La dernière fois qu'elle avait tenu le magasin, c'était le jour de la signature de Jules chez le notaire. Aujourd'hui, elle redécouvre la devanture rafraîchie, méconnaissable. Jules l'a remise en état. Emma s'exclame en levant la main :

« Entrez, Christiane !

– Merci Emma. Je suis certaine que nous nous entendrons bien. »

* *
*

D'un commun accord avec Emma et Ernest, Jules a décidé de reprendre ses consultations en attendant un éventuel ordre de mobilisation. Seul le médecin s'est inscrit à la mairie. Ernest veut rejoindre la Résistance et, lors de la livraison de la Traction chargée d'armes, il a pris tous les contacts nécessaires. Il attend désormais les ordres qui ne devraient pas tarder. Le couple Peyrie pense que le pharmacien partira bientôt. Aidé par son ami, Jules s'est installé dans le cabinet du village, déserté depuis le départ du précédent docteur pour le front. Ce matin, il ressent une certaine anxiété au fond de lui-même, comme la peur du débutant. La nouvelle de son arrivée s'est vite répandue dans le pays. Les besoins sont énormes.

Jules s'attend à avoir un peu de monde d'autant plus qu'il y a marché à Saint-Cyprien. Il ouvre la porte d'entrée. La salle d'attente déborde. Ernest apporte dans le vestibule, au milieu des corbeilles et des volailles, quelques sièges supplémentaires. Puis les deux hommes entrent dans le cabinet :

« Première patiente, madame Dirphon, trente-neuf ans, six enfants d'un mari vingt ans plus âgé qu'elle, annonce Ernest. Il l'a accompagnée. Elle a accouché il y a six mois.

– Allons-y ! Mais fais la rentrer seule. »

Une dame maigrichonne pénètre dans la pièce. Elle a le visage fané, les paupières lourdes et des cernes prononcés.

« Bonjour, qu'est-ce qui vous arrive ? demande Jules d'un air solennel.

– V'la que j'n'ai pas “vu” depuis deux mois, et j'ai des nausées.

– Voyons ça. Installez-vous. »

En vieille habituée, elle prend place sur la table. Pour mettre les pieds dans les étriers, elle écarte d'elle-même ses jambes sillonnées d'énormes varices. Pour découvrir son ventre, elle remonte une combinaison en mauvais coton soigneusement reprisé. À la vue de l'utérus, le diagnostic est sûr : grossesse de deux mois.

« Ça y est, je suis prise. N'est-ce pas ? »

Jules hoche affirmativement la tête sans rien oser dire. Elle le fixe du regard.

« Que vais-je faire ? » murmure-t-elle.

Pense-t-elle comme Mariette aux recettes abortives que l'on se donne entre voisines, à l'eau de savon, ou encore à l'adresse de l'avorteuse qu'il lui faudrait découvrir ? Prend-elle en compte ce minuscule morceau de chair qui a déjà commencé à s'engraisser, à lui prendre ses minces réserves, à appauvrir un peu plus son sang, à lui faire vivre des semaines d'écœurement.

« Voulez-vous que je parle à votre mari, madame ? demande Jules.

– Oui, j'veux ben. J'vais l'chercher. Ça peut pu durer. On a une ferme de trois pièces. On est huit. Et avec cette guerre… Comprenez docteur, j'le préférerais au front qu'à la maison. »

Un instant plus tard, Jules voit entrer un homme de forte corpulence qui boite sévèrement.

« Bonjour monsieur. Prenez place. »

Jules tente de le raisonner. L'homme écoute d'un air borné, de ses yeux aux sclérotiques jaunes et striées de sang. Devant ces grossesses à répétition, il n'a trouvé qu'une seule excuse : « C'est pas d'ma faute ! À peine que j'ai posé mon pantalon sur la chaise et la v'la enceinte. »

À jeun, impressionné par la conversation avec un médecin, il promet de prendre des précautions. Mais à la fin de la consultation, Jules a le sentiment d'avoir perdu son temps : les soirs où le mari rentrera ivre, sera-t-il capable de se contraindre ?

« J'espère qu'ils ne seront pas tous comme ça », dit Jules à Ernest avant de laisser place à la deuxième consultation.

Au cours de la matinée, une nouvelle vague d'arrivants vient combler les départs. Vers midi, tous ceux qui attendent encore ouvrent leur panier à provisions et sortent un morceau de pain avec du jambon ou du saucisson. À la campagne, il est plus facile de se nourrir qu'en ville. Pendant que les malades reprennent des forces pour attendre, Ernest oblige le médecin à s'arrêter une demi-heure et essaie de le faire déjeuner. Mais Jules peut à peine avaler quelques bouchées. Deux tasses d'orge grillée le ragaillardissent. La deuxième partie de la consultation s'avère encore plus terrible. Dans la salle d'attente, les malades s'énervent tout à coup comme des chevaux piqués par des frelons.

« Dépêche-toi, Jules. Ils veulent être rentrés chez eux avant le couvre-feu », affirme Ernest.

À chaque fois que Jules se montre, une dizaine de personnes se précipitent pour essayer de passer en force. Dans son cabinet, le docteur les entend se disputer derrière la porte. Vers 3 heures, Ernest annonce la fin de la consultation dans un brouhaha de protestations.

« Le docteur Peyrie a trois urgences à traiter avant ce soir. Revenez demain. »

La salle vide ressemble à un champ de bataille. Il y traîne des papiers, des fientes de volailles, des pelures de fruits parmi des morceaux de boue laissés devant chaque chaise. Des crachats éparpillés çà et là témoignent de la présence de malades masculins.

Pourvu d'une grande bassine d'eau chaude et d'un puissant désinfectant, Ernest s'attaque aux immondices du vestibule. Pour chasser à grands coups de balai l'eau sale au dehors, il a ouvert la porte de la rue. L'air frais revigore Jules qui se sent bien installé dans une migraine lancinante pour le restant de l'après-midi.

« Alors ? Le bilan de la journée ? demande-t-il au pharmacien.

– Trente-neuf malades. J'ai mis dans la charrette une partie de ton salaire.

– Les paiements en nature ?

– Eh oui ! On a à manger pour huit jours. Si tu fonctionnes comme cela tout le temps, tu pourras céder à l'épicerie ce que tu ne consommes pas.

– Tu as raison. La population est étranglée par la politique de rationnement instaurée par Pétain. Les portions en matières grasses sont tombées bien bas. Il faut s'inscrire pour avoir de l'huile qui coûte quatre tickets. Cet après-midi, j'ai ausculté une petite fille qui perdait la vue, faute de vitamine E.

– Tu en verras des dizaines comme ça. Un conseil : si tu ne veux pas rentrer trop tard, pars en visite immédiatement. »

Jules acquiesce. Dehors, le tumulte du marché est retombé. Les commerçants ont presque fini de replier leurs éventaires ; les dernières voitures s'en vont, le milieu de la rue où la paille écrasée se mêle à la boue, aux vieux papiers et au crottin se vide. Seuls les cafés demeurent pleins. L'écho des accordéons égaie les âmes meurtries par les blessures de guerre. Trente-neuf consultations ! Jules pense qu'il ne peut faire du bon travail dans ces conditions. Le visage du docteur Wittmann se présente à ses yeux. Qu'aurait-il dit en voyant ce flot humain débouler littéralement dans son cabinet ? Toute la journée, Jules a fait taire au bout de trois minutes le discours oiseux de ses malades, posé quelques questions pour orienter son diagnostic, ordonné un déshabillage délimité pour traiter la région atteinte. Enfin, il a tracé à la hâte et à la chaîne des ordonnances à base d'herbes et de tisanes, car les médicaments se font rares. Est-ce cela la médecine campagnarde ?

Travail éreintant, fastidieux. Jules se dit qu'il n'a aucun moyen à disposition. Son unique atout, c'est son « bon flair » et son « sens clinique » comme en parlait si bien le docteur Wittmann. Pas étonnant que dans ces contrées on en soit encore resté aux thérapies vieillottes, à la laine de mouton, aux vésicatoires ou aux sangsues. Il n'y a guère le choix !

Il est 8 heures du soir lorsque le docteur Peyrie revient au cabinet. Habituellement, il passe du temps sur les routes. Mais cette journée a été plus longue que prévue. Il s'attend à trouver Ernest paniqué, Emma bouleversée, une lanterne à la main. Mais la maison a son aspect habituel. Sereine. Personne dehors. Le pharmacien doit l'attendre à l'intérieur. La main de Jules se pose sur la poignée. Les gonds grincent. Le vestibule est vide. Il pousse la porte de son bureau. Sur le côté droit, le poêle ronfle. Sur la table, un mot :

Cher Jules,

J'ai été appelé en mission à l'instant. Je dois vous laisser. Je vous remercie infiniment de tout ce que vous avez fait pour moi. Je te demande juste de ne pas donner à Christiane la raison de mon départ. Je n'ai absolument pas confiance en elle. J'espère te revoir bientôt. Salut vieux et ne te laisse pas faire par tes patients. Ils sont féroces !

Ernest.

Jules laisse tomber le papier sur son bureau. Le départ de son ami était à prévoir. Le médecin s'avance vers les parois de fonte brûlante et tend les mains. La chaleur caresse la peau de son visage, de son cou, de ses paumes, mais ne va pas plus profondément. L'intérieur de son corps est glacé. Sa tête s'alourdit. Il pousse un soupir, fléchit les genoux et ne voit plus rien.

Lorsqu'il rouvre les yeux, il fait jour et il se trouve dans son lit. Une bouillotte est posée à ses pieds, sous les couvertures. Son corps transpire. La fièvre. Au moins trente-neuf, pense-t-il. Il me faut un bain tiède. Quand l'a-t-on couché, déshabillé ? Et surtout qui ? Il ne s'en souvient plus. Assise au bord du lit, Emma l'observe avec une tendresse inquiète.

« Tu es là, dit Jules. C'est gentil de t'occuper de moi comme ça.

– Enfin… C'est normal.
– Le billet ?
– Quel billet ?
– Le mot d'Ernest. Je n'ai pas eu le temps de le détruire.
– Je l'ai fait pour toi. Ne t'inquiète pas. »
Il ferme les paupières et ajoute dans un souffle :
« Je dois avoir pris froid. Pour faire baisser la fièvre, il me faut prendre un bain tiède.
– Je vais demander à Christiane…
– Non. Pas Christiane, s'il te plaît. Promets-moi de toujours te méfier d'elle.
– Tu exagères, tu sais. Elle m'aide bien à l'épicerie.
Emma passe un chiffon humide sur le front de Jules.
– Promets-moi, s'il te plaît, répète-t-il.
– C'est promis. Maintenant, n'y pense plus, repose-toi. »
Dans le trouble de son sommeil, l'image de Christiane Besson s'imprime dans son inconscient comme le pire des cauchemars.

* *
*

Quelqu'un frappe à la porte. D'un geste vif, Hélène cache la lettre d'Emma dans son tablier, repousse ses cheveux en arrière vers son chignon :
« Qui est là ?
– C'est moi, Armand
– Entre », dit-elle avec humeur.
L'homme se glisse à l'intérieur. Le roux flamboyant de ses cheveux apporte un peu de couleur à la pièce sombre.
« N'oublie pas les patins. Je ne vais pas faire le ménage tous les jours. »
Il écoute sans broncher. Il renifle un bon coup et cherche les morceaux de tissu. Il a l'impression de déranger dans ce décor minutieusement rangé et nettoyé.
« Tu viens voir ton fils ?
– Oui.

– C'est bien, tu es un bon père. Lave-toi les mains avant de prendre le petit. Il vient de manger. Il dort. »

Elle remarque la mine affligée d'Armand et demande :

« Cela te contrarie tant d'être propre ?

– Pas du tout.

– Alors pourquoi fais-tu cette tête ?

– Ben… Je viens aussi vous annoncer que je m'en vais.

– Où ça ?

– Je m'engage volontairement dans l'armée allemande, ils ont besoin de monde sur le front de l'Est !

– Quoi ? lâche Hélène en laissant tomber la cuillère qu'elle a en main. Ce n'est pas vrai ? J'ai mal entendu ? Pas un homme dans le village n'oserait faire une chose pareille. On a parfois quelques sympathisants du IIIe Reich. Mais de là à renier la France, le pays qui t'a nourri. C'est une trahison.

– Vous n'avez pas à me juger. Je viens dire au revoir à mon fils. J'enverrai des nouvelles dès que je pourrai.

– Henri ne connaîtra jamais la véritable identité de son père. Il portera la honte sur son dos toute une vie ! »

Elle lui tient tête. C'est plus qu'Armand n'en peut supporter. Aveuglé par la colère, il cède à la tentation de la frapper sur le point le plus sensible.

« Au fond, gronde-t-il, vous n'êtes pas mieux que tous ces paysans attachés à la France comme à la barre d'un bateau. Vous direz à Emma que je l'attends à Berlin quand nous aurons fini la conquête du monde. »

Il s'attend à une réplique cinglante, mais Hélène le regarde froidement dans les yeux et dit, sans élever la voix :

« Je n'ai plus aucune nouvelle d'Emma.

– Vous mentez », répond-il avec un sourire méprisant.

L'intonation de cette dernière réplique la trouble. Il s'est ressaisi plus vite qu'elle. C'est lui, à présent, qui a l'avantage. Hélène grogne :

« Si tu crois ce genre de balivernes, je te plains. Tu vivras dans la suspicion toute ta vie. Vous, les nazis, vous êtes tous les mêmes.

– Dites tout de suite que j'ai perdu la tête.

– Oui Armand. Mais c'est sans doute normal dans ton état.

– Je ne vous permets pas.

– Dans cette maison, j'ai le droit de dire et de penser ce que je veux. Ce n'est pas un gaillard qui a encore du lait derrière les oreilles qui va me donner des ordres.

– Méfiez-vous.

– De quoi ? J'élève ton fils. J'espère qu'il ne deviendra pas le bandit que tu es devenu. »

Elle a pris son plus beau sourire pour insulter cet homme sans honneur.

« Espèce de rien du tout. Nazi et engagé. Je n'en reviens pas. Toi Armand Singert que j'ai tenu dans mes bras quand tu avais l'âge d'Henri. »

Elle aurait voulu le gifler, il retient sa main et recule vers la porte de la chambre de l'enfant en murmurant :

« C'est inutile de discuter plus longtemps... Je m'en vais... J'embrasse mon fils et je débarrasse le plancher.

– C'est ça. Après ce que les Français ont fait pour toi... Eh bien ! Va-t'en ! Va-t'en !

– Mais je n'ai pas dit mon dernier mot. Vous aurez encore de mes nouvelles.

– Tu vas peut-être essayer de me faire changer d'avis, petit morveux ?

– Tous les Alsaciens devront se rallier à nous, de gré ou de force.

– Tu nous reviendras à quatre pattes, en demandant pardon, Armand. Parce que la guerre, nous la gagnerons !

– Vous avez raison, Hélène. Maintenant que vous êtes allemande, vous pouvez le dire ainsi.

– Canaille ! »

Hélène le pousse dehors si rudement qu'il manque la dernière marche. Il entend encore le bruit de la porte retombant sur ses talons.

« À quatre pattes ! Elle peut toujours courir, grommelle-t-il en se dirigeant vers le portail. »

La vieille dame entre dans sa chambre et s'effondre sur son lit. Le clair de lune illumine suffisamment la pièce. Dans le tiroir de la commode, elle retire le dossier qu'elle garde minutieusement depuis le début de la guerre : des articles de journaux, des photos, des courriers. Elle saisit la lettre d'Emma dans son tablier et la relit avant de la poser au-dessus de la pile :

Ma bien chère Hélène,

J'espère que ces quelques lignes te parviendront. Je ne te laisse pas mon adresse par mesure de précaution. J'ai demandé à un ami de poster la lettre d'une autre ville que la nôtre pour brouiller les pistes.

Je pense à mon petit tout le temps. Henri va grandir sans moi, découvrir le monde et la vie. J'ai l'impression que je ne pourrai jamais plus être à ses côtés pour partager tous les moments privilégiés avec lui. Je ne le borderai plus à son coucher, n'embrasserai plus son corps potelé, ne passerai plus jamais ma main dans sa chevelure soyeuse. Toutes ces joies me sont refusées désormais. Je les vis en rêve le soir. Tous les jours, je dois me retenir pour ne pas crier cette injustice à la terre entière.

Hélène retient ses larmes. Mais à quoi cela servirait-il de pleurer. Si, en plus, Emma savait pour Armand, elle en mourrait. La vieille dame continue :

Bien sûr, le quotidien a repris ses droits avec son lot d'obligations et de restrictions. Mais nous sommes un peu plus libres qu'en Alsace. Jules me dit que l'annexion paraît inévitable.

« Ton mari ne croit pas si bien dire », pense Hélène.

Il est arrivé quelque chose de très étrange ici. Jules a eu une forte fièvre. Après analyse des symptômes et confirmation de son professeur parisien, le docteur Schmidt, le diagnostic est tombé. Empoisonnement. Les soupçons se portent sur Christiane Besson, une femme qui m'aide au magasin. Mais ce serait trop long de t'en dire davantage.

Embrasse encore mon petit pour moi. Merci pour ton aide. Tu es une femme si précieuse.

Emma.

XVII

L'Anglais

« IL EST MORT, IL Y A DEUX HEURES. Exactement ce que je craignais depuis le début. Crise de tétanos. Je n'ai rien pu faire. » Assis à son bureau, Jules parle d'un ton morne. Emma sent que ce décès l'a touché au plus profond de son être. Épuisé par quatre jours et quatre nuits de lutte, il s'est tassé dans son fauteuil, impuissant. Lui qui a été habitué à plusieurs reprises à ce genre de bataille est secoué comme un profane. Le médecin ne bouge pas.

« Tu as fais ton possible non ? Tu lui as donné un calmant pour qu'il ne souffre pas ? questionne Emma.

– Non, répond Jules. Et je préfère. J'allais commencer. Quelques minutes de plus et, toute ma vie, j'aurais eu le sentiment de l'avoir tué.

– Pourquoi ?

– Eh bien, quand l'enfant a fait sa dernière crise, la grand-mère qui rôdait sans cesse autour de lui a compris immédiatement qu'il n'y avait pas d'issue. Elle a poussé un cri terrible. Elle s'est ruée sur le lit et a pris le garçon. La tête raidie du petit est retombée mollement en arrière. La mort venait de la dessouder. La vieille a posé le cadavre et s'est jetée sur moi, les ongles en avant, prête à me crever les yeux. Elle était folle de haine. Son fils a été obligé de la retenir. J'ai compris qu'elle me traitait d'assassin. »

Emma hausse les épaules tout en caressant la joue de son époux et s'exclame :

« Le guérisseur n'était pas là ?

– Bien sûr que si. Il m'a accusé d'avoir injecté au gamin un poison fait avec du sang de chevaux morts.

– Quelle ignorance !

– J'ai bien tenté d'expliquer qu'il s'agissait de sérum de chevaux bien vivants, bien nourris et de produits soigneusement préparés dans des laboratoires spéciaux par de grands savants.

– Ils ne t'ont pas cru ? »

La figure de Jules devient livide. Sa voix s'assourdit :

« Toute la famille et des voisins s'étaient rassemblés dans la chambre.

– Et ?

– Dont Christiane.

– Alors ?

– Je ne vois pas ce qu'elle faisait là.

– C'est dimanche. C'est son jour de repos. Et puis, elle connaît la famille. Rien de surprenant.

– Elle était auprès du guérisseur. Elle lui donnait raison.

– Et la mère de l'enfant ?

– Elle était agenouillée contre le lit. Elle fixait comme une hystérique le cadavre. Elle a tourné son regard vers moi... Je sais qu'elle a cru aux mensonges du rebouteux. Alors j'ai cessé de me défendre. À cette minute, si quelqu'un avait décroché un fusil au-dessus de la cheminée, je crois que je n'aurais même pas bougé de place. Puisque j'avais tout le monde contre moi, il n'y avait plus rien à faire, plus rien à dire... Je suis parti. Je suis à bout.

– Tu as fait de ton mieux.

– Alors pourquoi insisterais-je ?

– Après tout, les gens ont les médecins qu'ils désirent. Qu'est-ce que tu y peux toi ? »

De fureur, Jules donne un coup de pied dans le chambranle.

« J'aurais beau mettre du mien, apprendre le patois, je n'aurai jamais pour eux la manière de m'approcher d'une vache, de toucher d'une manière naturelle un pis malade ou de caresser un animal entre les cornes. Pour les gens, je suis devenu un gars de la ville. Espérer s'adapter ici, c'est un espoir sans lendemain.

« Tu sais bien que la médecine de campagne, c'est la guerre d'usure.

– Je ne suis pas taillé pour ces durs combats. D'autant plus que cette garce de Christiane met de l'huile sur le feu. Je sais maintenant où elle s'est procuré la dose d'arsenic qu'elle a mise dans mon repas. Heureusement qu'elle ne s'occupe plus de la cuisine. Je serais mort à cette heure.

– Qu'est-ce que tu racontes ? » demande Emma en arrondissant les yeux.

Un flot de tristesse soulève le cœur de la jeune femme. Elle ne sait pas si c'est la brutalité de cette révélation ou la douleur qu'elle ressent qui la rend si nerveuse. Ses mains tremblent.

« Tu... Tu en es sûr ? » questionne-t-elle

Jules ne répond pas. Il n'a sans doute pas d'autres mots pour exprimer le désarroi dans lequel il est plongé.

* *
*

Emma et Jules sortent de l'épicerie un peu avant midi, pour aller, comme chaque lundi, chercher le journal et prendre un verre de grenadine au bistrot du village. Cette balade quotidienne leur permet de mettre leurs soucis de côté. Souriante, la jeune femme marche fièrement au bras de son mari. Des passants les croisent et elle lit dans leurs yeux qu'ils sont charmés par la vue d'un couple si parfaitement assorti. Tous les habitants se connaissent, on parle d'une porte à l'autre. On se retrouve chez les commerçants ou à l'église. Des enfants jouent à la marelle sur le trottoir. Jules dit bonjour à tout le monde. Le cordonnier complimente « M. le docteur Peyrie » sur la beauté de sa femme. L'hommage de la mère Pouillac, la sage-femme, n'est pas moins éloquent. Emma rougit comme si elle y eût été pour quelque chose. Jamais, depuis aujourd'hui, elle n'a eu l'impression de plaire ainsi. Une seule ombre au tableau de cette agréable promenade, un arrêt de la cour martiale placardé au coin d'une rue : « Pour avoir favorisé l'ennemi en secondant à dessein l'Angleterre en guerre avec l'Allemagne, le nommé François Scornet, domicilié à Sarlat, a été condamné à la peine de mort. Il a été fusillé... »

« Pétain ne perd rien pour attendre ! s'exclame Jules.

– Allez, ne te fâche pas ! Je vais te faire découvrir mes talents de cuisinière. »

De retour à l'épicerie, Emma s'attelle à la tâche. Et, en effet, malgré tous les ingrédients manquants, le déjeuner est excellent. Jules déclare avec emphase qu'il n'a jamais mangé une omelette aussi bonne. Il ne veut pas croire qu'Emma se soit fiée à son seul instinct pour réussir le plat :

« Qui t'a appris ces bonnes recettes ?

– Personne, je te l'assure.

– Alors, c'est un miracle ?

– Un petit. Et dès qu'on aura des légumes, je te ferai un ragoût comme tu n'en as jamais mangé.

– Alors, il ne faut pas que je m'occupe de la cuisine.

– Plus jamais.

– Tu mérites vraiment que je t'aime. »

Tandis qu'il reste ainsi, un verre d'eau entre les doigts, la tête droite, le regard amusé, elle débarrasse la table et rince prestement la vaisselle. Jules songe que cela fait déjà deux ans qu'ils sont mariés. Ces derniers mots lui paraissent très doux : « Deux ans… Deux ans… » Il se sent heureux d'être aimé et impatient de se retrouver dans un lit chaud.

« Tu vois ! s'exclame-t-elle soudain. Les gens du village ne t'en veulent pas de la mort du jeune Jouillac.

– Oui, enfin je l'espère. Où est Christiane ?

– À l'église, comme chaque midi.

– Quelle grenouille de bénitier, celle-là. »

À ce moment, on sonne à la porte. Vigoureusement. Jules se lève et se dirige dans le couloir. Deuxième coup. Plus long, plus intense.

« Qui vient encore nous déranger pendant le repas ? »

Le médecin ouvre le battant.

– Ernest, mais qu'est-ce que tu fais là ?

– Je peux entrer ?

– Mais bien sûr ! »

Le pharmacien tourne sa tête à gauche, puis à droite et pénètre dans la maison.

« Écoute, je viens te chercher… Un Anglais… Grièvement blessé… Sur les hauteurs de Sarlat.

– Emma ! hurle Jules. Ma trousse, vite.

– Qu'est-ce que tu dis ? lance-t-elle en avançant dans le couloir tout en s'essuyant les mains à son tablier. Ernest ? Quelle joie ! Assieds-toi !

– Non, je n'ai malheureusement pas le temps. Je viens chercher Jules.

– Maintenant ?

– Oui. C'est très urgent. Ne l'attends pas ce soir… Je pense qu'il en aura pour un moment.

– Mais de quoi s'agit-il ?

– Un Anglais…

– Mais c'est extrêmement dangereux !

– Emma. Je ne serai pas long. En attendant, méfie-toi de Christiane. Ne mange rien qu'elle puisse toucher. Aie un œil sur elle en permanence, conseille Jules.

– Tu prends des risques inconsidérés et tu me demandes de faire attention à Christiane ? C'est le monde à l'envers…

– Si on ne fait rien, cet homme va mourir. Je dois partir. »

Il parle comme s'il s'adressait à une enfant qui ignore tout des difficultés de la guerre. Cette intonation déplaît à Emma. La croit-il incapable de comprendre ce genre de situation après tout ce qu'elle a subi à Strasbourg, sur les routes de France et lors du passage de la ligne de démarcation ? Elle s'apprête à répliquer par des paroles acerbes, mais elle pense qu'il vaut mieux ne pas discuter. L'urgence prime. Elle entend Jules qui dit :

« Va me chercher ma trousse s'il te plaît. Ernest, je vais prendre du chloroforme et une dose de morphine.

– Bonne idée. Si tu en as, c'est parfait.

– De quoi souffre ton Anglais ?

– Il s'est blessé lors de son parachutage. Fracture ouverte. »

Emma refait son apparition. Elle donne la sacoche à son mari, tout en sachant que la vérification prendra quelques minutes… Juste le temps de préparer une petite valise.

Venez dans la chambre ! s'exclame-t-elle. Ce sera plus pratique !

Les deux hommes lui emboîtent le pas. Jules regarde faire sa femme, attendri. Plus elle se montre courageuse, plus il se sent fautif de la laisser. Elle vérifie les chaussettes :

« Je t'en mets quatre paires, dit-elle. Ça suffira ?
– Oh ! Oui. Je ne pars pas pour huit jours.
– Et six mouchoirs…
– D'accord.
– Je crois que je n'oublie rien. »

Il s'apprête à répondre qu'il est tranquille sur ce point, quand, soudain, elle tourne vers lui un visage pâle, au regard anxieux.

« Un peu de patience, Emma. Je ne serai pas absent longtemps.
– Qu'est-ce que je vais dire aux gens du village ?
– Que je suis allé chez une vieille tante malade… Oh, je sais, c'est très ennuyeux. »

Emma rabat le couvercle de la petite valise en carton.

« Fais attention à cette mégère de Christiane », dit encore Jules.

La jeune femme est déçue. Il aurait pu dire : « Fais attention à toi, mon amour, je serai toujours à tes côtés. » Elle se persuade que les conseils de Jules sont certainement judicieux. Quelques secondes avant le départ, elle l'embrasse encore avec un air de tendresse désespérée.

« Il faut qu'on y aille, interrompt Ernest, quelque peu gêné. »

Emma passe la première dans le couloir. Les deux hommes la suivent. Elle ouvre la porte. Derrière, Christiane est pliée en deux. Elle écoutait probablement la conversation par la fente de la boîte aux lettres.

« Bonjour, dit Ernest.
– Au revoir », lance Jules.

La mégère reste coite et s'efface à l'intérieur. Pourtant persuadé qu'elle a tout entendu, le médecin ne réagit pas. Par manque de temps.

* *
*

Jules et Ernest pénètrent dans un petit chalet situé sur les hauteurs de Sarlat, au cœur d'un paysage bucolique. Une forêt dénudée entoure la modeste demeure et sur le bas-côté un ruisseau se jette dans une mare de dix mètres de diamètre. L'intérieur sent le lait caillé et le fumier. À côté du malade, un escalier étroit mène dans une chambre, véritable mirador. On peut y surveiller d'un regard plongeant les alentours de la demeure.

Jules s'approche de l'homme :

« Bonjour.

– *Good evening sir*[1]. »

L'Anglais ne se plaint pas mais désigne sa jambe droite recouverte d'une couche épaisse de laine de mouton. De cet étrange enveloppement monte une écœurante odeur de bouc. La laine qui paraît fraîchement tondue n'a été ni lavée ni cardée et, sous ses doigts, Jules la sent gluante de suint. Il soulève la couverture, découpe le pantalon avec une paire de ciseaux et écarte le tissu gonflé de sang au fur et à mesure du travail. Le genou est miraculeusement intact, le mollet arraché et la cuisse pendante. Le tibia est fracturé et apparaît clairement aux yeux du médecin.

« Ernest, je vais devoir opérer, dit le médecin en constatant l'étendue des dégâts. Cependant, je n'ai plus beaucoup de pénicilline et la plaie est très infectée. Je vais d'abord l'anesthésier.

– Je vais faire chercher une boîte de médicaments chez le pharmacien.

– Non, il me faut le produit en injection. Il est aussi couvert de fièvre. J'ai encore assez de quinine pour cinq jours. Mais si tu veux retaper ton homme rapidement… Prends-en pour une dizaine de jours. Tu pourras faire la course cette nuit. Maintenant, tu vas m'aider. »

Ernest regarde Jules déposer sur le nez de l'Anglais une compresse de chloroforme. Le médecin casse une ampoule, remplit une seringue, vérifie d'un air concentré les repères. Puis il cherche une veine saillante, enfonce la longue aiguille.

« Le voilà endormi. Je te préviens, ça ne va pas être facile, dit Jules. On en a pour un moment. Il va d'abord falloir désinfecter correctement les plaies pour éviter le plus possible les risques de gangrène.

– Je m'occuperai du dosage.

– Eh oui, mon vieux, chacun son métier ! Après, je vais remettre l'os à sa place en espérant que celui-ci n'ait pas sectionné au

1. *« Bonsoir, monsieur. »*

passage un nerf ou une veine. On ne le saura qu'au courant de l'opération. Ensuite, je refermerai et effectuerai le bandage.

– Jules, je ne sais pas si je vais supporter.

– Monte dans ta chambre. Dès que j'ai besoin de toi, je te préviens. Inutile de tomber en syncope maintenant, j'ai autre chose à faire.

– Il en a pour combien de temps avant de pouvoir marcher ?

– Si tout va bien trois mois au bas mot. Allez, file. »

Pendant plus d'une heure, le docteur se bat avec le sang, l'odeur, les linges rougis. Puis il appelle Ernest.

« Prépare une injection de pénicilline et un bon dosage désinfectant. Je vais redresser l'os. J'aurai juste besoin que tu me tiennes le haut de la jambe. »

Courbé sur le malade, transpirant à grosses gouttes, sa main sur la cuisse reconstituée et pleine de fils, Ernest regarde Jules asperger la jambe de teinture d'iode.

« Allons-y franchement. Maintiens le haut. »

Dans un élan, Ernest perçoit un craquement effroyable. Le sang glisse en filet gluant sur le côté.

« On y est. Lâche. »

En fermant les yeux un instant pour mieux supporter l'horreur qui s'offre à sa vue, Ernest se penche doucement près du visage de l'opéré plongé dans le sommeil de la drogue. La figure de l'Anglais est effrayante de pâleur, presque méconnaissable. La véritable boucherie dont il est victime semble avoir disloqué ses traits. Son nez est pincé, ses lèvres entrouvertes sur un souffle rauque. La sueur colle des mèches blondes sur son front.

« Merci. Tu peux remonter. Je t'appellerai si j'ai besoin de toi. »

Écœuré et tremblant, Ernest se lève. Il monte les marches qui le mènent à la chambre. Exténué, vidé, les jambes coupées, il se laisse tomber sur le matelas. À bout de nerfs, il pleure.

XVIII

La longue attente

EMMA RAPPROCHE SON FAUTEUIL du poste de T.S.F. Durant la fermeture de l'épicerie entre midi et 14 heures, tandis que Christiane se confond en prières à l'église, la jeune femme tente d'obtenir des nouvelles. La voix du présentateur égrène des consignes. La préfecture de police précise qu'il est interdit de transgresser les règles du couvre-feu. Dans certaines rues, l'éclairage est mis en veilleuse, il est interdit de s'approvisionner au marché noir…

« Ne quittez pas l'écoute, dans quelques instants nous vous retransmettrons le discours du maréchal Pétain. »

Emma change de station dans un affreux grésillement… Mais aujourd'hui, au lieu de capter des informations intéressantes, elle ne parvient qu'à intercepter une chanson de Pierre Dac qui a réalisé une parodie du régime de Vichy sur l'air de *La Cucaracha* : « La France ! Radio Paris ment, Radio Paris ment, Radio Paris est allemand. »

Emma regrette que Jules ne soit pas auprès d'elle. À cette heure, il doit être au chevet de son malade. Peut-être est-il lui aussi avec Ernest collé à côté d'un appareil de radio ? Une sonnerie retentit. « Jules ! » pense Emma. Elle court vers la porte, l'ouvre et s'immobilise, stupéfaite.

« Christiane ! Mais vous revenez plus tôt que prévu. »

La veuve avance doucement…

« Eh bien, voilà, dit encore Christiane. Je suis venue un peu plus tôt pour vous annoncer en avant-première que votre mari est mobilisé. Apparemment, ça sert à quelque chose de savoir parler allemand, puisqu'il va travailler au ministère.

– Comment le savez-vous ?

– Peu importe… Où est-il ?

– Je ne sais pas.

– Arrêtez de jouer avec moi, petite sotte. »

Saisie par la familiarité soudaine de Christiane, la jeune femme tourne le bouton du poste et la voix se tait. Puis sans qu'Emma ne l'invite à s'asseoir, la veuve s'affale sur une chaise. Elle étend sa main et prend un livre de Victor Hugo sur la table.

« Vous lisez ce genre d'écrit ? »

Emma rougit. Le livre appartient à Jules.

« Je ne l'ai pas encore commencé », dit-elle.

Christiane feuillette le volume, le retourne et sourit. Au dos de la reliure, dans la partie inférieure, les deux initiales du médecin sont gravées.

Soudain, Christiane se dresse sur ses deux jambes. Devant ses yeux, elle voit défiler sa vie avec Georges, son passage chez le notaire et son humiliation finale. Ces souvenirs lui donnent la nausée. Avec indignation, elle se refuse de croire qu'un jour elle a été l'actrice de ces mauvais moments. À regarder Emma, à l'entendre, elle comprend mieux comment elle est parvenue à manipuler le couple. Cependant, des zones d'ombre perdurent : « Pourquoi Jules a-t-il mis tant d'énergie à me repousser ? Est-ce à moi qu'il s'est adressé directement ou à l'image de belle-mère que je représentais ? »

Emma la dévisage. Christiane claque les doigts avec désinvolture et poursuit :

« Ce n'est pas bien d'avoir abandonné son fils en Alsace. Il doit vous manquer le petit Henri. »

Emma incline le menton sans répondre. Son profil s'est durci de douleur. Sa colère l'oppresse jusqu'au malaise. Sa tête est pleine de cris, dont aucun n'arrive à sa bouche.

« Il est vraiment de votre mari ? continue Christiane d'un air narquois.

– Je n'ai pas à…

– Un père de famille. Qu'est-ce que vous êtes allée chercher là ? Ah ! De mon temps, on avait plus de principes. Je vous plains. »

Christiane se dirige vers le vestibule, se retourne et dit encore, avec violence, comme si elle eût craché dans le vide :

« Je vous plains beaucoup. »

Emma a l'énergie de lancer :

« Sortez d'ici !

– C'est ça. Je m'en vais. Pauvre péronnelle ! »

Christiane sort. Emma s'appuie au battant de la porte. Son cœur cogne contre ses côtes, à grands coups rapides et sourds. Elle attend qu'il se calme, puis rentre dans la cuisine et rallume le poste de T.S.F. Elle tombe sur les messages codés destinés aux résistants. « Ici Radio Londres… Les Français parlent aux Français… Le manche de la vieille pioche est vermoulu… Fernand a de grandes mains… L'Italien est parti avant l'heure. »

Emma éteint. Elle se sent terriblement seule. L'après-midi se déroule lentement. Mille pensées se bousculent dans sa tête. Le soir, elle se déshabille, se couche, prend le livre de Victor Hugo et commence sa lecture. À minuit, elle s'endort profondément. Quelques minutes plus tard, elle entend un choc léger contre le carreau. On eût dit un bec cognant la vitre. Une ombre est collée contre le mur à peine éclairé par une demi-lune. Un chuchotement parvient jusqu'à elle :

« Emma, Emma, attention ! »

Elle reconnaît la voix d'Ernest. L'ombre se détache, lève le bras. Quelque chose tombe avec un bruit mou dans la chambre. Sur le plancher gît un papier mouillé et roulé en boule, lesté d'une pierre. Emma ramasse le message et, avant d'en prendre connaissance, jette encore un regard dans la rue. Ernest n'est plus là. Elle ferme la fenêtre, s'assoit et déplie la missive :

Ma chère Emma,

Après avoir passé des heures à soigner ce pauvre Anglais, nous avons été pris au piège par la Milice. Quelqu'un nous a dénoncés. Le parachuté est mort. Nous avons tout juste eu le temps de fuir. Heureusement, la maison était équipée d'une sorte de mirador.

La voix de Jules résonne dans la tête d'Emma qui a de la peine à comprendre ce qu'elle lit. Elle fronce les sourcils et concentre toute son attention sur la page froissée, où courent des phrases griffonnées au crayon :

J'ai fait et refait la liste des personnes au courant de notre présence ici et j'ai un gros doute : Christiane. Mais tu vas me dire que j'en ai encore après elle. Je n'ai malheureusement plus de choix maintenant. Je ne peux pas rentrer à Saint-Cyprien et suis obligé de suivre Ernest dans la Résistance. J'essaierai de te donner des nouvelles le plus souvent possible. Mais ce ne sera pas facile.

Les mots dansent devant les yeux de la jeune femme :

Prends soin de toi. Mange correctement. Ne travaille pas trop tard. Je t'aime.

Jules.

Toujours aussi pratique. Le « je t'aime » est noyé au milieu de recommandations de toutes sortes. Emma lâche la lettre qui glisse sur le parquet. Le sang afflue à son visage. Elle ne regrette pas d'avoir mis dehors cette garce de Christiane. Il faut élaborer un plan d'action. Répondre. Coup pour coup. Et sans perdre de temps. Comment ? Jules ne lui a-t-il pas enseigné la manière ?

* *
*

À l'affût derrière la vitre du salon, Hélène voit le facteur descendre le sentier avec sa sacoche qui lui donne un air de vieil écolier. Tandis qu'il s'approche de la maison, elle sent croître en elle une émotion irrésistible. Lui apporterait-il la lettre qu'elle attend ? Chaque jour qui passe rend cet espoir improbable. Et pourtant, un miracle est toujours possible. Le postier pousse la porte du jardin et pénètre dans l'allée. Le cœur d'Hélène s'affole. Elle se retient de s'élancer vers cet homme aux fines moustaches noires. Elle le fait entrer. Dans le vestibule, il fouille dans sa poche en cuir. Puis, il tire d'un tas entouré d'un élastique une enveloppe, deux enveloppes, dit quelques mots aimables, touche sa casquette du doigt et repasse le seuil, laissant derrière lui un silence de consternation. Une lettre de son amie Lucienne, une facture et une carte postale du Hohwald. Toujours rien. Hélène se reproche sa crédulité. Combien de temps devra-t-elle être déçue pour comprendre que l'Alsace est désormais allemande et que le courrier est filtré. Elle doit être patiente. En attendant d'avoir l'esprit libéré de ses soucis, elle s'acharne à briser son corps dans les besognes du ménage. La cuisine, l'escalier, les chambres sont soumis à un nettoyage vigoureux. Le manoir Saint-Martin est vaste et demande beaucoup de travail.

Le lendemain matin, elle se lève plus tôt que de coutume pour nourrir Henri, astiquer les meubles et frotter le parquet à genoux. Le soir, après le souper, au lieu de monter se coucher, elle installe la grosse lampe sur le côté du fauteuil pour raccommoder le linge. Ses reins lui font mal. Ses paupières sont brûlantes. Sous l'excès de fatigue, elle a l'impression parfois que les murs tanguent.

Son amie Germaine, la mère d'Yves, l'observe avec inquiétude. Rien qu'à la voir, elle devine qu'elle est en proie à une profonde déception. Sans doute, l'histoire d'Emma et de Jules n'a-t-elle pas fini de la tourmenter. Après le départ du couple et malgré la présence de l'enfant, Hélène est devenue triste. Germaine aimerait encourager les confidences et prodiguer des consolations. Entre vieilles copines, tout se dit, tout s'écoute, tout se comprend.

Un midi, elle estime pourtant qu'elle ne peut se dérober plus longtemps à sa responsabilité. Ramassant son courage, elle décoche un regard à Hélène qui s'évertue à débarrasser la table et dit d'une voix mal assurée :

« Qu'est-ce qui se passe Hélène ? »

La vieille dame lève les sourcils :

« Rien, pourquoi ?

– Tu es bizarre. Tu ne parles plus et tu te tues au travail. Le manoir Saint-Martin est immense pour une vieille dame comme toi. Pourquoi ne retournes-tu pas à la ferme avec Henri. Au moins, la surface à entretenir serait plus raisonnable.

– Il n'en est pas question. Jules a promis au docteur Wittmann de ne pas abandonner cette demeure. Sous aucun prétexte. Si on laisse ce manoir vide, il deviendra une proie facile pour les Allemands.

– Comme tu veux. Mais tu en fais de trop. »

Hélène se trouble.

« Comment t'expliquer ? J'ai une mission à accomplir.

– Oui. Oui. Je te connais depuis plus de soixante-cinq ans et tu crois pouvoir encore me berner.

– Tu vas être déçue, mais je n'ai pas envie d'en parler. »

Germaine se reproche d'avoir mal aiguillé la conversation. Désormais, Hélène est sur le qui-vive.

« Tu ne me comprends pas, soupire-t-elle. Je voudrais, simplement, que si tu as des soucis ou des chagrins tu m'en parles.

– Mais bien sûr.

– … Que tu ne les gardes pas pour toi…

– Oui.

– Je suis ton amie d'enfance, n'est-ce pas ? Je dois pouvoir t'aider. Enfin… Enfin… Tu n'es pas seule. Que tu le saches. »

Sa voix tremble. Hélène est prise de compassion :

« Ne t'inquiète de rien. Je t'appellerai en temps utile. Pour l'instant, je peux encore assumer la situation.

– Tu dis ça, mais je suis certaine du contraire.

– Et pourquoi ? Le petit est aux anges. Il est traité comme un roi ici.

– Je sais.

– Alors ? » conclut Hélène en riant.

Germaine devine que cette réaction n'est pas sincère. Pourtant, même feinte, la gaieté d'Hélène la soulage un peu. Elle se dit qu'elle lui a parlé comme elle devait le faire.

« Dans tous les cas, tu n'as pas bonne mine. »

Elle croit qu'Hélène va protester, selon son habitude. Mais cette dernière relève une mèche grise tombée sur son front et s'exclame :

« C'est vrai, je suis fatiguée ! »

De sa part, un tel aveu est inattendu. Germaine profite de l'occasion pour reprendre une discussion avec des nouveaux espoirs :

« Tu seras bien avancée le jour où tu tomberas malade.

– Nous n'en sommes pas là.

– Si tu continues, c'est pour bientôt. »

Cette supposition correspond-elle aux craintes de Germaine ? Au lieu de protester énergiquement, Hélène répond doucement :

« Mais non... Tu exagères... »

Puis elle range la vaisselle et dénoue les brides de son tablier. Ses yeux étincellent du feu du mensonge. Ses lèvres n'arrivent plus à suivre l'élan de sa pensée.

« Pourquoi ne veux-tu pas que je vienne t'aider de temps en temps ?

– Tu as ton propre fardeau à porter.

– Justement. Te voir, discuter avec toi me calme de mes maux. Nous avons tellement de souvenirs en commun.

– Je voudrais arriver à me débrouiller toute seule.

– En voilà une idée. Élever un enfant à quatre-vingts ans.

– Et alors ?

– Ce n'est pas raisonnable. Tu vas te tuer. Et après le petit sera complètement orphelin. »

Germaine attend la réaction de son amie et, encouragée par son silence, reprend à mi-voix :

« En me demandant de t'aider, tu me ferais plaisir. Depuis le décès de mon fils, j'ai aussi besoin d'un peu d'amitié. »

« Le décès d'Yves. » Les mots sont prononcés. Si Germaine savait à quel point Hélène en est responsable, sans le vouloir. En demandant à Armand de se taire, elle a plongé une mère dans le désarroi jusqu'à la fin de ses jours. Et cette mère, c'est aussi sa meilleure amie. Subitement, Hélène n'a plus envie de contredire la bonté de Germaine. Elle trouve même un certain plaisir à céder mollement. Comme pour se pardonner le passé.

« Alors, qu'est-ce qu'on décide ? »

Hélène baisse la tête, en signe d'acquiescement.

« Bon, tu as raison. Viens après-demain. »

Germaine s'accoutume bien vite à la besogne. Elle arrive tôt le matin, pour le premier biberon d'Henri, travaille rapidement tout en apportant à la vie quotidienne d'Hélène un brin de fraîcheur. Parfois, les jours de fortes précipitations, elle part aux champignons et rapporte au manoir Saint-Martin de quoi faire un bon plat. Libérée de quelques besognes domestiques, Hélène n'en continue pas moins à mener une existence de recluse. Rien ne l'attire hors de cette demeure. Et tous les matins, elle attend le facteur comme le Messie. Cependant, la belle saison approche avec ses averses coléreuses, ses ruisseaux gonflés, ses chemins boueux. Les nouvelles feuilles adoucissent la courbe des collines. Les bêtes sont sorties des granges. Dans les champs et les jardins alentour, les femmes soignent la terre, en attendant le retour de leur mari. Puis, elles vont à la cueillette des pissenlits, abondants et gratuits. Les fenêtres des maisons s'ouvrent peu à peu. Les filles portent des robes de plus en plus légères tandis que les adolescents astiquent leur vélo, élément de séduction incontournable. Le samedi soir, l'accordéon joue plus fort dans les granges qui tiennent lieu de salle des fêtes. Les pieds des danseurs battent le plancher en cadence. Les femmes se satisfont des enfants comme cavaliers. On les entend au loin. Pour la première fois de sa vie, Hélène reste insensible à cette allégresse. Car tout ce qui l'intéresse, c'est la lettre.

XIX

Révélations

CLOUÉ AU MUR DU PARLOIR, un grand Christ, blessé au torse, incline sa tête surplombée d'une couronne d'épines. La pénombre de l'endroit et son odeur d'encens incitent à la discrétion. C'est le lieu de rendez-vous fixé à Jules pour prendre les ordres de la prochaine mission. Le médecin jette un regard autour de lui, entre dans le confessionnal et s'agenouille. Un rideau couleur chocolat s'écarte presque instantanément :

« Je vous écoute mon fils. Parlez sans crainte.

– Pelures de pommes de terre.

– Parfait. La mission est simple. Elle aura lieu après-demain sur le plateau de Ligeac. À 23 heures exactement, six sacs d'une dizaine de kilos seront parachutés. Vous récupérerez celui marqué d'une croix bleue. Vous le remettrez vendredi à 16 heures exactement dans cette même église, à ce même endroit.

– D'accord.

– Vous ne toucherez pas aux autres colis. Cinq autres personnes seront commandées sur cette mission. Vous ne vous connaissez pas. Chacun récupérera son butin. Ne vous trompez pas de sac, surtout.

– Entendu.

– Comprenez qu'on n'a pas besoin d'amateurs. Si vous vous incorporez dans la Résistance pour faire joujou, vous n'avez pas votre place ici. C'est clair ?

– Oui.

– Par ailleurs, la semaine prochaine, on vous remettra de faux papiers. Le docteur Peyrie est recherché par la police.

– Recherché ?

– Oui. Quelqu'un a dû dénoncer vos origines juives. En attendant soyez très prudent. Ne sortez plus que pour cette mission. Et ne mettez pas en danger vos camarades. »

L'homme lui ordonne encore de se conformer au règlement interne de l'organisation, sous peine d'être supprimé. Cette menace est proférée d'une voix douce et claire.

« Maintenant, répétez trois fois... Notre-Père qui êtes aux cieux... »

Jules s'exécute avec difficulté et se dit que le plus important est de respecter le temps imparti à la récitation pour laisser s'échapper le donneur d'ordre.

À trois kilomètres de Lalinde, les premiers reflets de l'été 1943 sur la Dordogne apparaissent franchement aux yeux du médecin. Jules est plongé dans ses pensées. Les ordres qu'il vient de prendre sont pour le moins énigmatiques. Il conduit avec prudence, la tête droite, l'œil fixe, le volant tenu à bout de bras. Il ne doit parler de cette mission à personne. Même pas à Ernest. C'est la règle pour éviter les fuites. Un vent tiède s'engouffre par la portière à la vitre baissée. Jules respire à pleins poumons cette odeur de pin et de fleurs. Les premières maisons du village. Il y a peu de monde dans les rues. Il pense à Emma. Elle est si proche de lui. Jules écoute le bruit de son moteur tout en regardant le paysage. Le soleil est à son zénith. Le médecin s'engage sur un chemin communal puis sur un sentier bosselé qui le fait dandiner comme un canard à l'intérieur de son véhicule. « Quelqu'un a dû dénoncer vos origines juives », se répète le jeune homme inlassablement. Mais qui donc aurait pu... Christiane ! Accablé par cette révélation, il se redresse, accélère vers le refuge des résistants où Ernest l'attend.

Jules trouve son ami pharmacien en train de charger des fusils sur la table de la cuisine, l'entraîne vers le côté et lui dit à voix basse :

« Viens vite, j'ai à te parler.

– On va bientôt passer à table. J'ai la soupe sur le feu et les couverts ne sont pas mis. »

Il le pousse dans la chambre, referme la porte, s'appuie d'une main au dossier du lit, et déclare avec emphase :

« Eh bien pour Christiane Besson, on avait raison.

– Ah ? marmonne-t-il sans savoir où Jules veut en venir.

– Ne m'avais-tu pas dit que je devais m'en méfier ?

– Si, en effet et à juste titre.

– Eh bien, je suis certain aujourd'hui qu'elle m'a dénoncé aux autorités.

– Mais absolument. »

Le médecin fronce les sourcils :

« Pourquoi parais-tu si sûr de toi ?

– Parce qu'elle fait partie d'un réseau des informateurs de la Milice. Cette garce observe tout, écoute tout et retransmet. Inutile de te dire qu'elle ne va pas laisser passer l'occasion de te dégommer. »

Jules regarde son ami et chuchote avec incrédulité :

« Réseau des informateurs de la Milice. »

Ernest secoue la tête de haut en bas.

« Parfaitement.

– Mais tu es sûr ?

– Il n'y a pas de doute possible. Je me suis renseigné.

– Mais... Emma et moi... On a fait rentrer le loup dans la bergerie.

– Et Dieu sait que dans une épicerie, les gens parlent. Christiane est au meilleur endroit possible.

– C'est pour cette raison qu'elle a tant insisté pour venir travailler... Depuis quand le sais-tu ?

– Hier.

– Ça par exemple, grogne Jules. Pourquoi ne m'en as-tu pas parlé ?

– J'ai des ordres.

– Serais-tu...

– Je ne peux pas t'en dire davantage. Ecoute, ce soir, nous allons avoir une petite fête ici. C'est la manière pour les gars de décompresser avant une grosse mission.

– Moi aussi, je vais m'absenter demain. Je ne rentrerai que jeudi en début d'après-midi.

– Alors, tu seras des nôtres ce soir.

– Excuse-moi, mais je n'ai pas le cœur à m'amuser.

– Écoute. Aucun des hommes ici n'en a forcément envie. Mais si tu ne te changes pas les idées…

– Je n'arrive pas à y croire, continue Jules. Te rends-tu compte. Une espionne chez moi, avec ma femme… »

Ernest ne répond pas. Jules revoit la scène où il accepte la présence de Christiane auprès d'Emma chaque jour d'ouverture de l'épicerie.

« Dans tous les cas, cette conversation doit rester entre nous, continue le médecin. Ne dis rien aux autres ce soir. Même pas une allusion. Tu risquerais de tout gâcher. Tu diras que j'ai la migraine. »

Un résistant frappe à la porte.

« Alors, Ernest, c'était à toi de faire la cuisine et rien n'est prêt.

– J'arrive », répond le pharmacien en ouvrant la porte.

Tous se mettent à table. Le médecin s'assoit en face de son ami, lui lance un regard rapide, déplie sa serviette, la pose sur la table. Puis il s'exclame :

« Je ne sais pas ce qui m'arrive ! Je ne me sens pas très bien. Excusez-moi. Je vais aller me reposer quelques instants. »

Jules se couche tandis que la fête commence dans la salle à manger du refuge. Mais impossible de dormir. Il allonge son bras et allume la lampe à pétrole. Dans la clarté revenue, les mêmes idées continuent à courir dans son esprit. Peut-il en vouloir à ses camarades de profiter d'un court instant de détente avant une prise de risques ? N'eût-il pas été plus heureux parmi eux ce soir que seul dans son lit à remâcher une histoire qu'il ne peut pas résoudre maintenant ? 1 heure du matin, tout le monde est là. La gniole coule à flot. Les réserves seront reconstituées demain par des paysans bienveillants. D'un bond, Jules s'assoit sur son oreiller. « Qu'est-ce que je fais ici ? Je suis stupide ! Je vais les rejoindre. Dès qu'ils me verront, ils me demanderont de mes nouvelles. Un pieux mensonge. Et l'affaire est jouée. »

Le docteur saute au bas de son lit, se lave le visage à l'eau froide, se coiffe et enfile une veste. Avant de rejoindre le groupe, il décide de prendre l'air un instant et passe par le cellier pour ne pas être vu. Dehors, le ciel est clair, semé d'étoiles. Sans doute Emma a-t-elle eu elle aussi le réflexe de regarder la même constellation ? Légèrement éclairé par une pleine lune, Jules marche un peu sur le sentier. Un sapin immense et pointu lui souhaite la bienvenue. Il se retourne et considère ce refuge qui ressemble à un chalet savoyard. Tout a été conçu dans cette maison pour recevoir jusqu'à quinze personnes. Les fenêtres à carreaux reflètent la bonne ambiance qui règne à l'intérieur. Chacun veut oublier le quotidien. Effacer un instant de sa mémoire la triste vie, la guerre, les Allemands, la Gestapo. Jules se dit qu'il ne doit pas reculer. Et pourtant, une appréhension engourdit ses jambes. Il se force. Près de la porte, deux bouteilles vides.

Marchant sur la pointe des pieds, le médecin jette un coup d'œil à l'intérieur. On discute, on rit, on boit. Des bougies ont été allumées un peu partout dans la pièce. Sur le divan, Jules aperçoit deux paires de jambes. Les visages sont masqués par la poutre. Un rire franc secoue l'assemblée. Ces hommes n'ont-ils pas eux aussi leur lot de problèmes et de soucis ? Un grand maigre avec une frange circule une bouteille à la main entre les convives. Il a l'air content, sourit à tout le monde. Jules change de fenêtre et regarde dans la cuisine. Deux personnes y discutent, porte fermée : Ernest et un jeune blond assis sur un tabouret. C'est le petit Froissac. Le gamin veut se lever. Le pharmacien l'en empêche et se met à lui parler de près, à l'oreille. En même temps, il lui caresse les cheveux du plat de la main. Froissac courbe le cou, dans un mouvement de pouliche docile. Ernest remplit un verre de gniole, puis un autre. Ils trinquent. Ils… Jules recule. Abasourdi par cette scène inattendue, il s'éloigne un peu, regarde une ultime fois les étoiles. La beauté de la nuit l'apaise. Puis il revient à la fenêtre donnant sur la salle à manger. Les voix se mêlent entre les conversations. Sur le divan, les jambes ne sont plus les mêmes. Quelqu'un crie :

« Ernest, on est à sec, qu'est-ce que tu fous bordel ! »

Pas de réponse. Le pharmacien n'entend pas. Trop occupé. L'homme se dirige vers la porte de la cuisine. Épouvanté à l'idée qu'on découvre son ami dans une posture compromettante, Jules cherche un moyen d'arrêter net la progression de l'assoiffé. Il passe par le cellier, se dirige vers la grande pièce et ouvre le battant en s'exclamant :

« Je peux me joindre à vous ? »

Tout le monde se retourne vers lui. Un instant de calme et d'étonnement.

« Mais bien sûr, lance le résistant qui lâche soudain la clenche de la porte de la cuisine. Ça nous fait plaisir à tous. J'étais justement en train de chercher une bouteille.

– J'y vais, répond Jules doucement.

– Il est bien ce garçon. Vraiment bien. »

Jules cogne à la porte. Une fois. Deux fois.

« Pourquoi tu frappes comme ça. Tu n'es pas devant la chambre d'une princesse. Ernest et Froissac discutent à l'intérieur. »

Tous rient de cette moquerie. Le médecin ouvre. Le jeune se passe une main dans les cheveux tandis que le pharmacien, près de l'évier, achève de se remettre de ses émotions. Ses yeux sont troubles.

« Jules ? Quelle surprise !

– Ah ! Mon vieux, tu ne crois pas si bien dire. »

* *
*

Ivre plus que de raison, Ernest déambule dans la salle à manger du refuge. Les autres sont partis se coucher depuis plus d'une heure. Il ne reste plus que Jules et lui. Le pharmacien paraît très contrarié et tripote désormais du bout des doigts le canon de son revolver.

« Ne joue pas avec les armes, lance le médecin. Et assieds-toi s'il te plaît.

– Pas envie.

– Ne te fais pas supplier. »

Ernest se laisse tomber sur le divan.

« Qu'est-ce que tu as mon vieux ? demande Jules.

– Je comprends ton idée d'être venu ici, rouvrir l'épicerie de famille, vivre avec ta femme, reprendre la médecine de campagne. Tout ça... Tout ça, c'est très gentil, dit Ernest en rotant.

– Mais...

– Mais c'était de la folie.

– Pourquoi ?

– Un jour, tout finit par se savoir. Sans compter que tu as fait prendre à Emma des risques énormes. »

Jules le regarde, indigné.

« Mais qu'est-ce que tu racontes ? Tu étais d'accord. Tu nous as suivis.

– Ben oui. Mais je te dis ce que je pense. »

Déconcerté par cette affirmation, Jules continue à observer Ernest avec la crainte de ne pas avoir bien compris ses paroles.

« Tu devrais aller dormir, vieux.

– C'est ça, quand je dis des choses qui dérangent... »

Au lieu de répondre, Jules prend la cruche et se verse un verre d'eau.

« Bon, on va se coucher ? demande le médecin.

– À cette heure, tu es fou. Un petit déjeuner et la journée va redémarrer.

– Sois sérieux, Ernest. Tu es saoul.

– Je veux bien un café.

– Je vais t'en préparer un. »

Jules se redresse. Il a revêtu son pyjama et une robe de chambre qu'il n'a pas nouée. Il marche dans la pièce. Libre de toute emprise, son sexe suit le mouvement dans le pantalon. Ernest observe ces déplacements de chair dans l'étoffe. Il est sûr que l'habillement de son ami est calculé pour l'émouvoir. Le pharmacien s'agace de ne pouvoir résister à un tel charme. Jules revient avec une tasse fumante.

Je n'ai pas de sucre, vieux.

« Je suis habitué, depuis le début de cette foutue guerre. Toi, à ton épicerie, tu étais mieux loti !

– Oh pas tant que tu crois ! »

Ernest continue à humer le parfum d'orge grillé au-dessus de sa tasse. Le bout de son nez se couvre de buée. Lui, si jaloux de la relation que Jules entretenait avec Emma, se dit maintenant que la voie est libre. Le médecin serait-il si naïf pour croire qu'Ernest pourrait indéfiniment repousser les gestes d'affection qui le taraudent ? Jules manque-t-il tellement d'imagination pour ne pas voir que le pharmacien rêve de se retrouver dans un lit avec lui ? Si Ernest n'en parle pas, c'est uniquement pour préserver une amitié.

« Allons, lève-toi, insiste le docteur. Sois raisonnable.

– D'accord. Mais après que tu as répondu à cette question.

– Bien. Mais c'est la dernière.

– Aurais-tu emmené Henri avec toi s'il avait été ton fils ?

– Pardon ?

– Oui, je pense que...

– Qu'est-ce que tu racontes ? » dit Jules en s'écartant de son ami pour prendre de la hauteur.

Une expression de panique vieillit précipitamment le visage du médecin.

« Tu... Tu ne savais pas ?

– Je ne savais pas quoi ?

– Oh ! mon Dieu, s'exclame Ernest en fermant les yeux.

– Alors je t'écoute. »

Ernest ne répond pas tout de suite. Des rides se sont creusées sur son front. Ses mains se crispent sur ses genoux. La crainte le gagne. Il murmure.

« Non, Jules.

– Quoi ?

– Tu as bien entendu.

– Tu vas parler espèce de salopard ! hurle Jules en le prenant par le haut de la chemise.

– Non, non.

– Si, mon vieux. Ou j'irai raconter à tous les gars là-haut que tu fricotes dans la cuisine avec le petit Froissac. »

Ernest rougit de l'ardeur que son ami met dans cette affirmation. Sa situation est de plus en plus délicate. Ses poumons commencent à manquer d'air. L'émotion le paralyse. Mis au pied du mur, il veut prendre le temps de la réflexion. Mais son cerveau, embué par l'alcool, refuse de le suivre.

« C'est absurde, je ne peux pas.

– Pourquoi hésites-tu ?

– Mais Jules…

– Tu as peur de me blesser. Ne t'inquiète pas. Je ne t'en voudrais pas. Je veux juste savoir. »

N'y pouvant plus, Ernest dit avec élan.

« Peu après votre mariage, le frère d'Emma a été arrêté.

– Oui, en effet.

– Tu ne t'es pas posé la question de savoir comment il avait été libéré ?

– Ben… Non.

– Armand a promis de le libérer si Emma acceptait de coucher avec lui.

– Bon sang !

– Et Henri est né neuf mois plus tard. Toute la population a douté de ta paternité. Il n'y a que toi qui…

– Ça suffit ! Vous êtes tous de beaux salopards. »

Ernest le sent démonté par la colère, en proie à un déchaînement de violence. « Il ne sait plus ce qu'il dit », pense-t-il avec une tristesse nuancée d'indulgence.

Jules se précipite dehors. Sa tête bouillonne. Lui, cocu. C'est donc avec Armand qu'elle avait rendez-vous parfois pour des leçons de couture. Des leçons de couture… Le médecin ne veut pas croire à tant de duplicité de la part d'Emma, l'être le plus cher qu'il a au monde. Mille détails lui reviennent à la mémoire. Le dossier acheté… Il a l'impression d'être sale. Il étouffe de chagrin, de mépris, de colère. Sans doute Emma infligerait un démenti éclatant à ses doutes. Mais les faits sont là : l'obtention rapide et facile des papiers, la libération de Paul, son départ sans heurts. Comment Emma a-t-elle pu se livrer à une manœuvre aussi dégradante ? « Mensonge, la vie n'est que mensonge », se répète Jules avec acharnement. Il s'aperçoit qu'il n'est plus sur le sentier mais sur la route. Une voiture le dépasse. Il est en pyjama et robe de chambre. Il va devenir fou, crier, hurler l'injustice de sa vie. Il serre les poings en faisant demi-tour. Si seulement il pouvait pleurer. Mais sa gorge est nouée et ses yeux secs. Revenu au refuge, il s'écroule sur le divan : 8 heures. Ernest est parti se coucher. Le moindre bruit dans la maison le fait sursauter. Chaque minute qui passe augmente plus encore son malaise. Il a peur de ne plus avoir de force pour se lever, parler. À 8 heures et demie, la porte grince. Jules regarde Ernest revenir dans la pièce. Dans un élan surhumain, il se dresse sur ses jambes. Le visage du pharmacien est calme :

« J'attendais que tu rentres pour discuter un peu avec toi.

– Je n'en ai pas envie. »

Ernest avale une bouffée d'air. Il a du mal à rester impassible.

« Jules. Je voulais te dire que je regrette.

– Quoi.

– De t'avoir raconté tout ça.

– Et alors ? Qu'est-ce que ça change que ce soit toi ou un autre ? Il fallait bien qu'un jour la bombe éclate. Au moins, toi tu ne me l'as pas annoncée avec méchanceté.

– Jamais je ne supporterais l'idée de te faire souffrir inutilement. Je pensais... je pensais que tu le savais.

– Arrêtons là la conversation, tu veux bien. »

Jules est livide. Il tremble de tous ses membres. Ernest regagne sa chambre. Il a honte de sa conduite. Pourquoi a-t-il tant parlé ce soir ? Que signifie son attachement à la Résistance, à la liberté, s'il se comporte comme un lâche dans sa vie privée ? Un jour, il prouvera à Jules qu'il est son ami, qu'il ne lui veut aucun mal. Sa raison s'engourdit. Au bout d'un long moment, il lui semble qu'il dort debout, ivre de fatigue et de tristesse.

* *
*

Les yeux ouverts dans la pénombre, Emma écoute le balancier de l'horloge battre au rythme de son cœur. Il est 4 heures moins vingt du matin. Pas moyen de fermer l'œil. Les volets sont clos sur le silence de la nuit. Elle bâille, frotte ses paupières avec ses mains et se retourne pour la énième fois dans son lit garni de draps de chanvre. Elle allume la lampe et se lève. La glace de l'armoire lui renvoie une image d'elle-même qui, par un singulier effet d'optique, lui paraît moins familière que d'habitude. Est-ce elle dans ce reflet ? Ou ne s'est-elle jamais regardée dans un miroir avec attention ? Devant se dresse une jeune fille, brune, grande.

Elle fait une courte natte avec ses cheveux rebelles qui tombent sur ses épaules. Jules ne veut pas qu'elle porte le chignon, « trop jeune », prétexte-t-il. « Est-ce bien moi là ? se demande-t-elle. C'est vrai que je suis jolie. » Soulevant la lampe, elle fait un pas de plus pour se regarder de près. Éclairé par la flamme, son visage lui semble sculpté dans de la cire. Son nez est droit, avec des narines ni trop épaisses ni trop larges. Sa bouche ne demande qu'à sourire. Et pourtant ! De grands battements de cœur secouent sa poitrine. Elle souffle dans le manchon en verre pour éteindre la lampe et ouvre les volets. La rue est vide. Le clair de lune brille sous les toits, un chat miaule. Emma recule dans l'ombre, ôte sa chemise de nuit, se lave les seins avec de l'eau fraîche avant de se glisser dans son lit.

Un peu avant 6 heures du matin, un bruit de roulement la fait sursauter. Le vacarme se rapproche de l'épicerie. On dirait un train qui dévale une pente raide. D'un bond, Emma est sur ses jambes. Elle ouvre la fenêtre. Trois voitures de la Milice s'arrêtent net devant le magasin. Deux hommes sonnent. La jeune femme enfile un peignoir et descend. Elle tient la lampe à la main.

« Ouvrez. Ouvrez !

– J'arrive. »

Elle tourne la clef dans la serrure. La porte s'ouvre brutalement. Les autres hommes présents dans les voitures descendent et s'engouffrent dans le commerce.

« Où est-il ? demande l'un d'entre eux.

– Qui cherchez-vous ? »

La jeune fille reçoit une gifle en pleine figure.

« Je ne répéterai pas ma question.

– Je ne sais pas », hurle Emma en pleurant.

Deux minutes plus tard, le magasin est déjà sens dessus dessous.

« Quel ennui que vous ne puissiez pas nous renseigner. »

L'expression malicieuse des yeux du milicien témoigne de toutes les limites qu'il est capable de transgresser.

« Pour la dernière fois, où est-il ?

– Je ne peux malheureusement pas vous en dire plus. Il est parti il y a quelques jours. Je ne l'ai pas revu.

– Vous mentez…

– Je vous dis que je ne suis pas au courant de ses déplacements. »

Il grimace, les sourcils froncés, l'œil terrible, des gouttes de sueur sur son front. Contre sa poitrine, Emma éprouve le retentissement de son angoisse. Elle ne contrôle plus ses battements cardiaques.

« On sait faire parler les gens comme vous, vous savez. »

« Calme-toi, se dit Emma. Rien ne sert de s'énerver. »

– Pour la dernière fois, où est-il ?

– Je ne sais pas. Mais je connais quelqu'un qui pourrait vous renseigner.

– Ah ! À la bonne heure. Qui ?

– Une dame du nom de Christiane Besson. »

Emma rentre la tête dans les épaules. Elle presse ses mains les unes contre les autres pour canaliser sa peur. « Autant prendre le taureau par les cornes, se dit-elle, je n'ai rien à perdre. »

« Bon, cette femme n'est pas toujours aussi bien renseignée qu'elle le prétend, continue-t-elle. Beaucoup de zèle et peu de sérieux. Vous allez me dire, c'est normal… Quand on a été marié à un homme d'origine juive… »

Secoué en tous ses sens, le milicien recule d'un pas. D'un geste de la main, il pousse son chapeau légèrement en arrière.

« Qu'est-ce que vous dites ?

– Ben oui. Elle a eu tellement honte de sa condition qu'elle a insisté pour que son mari soit enterré selon le rite catholique. »

Ces dernières paroles achèvent de le convaincre qu'Emma est digne d'intérêt.

« Personne à part Christiane n'a pu dénoncer Jules. Elle avait l'oreille collée à la boîte aux lettres et a écouté toute la conversation. Moi, je n'ai fait que préparer une valise…

– Donc, vous avez eu vent de l'endroit où il allait.

– Eh bien, tout autant que Christiane qui n'en a pas loupé une bribe. »

L'argument d'Emma paraît implacable.

« Dois-je lire entre les lignes, madame ?

– Non. Je vous dis clairement que les propos que Christiane Besson vous a tenus ne peuvent pas être différents des miens puisque nous avons les mêmes informations.

– Chef, personne dans cette maison. »

Emma parcourt des yeux la rangée de visages qui s'alignent devant elle. Rien que des hommes. C'est étrange. Autrefois, elle aurait été incapable de s'exprimer avec autant d'aplomb.

« Je vous ai dit tout ce que je sais, conclut-elle. Vous pourrez me torturer, m'emprisonner, vous n'obtiendrez aucun autre renseignement.

– Bon… Je n'en suis pas si sûr que vous », répond le chef.

Le milicien pense-t-il à la visite furtive d'Ernest et à la lettre de Jules qu'Emma a tues ? L'aube se lève. L'homme se dirige vers la porte, claque des doigts.

« Embarquez-la ! »

XX

La mission

JULES DÉPASSE LE CIMETIÈRE de Soriac en Périgord. La campagne sent la rosée et déjà le ciel s'illumine. L'air est tiède, la route sèche. Une belle journée d'été. Le médecin a dans la poche le plan pour rejoindre le champ où, ce soir, les Alliés largueront le sac marqué d'une croix bleue. La veille, Jules est parti du refuge. À pied. Avec un repas. Il marche, courbé en avant, luttant contre la chaleur. Vers midi, il repère une cabane qui paraît abandonnée, en lisière de forêt. Ici, du moins, sera-t-il à l'abri du soleil. C'est aussi un endroit discret pour se cacher jusqu'en fin d'après-midi. Le point de rendez-vous est encore à six kilomètres environ. Il faudra partir vers 7 heures du soir pour être certain d'être bien à l'heure. Après avoir avalé à la hâte le contenu d'une boîte de conserve, Jules s'assoupit. Il ne se réveille que quelques instants avant son départ. Juste le temps de s'étirer et de saisir son sac. Passé le petit bois, le chemin pénètre dans une campagne à peine vallonnée, entrecoupée de champs et de forêts de bouleaux aux feuillages minces. Dans l'air asséché, le paysage se dessine à ses yeux avec une précision fascinante. Jules n'a cependant plus la force de s'intéresser à la nature. Depuis la veille, une idée fixe le guide. Il doute de revoir Emma un jour. Il ne sait même pas où il sera demain. Au refuge, on l'a bien prévenu que les renseignements ne lui seraient communiqués qu'au dernier moment. Fermant les paupières, Jules a l'impression que la Résistance l'emmène dans le vide, qu'il n'y aura pas de terme à son aventure. Il rouvre les yeux. Dans l'herbe haute pointent quelques fleurs : renoncules jaunes, anémones violettes, myosotis d'un bleu délicat. Les collines sont traversées à l'infini par la sinueuse Dordogne. De hameau en hameau, il s'approche du point de rendez-vous. Le soleil écrase l'horizon. Le bleu du ciel s'abîme dans un flamboiement de cuivre et d'émeraude. À la chaleur succède une fraîcheur sèche. Le docteur jette une laine sur ses épaules.

Vers 10 heures du soir, il arrive sur les lieux du largage et s'engage dans le chemin qui longe la lisière. Le champ est situé au milieu de la forêt. Le médecin cherche une cachette qui l'abritera jusqu'à 23 heures. Il doit avoir une vue imprenable sur l'endroit même du parachutage. Sur le côté, dans un fossé, coule un ruisseau. Le glissement de l'eau l'enveloppe. Jules domine mal son appréhension. Il entend des froissements de feuillage. Soudain, une main se pose sur son épaule. Jules se retourne violemment et se met en position de défense :

« Oh ! là dit l'homme. Qui êtes-vous ?

– Qu'est-ce que cela peut-il bien vous faire ?

– Vous avez bien un mot à me dire ?

– Quoi ?

– Le mot de passe ou vous aurez de gros ennuis, jeune homme.

– Pelure de pomme de terre.

– Venez. »

Jules emboîte le pas de l'homme. Après avoir traversé un sentier en plein bois, ils se retrouvent sur une terre nue éclairée par une centaine d'étoiles et située au bord du champ.

« Je te félicite pour la rapidité de ton voyage, dit le résistant en invitant Jules à s'asseoir par terre. Peu de gars arrivent en avance sur les lieux d'intervention. Les risques sont plus élevés.

– Alors pourquoi es-tu là ?

– Disons que j'adopte des méthodes différentes. Je m'appelle Marcel Loudel.

– Enchanté, Jules Peyrie.

– Pour répondre à ta question, je suis toujours en avance pour dire au revoir à la vie, des fois qu'on me la confisquerait… »

Les bras appuyés en arrière, Jules affiche un visage contrarié. Les deux hommes baignent dans la même atmosphère. Le résistant quitte le médecin et va se poster un peu plus loin. Ce dernier a trouvé sa planque derrière un fourré bien touffu. Garder les yeux fixés sur le terrain vague et se concentrer. C'est le meilleur moyen de rester en vie dans ces situations, songe-t-il. Pourtant, Jules voit apparaître soudainement le visage pâle d'Emma. Il distingue la lueur attentive de ses yeux, là, devant lui. À quoi pense-t-elle en le regardant ? La présence de sa femme à cet instant n'est pas une bénédiction mais une torture. Le parfum d'Emma… Si émouvant qu'il en perd le fil de ses idées. L'inflexion de sa voix, son sourire… Alors, les tempes en feu, il songe à des vêtements retirés à la hâte, à l'étreinte de la passion. À l'arrivée du danger, une trappe s'est ouverte dans son cerveau, libérant tous les désirs qu'il étouffe depuis son départ de Saint-Cyprien. Lui qui jadis n'aurait pas osé considérer Emma comme une créature de chair s'étonne de l'audace où l'entraîne son imagination.

Un bruit de moteur d'avion se fait alors entendre dans la nuit. Jules se redresse. En face de lui, une torche dirigée vers le ciel s'allume et s'éteint à trois reprises. Avec précaution, Jules se lève. L'appareil s'éloigne. Premier passage pour un repérage. Le médecin attend deux minutes, immobile, les prunelles écarquillées. Et voilà le même ronronnement qui revient. Cette fois, le mécanicien a allumé tous ses feux et largue cinq colis à la suite avant de disparaître à nouveau dans l'ombre.

À tâtons, les résistants sortent de leur refuge pour récupérer leur butin. Jules les regarde, interloqué. Inutile de se précipiter. Il ramassera son sac après les autres. Soudain, aux quatre coins de la clairière, des phares de voiture éclairent les hommes. Jules demeure annihilé de stupeur. Au même instant, une grenade ébranle le sol et éventre la terre devant le carré de résistants. La Milice a placé ses tireurs. Des stridences fusantes arrachent les oreilles. L'odeur du souffre emplit la bouche de Jules qui voit le premier homme tourner sur lui-même avant de s'effondrer. Un autre s'écroule sur le ventre. Ses pieds ont des saccades régulières. Le troisième bondit, glapit et trébuche, raide mort. Jules ne bouge plus et halète de peur. Il voit Marcel indemne déguerpir de toutes ses forces et laisser derrière lui des cadavres noirs recroquevillés sur le sol. Mais toutes les issues sont bloquées. Marcel court toujours sous la mitraille. Soudain, une pluie de balles l'atteint dans le dos. Jules regarde le résistant sursauter, ouvrir une bouche de poisson. Dans un dernier effort, il fixe le médecin comme pour lui demander de fuir. Le crépuscule s'enflamme. Les ennemis tirent à vue. Jules n'a que le temps de se hisser dans les branchages d'un hêtre. Il a retrouvé en une seconde les réflexes de l'enfance quand il s'amusait à construire des cabanes dans les arbres de la forêt.

« On en a combien ? entend Jules de la bouche de celui qu'il identifie comme chef de la Milice.

– Quatre pour l'instant.

– Faites une inspection. Je ne pense pas qu'on ait le compte. »

Des coups de feu claquent encore de l'autre côté du champ. Un bruit sourd de galopade parvient aux oreilles de Jules qui retient sa respiration. Pourvu que la branche tienne, qu'aucun craquement ne trahisse sa cachette. Qui a vendu le groupe ? Où ira-t-il s'il s'en sort ? Les villages alentour sont probablement surveillés. La cabane où il s'est arrêté à midi ne doit plus être un refuge sûr. Tôt ou tard, la Milice dénichera tous les membres de ce réseau. Jules a honte de se préoccuper de sa sécurité personnelle. Il pense à ce moment précis qu'il doit être le seul survivant de cette boucherie. Puis, penchant son regard en contrebas, il aperçoit des silhouettes habillées de noir, fusils fumant à la main. Un filet de sueur coule dans son dos. Sa gorge se serre, ses yeux le piquent. Une discussion semble s'être engagée entre deux miliciens. Jules a beau tendre l'oreille, il ne perçoit que des chuchotements et des reniflements. Un moment, il lui semble reconnaître une voix familière… Sans doute son imagination lui joue-t-elle un mauvais tour. La conversation est interrompue par une jeune recrue rapportant les sacs largués par avion, qu'il jette à l'arrière de la voiture. Il reste un instant à bavarder avec le chef. Jules courbe la tête. Combien d'innocents ont payé de leur vie ce coup mal préparé ?

L'automobile démarre. Une autre la suit. La Milice s'en va. Dans quelques heures, une équipe viendra chercher les corps pour procéder à l'identification. Jules connaît bien la méthode. Demain, toute trace de violence aura disparu.

« Il faut faire vite », pense Jules.

Il descend de sa cachette et s'aventure au milieu du champ. Un homme tout habillé de vert est adossé sur deux cadavres. Il paraît dormir profondément. Une morve rougeâtre descend de ses narines à sa bouche. Un autre continue à remuer les jambes par à-coups comme s'il repoussait une couverture. Son sang chaud coule sur le sol. Jules n'a pas le temps de le secourir. Un troisième a le visage complètement déchiqueté. Il a dû recevoir une grenade en pleine face. On ne voit plus qu'un amas de chair à vif, sans nez, ni oreilles. Des morceaux de cervelle sont éparpillés tout autour de lui. Jules le regarde avec consternation. La révolte bouillonne dans ses veines. À quoi bon tous ces crimes entre Français ? Pour humilier davantage un pays agenouillé ? Pour mieux démontrer la suprématie de l'Allemagne ? Dans le premier cas, il s'agit d'une maladresse, dans le second d'une grave erreur, toutes deux indignes d'un chef d'État comme Pétain, vainqueur de la Grande Guerre. Jules réfléchit un instant. Ce résistant lui offre un cadeau supplémentaire : celui de changer d'identité. C'est une occasion rêvée de reprendre la route incognito. Les yeux du médecin se voilent. Le sang lui monte au visage. « Oui, pense-t-il. C'est la meilleure solution. Jules Peyrie est mort. »

Avec hâte, il fouille la veste du défunt et saisit le portefeuille d'un certain Alfred Minoret. Le médecin se promet de lui rendre hommage et glisse son propre passeport dans la poche de la victime. Puis, il se met à courir, de toutes ses forces. La hauteur des arbres, l'atmosphère nocturne de la forêt, le bruissement des feuillages donne au docteur l'impression d'échapper à la vie réelle. Après une demi-heure de course et quelques minutes de marche, il se roule en boule au pied d'un chêne et s'endort brutalement comme s'il était tombé dans le néant.

À l'aube, Jules rouvre les yeux. Les événements de la veille lui reviennent à l'esprit. Où va-t-il aller maintenant, sans argent et sans vivres ? Au milieu de ce bois, il lui semble être le dernier homme sur terre. Il regrette le refuge, les repas d'Ernest, et que ne donnerait-il pas pour retrouver sa femme et sa famille ? Que faire maintenant ? Continuer vers le sud, direction Franco ? Ou vers le nord, direction Pétain ? Un dictateur pour un autre, autant prendre le Français. Peut-être la Résistance du coin l'accepterait ? Mais pas au-devant de la scène. En retrait. Jules se le répète inlassablement pour se donner du courage dans ce paysage désolé.

Comme il a faim, il cueille des myrtilles et en mange par poignées, de quoi se couper l'appétit. Il y a d'autres baies attirantes, mais il craint qu'elles ne soient vénéneuses. Une larve de lumière pénètre à l'horizon où la nuit s'attarde encore. Chaque arbre devient un lieu de dispute pour les oiseaux. Poussé dans le dos par cette aurore exaltante, Jules avance vite à travers une végétation de taillis courts qui lui griffent les jambes. Pour l'instant, il ne pense pas à autre chose qu'à survivre. Emma est sortie de sa tête. Et Ernest. Et Henri. Tout son passé d'amour, de trahison et de résistance. Il est un homme sans nom, sans famille, sans patrie. Enfin, pas tout à fait. Il s'appelle Alfred Minoret.

Son pas saccadé se répercute jusque dans son cerveau. Bientôt ses genoux ploient de fatigue. Mais il continue, obstinément, l'œil fixe, les bras ballants. Il descend, marche à plat, contourne des ronces, descend encore. Enfin, il arrive en bas et le ruisseau qu'il a vu la veille sur les hauteurs n'est plus qu'une flaque stagnante entourée de joncs. Tant pis ! Il a trop soif. Agenouillé au bord de la mare, il boit dans ses mains. Il s'en remplit la bouche, la fait ruisseler dans son dos. Il y plonge ses pieds enflés et douloureux, s'en asperge la poitrine. Son avidité calmée, il regrette de ne pas avoir un récipient pour emporter de l'eau avec lui. Peut-être dénichera-t-il plus loin la source qui alimente cette mare par quelque infiltration souterraine ?

Il repart avec courage. La vallée s'élargit, devient une sorte de plateau ondulé entre des collines sèches. Des chardons poussent entre les caillasses. Le soleil et la chaleur montent. Il remue la langue dans sa bouche et avale une salive amère. La soif renaît. Heureusement, il trouve encore des myrtilles et des framboises, en avale une grande quantité. Pendant des heures, il marche ainsi en pleine forêt en évitant soigneusement les routes et les carrefours. Le crépuscule vient, brusque et frais. Il se couche et s'endort aussitôt.

Au petit jour, il s'éveille, courbaturé. Il prend la carte et évalue sa position sans certitude. Il désire profiter de la matinée pour avancer encore. Ses semelles sont déchirées mais il ne sent pas la dureté du sol. Un peu avant midi, il s'écroule contre un gros chêne. Trois heures plus tard, il rouvre les yeux. La gorge sèche. Toujours rien à boire. Dans le bois règne une chaleur de four. Il tend l'oreille, s'étonne de ne pas entendre un seul oiseau, cueille de la mousse et la presse sur ses lèvres.

Il suit encore une allée plus large que les précédentes et se retrouve en plaine. À l'horizon, quelques vallons. Pour y arriver, une vaste étendue d'herbe jaune et d'arbrisseaux tordus, aux feuillages brillants comme du métal. Il se sent incapable de franchir cette distance. Et pourtant, il le faut. Pas à pas. Vers la liberté. Ou vers la mort. Il trébuche et, subitement, une douleur lui coupe le ventre. Ses entrailles bouillonnent, bourdonnent et lâchent une eau brûlante. Il n'a le temps que de déboutonner son pantalon et de s'accroupir dans un fossé. Soulagé, il croit pouvoir reprendre la marche, mais plus loin, une nouvelle contraction lui cisaille l'estomac. La peur le saisit. L'eau ! L'eau de la mare. Il s'est empoisonné. Un goût de métal lui remonte dans la bouche. Des frissons hérissent sa peau. La fatigue l'accable. Il se traîne jusqu'au sommet d'une crête, s'effondre et décide de rester là pour la nuit. Mais il ne peut dormir. À peine est-il sur le point de perdre conscience qu'une colique le tord. Il veut se libérer de cette coulée de feu, se contracte pour l'expulser, halète, gémit et retombe sur le côté, l'anus endolori, la bouche sèche. Jusqu'à l'aurore, il lutte contre le mal qui l'assaille. Il n'a plus une goutte d'eau dans le corps. Nul doute que s'il avait pu avaler quelque boisson glacée le mal eût aussitôt disparu. Il rêve d'une source, d'un lac, d'une averse. Un vertige nauséeux le maintient à terre. Le ciel tourne au-dessus de lui. Il n'a aucune notion de l'heure ni du lieu.

Tout au long du jour, il grelotte de fièvre, assoiffé, recroquevillé, incapable de penser à autre chose qu'à cette torsion de boyaux et à cette violente diarrhée. Au crépuscule, il réunit assez de forces pour se remettre debout. Il fait dix, vingt pas et sous le choc de la souffrance s'affaisse et évacue un filet de pourriture liquide. Il remet son pantalon, rampe, perd connaissance, revient à lui, repart, épuisé, obstiné, le regard fixe.

Il parvient sur une route. Le soleil le réchauffe. Il s'assoit sur le bas-côté. Un bruit de moteur parvient à ses oreilles. Il n'a plus la force d'ouvrir les yeux. Mais il lève la main. Exténué, il retombe en arrière. La voiture s'arrête. Deux hommes en sortent. Leur silhouette est vague.

– De l'eau, supplie Jules.

Ils le hissent sur la banquette arrière comme un sac de riz. La Traction redémarre à vive allure. Le médecin perd connaissance.

XXI

Vendre… à tout prix

« VENDRE ! S'ÉCRIE LE NOTAIRE NEUMANN. C'est facile à dire. »
Assise dans le fauteuil du docteur Wittmann, derrière le bureau bien rangé du manoir Saint-Martin, Hélène considère avec surprise le bonhomme rond et chauve qui s'agite devant elle. Un marchand de biens devrait être heureux, pense-t-elle, quand on le convoque pour le charger d'une affaire. Pourquoi celui-ci rechigne-t-il ? En vérité, Neumann n'est pas seulement un marchand de biens. Toutes les tractations immobilières dans la région passent entre ses mains. Expert en terrains, usurier, conseiller juridique, il a la réputation de réussir les opérations les plus délicates en contournant la loi sans jamais la violer.

« Excusez-moi, dit Hélène, mais je ne comprends pas votre embarras.

– Ah non ? Et le contexte économique ? Vous ne pouviez pas choisir un plus mauvais moment.

– N'exagérons pas.

– Je n'exagère pas. Que vous le vouliez ou non, nous sommes annexés au IIIe Reich, nous sommes en pleine guerre. Dans l'incertitude de l'avenir, plus personne n'a envie d'acheter des terres.

– Mais c'est une ferme bien située.

– Je sais Hélène.

– Je n'en ai plus besoin. Je vis ici, dans le manoir de ce brave docteur Wittmann depuis plusieurs mois.

– Je vais essayer mais je ne vous garantis rien. Car une chose est certaine : aujourd'hui, il faut être naïf pour vouloir agrandir son domaine. Je connais dix, vingt propriétaires qui souhaiteraient vendre, pas un qui achèterait. Vous seriez venue me voir il y a cinq ans.

– Je n'étais pas dans la même situation.

– Henri...

– Oui. Il faut prévoir son avenir. Et moi, je n'en ai plus pour longtemps.

– Qu'est-ce que vous dites là !

– La stricte vérité. Et c'est ainsi. Il lui faudra à ce petit un pécule pour commencer dans la vie.

– Hélène, vous êtes rayonnante d'énergie.

– Vous êtes un bon financier Neumann, mais un mauvais flatteur. Je ne suis pas mécontente de partir. Je ne verrai pas la ruine des traditions, la descente aux enfers des Alsaciens. »

Le notaire tire son mouchoir de sa poche, se tamponne le nez et les yeux comme pour se recomposer un visage après une forte émotion et dit encore d'une voix fluette :

« Alors voilà, si vous voulez mon avis, il n'y a pas meilleur acquéreur que le père Singert.

– C'est en effet à ce salopard que j'ai d'abord pensé, dit Hélène.

– Vous voyez ! »

La vieille dame hésite une seconde : Neumann la répugne, mais il n'y a pas de courtier plus avisé dans la région.

« Vous allez vous charger de cette affaire, continue-t-elle. Passez voir Singert pour sonder ses intentions.

– Moi ? s'exclame le notaire. Ah non ! C'est impossible. Je suis au plus mal avec lui depuis que les Zimmermann ont refusé le mariage d'Emma avec Armand. C'est moi qui avait donné l'idée au père et...

– Eh bien ! je ne vous félicite pas.

– Il suffirait que ce soit moi qui lui présente votre offre pour qu'il refuse de traiter. Reconnaissez que j'ai du mérite à vous recommander ce monsieur de préférence à tout autre !

– Oui, dit Hélène agacée, un grand mérite.

– Allez donc le trouver vous-même.

– Je n'aime pas beaucoup ça.

– Pourquoi ? Ce n'est qu'un service à demander.

– Je ne quémande pas.

– Non bien sûr... Mais vous êtes dans une situation difficile.

– Combien pensez-vous que vaille ma ferme ? »

Les lèvres de Neumann se ramassent comme s'il voulait embrasser son interlocutrice. Ses yeux se lèvent au plafond. Il réfléchit et déclare :

« En temps normal, j'aurais dit : cent cinquante mille Reichsmarks.

– Et maintenant ?

– La moitié.

– La moitié ? s'écrie Hélène.

– Oui, et cela me paraît encore bien excessif !

– Non, non, balbutie Hélène. C'est impossible. Je vais essayer ailleurs.

– Vous feriez une grossière erreur, estime le notaire en souriant. Personne, je vous l'ai dit, ne s'intéressera à votre ferme, hormis Singert, toujours prêt à sucer les personnes sur la paille. Et quand il saura que vous avez proposé en vain votre domaine à dix personnes avant de vous adresser à lui, il se sentira plus fort et vous imposera son prix. En revanche, si vous allez le trouver en lui disant qu'il est le premier sur votre liste, mais qu'en cas de refus vous relancerez tous les autres il craindra de se voir souffler une affaire avantageuse et se montrera sans doute plus conciliant. Singert est un faux-cul mais pas un malin. »

Éblouie par la clarté de la démonstration, Hélène marmonne :

« Je crois que vous avez raison. Je vais aller le voir d'abord.

– Surtout ne lui parlez pas de moi.

– Non. Non. Bon, en ce qui nous concerne, je... »

Neumann l'arrête en levant sa main. Sa manchette glisse sur son poignet.

« Non, Hélène. Je ne me fais jamais payer une affaire que je ne traite pas de bout en bout ! Mon avis, en l'occurrence, est désintéressé. »

Tant de générosité confond la vieille dame. Aurait-elle mal jugé son visiteur ? Brusquement, Neumann lui apparaît comme une somme de savoir et de prudence.

« Et pour l'acte de vente ?

– Eh bien là, vous reviendrez me voir. Je me chargerai des formalités. »

L'homme de loi se lève en grandissant à peine. On se moque de lui dans le village pour les talonnettes qu'il a à ses chaussures : complexe de taille qu'il n'a jamais réussi à vaincre. Hélène le regarde de plus près. C'est vrai : on dirait que ses genoux lui rentrent dans les hanches. Le notaire parcourt le bureau d'un regard circulaire et ajoute encore :

« Rien n'a changé ici. Et pourtant quel vide ! Un homme si bon. Que nous sommes peu de chose. »

Hélène le raccompagne jusqu'au perron et demande soudain :

« Vous êtes certain qu'à soixante-quinze mille je dois signer ?

– Même à soixante, Hélène. Même à cinquante. Si vous vous cramponnez, vous ne vendrez rien. »

Neumann parle sous le nez de la vieille dame. Son haleine est épaisse. Elle lui serre la main avec un mélange de méfiance et de gratitude. Une vieille calèche, attelée d'un cheval blanc tacheté de noir, attend devant les marches. Lorsque le notaire s'installe à l'intérieur, les ressorts s'affaissent. La voiture s'éloigne. Ses roues fendent les flaques. Bombée et noire, la capote oscille entre les haies de bouleaux au feuillage naissant.

André Singert tend un petit verre à Hélène :

« C'est de la quetsche. Goûtez ! »

Ils sont dans le bureau du plus grand propriétaire terrien de Westhoffen et des environs. Singert possède une grande partie du vignoble du village, le Geisweg, et quelques grandes bâtisses. Sur les boiseries, des photos d'Armand en uniforme allemand. Dans la famille Singert, on vendrait son âme pour la gloire, l'argent et le pouvoir.

– Alors Hélène. Pourquoi venez-vous me voir ?

– Je viens vous proposer ma ferme… Enfin… Si nous nous entendons sur le prix.

– Bien sûr que nous nous entendrons ! Mon plus cher désir est de vous être agréable.

– D'après mes renseignements, ma maison vaut cent cinquante mille Reichsmarks », affirme Hélène avec défi.

Et aussitôt, elle s'inquiète d'avoir forcé le chiffre. Ne va-t-elle pas indisposer son interlocuteur au lieu de l'impressionner par son assurance ? Singert s'arrondit du menton et des joues.

« Hélène. Vous m'êtes bien sympathique. Mais on voit que vous n'y connaissez rien en affaires. Vous savez qu'avec les incertitudes de la guerre la valeur des propriétés foncières est tombée bien bas. Votre ferme, même pour soixante mille Reichsmarks, j'hésiterais à la prendre !

– Soixante mille Reichsmarks ? bredouille la vieille dame.

– Eh oui.

– Vous plaisantez ?

– Je suis au contraire parfaitement lucide.

– Autant dire que vous me faites l'aumône. »

La voix d'Hélène tremble et se casse. Elle regrette de n'être pas davantage maîtresse de ses nerfs. Singert balance sa tête rougie par un eczéma et semble compatir à l'émoi de sa visiteuse.

« Eh bien ! dit Hélène en se levant, je ne vous importunerai plus avec cette affaire. Je vais la proposer à d'autres personnes. J'ai voulu vous voir en premier. »

Elle espère que Singert se piquera au jeu après cette menace, mais l'autre sort lourdement de son fauteuil, bombe son torse comme un coq qui vient de féconder sa poule et conclut :

« Vous avez raison Hélène. Parlez-en autour de vous. Tenez, vous devriez demander à mes amis du Club du Cercle du Carré d'Or de Wasselonne. J'ai une réunion une fois par semaine.

– Le Club du Cercle du Carré d'Or ?

– Oui, ce sont des notables qui ont décidé de réunir leur force pour les plus démunis de la société.

– Et vous, André Singert, vous en faites partie ?

– Je suis le membre fondateur.

– Bien, je viendrai. »

« C'est raté », se dit Hélène. Le découragement lui coupe les jambes. Elle se rappelle les conseils de Neumann, qui, malgré sa brouille avec Singert, a reconnu honnêtement que personne d'autre ne pouvait acheter la maison. Mais soixante mille Reichsmarks, non.

« Vous n'avez pas goûté à ma quetsche, chère Hélène. »

La vieille dame vide son verre. Singert porte un gilet framboise qui reflète bien la couleur de son visage. Une chaîne en or barre son ventre.

« Excellente votre quetsche ! complimente Hélène. Pas trop forte. Juste comme je l'aime. »

La main de Singert se pose sur son épaule.

« Vous m'en voulez ?

– Non, pensez-vous. Pourquoi dites-vous cela ?

– Parce que je vous ai déçue. Et pourtant, Dieu m'est témoin que je n'ai pour vous que de la sympathie. Vous avouerai-je que j'entrevoyais tout autrement la façon dont pourrait se régler entre nous ces vilaines histoires d'argent ? »

Hélène souffle.

« Il faut vraiment que je parte, s'exclame-t-elle.

– Réfléchissez encore.

– C'est ça, je vais réfléchir... Je vais voir... Avec vos amis du Club du Carré... du Cercle d'Or, continue-t-elle en mettant sa main sur la poignée de la porte.

– Du Cercle du Carré d'Or ! Le nom est pourtant international.

– Certes... certes.

– Sachez aussi que notre club vous sera toujours ouvert pour organiser une opération pour le petit... »

Un silence vient ponctuer cette dernière parole. Soudain, Singert s'exclame :

« Écoutez, lance-t-il... Je ne puis vous laisser partir ainsi. Votre grand âge... votre chagrin de vous séparer de cette maison... je dois faire quelque chose... Voilà... Voulez-vous soixante-quinze mille Reichsmarks ? »

Hélène tressaille de bonheur. Quinze mille Reichsmarks de plus. C'est une faible augmentation. Mais Neumann a précisément indiqué ce chiffre. Donc l'honneur est sauf. Ah ! Comme elle a eu raison de marcher d'un pas résolu vers la porte. En affaires, il faut savoir, à point nommé, risquer le tout pour le tout.

« Je suis d'accord, dit-elle. Mais en pièces d'or.

– À la bonne heure ! » s'écrie Singert.

Et il ajoute en riant :

« Eh bien voilà. Je me sens tout bête. Je m'étais juré de ne plus acheter un pouce de terrain et je me retrouve avec une nouvelle ferme sur les bras. Si vous voulez bien reprendre place, nous allons tout de suite établir une promesse de vente sous seing privé. Attendez, j'appelle mon secrétaire… Alcide… Alcide ? »

Un homme squelettique fait son entrée. On dirait un croque-mort assistant une famille en deuil. L'austérité est incrustée jusque dans la moindre de ses rides. Tout de marron vêtu, la chemise boutonnée jusqu'au col, Alcide devrait enlever une consonne à son prénom : ça lui irait mieux.

« Voilà, Monsieur.

– Vous allez rédiger un acte.

– Mais ce n'est pas pressé, dit Hélène, votre parole me suffit.

– Non, non, répond Singert. Je suis pour la légalité. Même entre voisins de longue date. Bien entendu, il faudra signer devant notaire. »

Tout le monde se rassoit derrière le bureau, sous la garde d'Armand. Alcide trempe sa plume dans l'encrier et écrit sous la dictée de son patron :

« Entre les soussignés... »

Le soir, avant de remonter dans sa chambre et pendant que Germaine fait la vaisselle, Hélène élève la lampe sur la bibliothèque en acajou du docteur Wittmann et déchiffre le nom des auteurs. Proust, Baudelaire, Zola, Maupassant, Hugo, Erckmann-Chatrians, qu'auraient pensé ces grands écrivains de cette France déchirée, rançonnée, avec, à sa tête, un chef qu'elle ne respecte plus. La vieille dame extrait un ouvrage et le feuillette. Son regard accroche une phrase terrible : « Tant qu'il y aura sur terre un homme poursuivi à cause de sa naissance, de sa race ou de ses opinions, l'humanité entière sera condamnable. » Elle saisit le livre, monte à l'étage, se déshabille, se glisse dans son lit et essaie de se concentrer sur les lignes qui défilent devant ses yeux. En même temps, elle écoute le silence de la maison. Une horloge bat derrière la cloison. Henri dort depuis au moins deux heures. Hélène frissonne et souffle la lampe. Noir total. Repos des yeux et du cœur.

« Hélène ? demande Germaine derrière la porte. Tu n'as besoin de rien ?

– Non merci.

– Je peux entrer ?

– Oui, si tu veux. Je rallume.

– Je viens t'embrasser. Je serai là demain vers 10 heures.

– Merci ma belle, tu es si gentille. Comment ferais-je si je ne t'avais pas. Je diminue davantage chaque jour.

– Ne dis pas ça.

– C'est vrai. Tu sais, aujourd'hui, j'ai vendu ma ferme.

– Ah ! bon, à qui ?

– À André Singert. Le seul acheteur dans cette contrée. L'argent sera pour le petit, je n'en ai plus besoin.

– Ah ! J'espère que tu as réussi à en avoir un bon prix.

– Le maximum.

– C'est certainement pour cette raison que j'ai vu sortir le notaire Neumann de chez Singert en fin d'après-midi, juste avant le couvre-feu. »

Hébétée, Hélène fixe son amie. Et elle retombe, les épaules rompues, sur son oreiller.

* *
*

Voilà dix jours qu'Emma est interrogée sans relâche. Assise sur son lit, elle repasse dans sa mémoire pour la centième fois tous les détails de ces journées passées. Lors des interrogatoires, à la lueur d'une lampe, dans une pièce sombre, elle ne varie jamais dans ses réponses. « Je ne suis pas au courant des missions de mon mari. » « Je n'ai pas de rapports avec la Résistance. » « Je n'ai reçu aucune nouvelle de mon époux depuis son départ. » Elle tient tête. Pas comme certain ou certaine qui hier encore étaient prêts à sacrifier leur vie, leur richesse, leur carrière pour le bien de la France et qui, après une ou deux questions posées un peu brutalement, renient leur idéal. Emma est sûre d'elle. Elle sera libérée rapidement.

À l'heure de la soupe, chaque prisonnier se replie dans sa cellule. Aujourd'hui, elle n'a ni faim ni sommeil. Dans les pièces voisines, les ronflements vont du grave à l'aigu. L'odeur est insoutenable. Dans le noir, la crainte d'Emma augmente avec chaque battement de cœur. Elle entend son nom là-haut derrière la porte. Sans doute vient-on la chercher pour une séance de torture. Personne. Son imagination lui joue des tours. Emma tourne la tête dans tous les sens, frissonne de peur et se recouche, « pour quelques minutes », se dit-elle. Son obsession de rester debout est si forte qu'elle a l'impression de continuer à veiller devant la petite fenêtre striée de barreaux.

Tout à coup, la clarté de la lampe embrase ses rêves. Elle bondit sur ses jambes.

« Peyrie, debout. On a du nouveau pour vous. »

« Ils ont retrouvé Jules, pense-t-elle. Ou alors peut-être apprendrai-je qu'il a encore fait un mauvais coup en leur échappant une fois de plus. » Elle cligne des yeux et se cramponne à ses illusions, comme un joueur qui perd, s'entête et refuse de s'avouer vaincu. Cette alternative d'espoir et de doute l'épuise. Son esprit et son corps ne font qu'un dans la tension de l'expectative. Une femme lui apporte à manger. Elle secoue la tête négativement.

« On en a eu cinq sur six. Belle brochette », continue l'homme dans le couloir.

Un gouffre s'ouvre sous les pieds d'Emma. Elle se sent trembler et faillir. Brusquement, un cri affreux déchire sa gorge :

« Jules !

– T'inquiète ma cocotte. Il est parti tout droit en enfer. Et toi tu vas pouvoir sortir. »

* *
*

Au bruit des pelletées de terre tombant sur le cercueil dans le cimetière de Saint-Cyprien, Emma incline la tête. Chaque coup retentit dans sa poitrine. Elle ne peut s'habituer à l'idée qu'il soit mort. Même maintenant, elle garde sinon un espoir, du moins un doute. Jules n'a pas cessé d'exister. Il est ailleurs. Même si elle a récupéré son portefeuille, il est difficile pour elle de croire que tout est fini. Elle regrette qu'il n'y ait personne pour bénir le corps. Peu de monde à l'enterrement. Qui veut publiquement rendre hommage à un résistant en période d'occupation ?

Emma rentre chez elle. La maison est encore pleine de Jules : ses vêtements, ses papiers, ses livres de médecine. Trop de choses l'invitent à revenir ici. Ce soir, il sera de retour. La preuve ? S'il était réellement mort, elle serait malheureuse. Or, elle ne souffre pas. Elle est anéantie. Elle range la chambre, dispose la cruche d'eau sur la table de nuit, se couche et souffle la lampe.

Au milieu de la nuit, elle s'éveille. Seule dans un grand lit. Sa main cherche la place de son bien-aimé entre les draps, sur l'oreiller. Le vide. Le froid. Pour toujours. Ce que son esprit n'ose concevoir, son corps le comprend. Un sanglot lui gonfle la poitrine. Des années de vie commune, d'amour, de tristesse, de difficultés quotidiennes. Et tout à coup, plus rien. Les jours passent sans qu'elle en ait conscience. Elle ne se demande pas ce qu'elle va devenir. Souvent, elle parle à son mari. Continuer ? Pour qui ? Seul Henri la raccroche à la vie.

* *
*

« J'avoue que je suis fort surpris de vous voir ici, madame, alors que vous n'aviez aucune autorisation de vous déplacer », reproche le directeur de l'administration des laissez-passer de Périgueux en invitant Emma à s'asseoir.

Son voyage jusqu'à la capitale du Périgord l'a épuisée. Elle appuie dans le fond du fauteuil ses reins endoloris, ses épaules lasses, regarde son interlocuteur dans les yeux et murmure :

« Je pensais qu'après la mort de mon mari je n'étais pas personnellement tenue à résidence.

– La mort de votre époux ne modifie en rien vos devoirs envers l'administration, rétorque-t-il en fronçant les sourcils. Je veux bien, par égard pour votre deuil, fermer les yeux sur l'irrégularité de votre arrivée dans cette ville. Mais je compte sur vous pour que pareille fantaisie ne se reproduise plus. »

Emma ne s'attendait pas à cette réprimande et perd de sa confiance pour la suite de l'entretien qui s'annonce périlleux.

L'homme marque un temps d'arrêt. Son visage se détend. Puis, il dit avec l'expression d'un intérêt paternel :

« J'imagine que seul un motif très grave a pu vous inciter à venir de votre propre chef à Périgueux. De quoi s'agit-il ? »

Emma rassemble son courage et se lance dans le discours qu'elle a préparé. Tandis qu'elle explique à l'agent le désarroi dans lequel l'a laissée la mort de Jules, l'impossibilité de vivre seule à Saint-Cyprien et l'absolue nécessité de retrouver son fils en Allemagne, dans sa maison de Westhoffen, il l'écoute avec pitié. Hochant la tête, soupirant pour elle, il paraît la suivre pas à pas dans ses épreuves et son raisonnement.

« Mon mari étant mort, je n'ai plus aucune raison de rester ici, continue-t-elle. Je voudrais retourner chez moi, rejoindre mon bébé. Ne pourriez-vous pas m'aider dans mes démarches d'autant plus que ni l'administration de Sarlat ni celle de Bergerac ne daignent me répondre ? »

L'homme se redresse. Ses yeux s'arrondissent. Ses sourcils se lèvent. Il semble aller de surprise en surprise avec cette femme qui ne doute de rien.

« Je suis désolé de vous décevoir, Madame. Mais il n'en est pas question. Tout d'abord parce que les services administratifs s'y opposeraient fermement. Ils peuvent encore avoir besoin de votre témoignage. Ensuite, il est impossible de gagner l'Allemagne aussi simplement. Je vous rappelle que nous sommes en guerre contre ce pays et que l'Alsace a été annexée. »

Emma demeure interloquée. Comme un blessé étourdi par le choc, elle ne ressent pas encore la profondeur du coup qu'elle a reçu. Soudain, elle bredouille :

« C'est impossible. N'ayant pas été moi-même condamnée, ni jugée, je suis libre d'aller où bon me semble.

– Eh bien, je suis désolé de vous apprendre que non. »

Une émotion glaciale pénètre les veines d'Emma.

« Vous pouvez toujours faire une demande, continue l'homme.

– Aura-t-elle une chance d'aboutir ?

– J'en doute fort. L'administration ne voudra pas créer un précédent. »

Une rage méprisante secoue les nerfs d'Emma. Ses illusions la laissent démunie. Elle se retrouve doublement victime.

« Je ne puis croire qu'on veuille me retenir indéfiniment dans le Périgord alors que je n'ai rien fait pour mériter une telle sentence. Je suis une femme seule. Je ne constitue aucun danger pour personne.

– Dans quelque temps, vous pourrez bouger. Mais en aucun cas vous n'obtiendrez l'autorisation de gagner l'Allemagne. C'est incroyable. Il y a tant de gens qui demandent à venir vivre chez nous. Et vous, vous voulez partir.

– J'ai un fils qui m'attend, Monsieur. »

En prononçant cette dernière phrase, il lui semble que la communication s'est rompue avec son interlocuteur. L'agent a désormais l'œil dur, le visage obtus, beaucoup moins affable qu'au début de la conversation.

« Je vous souhaite de nous prouver qu'il vaut mieux être française qu'allemande, dit-il.

– Tout m'est égal pourvu que je puisse un jour revoir mon enfant. Appuierez-vous ma demande, Monsieur ?

– Mais certainement. »

Immédiatement, elle comprend qu'il n'en fera rien.

Dans le train du retour, elle se prend à imaginer les paysages d'Alsace, Hélène, l'église, l'épicerie du village. Le manoir Saint-Martin se détache de la pénombre de sa mémoire. Il apparaît à ses yeux comme le décor d'un rêve. Le lustre derrière la grande fenêtre du salon, l'odeur de l'encaustique… Quelqu'un l'attend là-bas, avec une silencieuse impatience. Elle a envie de courir vers la tombe de Jules. Que de choses à lui raconter ! Son voyage, son entretien avec l'agent de l'administration, son projet de revenir à Westhoffen. Elle réussira. Pour l'amour d'Henri.

XXII

Le Cercle du Carré d'Or

Où diable le restaurateur a-t-il trouvé ses poulets ? Trois bestioles pour douze personnes, c'est peu, mais la chair de ces volailles engraissées parfume un riz blanc acheté au marché noir, lequel du moins est servi en abondance. Des flambeaux éclairent la table. Peu importe le couvre-feu. Ce soir, il y a réunion au Cercle du Carré d'Or dans un restaurant discret de Wasselonne. Tout le beau monde est là. Singert, Neumann, le chef de la Hitlerjugend[1], et quelques visages de notables du coin. Ils sont accompagnés de leurs femmes qui arborent un sourire surfait mais efficace. Toutes sont habillées en robe du soir. Hélène, qui connaît bien le maître d'hôtel, a pu se cacher derrière le rideau du fond. Tiens, le notaire s'est surpassé... Engoncé dans un gilet boudinant, il fait concurrence à Singert tout de velours vêtu.

Enfin attablé, ce dernier porte un toast à l'invité de la soirée, l'éminent professeur Michel Reupasmann qui fera une conférence après le repas sur la révolutionnaire dynamo du docteur Mark Leuster. Grand, avec des yeux bleus perçants, une mâchoire proéminente, il semble monté sur un cheval, même lorsqu'il est assis sur sa chaise. À côté, Neumann lui arrive au nombril. Puis on passe les plats. Chacun se sert sans vergogne. Le vin, un excellent bordeaux, recueille le suffrage des connaisseurs. Il est servi dans de grands verres en cristal taillé. Les couverts sont en argent massif. Et puis après ? La guerre donne tous les droits à certains et en prive

1. Organisation de la jeunesse du pays selon les principes nazis.

bien d'autres. La femme Singert est assise juste en face de Neumann. Dans une robe blanche. Ses seins, haussés et gonflés par la pression d'une large ceinture dorée, sont littéralement comprimés. À chaque inspiration, Hélène craint que le corsage ne cède. « Eh bien pense-t-elle, ils auraient été de taille pour toi mon petit Henri... »

Obsédé par le décolleté plongeant qu'il ne peut apercevoir dans sa totalité, Neumann ne cesse de parler. Apparemment trop bas. Car son interlocutrice est obligée de se pencher en avant pour entendre et répondre. De son rideau, Hélène ne perçoit que des bribes de phrases, « Oui, c'est merveilleux... Je suis d'accord avec vous... On ne s'en lasse pas. »

Singert est plus proche de la vieille dame, plus audible aussi :

« Cette idée qu'a Platon de montrer l'Homme en face de son propre destin, c'est quelque chose d'extraordinaire.

– Je vous suis, mon cher, répond la voisine. D'autant plus qu'il a une conception transcendante de l'humanité. »

Un fromage fait diversion. Suivi d'un gâteau piqué de fruits confits. « Neumann a dû arriver avec l'estomac dans les talons, songe Hélène. La poche pleine, il a encore rapetissé. C'est bientôt à moi. Encore un peu de patience, mes enfants. »

Pendant que le chef de la Hitlerjugend s'empiffre, une femme un peu éméchée se lève, un verre de mousseux à la main pour déclamer : « L'art culinaire n'est pas le fruit du hasard. Il reflète la manière d'être et de vivre d'un peuple, mais aussi son histoire. »

Tout le monde applaudit.

« Dieu est avec nous ! Comprenez cela, ô nations, et soumettez-vous. Dieu est avec nous, continue Singert.

– C'est de toi ? demande sa femme.

– Non ! de Nicolas Ier.

– Ah ! Pour un si bel homme, je me serais damnée, dit la femme de Neumann en s'éventant avec son mouchoir.

– Je te comprends ma petite, pense Hélène. Comparé à ton mari, sacrée différence. »

Le personnel débarrasse la table. La conversation s'égare sur des futilités. Puis, on parle des désastres de la guerre. Tout en rendant hommage au génie militaire allemand, le notaire déplore la terrible aventure russe. D'après lui, la bataille de Stalingrad aurait pu être évitée.

« La diabolique Angleterre a envoyé des renforts dans l'espoir d'une alliance, continue-t-il.

– En êtes-vous vraiment persuadé, mon cher, dit la femme Singert.

– Mais parfaitement.

– Dans tous les cas, quand cette guerre sera terminée, le premier soin d'Hitler sera de remplir les marmites des ménages », affirme le chef de la Hitlerjugend.

Un murmure de satisfaction générale accueille cette promesse. On sert les alcools.

« Hum… Voilà une sensationnelle quetsche…

– Ça me rappelle quelque chose », pense Hélène.

Le notaire avale à petites gorgées. Sa langue est brûlante et légère. De nouveau, il lorgne la poitrine mouvante de la femme du financier.

« Bonjour messieurs-dames », lance tout à coup la vieille dame en écartant le rideau.

Singert avale de travers. Il tousse à plusieurs reprises. L'assemblée est tellement surprise qu'on dirait un arrêt sur image dans un film.

« Pardonnez-moi de vous déranger, mais j'ai été invitée par monsieur Singert pour défendre la cause d'un enfant dont l'histoire va vous bouleverser. »

Neumann et Singert échangent un regard inquiet.

« Mais Hélène… Nous ne t'attendions pas ce soir, répond le notaire.

– Vous ne m'avez pas donné de date et ma requête est plutôt… pressée.

– On ne fait pas des choses pareilles. Il y a un protocole à respecter, des règles élémentaires de politesse », continue-t-il.

Hélène reste sur place. Elle n'éprouve ni de gêne ni de honte devant l'arrogance de cet homme.

« Je suis ici au sujet d'Henri, l'enfant du couple Peyrie, continue-t-elle. Vous vous souvenez de notre bon médecin… »

Un brouhaha général permet au financier de se lever et de glisser un mot dans l'oreille d'Hélène.

« Sortez d'ici tout de suite. Ou bien votre ferme… Si vous voyez ce que je veux dire.

– Alors vous bon papa, vous n'allez pas compliquer la situation…

– Qu'est-ce que vous voulez dire ?

– Henri est votre petit-fils, chuchote-t-elle.

– Diffamation.

– Si vous désirez que je m'étale sur ce dossier, j'ai de quoi faire. Mais devant cette assemblée bien-pensante, ça ferait un peu désordre, vous ne pensez pas… Et n'oubliez pas que c'est vous qui m'avez affirmé pouvoir organiser une opération caritative pour le petit.

– Bon… Ben… Faites… Mes chers amis, reprend plus fort Singert. C'est vrai que j'ai proposé à Hélène de venir un de ces soirs nous exposer le cas d'un enfant. Et elle a eu la gentillesse de nous en parler dès qu'elle a pu.

– Merci. Voilà. Je n'ai plus beaucoup de temps à vivre. Je ne veux pas de compassion mais une solution pour ce bambin que j'ai recueilli il y a un peu plus de deux ans. Je me suis efforcée de l'élever du mieux que j'ai pu. Germaine Dutrimann s'en occupera à mon départ. Elle a déjà perdu son fils, le meilleur ami d'Armand Singert, dont le père est ici présent. »

Décontenancé, le financier se concentre sur son verre qu'il fait tourner dans sa main.

« Cependant, Germaine a mon âge. Elle a besoin d'un soutien moral et financier. Je suis venue le chercher chez vous. »

Silence.

« Je tiens aussi à préciser que, pour récupérer des fonds, j'ai vendu ma ferme à M. Singert qui m'a gracieusement offert soixante-quinze mille Reichsmarks. Étant donné le contexte et la commission qu'il a partagée avec maître Neumann, il ne pouvait offrir plus. »

La consternation gagne la salle.

« C'est vrai, demande la femme Singert au notaire. Vous avez osé ! Avec cette courageuse vieille dame. Vous me décevez.

– C'est qu'on n'était pas bien certains que l'argent de la vente aille à l'enfant, répond le financier. Vous comprenez, l'honnêteté, aujourd'hui…

– C'est vous qui avez fait échouer le mariage de mon fils avec Emma, continue Singert en pointant le doigt sur la vieille dame.

– En effet, réplique Hélène avec vivacité. Cela ne vous heurte peut-être pas d'unir deux personnes qui ne s'aiment pas, moi si.

– Toutes les opinions sont respectables pourvu qu'un grand cœur les soutienne », répond ironiquement le financier.

Neumann boit une longue rasade de quetsche et tend son verre au serveur qui le remplit à nouveau. Michel Reupasmann, qui se demande ce qu'il fait réellement au milieu de cette assemblée, ne le quitte pas des yeux.

« Pourquoi n'avez-vous pas fui avec eux ? demande la femme de maître Neumann qui ne s'était pas exprimée depuis le début du repas.

– Parce que je suis attachée à ma région.

– On peut s'arranger pour un laissez-passer », lâche le notaire en riant grassement.

Un silence de mort répond à cette mauvaise plaisanterie.

« De toute façon, je suis trop vieille pour quitter mes racines.

– Que dites-vous là, lance le chef de la Hitlerjugend. Si vous pouvez retrouver les parents de cet enfant…

– Je n'en ai plus le temps, malheureusement.

– Demandez à… à… cette dame qui vous aide.

– Monsieur, je vous défie déjà d'arriver jusqu'à son âge dans le même état qu'elle. Quand vous avez mal partout, vous n'acceptez plus de traverser le pays, et les barrages. Il y a un temps pour tout.

– Comme vous voulez…

– Moi, je trouve cette cause admirable, lance la femme Singert. C'est magnifique ce que vous faites pour ce gamin.

– Je dirai même plus, continue l'épouse de Neumann, vous êtes un exemple de courage pour nous tous. Je rajoute soixante-quinze mille Reichsmarks à la vente. Et mon mari rendra sa commission, bien entendu. »

Le notaire redresse la taille et ses deux yeux étincellent entre ses paupières écarquillées.

« Moi aussi ! s'exclame la femme du financier. Soixante-quinze mille Reichsmarks. »

Une veine se gonfle sur le front de Singert. Un peu de salive perle aux commissures de ses lèvres. Hélène le devine en proie à la colère. Mais que répondre au coup de cœur de son épouse ?

« Je vous remercie, Mesdames, je vous assure qu'Henri vous sera reconnaissant toute sa vie. Bonne soirée. Merci. »

Heureuse de sa victoire, la vieille dame repasse derrière le rideau. Elle sort. Dehors, tout est noir et silencieux. Elle se demande ce que change pour toutes ces femmes de notables d'avoir porté secours à un enfant victime de la guerre ? N'était-ce pas pour eux une petite histoire parmi tant d'autres ? Il est tellement facile de garder sa dignité avec l'argent et le pouvoir. Si ce geste permet de leur donner bonne conscience ou tout au moins les conforte dans l'idée qu'ils sont capables de réaliser une action caritative, n'est-ce pas là le principal ?

* *
*

Jules referme la porte de sa chambre, craque une allumette. Un luxe, cet éclairage, pour lui seul la nuit, dans cette maison de montagne où il est caché depuis près d'un mois. Depuis que son ami Ernest lui a sauvé la vie. Car la Résistance a vite saisi qu'il lui manquait un homme. Le pharmacien n'a pas voulu croire à la mort du médecin et a pris des risques inconsidérés pour le retrouver. Pendant deux jours, Ernest et le petit Froissac ont sillonné en boucle les routes entourant la zone de la fusillade. Ils ont fini par tomber sur le rescapé. Par chance ou par entêtement. Puis ils l'ont emmené dans un chalet situé à Épalles, à quelques kilomètres du Mayet-de-Montagne. Il l'a soigné. Injections de pénicilline, désinfectant intestinaux, cure de charbon. Jules s'est retapé peu à peu. Ernest a dû partir, expliquant à Jules sa prochaine mission : dormir le jour pour ne pas éveiller les soupçons d'une présence en ces lieux et travailler la nuit.

La flamme se pose sur la mèche, tremble, monte. Jules met ses bottes et descend les marches en bois. Il se coupe un morceau de pain et ouvre la porte qui donne sur la forêt. Tout en mâchant, il plonge son regard le plus loin possible dans l'espace où se confond le gris perle du ciel que la nuit noircira d'ici quelques minutes et le gris nappant du brouillard sur les sapins. La lumière disparaît rapidement, les reliefs s'effacent. Seules se détachent dans l'ombre deux billes brillantes et rondes : un chat cherche sa proie. Jules aimerait tant qu'Emma et Henri soient à ses côtés. Fils d'Armand ou pas, cela change-t-il vraiment quelque chose ? Un enfant est innocent et ne doit pas devenir la victime des erreurs ou des choix de ses parents. À l'idée que peut-être bientôt Emma pourrait entrer dans cette pièce, sa joie et son angoisse augmentent simultanément. Il regrette de ne pas avoir profité assez d'elle lors de leur dernière entrevue. Elle préparait sa valise, et discutait du nombre de paires de chaussettes à emporter. Depuis qu'il a échangé les portefeuilles, il n'a même plus sa photo. Alors il tente de se remémorer dans les moindres détails l'image d'Emma, son geste pour écarter une mèche de cheveux. Il se trouble en se rappelant leurs caresses passionnées. L'ultime vision que Jules garde de sa femme est celle d'une épouse dévouée. Ses recommandations se perdent dans le vacarme de la précipitation : « Prends soin de toi... »

Ces paroles n'ont guère affecté Jules quand il les a entendues. Aujourd'hui, elles prennent dans son souvenir une résonance nostalgique. Un vent frais caresse son visage. Le médecin remonte son col. Il respire l'air vif qui sent le sapin, la terre et l'humidité.

Le chalet d'Épalles est vaste pour une seule personne, haut de plafond, meublé d'un vaisselier, d'une table, de quelques chaises, d'un fauteuil et surtout d'une cheminée qui dégage une chaleur agréable. La maison est très bien isolée et quand le feu s'éteint au petit matin la température reste clémente jusqu'au soir. Les fenêtres sont doubles et protégées par des rideaux. Dans l'abri accolé, un tas de bûches pour l'hiver. Jules s'installe à son poste radio.

Son travail consiste à accumuler tous les renseignements des différentes régions du maquis, puis à les redistribuer afin de brouiller les pistes. Il doit également faire transiter les ordres entre les réseaux. Actuellement, la Résistance s'organise pour saboter les lignes électriques à haute tension qui alimentent les usines de la région parisienne. Les Allemands sont tellement perturbés par les actions des Auvergnats qu'ils sont dans l'obligation de faire garder les pylônes. À la radio, les maquisards de Châtel-Montagne sont fiers de leur travail. Chacun a une information à communiquer. Eugène et son équipe ont pillé un chantier de la jeunesse de Vichy : ils ont emporté comme butin divers habits, bottines, et même des vivres. Marcel a travaillé avec quelques jeunes étudiants alsaciens au sabotage d'une ligne ferroviaire à la hauteur de Volvic avec les gars de Pontgibaud. Par mesure de sécurité, personne ne donne sa position. À Jules de faire circuler l'information.

Après une nuit d'échanges et d'ordres envoyés en morse, Jules parcourt le journal qu'on lui a fourni lors de la dernière livraison de nourriture. Lire *La Montagne*, c'est pour lui la garantie de se mettre en colère. Largement diffusé en Auvergne, ce quotidien est un tel tissu de mensonges qu'on frôle le grotesque. En première page du 17 octobre 1943 : les nouvelles du gouvernement de Vichy. Les autres événements sont présentés sous un jour pâle et avec un vocabulaire rassurant. Ah ! La langue française est si précise que l'on peut présenter les mêmes faits de multiples façons. Tout va bien en France, les affaires marchent, les magasins sont ravitaillés, on ne manque que d'habits, on découvre des photos de femmes souriantes. Il fait beau… Il fera encore meilleur demain. Malgré son agacement, Jules ne peut sauter une ligne. Parfois, on y relate en termes modérés les difficultés d'une partie de la population, une protestation, une revendication. Mais pas de révoltes. Pas de misère. De temps à autre, pour se soulager le cœur, Jules lâche un juron :

« Ils nous prennent vraiment pour des imbéciles. Vaste fumisterie ! »

Ne pas faire de vagues, c'est la feuille de route du gouvernement. Jules ne partage pas cette politique. En demandant à la population de faire profil bas, la nouvelle génération s'enlisera dans la propagande de Vichy par crainte de l'action.

Puis, le médecin tombe sur une communication du ministre qui affirme chaque jour aider davantage la population avec la distribution de bons de ravitaillement. Mais l'attentat auquel Clément

Chabory, chef de la Milice, a échappé a ravivé les haines. « Évitons ensemble les représailles méthodiques », écrit-il.

Jules pose le journal sur la table. Le choc de la révélation est si violent que le docteur relit le nom à trois reprises. Clément Chabory... À Vichy... C'est bien lui... La vérité éclate à ses yeux, simple et évidente. Jules demeure un moment hébété. La pièce s'obscurcit autour de lui. Son ami de la faculté est passé dans l'autre camp. D'ailleurs peu importe pour Clément pourvu qu'il soit dans celui du vainqueur. Il a toujours réussi à tirer son épingle du jeu, le bougre. Il aurait été révolutionnaire en 1789, bonapartiste sous l'Empire, royaliste sous Louis XVIII. Un vrai Talleyrand celui-là. Mais sans l'intelligence. Sans la finesse. Soudain, la colère envahit Jules avec une violence telle que tout son corps tremble. Il se lève et se dirige d'un pas pesant vers la porte. Suffoqué, il va s'aérer pour se convaincre qu'il ne rêve pas. « C'est pour cette raison qu'on l'appelle le Chat dans la Résistance... Je comprends maintenant... Eh bien mon matou, essaie de te tenir tranquille jusqu'à la fin de la guerre, déplace-toi sans bruit, frôle les murs ou mes amis te dégommeront avant que tu n'aies le temps de réclamer ton lait. »

* *
*

Quand Hélène aperçoit l'assiette de *Bredele*[1], ses yeux s'élargissent et une allégresse se répand sur ses traits de malade.

« Comme c'est gentil, Germaine ! dit-elle. Je te remercie. »

Assise dans son lit, elle prend un gâteau aux noix, le respire et renverse la tête en le croquant.

« C'est pour cette nouvelle année 1944. Qu'elle t'apporte guérison et espoir en l'avenir.

– Ma pauvre amie, rien ne sert d'être dupe du cours de la vie. Justement, j'ai à te parler. Nous déjeunerons ensemble ce midi. Tu vas préparer la cuisine. »

1. *Petits gâteaux alsaciens.*

Germaine éprouve une grande joie à cette nouvelle. Elle regarde Hélène avec tendresse. Sans un mot, sans un geste, elles se comprennent comme deux écolières derrière le dos d'un surveillant d'étude.

« Je vais me lever, continue l'alitée, et te tenir compagnie à la cuisine.

– Je fais des œufs avec un peu de lard. Ça te convient ?

– À la bonne heure. »

Germaine met les couverts. La vue de deux assiettes disposées sur la table procure à Hélène la poignante certitude d'une intimité. Assises face à face, elles ont l'impression d'entériner un accord profond et secret, un long passé de confiance, une paix quasi conjugale. Le manoir est devenu le leur.

Hélène mange à contrecœur et Germaine la supplie de se forcer un peu. La malade y consent. Puis, incapable de continuer le repas, elle retourne s'allonger dans la chambre. L'instant d'après, Germaine est à nouveau à son chevet. Elle lui prend la main.

« Je peux rester autant de temps que tu désires, Hélène. Henri et Laïka sont entre de bonnes mains. Ma voisine Berthe est bien serviable.

– Ça tombe bien. J'ai des choses à régler avec toi, des choses très importantes.

– Je t'écoute.

– Il faut que tu saches que je pars en paix. J'ai tout arrangé pour Henri. Jusque dans les moindres détails. »

Hélène tousse convulsivement dans un mouchoir en détournant la tête. Puis elle reprend.

« Tu vas me rendre un grand service. Tu vois la soupière bleue dans le salon.

– Oui.

– C'est celle que j'ai offerte à Emma pour son mariage.

– Oui, oui je vois. »

La vieille dame pose sa main sur celle de Germaine.

« Promets-moi de la remettre à l'intéressée quand elle reviendra.

– D'accord.

– Attention, elle est lourde.

– Non, penses-tu. Je l'ai époussetée des dizaines de fois.

– Elle est pleine.
– Pleine de quoi ?
– Je t'en prie, ne pose pas de questions.
– Mon Dieu, comme tu es cachotière, continue Germaine en caressant le bras maigre de son amie. Et tu ne veux rien dire ? Tu sais, je resterai discrète.
– Non, s'il te plaît.
– Mais comme tu seras là quand Emma rentrera, tout va bien… »
Hélène regarde Germaine dans les yeux avec le désir éperdu de la croire. Il suffit que son amie soit auprès d'elle, dans cette chambre close, pour que se crée dans l'instant un monde particulier, fait de gravité, d'espoir et d'amitié. Un monde fragile mais impénétrable où ni Hitler ni la guerre n'ont leur place.
« Encore une chose. N'ouvre jamais cette soupière.
– D'accord Hélène.
– C'est juré ?
– Oui, ma douce, continue Germaine en lui baisant le front.
– Ne quitte le manoir Saint-Martin sous aucun prétexte. Il ne manquerait plus que les Allemands mettent la main dessus.
– Soit tranquille.
– Et puis, j'ai un pistolet chargé dans le tiroir de l'armoire de la salle à manger. Prends-le.
– Pour quoi faire ?
– Prends-le, je te dis. Il peut servir. »
Hélène a la respiration courte et sifflante. On dirait un soufflet manié à petits coups au-dessus d'une braise. Une toux lui secoue le thorax. Elle étouffe.
« Calme-toi.
– Oui. Je ne veux pas non plus qu'Henri me voit morte. Tu inventeras n'importe quoi. Fais travailler ton imagination…
– Oui, répond Germaine. Ne sois pas si défaitiste… Pense un peu à toi maintenant et essaie de te reposer. »
Hélène sourit, comme si cette dernière phrase lui inspirait plus de doute que d'espoir. Ses mains sont moites, ses narines s'écartent pour mieux laisser passer l'air.
« Je sais que c'est fini. Je suis heureuse », conclut-elle tandis que deux larmes coulent sur ses joues.

Germaine ne quitte pas le chevet de la souffrante depuis une semaine. Berthe a insisté pour garder Henri tant que les événements ne prenaient pas un cours meilleur.

« Je voudrais voir Antoine, le prêtre de Wasselonne, murmure Hélène. Parler avec lui... Je sens que ça me fera du bien... Germaine, je t'en prie, fais vite... »

Anxieuse, la mère d'Yves regarde ce petit visage dont la peau blême et moite colle au squelette. En huit jours, Hélène s'est tellement affaiblie qu'elle ne peut plus se lever.

En arrivant au presbytère, Germaine trouve la porte fermée. Il fait un froid glacial. La neige a recouvert la moindre parcelle de couleur. Une passante l'interpelle.

« Le père Antoine n'est pas là. Il ne reviendra pas avant quelques jours.

– Vous savez où il se trouve ?

– Non, pas du tout, dit la femme avant de se moucher bruyamment.

– Et... Qui le remplace ?

– Personne.

– Il n'y a donc pas de prêtre à Wasselonne.

– Non.

– C'est impossible.

– Vous avez toujours le pasteur Grommel.

– D'accord. Merci. »

Germaine a l'impression de rentrer bredouille après une partie de pêche. Pourtant, lorsqu'elle apprend avec ménagement à la malade qu'elle ne doit pas compter sur la visite d'Antoine, Hélène ne semble pas autrement affectée. Et lorsqu'on lui propose d'appeler à défaut un protestant, elle répond avec un sourire moqueur :

« Pour quoi faire ? Non... Tout est bien ainsi... J'ai le Christ à mes côtés. Entre lui et moi, je n'ai besoin de personne. »

En fin de matinée, son état paraît s'améliorer. Hélène reprend des couleurs. Mais elle refuse de déjeuner. Germaine passe à table toute seule. La force de l'habitude. Cependant, devant son assiette, elle ne pense pas à la nourriture. Murée dans l'angoisse, elle grignote un morceau de pain de la semaine précédente. Quelques minutes plus tard, n'y pouvant plus, elle rejette sa serviette et fait la vaisselle. On sonne à la porte.

« Une lettre pour Hélène, dit le facteur. Elle sera contente. C'est Emma. Comment va notre malade ?

– Oh ! Ce n'est pas la grande forme.

– Passez-lui mes amitiés et mes vœux de prompt rétablissement.

– Je n'y manquerai pas.

– À bientôt. »

Germaine referme le battant, court dans la chambre de la moribonde en hurlant de joie :

« Hélène, Hélène, une lettre d'Emma ! »

Livide, la vieille dame se retourne à peine. Et toujours ce halètement bref d'animal pris au piège. Germaine ne peut l'entendre sans souffrir elle-même. Hélène demande à son amie de la remonter sur ses oreillers. Cette dernière s'exécute et soulève par les aisselles une légère ossature. Elle a peur de lui faire mal en la touchant. Brûlante, essoufflée, Hélène se laisse aller en arrière et dit à regret :

– Je suis mal. Redescends-moi...

Germaine l'aide à retrouver sa position initiale, s'assoit dans le fauteuil. Derrière les carreaux de la chambre, elle aperçoit la neige qui tombe lentement. Sans trop savoir pourquoi, elle prend ce signe pour un encouragement. Ce ne peut-être que de bonnes nouvelles, une aide pour Hélène. Sans doute Emma annonce-t-elle le retour du couple Peyrie ? Germaine décachette l'enveloppe doucement comme si elle prenait en main un objet d'une fragilité extrême. Elle se racle la gorge avant de commencer :

10 décembre 1943

Ma chère Hélène :

J'espère que ma lettre vous trouvera, Henri et toi, en bonne santé. Ici, le moral n'est pas au beau fixe. Jules est...

« Oh ! Mon Dieu, s'exclame Germaine. Ce n'est pas vrai !

– Quoi ? »

Un tremblement parcourt la mère d'Yves. Doit-elle continuer ? Le visage marqué par la tristesse et le désarroi, elle ne bouge plus.

« Alors ? demande Hélène.

– Rien… Rien…
– Ne mens pas. Lis. »

Jules est mort… Pour l'instant, je n'ai pas trouvé le moyen de me procurer un laissez-passer pour l'Alsace. Mais je te promets de faire au plus vite. Embrasse de toutes tes forces mon petit que je ne vois pas grandir. Il est tout ce qu'il me reste.

Emma.

Hélène lève péniblement la main et lance :

« Laisse-moi. »

Germaine ne trouve rien à répliquer. Elle fait juste un signe de croix. Pourquoi le sort s'acharne-t-il sur la mourante de cette façon ?

« Tu veux que je m'en aille ?
– À côté…
– Je te mets la clochette près de ta main. Si tu as besoin, tu appelles. »

La poitrine d'Hélène se soulève et s'abaisse à petits coups sous la couverture de laine de mouton. Elle n'a plus de seins. Un corps de fillette. Germaine quitte la pièce sur la pointe des pieds et essaie de retrouver dans les tâches les plus simples un mince réconfort. Ah ! N'est-ce pas une toux assourdie qu'elle entend ? Elle prête l'oreille. Non. Rien. Le silence. À 3 heures de l'après-midi, elle entrebâille la porte de la chambre. Hélène dort.

D'un pas rapide, Germaine passe dans le salon. Ses paupières rouges se posent sur la soupière bleue, comme le symbole d'un espoir.

XXIII

Le Chat

JULES S'ÉVEILLE. La nuit masque les carreaux couverts par le givre. Il craque une allumette et vérifie le cadran de sa montre : 5 heures du soir. Il faut se lever. Et prendre sa part de risque pour la journée. Plus il passe de temps seul à Épalles, moins il arrive à dompter ses nerfs. Répondre à des ordres indiscutables, transmettre une information qui tuera des dizaines de militaires et parfois des civils est non seulement un métier mais encore une vocation. Jules est médecin. Il a fait des études pour sauver des vies. Qu'elles soient allemandes, russes ou françaises. Il se demande ce matin pourquoi il se trouve dans ce chalet perdu en plein milieu d'une forêt hostile. Même s'il sait qu'Emma l'approuverait, il se sent coupable des dangers qu'il prend. Chaque souvenir qui lui vient d'elle l'attendrit. Les yeux plongés dans son rêve, le visage de son épouse lui apparaît avec une telle précision que le souffle lui manque : des cheveux noirs, longs et souples, une main, un petit nez…

Il descend, avale une longue bouffée d'air pur, fraîche comme la neige qui l'entoure. Il croit étouffer depuis tous ces mois passés à l'intérieur de cette maison.

Il s'installe à son poste. Il n'en croit pas ses oreilles. Une victoire française ! Un tel redressement est-il concevable quelques mois après toutes les désastreuses défaites qui ont secoué l'Europe ? Décidément, ce général de Gaulle est bien un génie militaire et ses fidèles ont dans le sang le goût du sacrifice. Tout en déplorant la poursuite des combats, il est impossible de ne pas admirer l'ardeur de ceux qui refusent de déposer les armes. Soulevé par une fierté intempestive, Jules se voit un instant marcher sur les Champs-Élysées, victorieux, applaudi, vénéré par une population qui a enfin retrouvé la paix.

Pourtant, sa situation actuelle est loin d'être triomphale. Pas une visite. Pas une lettre. Deux colis par mois. Il lui est impossible de se tirer de là. Pour les résistants, il sait trop de choses. Pour la société, il n'existe plus. Si cette épreuve se prolonge, il va perdre la raison. Que fait Emma ? Le silence lui est devenu insupportable. Il est fatigué. Il se sent sale de corps et d'âme. De nouveau, il rêve d'un pain blanc cuit par sa femme, de draps repassés, d'une peau contre la sienne. Le feu réchauffe la pièce. Parfois, le cerveau de Jules se bloque. Impossible de réfléchir. Depuis combien de temps est-il ici ? Il a perdu la notion de durée.

Ses seuls contacts avec le genre humain consistent à écouter des rapports et à déchiffrer du morse. Le médecin a l'impression que le monde entier l'a oublié dans ce trou. Pour tous, il doit être mort. Mais même les morts reçoivent des visites sur leur tombe. Lui, rien.

Le mois dernier, on lui a livré sa provision de vivres. Un homme grand, osseux, toussant a déposé un gros carton après avoir satisfait toutes les règles de sécurité pour pénétrer dans le chalet. Jules lui a demandé tout de go s'il pouvait rester un instant pour discuter avec lui autour d'une tasse d'orge grillée. Ébahi par tant d'audace, l'homme a refusé, prétextant que ce n'était pas prévu. Toutefois, en lui clignant de l'œil, il a laissé sur le bureau un paquet de cigarettes. Pour un homme qui ne fume pas, quelle consolation !

« Où en est la guerre ? a demandé le médecin.

– Je ne sais rien, a répondu le livreur avec une précipitation apeurée. Je suis moi-même comme enfermé. La forêt est ma maison. Veuillez m'excuser, je dois partir. »

En hiver, la solitude devient encore plus pénible. Les nuits sont longues. Muré, Jules imagine les paysages poudreux en Dordogne. Emma qui balaie devant l'épicerie de Saint-Cyprien pour laisser passer les clients. Les cloches de l'église qui invitent les paroissiens à venir écouter la messe. Le goût d'une viande rouge. La robe charnue d'un excellent bordeaux. « Est-ce possible que je sois privé de tout ça à jamais ? » se demande Jules.

C'est jour de toilette. Le docteur en est venu à se forcer. Il fait chauffer l'eau, se rase. Puis il se frictionne les épaules, le dos, les bras. L'eau savonneuse gicle sur le sol. Jules dispose un miroir devant son visage. Il y a des semaines qu'il ne s'est vu dans une glace. Surpris, il découvre devant lui un inconnu au teint pâle, au regard triste, avec une coupure sur la joue. D'un coup, son image s'estompe pour laisser place à celle d'Emma. Quel mirage de beauté dans ce décor champêtre. Elle est très élégante dans sa robe rose clair. Son visage est pétri d'une douceur encourageante. Elle le boit de ses yeux bruns. Le médecin respire à pleins poumons son parfum de jasmin. Il a oublié qu'un être humain puisse sentir bon. De la racine des cheveux jusqu'aux doigts de pied, tout remue en lui.

La radio se met subitement à débiter un morse rapide et énervant. Jules retourne à sa table de travail et déchiffre.

Le Chat localisé. À Lempdes (63) le 20 février. À la mairie, 2 heures. Butez-le.

Les traits de Jules restent calmes, mais au fond de lui-même règne un désordre incommensurable. Que faire ? Dans le silence qui se prolonge, la peur, la colère, la révolte grandissent en lui comme un orage s'empare du ciel. Affolé, il murmure :

« Ce n'est pas possible. Je ne peux pas laisser faire ça. Pas Clément… Le 20 février… C'est dans un peu moins de trois semaines… Cette fois, ils ne le rateront pas. Et c'est à moi de transmettre l'ordre, à moi d'envoyer mon ami de faculté dans le cercueil. Ils sont cinglés… Cinglés ! hurle Jules en jetant son crayon sur le mur. Jamais, vous entendez… Jamais ! »

Il se lève, accroche la chaise qui vacille et tombe. Il demeure un instant sans réaction. Puis il se met à marcher de long en large dans ses quelques mètres carrés. Le sentiment de sa culpabilité augmente à chaque pas. Et s'il ne transmettait pas l'information ? Après tout, il n'a pas confirmé la réception du message et rien n'atteste qu'il doit impérativement être devant son poste. Cependant, s'il ne le fait pas, le message tombera régulièrement et Jules ne pourra nier l'avoir reçu. « Que le Chat meure ou non, qu'est-ce que ça changera pour la Résistance ? La Milice en mettra un autre », se dit-il.

Il s'agit désormais de trouver une solution, un subterfuge pour sauver la peau de Clément tout en ne laissant pas planer le doute d'une éventuelle trahison. « Après tout, j'ai sacrifié ma famille, mon identité à la Résistance, pense Jules… Pour une fois, je ne suivrai pas les instructions… Ah ! Non… Mais comment faire ? »

Jules relit la dépêche consciencieusement :

Le Chat localisé. À Lempdes (63) le 20 février. À la mairie, 2 heures. Butez-le.

Pourquoi ont-ils précisé le numéro de département ? Y aurait-il par hasard un autre Lempdes ? Comment le savoir ? Jules n'a aucune idée de la géographie de la région. Une solution : un indicateur des chemins de fer. Le médecin se rappelle en avoir vu un sous une des marches de l'escalier. C'est en effet un manuel très utile pour les saboteurs.

D'un bond, il soulève la planche. Une multitude de documents est disposée en vrac. Les yeux de Jules se posent sur un gros volume jauni. « C'est ça », se dit-il. Il ouvre la page au sommaire et son doigt parcourt les premières lettres de l'alphabet. Il est tellement énervé qu'un mince filet de transpiration macule le papier au passage de son index. « Lela, Lele, Lempdes… J'y suis. Page 76. »

Jules tremble en tournant les feuilles de papier bible. Repère A-6. Lempdes. À côté d'Arvant, dans le 43, Haute-Loire. « J'ai trouvé la parade. »

Le médecin se demande s'il doit communiquer immédiatement. D'habitude, il procède toujours de cette manière. Mieux vaut-il ne pas éveiller les soupçons. Il se rassoit, met son casque et se concentre sur la touche :

Le Chat localisé. À Lempdes (43) le 20 février. À la mairie, 2 heures. Butez-le.

* *
*

Depuis deux jours, il neige sans discontinuer sur Saint-Cyprien. Le ciel est bas et laiteux. Le reflet du paysage blanc fatigue les yeux de Christiane. Tête basse, elle pousse la grille de sa maison. Un chien est attaché à sa niche, sur le côté de l'allée centrale. Un pauvre animal à poil mi-long, au flanc creux et aux pattes maigrelettes. Elle le conduit à l'intérieur. Après avoir ôté son manteau, elle regarde par la fenêtre de la cour pour prendre une vue d'ensemble sur la rue. Le calme absolu. Le départ de sa fille, la mort de Georges, les tentatives répétées pour reprendre l'épicerie, autant d'événements qu'elle n'a jamais surmontés. Au début de sa collaboration avec la Milice, on ne l'a pas prise au sérieux. Et puis, quand les chefs de Sarlat ont constaté le travail fourni, ils se sont mis à l'évidence…

Aujourd'hui, elle attend la visite du représentant de la Milice.

Un certain Louis Durtet, qui de son côté arrive aux abords du village. Plus il s'approche du but, plus il se dit que cette visite au domicile de Christiane Besson n'est pas une bonne idée. Elle l'a invité à déjeuner. Alors qu'elle ne reçoit jamais personne. La mégère a soit quelque chose derrière la tête, soit elle lui fait la cour. Dans l'un comme dans l'autre cas, ce n'est pas bon signe.

La maison est bien telle qu'il l'a imaginée : sale, vétuste et mal arrangée. Un cri retentit avant qu'il ne sonne :

« J'arrive ! »

La porte s'ouvre sur une odeur de cuisine et sur Christiane. Quel contraste avec la somptueuse demeure des Lourgessac chez qui il a dîné la veille. De grands propriétaires viticoles, optimistes et bienveillants. Un froncement de sourcils, un mot et voici un valet qui accourt pour servir… Louis s'admire d'être aussi à l'aise dans le château d'hier que dans le taudis d'aujourd'hui. Sa largeur d'esprit et sa souplesse de caractère font de lui, songe-t-il, un être d'exception, capable de s'adapter à tout le monde. C'est pour cette raison que des personnages si différents recherchent sa compagnie.

« Entrez, mon ami. Débarrassez-vous, dit Christiane. »

Il fait chaud dans le salon situé à gauche du couloir. La pièce est à peu près propre, tapissée d'un papier à fleurs. Sur les fauteuils, des coussins entourés de housses tricotées. Ce n'est pas ainsi qu'il s'imaginait l'intérieur douillet d'une milicienne. Soudain, il se trouve assis devant une table avec une nappe rose. Tandis que Christiane s'affaire à le servir, il s'exclame :

« Vous êtes bien ici !

– Oui. C'est vrai. Ce n'est pas mal. Je voulais vous confirmer que ma taupe a creusé sa galerie. Elle viendra bientôt au rapport et nous aurons du pain sur la planche.

– Christiane, vous êtes diabolique.

– Dois-je le prendre comme un compliment ?

– Évidemment. De qui s'agit-il ?

– Vous ne vous figurez pas que je vais vous lâcher le morceau aussi facilement, dit-elle en souriant.

– Mais comment avez-vous fait ? C'est un exercice de haute volée que de placer un de ses pions chez l'ennemi.

– Auriez-vous douté une seconde de mes capacités ?

– Non, bien sûr Christiane, répond un peu gêné Louis Durtet en se redressant sur sa chaise. Simple question de curiosité.

– Ne vous inquiétez pas pour moi, j'ai pris toutes les dispositions pour ma sécurité et celle de mon informateur. Il remet les renseignements à un homme sûr.

– N'est-ce pas dangereux ?

– J'ai mis des mois à créer ma propre filière.

– Tout de même, travailler seule n'est pas une bonne chose, Christiane. Vous savez ce que vous encourrez si vous vous faites pincer. »

Elle se rapproche de lui avec une cruche d'eau, lui pose une main sur l'épaule.

« Il faut savoir prendre des risques pour une idée, dit-elle d'une voix douce. Autrement, la vie n'aurait pas de goût. »

Le regard de Louis se fixe sur Christiane. « Plus enragée encore que je ne le pensais », pense-t-il. Et il bredouille :

« Évidemment, dans un certain sens, vous avez raison.

– Et puis, il est important de servir le patron correctement, n'est-ce pas ? Ah ! Moi qui fus sa collaboratrice régulière, nous œuvrerons désormais main dans la main.

– Qu'est-ce que vous entendez par là ?

– Eh bien, je vous céderai les informations glanées !

– Sans contrepartie ? »

Christiane tend le plat de pommes de terre.

« Mais tout le monde doit vivre, monsieur Durtet…

– C'est une pratique courante dans nos services et nous ne sommes pas contre une rétribution correcte de nos informateurs… Cependant, je ne vous cache pas que le patron ne vous porte pas dans son cœur.

– Comment ? dit-elle en se retournant brutalement vers le milicien. Qu'est-ce que vous me racontez là ? »

Louis boit une gorgée d'eau et respire un grand coup avant de continuer :

« Christiane. Vous avez été mariée à un juif… Vous avez omis de nous en informer. Vous agissez de votre côté de façon personnelle…

– Je ne savais rien des origines juives de mon mari.

– Ne vous moquez pas de moi. Et l'attestation sur l'honneur que vous avez signée le jour de votre réintégration à l'épicerie ? »

« La garce de Peyrie, pense Christiane. Elle ne perd rien pour attendre. » La mégère regarde son interlocuteur d'un air concupiscent et continue :

« Excusez-moi, Louis. Quelque chose m'échappe. Pourquoi le patron qui approuve avec tant de flamme les initiatives continue-t-il à se méfier de moi alors que je montre tant d'ardeur à vous prouver ma bonne volonté ?

– Très bien… Alors, prouvez-la en nous communiquant le lieu de retraite du groupe de résistants où vous placez votre taupe.

– Je ne vais tout de même pas…

– Tuer la poule aux œufs d'or », coupe Louis avec un sourire narquois.

Un long silence plonge chacun dans sa réflexion. Christiane incline la tête sans perdre son invité du regard. Elle pose au bord de la table ses doigts pâles, longs, aux phalanges lisses, aux ongles nettement dessinés : « Comment un être aussi vil peut-il avoir de si jolies mains ? se demande Louis. On dirait une farce de la nature. »

« Vous avez raison, reprend-elle. Mes informations vont être d'une grande importance pour la Milice. Jetez un coup d'œil là-dessus. »

Elle sourit de ses grandes dents trop écartées, tire d'une commode des brochures, ficelées par piles. Des plans, la position des groupes de résistants dans la région s'étalent sur la table entre deux morceaux de pain et les assiettes sales. Louis prend en main avec respect une de ces feuilles.

« Évidemment, continue Christiane, il s'agit d'archives. Tout a bougé depuis. Je vous montre simplement que je suis très bien informée. Et que je peux servir correctement la Milice.

– Je n'en doute pas. On vous en remercie. Mais n'espérez pas plus.

– De la part du patron non… Mais de vous ? »

Louis pose le document et la considère de ses grands yeux plissés.

« Qu'est-ce que vous avez encore derrière la tête ?

– Eh bien vous pourriez collaborer à mon entreprise.

– Ah ! Et qu'est-ce que je ferais ? demande-t-il.

– On travaillerait tous les deux. À mon niveau, j'ai besoin d'aide et je vous ai prouvé que je suis très bien organisée. J'ai du temps pour ça. Forcément, ensemble on pourrait doubler nos efforts. Cela vous obligerait évidemment à vous rapprocher de Saint-Cyprien. »

Il boit un verre de vin à petites gorgées.

« Impossible, ma chère Christiane.

– Pourquoi ? »

Louis balance la tête avec lenteur et laisse tomber du bout des lèvres :

« Non, je vais me marier, j'ai une maison… Je suis bien à mon poste. »

Ce refus tranchant déçoit Christiane. Elle n'a plus aucune raison de biaiser.

« Eh bien tant pis, dit-elle. Quand j'aurai une affaire, je vous le ferai savoir par le canal habituel. Vous me paierez d'avance. »

Loin d'impressionner Louis, le visage coléreux de la vieille femme attise son audace. Il lui semble qu'il découvre ses défauts comme s'il disposait une loupe sur une peinture encore confuse la veille. Mille détails lui sautent aux yeux. Cette Christiane n'a pas d'idéologie. Ce n'est qu'une intéressée parmi tant d'autres, il faut la traiter comme telle.

« Vous comprendrez également, ma chère, qu'il n'est pas question de vous payer d'avance. Nous tiendrons nos engagements si vos dénonciations nous permettent de faire un joli coup. Épargnez-nous des interventions dans le style d'Emma Peyrie. On a perdu notre temps. Elle ne savait rien. Son mari était suffisamment intelligent pour ne pas faire courir de risques à son épouse. »

Louis sent qu'il passe la mesure, mais ne peut s'arrêter. Une griserie lui vient à l'idée d'humilier plus encore son hôte.

« Un bon conseil, vos vengeances personnelles, laissez-les au placard. »

Il saisit son manteau et sort, suivi du chien, heureux de retrouver sa niche. La porte retombe. Risquer si gros pour si peu de résultats ! Elle s'est laissé gagner de vitesse. Elle cherche son manteau, se rend à l'église en évitant soigneusement de passer près de l'épicerie. Le cœur brisé, les lèvres tremblantes, elle s'agenouille devant la Vierge et prie à voix basse, avec de lents saluts qui la courbent jusqu'au plancher.

XXIV

La taupe

LE 20 FÉVRIER 1944 AU SOIR, les maquisards ont réuni tous les gars pour fêter l'événement. On a ouvert des bouteilles. Il ne faisait plus de doute pour personne que le projet d'attentat était entériné. La mairie de Lempdes en Haute-Loire était bel et bien pulvérisée quelques minutes après l'entrée du Chat. Le lendemain au réveil, Jules se rappelle tout à coup les événements de la veille et son courage l'abandonne. Il va se mettre à son poste et recevoir une bonne dizaine de messages de colère. Le médecin serre les poings contre sa poitrine, ramène les genoux contre son ventre. Il attend les premières réactions. Le bruit du morse ne se fait pas attendre. Les dépêches tombent les unes après les autres : désappointements, incompréhension et, pour Jules, une réprimande du quartier général :

Attentat raté. Confondre un 4 et un 6, digne d'un débutant. Bravo. Concentrez-vous ! Résultat : une mairie explosée, pas de mort.

Le médecin relie le message. Sans tarder, il répond :

Ne comprends pas.

Il ferme les yeux. Comment vont-ils réagir ? Puis il entend la radio s'emballer :

Vous avez confondu Lempdes dans le 63 et Lempdes dans le 43. Avions pourtant précisé.

Après mûre réflexion, Jules rétorque :

Ne connais pas la géographie de la région. Ai retranscrit message envoyé à la lettre. Comment aurais-je su ?

On passe à un autre sujet. Assis sur sa chaise, Jules savoure la première bouchée d'un bout de lard, durement économisé. Ils ont dû changer de fournisseur. Ce morceau est deux fois plus moelleux, plus gras, plus savoureux que celui qu'il a l'habitude de recevoir. Il mâche longuement en connaisseur et se laisse envahir par le plaisir. Il a tant redouté la réaction du quartier général... Mais le cerveau ne peut tenir rigueur à un homme qui donne le meilleur de lui-même pour une erreur dont on ne connaît pas l'origine... De tels désagréments ne sont que de minimes incidents de parcours. Ils figureront dans la rubrique pertes et profits de l'histoire de la Résistance.

Cinq jours plus tard, Jules se lève comme à son habitude. Le vent s'est réchauffé. Le médecin est cependant habillé trop légèrement pour la saison. Il regarde sa montre. On ne va pas tarder à lui livrer son colis et une trentaine de journaux ficelés en guise de lecture. Un hululement se fait entendre. Cinq coups à la porte. Suivis d'un toussotement. Le signal.

Jules aperçoit devant la porte un petit homme propret, au col blanc, au front bombé et à la barbe de trois jours. Il a les yeux obliques, plissés. Il attend.

« Eh bien, dit Jules en ouvrant la porte, ne reste pas planté là. Rentre. »

Sans un mot, le livreur dépose le carton à l'entrée et repart aussitôt. Le silence retombe. Pour combler le vide, Jules se penche sur sa radio. Le martèlement des messages est réconfortant ce matin. On dirait le battement de cœur de la maison. Aujourd'hui, le médecin est optimiste. Finalement, à Épalles, il est libre. Il n'a pas de censeur. Personne pour le contrecarrer, le railler, s'opposer à ses volontés les plus raisonnables ou le forcer à convenir de ses erreurs. Personne pour lire dans ses pensées. Il est maître à bord. Pour survivre ici, il faut résister à l'attraction désespérante des souvenirs. Accepter d'être un autre. Adapter ses désirs, ses craintes, ses appétits à la solitude. Jules doit résister à l'attirance de l'extérieur pour tirer de soi-même toutes les distractions qu'un esprit humain peut fournir. Il s'organise, avec ses réserves, comme une ville assiégée. « Je suis devenu, songe-t-il, mon propre ami, mon propre ennemi, mon propre juge… Peut-être finirais-je heureux d'une certaine façon… »

En première page de *La Montagne* du 22 février 1944, « la loi sur l'état de siège est proclamée »… En troisième titre, « l'attentat contre Clément Chabory, un nouvel échec » est commenté par l'éditorialiste avec une certaine virulence : « Le gouvernement condamne cette nouvelle tentative et rappelle son opposition à toute forme de violence pouvant entraîner des effusions de sang inutile… Les auteurs de ce geste lâche se sont trompés d'endroit. Ils ont dynamité la mairie de Lempdes en Haute-Loire alors que le chef de la Milice se rendait à un mariage d'un de ses amis à Lempdes dans le Puy-de-Dôme… Avant de recruter leurs volontaires maquisards, la Résistance devrait leur faire passer une épreuve de géographie. »

Jules s'assoit dans son fauteuil, les mains sous la nuque. « Imbéciles », murmure-t-il. Une envie folle le prend de lire un ouvrage. N'importe lequel ! Tourner des pages, respirer le parfum du papier imprimé, plonger dans une histoire vraie ou inventée, changer de pays, suivre le développement sinueux d'une idéologie… Il tente de se rappeler le dernier roman qu'il a eu en main. Il se récite des poèmes. Il fait de tête quelques additions… Mais, cinq minutes plus tard, il repense à Emma, sa vaillance l'abandonne, ses nerfs se relâchent et tout est à reprendre.

Il s'arrête un instant de penser pour boire un verre d'eau. Sa tête flambe. A-t-il de la fièvre ? Subitement, une idée lui vient, si violente qu'elle retourne toutes les autres. Il se rue sur la table de travail, écrit rapidement. Puis il repose la plume de l'encrier et reste assis les doigts au bord du bureau, devant cette phrase qui a jailli de son cerveau comme un volcan sort de terre. Longtemps après, il constate qu'il n'a pas bougé. Il regarde le mur, en face de lui. Ses souvenirs y défilent comme un film muet. Il se lève et regagne sa chambre. Il cherche son manteau dans la grande armoire. Il redescend. « Quel fouillis ici », pense-t-il. Tous ces journaux, vieux de plusieurs semaines… Jules les saisit un à un pour les mettre près du feu. Et tout à coup, il se rend compte qu'il pleure. Les larmes coulent abondamment, sur ses joues, son nez, son menton. D'un revers de la main, il essuie son visage. Puis il sort dans la nuit, en claquant la porte.

* *
*

Christiane avait immédiatement compris qu'Ernest avait un faible pour les garçons. Il suffisait de voir le pharmacien se démener pour rendre service au couple Peyrie. Il dévorait des yeux son ami Jules, qui était aussi aveugle qu'une taupe... Une taupe, voilà ce qu'il avait fallu à Christiane pour réussir son meilleur coup. Une ombre s'interpose bientôt entre la table où elle est assise et la fenêtre. Elle lève les yeux. Devant elle, un garçon juvénile, mince, blond, le visage frais, souriant, lui fait signe avec courtoisie. Édouard Froissac souffle dans ses mains une haleine chaude avant de rentrer dans le café de Sarlat où tous deux ont rendez-vous.

« Quelle joie pour moi de vous rencontrer ici ! Je pense que si vous me faites venir à Sarlat, lance Christiane, c'est que vous avez une nouvelle de la plus haute importance qui ne peut pas passer par le canal habituel. »

Elle prononce ces mots d'une voix si douce qu'Édouard, d'abord ahuri, éclate de rire. Il a le regard d'un renard qui connaît la finesse du piège qu'on lui tend.

« Tout dépend de la récompense, lance-t-il.

– Tenez. »

Le jeune empoche l'argent sans le compter, apporte deux verres et les emplit à ras bord de kirsch. Christiane hume le breuvage :

« Fameux, dit-elle. Où diantre avez-vous déniché ce nectar ?

– Au marché noir.

– C'est incroyable ! Vous débarquez dans ma contrée et, d'emblée, vous avez de meilleurs fournisseurs que moi. »

Il offre une cigarette à son interlocutrice qui l'accepte. Assis face à face, ils fument un instant avec gravité.

« Édouard, je vous avais demandé de ne pas me contacter directement sauf urgence.

– C'est exact.

– Bien, donc… Pourquoi m'avez-vous demandé de venir si prestement, demande-t-elle en esquissant un geste si gracieux pour arranger une boucle de cheveux sur la tempe de son prodige. »

Édouard se dit qu'il émane de ce corps flétri un parfum indéfinissable : iris et peau faisandée. Il boit une gorgée d'eau-de-vie qui lui enflamme le palais. Ce breuvage est délicat. Pas comme cette mégère qui espère toujours manger de la viande fraîche avec un vieux dentier. Édouard s'écarte :

« Comme vous êtes raisonnable, constate-t-elle.

– Vous le regrettez ? »

Elle rougit :

« Mais non, bredouille-t-elle. Pourquoi ?

– Oui pourquoi ? répète-t-il comme pour mieux souligner l'absurdité de la situation.

– Eh bien, cette nouvelle ?

– Oh ! mais je ne vous dévoilerai pas plus maintenant. »

Les joues de Christiane rougissent sous un afflux de sang.

« Quoi ? Vous m'avez fait venir ici pour ne rien m'apprendre.

– Un peu de patience. »

Il vide son troisième verre de liqueur et ajoute :

« Il ne faut jamais faire dormir l'argent, Christiane. Dès que l'on en a, il faut le mettre en mouvement. D'une affaire à l'autre. C'est ça le secret de la réussite… Savez-vous comment j'ai commencé ? J'étais un petit pion comme vous qui croyait pouvoir en manœuvrer deux, trois… Et puis, vous m'avez fait rentrer dans la Résistance… »

Christiane rit, les yeux plissés. Édouard contemple avec une certaine crainte ce monument de ruse, de force et de satisfaction.

« Et qu'en pensez-vous ? demande-t-elle.

– Vous êtes très habile, ma chère… Même s'il a fallu que je mente beaucoup au début.

– On ne peut pas s'en sortir autrement. Ou tu déguises les choses et tu te pousses au premier rang, ou tu dis la vérité et tu t'écrases.

– Cela dit, continue Édouard, il faut connaître les tarifs. »

Emportée par son éloquence, Christiane cite des chiffres incroyables. Une dénonciation pour marché noir… Une fausse déclaration… Édouard perd pied sous cet amoncellement de sommes. Avec Ernest, la vie est si simple. Il travaille, c'est sûr, mais il est heureux.

« Christiane, nous devons aller voir ensemble votre patron.

– Pourquoi ?

– Mes révélations valent beaucoup d'argent et je ne me satisferai pas de miettes.

– Enfin, depuis le temps où nous collaborons...

– J'ai appris à vous connaître.

– Vous ne me faites pas confiance ?

– Bien sûr que non...

– Qu'est-ce que vous voulez ? Plus d'argent ?

– Non, je désire venir avec vous chez le patron.

– Dites-moi au moins de quoi il s'agit.

– Jules Peyrie.

– Mais il est mort et enterré. »

Édouard ne répond pas. Christiane met un moment à comprendre. Puis son visage s'affaisse. Ses yeux étincellent. Elle pointe en avant deux doigts vengeurs, écartés comme les cornes d'un diable.

« Toi, tu sais où il est.

– Et je sais ce qu'il fait puisque c'est Ernest et moi qui l'avons chargé de la mission.

– C'est fantastique ! »

En une seconde, elle a rajeuni. Sa robe de drap noir est celle d'une femme en deuil. Ses cheveux d'un blond pisseux, tirés en arrière par un peigne couleur nacre, donnent une apparence ovale à sa figure. Blafarde, les yeux rougis, les sourcils épais, elle se tient droite, appuyée d'une main à la table du café. Mais Édouard devine que cette raideur est voulue comme une défense de tous ses muscles, contre la défaillance qui la guette. Elle dirige un regard glacé sur Édouard et s'exclame :

« Pourquoi ne pas me faire confiance ?

– Vous osez me demander pourquoi ? N'avez-vous pas fait assez de mal à votre entourage ? Vous êtes abominable. Après cette affaire, je ne veux plus vous voir... Jamais.

– Vous avez changé, Édouard... Vous pensez ne pas être assez payé ?

– Vous n'avez que l'argent à la bouche. »

Le souffle coupé, elle se laisse descendre dans son fauteuil. L'injustice énorme de ces accusations la navre. Répliquer ? À quoi bon ? Elle est incapable de le comprendre. Elle reprend doucement :

« Puis-je vous poser une question sans que vous ne m'insultiez dans la réponse ?

– Essayez toujours.

– Quel est l'objectif de votre venue ici ? Je pensais que Jules était mort. Pour moi, l'affaire était réglée. »

Des secondes passent. Édouard dodeline de la tête. Il est ailleurs.

« Ernest est un homme formidable… Je ne supporte plus de jouer un double jeu avec quelqu'un que…

– Que… ?

– Avec quelqu'un que j'aime.

– La jalousie vous pousserait-elle dans mes bras ? »

À ces mots, Édouard redresse le front :

« Vous êtes ignoble.

– Non, disons que je synthétise votre pensée.

– Je veux le pactole, Christiane. Et ensuite, on se quittera bons amis. D'accord. »

Le regard de la mégère l'enveloppe. Comme elle le méprise ! Il a un haut-le-cœur :

« Allons-y. Partons.

– Comment cela, partons ? Mais il n'est pas question que vous m'accompagniez.

– Bien sûr que si. Je ne suis plus un débutant. Et vous ne pouvez rien faire sans moi. »

Les traits de Christiane se pétrifient. Son regard scintille. Tout en elle devient net, tranchant, blessant.

« Bien. Mais nous n'irons pas voir le patron de la Milice d'ici.

– Pourquoi ?

– L'affaire Jules Peyrie ne l'intéresse plus. Et puis, si nous voulons faire un meilleur commerce, autant traiter avec dieu plutôt qu'avec ses saints. Allons à Vichy.

– J'ai trois jours devant moi. Pas un de plus, Christiane.

– Bien… Pas de temps à perdre. Passons chez moi d'abord pour chercher quelques affaires.

– Pas question, on part immédiatement. »

Elle reste silencieuse un moment, s'amusant de sa propre soumission vis-à-vis de ce chérubin. Cette naïveté juvénile est si attendrissante ! Édouard se sent fort, viril, généreux, juste, indestructible… Elle l'écrasera comme une coque de noix avec un marteau.

Édouard ouvre les rideaux et un jour grisâtre pénètre dans la chambre. Il s'étire, bâille et passe ses doigts en fourchette dans ses cheveux. Un froid vif lui saisit les chevilles.

« On gèle dans cet hôtel, grogne-t-il. Hier soir, il faisait si chaud qu'on ne pouvait supporter une chemise et ce matin il faut s'emmitoufler. »

Il se dirige dans le couloir, frappe à la porte de Christiane :

« Vous êtes levée ? » demande-t-il en finissant de nouer sa robe de chambre.

La porte s'ouvre sur la mégère endimanchée.

« Depuis deux heures, jeune homme. J'ai déjà pris mon petit déjeuner… Enfin si on peut appeler ça ainsi. Ils n'ont rien.

– Je me dépêche.

– J'y compte bien. »

Édouard se penche sur la cuvette. L'eau est glacée. Se laver dans ces conditions est héroïque. Il entreprend juste de se raser avec le savon de l'hôtel, un subtil mélange de soude et de graisse avariée. La lame glisse sur sa peau. Il a une fine moustache à enlever au-dessus de la lèvre. Il fait attention à ne pas écorcher un bouton sur la joue. Il s'habille. On dirait un véritable étudiant.

Christiane frappe à la porte :

« Ce n'est pas le tout de faire le dandy, encore faut-il penser à se rendre au quartier général de la Milice.

– Comment s'appelle le chef ?

– Clément Chabory.

– Alors, ma chère, quel est votre plan ? »

Elle tressaille. Cette phrase a le don de l'exaspérer.

« Eh bien, nous allons simplement exposer les faits. Pour la négociation financière, je me charge de tout. Nous partagerons le butin en deux.

– Et nous ne nous reverrons plus jamais après ?

– Je n'ai qu'une parole, jeune homme. »

Tirée par un petit cheval gris, la calèche roule en se frayant un chemin entre les pavés. Les sabots claquent. À chaque cahot, le dos droit de Christiane passe de gauche à droite comme un métronome. Cramponné aux accoudoirs de la banquette, Édouard laisse courir ses yeux sur les immeubles de Vichy. Ils ne se parlent presque pas. Le silence est parfois rompu par une parole banale. Au bout de l'allée, une maison blanche aux abords discrets, et précédée d'un grand jardin. Le cocher tire sur ses guides et s'arrête quelques mètres avant le perron. Il est en effet interdit de stationner juste devant. Mesure de sécurité. Christiane et Édouard pénètrent dans le bâtiment, gravissent les marches et cherchent le bureau d'accueil. À leur entrée, le visage du soldat se fige de méfiance.

« Bonjour, monsieur ! s'exclame Christiane. Nous voudrions entretenir M. Clément Chabory d'une affaire qui…

– Il ne reçoit pas actuellement.

– C'est vrai que nous venons sans rendez-vous, mais je pense…

– Madame, il me semble avoir été assez clair. Primo, il n'est pas là ce matin et, secundo, s'il devait écouter tous les gens qui se présentent ici, il ne s'en sortirait plus. Si vous avez une déposition à faire, il est toujours possible…

– Et avec ça, lance le jeune Froissac en montrant sa carte de Franc-Garde de la Milice.

– Ah !... Là, c'est différent. Mais vous ne pourrez pas vous entretenir avec monsieur Chabory avant 4 heures cet après-midi.

– D'accord. Merci.

– Bien, alors… À tout à l'heure. »

Le soldat se remet au travail, tandis que Christiane emboîte le pas d'Édouard. Dans le couloir, elle pose sa main sur le poignet du jeune homme. Elle l'emmène sur le côté. Ils se retrouvent dans l'embrasure d'une fenêtre.

« J'ai oublié de vous en parler ce matin…, murmure-t-elle. Un bon conseil, ne dites pas que vous êtes… comment vous expliquer…

– Homosexuel ?
– C'est ça.
– Enfin, Christiane, soyons sérieux… Je ne suis pas un enfant. Je connais la politique allemande. C'est comme si vous précisiez que vous êtes veuve d'un juif. »
Gênée, elle se redresse et fait deux pas en avant :
« Juif non pratiquant…, précise-t-elle.
– Vous savez, dans ces cas-là, ils ne feront pas vraiment la différence. »
De nouveau, Édouard lui coupe le souffle.
« Allons-nous-en », conclut-elle.

* *
*

Tête renversée et paupières closes, Clément Chabory, chef de la Milice, offre ses joues au glissement régulier du rasoir. Le barbier officie avec précaution. De temps à autre, il essuie sa lame sur le rebord du bol. Et, de nouveau, il savonne le menton de son client qui a passé toute la nuit dehors. Son épouse, Denise Chabory, est furieuse. Ces sorties sont de plus en plus fréquentes et, connaissant son mari, il ne s'agit certainement pas de séances de travail. Devant elle, tout le monde feint de dévoiler la vérité… Le chef de la Milice a des missions de la plus haute importance à toute heure. Quelques coups de ciseaux pour égaliser les sourcils, rogner les poils des narines et des oreilles. La toilette est terminée. Clément se regarde dans la glace et conclut :
« Vraiment… Bien ! »
À midi, il s'installe confortablement pour son petit déjeuner. On lui apporte les journaux. Il fulmine au milieu des gazettes froissées :
« Encore des tracts communistes saisis. Tous ces étudiants rêvent d'un monde meilleur ! Mais que fait le bureau des renseignements ? Il faut les écraser dans l'œuf. Il n'est tout de même pas difficile de remonter à la source.
– Tu es encore rentré à 4 heures du matin, lance Denise…
– Et alors ?
– Écoute, ça ne peut plus durer. Il faut que l'on discute.

– Tu crois que je n'en ai pas assez avec le boulot. D'ailleurs, je dois y aller. »

Clément se lève et quitte la pièce :

« Tu me prends pour une folle. Tu penses que je ne vois rien.

– J'ai du travail… Denise, s'il te plaît.

– Un jour quand tu rentreras, je serai partie.

– Et où veux-tu aller ?

– Partout mais… »

Clément l'attrape par le chignon :

« Ne t'avise pas de t'amuser à ce petit jeu. Tu pourrais bien le regretter. »

Denise crie avant de pleurer bruyamment. Il se rue dans sa voiture qui fonce au quartier général de la Milice dans un crissement de pneus.

« Demain, dit-il à son collaborateur, il faut que j'aie la tête bien claire ! Quand je pense à toutes les affaires en retard… Aujourd'hui, on fera une petite journée. J'attends un rapport circonstancié de la Milice de Cournon concernant l'attentat raté de Lempdes. Je passerai quelques appels et nous irons nous détendre *chez Marraine* jusqu'à 8 heures.

– Bien. »

Clément Chabory arrive devant le quartier général de la Milice. Le dos droit, le visage dur, il monte l'escalier d'honneur de l'hôtel particulier et se présente au secrétariat. Le soldat se lève et le salue.

« Bonjour. Voilà votre courrier. Une milicienne de Sarlat s'est présentée ce matin. Elle a fait le voyage pour vous voir. Je lui ai donné un rendez-vous à 4 heures.

– Ça ne pouvait pas attendre ?

– J'ai pensé…

– Ah ! Vous ! Il faut toujours faire les choses immédiatement. Bon.

– Un homme est là pour vous.

– Oui, je sais. C'est l'indicateur de la famille Castapède. »

Clément gagne son bureau et fait entrer la taupe.

« Eh bien, dit-il en s'asseyant, la semaine a dû être calme.

– Pourquoi dites-vous ça ? demande l'homme.

– Parce que les renseignements sont rares. On dirait que chez les Castapède il ne se passe rien.

– C'est vrai. »

Clément boit une gorgée de café brûlant.

« On va jouer au jeu des sept familles. Comment va le père ?

– Il a du mal à boucler les fins de mois. Les ouvriers n'ont pas reçu leur paie.

– Ne s'absente-t-il pas le soir ?

– Si... Si.

– Et après ?

– Après rien.

– Il ne voit personne ?

– Des voisins... Des amis... Comme d'habitude.

– En es-tu sûr ? »

L'homme bredouille et s'exclame :

« Il a reçu aussi des financiers de Vichy !

– Je croyais t'avoir chargé de me renseigner avec précision sur tous les visiteurs qui passeraient le seuil de sa porte, dit Clément d'un ton glacé.

– Je ne pense pas que ce soit tellement important pour vous de savoir que des gens de Vichy...

– Ah non ? Tu ne pensais pas ? Serais-tu devenu complètement idiot par hasard ? Je veux tout, la liste des invités et même le menu. Et lorsqu'il réunit des résistants dans son salon, tu passes l'événement sous silence ? Sais-tu au moins pourquoi tu es payé ?

– Pardon... », demande l'homme avec angoisse.

Au lieu de répondre, Clément enchaîne :

« Heureusement, j'ai fait surveiller les abords de la maison. S'il avait fallu compter sur toi, sans doute n'aurions-nous jamais su ce qui se tramait chez les Castapède. Je ne vois malheureusement qu'une explication à la surprenante discrétion dont tu fais preuve depuis quelques jours : la trahison.

– Comment pouvez-vous penser une chose pareille ? Je vous suis dévoué...

– Au point de nous aider efficacement. »

Chaque mot prononcé par Clément plonge l'indicateur dans une gêne terrible.

« Bien, continue le chef de la Milice. Tu sais ce que l'on fait avec des gens comme toi ?

– Mais…

– On les envoie faire un tour en train. »

Clément appuie sur un bouton. Jérôme, son collaborateur, entre dans le bureau.

« Libérez-moi de cette épine. Prochain convoi. »

L'instant d'après, Clément est devant sa tasse vide. Le courrier en face de lui. Il allume la lampe. Sur une des enveloppes, une écriture familière. Mais il a beau la regarder plus intensément, il ne parvient pas à identifier l'auteur. La lame glisse doucement sur le papier. À l'intérieur, l'article du journal de *La Montagne* sur l'attentat de Lempdes. Une annotation sur le bas. À l'encre noire. *En souvenir d'Ursula et d'Eva…*

Les jambes de Clément faiblissent. Jules ! Il regarde le cachet : Saint-Nicolas-des-Biefs… Sous la violence du choc, le Chat perd la notion du temps. On lui a sauvé la vie. La Résistance qui confond les deux Lempdes, la belle affaire ! Devant tant de courage, Clément ressent une profonde honte. Lui aurait été incapable d'un tel geste. Il demeure un instant immobile, écoute le silence. Cette profonde marque d'amitié le rend lucide et le livre corps et âme à l'attaque de ses souvenirs. Il revoit les beaux jours de Paris, le visage de Jules à moitié ivre à l'arrière de la voiture. Il perçoit la voix de son ami. Puis la scène recommence dans ses moindres détails. Qu'est devenu le studieux docteur du Périgord ? Clément appuie sur le bouton.

« Jérôme, dites-moi si on a quelque chose sur Jules Peyrie. P. E. Y. R. I. E. Vite ! »

Le Chat relit cette phrase banale en bas de l'article. Il a oublié qu'il était aussi possible de faire du bien. Lui qui a tant de sang sur les mains. « Regarde-toi, songe Clément. Qu'as-tu fait de ta vie ? Jules doit être fidèle. Des enfants, un métier, une famille. Et moi je frappe, je déporte, je tue nos détracteurs. Qu'aurais-je fait à la place de Jules et si j'avais su que mon ami d'enfance risquait de passer l'arme à gauche ? Je suis pris dans un engrenage. J'ai des bottes aux pieds pendant que d'autres font la queue à l'épicerie.

Est-il encore temps… Jules… je te rejoins, on file… Je recommence ma vie. Tu redeviens le médecin sympa qui me donne un coup de main dans mes études… Je… »

Ses lèvres remuent vite. Un espoir se lève dans ses yeux. Jérôme entre bruyamment dans la pièce et s'avance vers lui.

« Voilà, chef. Jules Peyrie. Marié, un enfant. Membre de la Résistance. Mort en intervention. À Soriac en Périgord. Enterré à Saint-Cyprien.

– Merci, laissez-moi seul. »

Clément se dirige vers sa bibliothèque. Son trouble augmente tout à coup. Il y tire un livre que Jules lui a donné avant de partir pour l'Alsace : *Le Lys dans la vallée*, avec une reliure dorée à l'or fin. Dans la lumière de la lampe, l'objet brille, comme le symbole d'une amitié qui ne s'est jamais éteinte.

XXV

Au nom de l'amitié

DANS LES HEURES QUI SUIVENT, Clément est pris par les affaires et la politique. À 4 heures, Jérôme entre dans le bureau.

« Votre rendez-vous chef.

– Quel rendez-vous ?

– Eh bien la milicienne de Sarlat.

– Ah oui. Faites-la entrer. »

« Sarlat ! Le pays de Jules, se dit Clément. Je me demande ce qu'il est devenu, le bougre. »

« Elle est accompagnée…, continue Jérôme.

– Soit. »

Debout devant le bureau, Clément voit entrer un jeune homme, avec une face d'adolescent. Il est suivi d'une vieille femme avec des yeux noirs, profondément logés dans le creux de l'orbite. Un sourire dédaigneux plisse ses lèvres charnues. Ses cheveux sont tirés vers l'arrière :

« Je vous en prie, asseyez-vous.

– Merci », répond Christiane, impressionnée.

La pièce est toute en boiseries. La lumière du jour lui donne un aspect rassurant. Il n'y a que des meubles très fins, en marqueterie, des sièges à la tapisserie neuve. Au mur, des cartes de l'Auvergne, de la France, du monde. Une boîte de cigares est ouverte sur un guéridon.

Édouard considère l'ensemble en silence. « Comment va-t-on nous recevoir ? » se demande-t-il. Le sentiment d'être un intrus dans cet endroit qui ressemble plus à un musée qu'à un cabinet de travail lui est de plus en plus désagréable. Soudain, il regrette d'avoir suivi Christiane. La place d'un informateur ne se trouve-t-elle pas sur le terrain. Ce Clément Chabory a un air sec, austère dans son costume noir, la cravate serrée sur le cou comme une corde. Édouard s'excuse, décline sa véritable identité, présente sa voisine. Le Chat les prie de s'asseoir.

« Nous sommes venus vous communiquer une information de la plus haute importance. J'ai réussi à infiltrer la Résistance de Sarlat dans le Périgord... », annonce le jeune homme.

Il s'exprime calmement, comme s'il devait démontrer un théorème.

« J'ai participé à plusieurs actions pour la France. Il y a quelques mois, la Résistance devait récupérer des radios et des armes sur le plateau de Siorac en Périgord... »

Clément se concentre sur la suite de la confession.

« J'ai dénoncé la mission à la Milice. Les avions ont largué la marchandise. Cinq résistants sur six sont morts. Le survivant a échangé son portefeuille avec une victime méconnaissable et s'est enfui. J'ai récupéré la personne en question sur le bord de la route et je l'ai emmenée en lieu sûr.

– Où ?

– Dans un chalet à côté de Saint-Nicolas-des-Biefs.

Le doute n'est plus permis. C'est bien de Jules dont on parle. Clément n'a qu'une crainte : paraître touché par la révélation. Il doit se contraindre pour arrêter le flot de lumière qui monte dans ses yeux. Il se lève d'un mouvement naturel et attrape un cigare dans la boîte. Clément revient à sa place, se tasse dans son fauteuil et reste impassible.

« Pourquoi n'avez-vous pas prévenu Sarlat ? demande-t-il.

– Parce qu'aujourd'hui Jules Peyrie... est caché à quelques kilomètres d'ici...

– Certes, mais vos supérieurs auraient pu nous faire remonter l'information et vous éviter le voyage. »

Clément réfléchit.

« À combien se mesure la récompense financière que vous êtes venus chercher ? » lance-t-il.

Christiane décoche un regard amusé à Édouard, avant de déclarer :

« Enfin, monsieur, vous n'y pensez pas...

– Encore une chose, dit le jeune Froissac. Aujourd'hui, Jules Peyrie est chargé de tenir un poste de retransmission d'informations pour la Résistance.

– Vous voulez dire que c'est lui qui reçoit les ordres et qui les renvoie aux maquisards.

– C'est exact.

– Fort intéressant. Et vous pensez que cela vous donne le droit de déranger le chef de la Milice de Vichy. »

L'air outré de Christiane procure à Clément un extraordinaire plaisir. Ayant porté le premier coup, il se dit qu'il va raffiner la torture. La vieille femme est une victime de choix.

« Bon... Mais, vous avez raison. Vous avez tapé à la bonne porte. Je vous remercie pour tous ces renseignements. Mais avant que je prenne note des détails, je vais vous faire un aveu qui vous surprendra. Il m'est extrêmement agréable de constater qu'il y a encore des gens en France qui se sacrifient plus pour leur pays que pour leur porte-monnaie. On est constamment sollicités par des pseudo-"indicateurs". On les récompense un peu... Et la machine se met en place... Toujours prêts à travailler plus pour gagner plus. »

Christiane décèle une manœuvre et se met sur ses gardes. Comme elle se tait, Édouard poursuit :

« C'est souvent l'attitude qu'ont les plus anciens. Ils peuvent se le permettre.

– Pardon, jeune homme...

– Vous me comprenez, non ?

– Vous voulez dire que les traitements de faveur, les passe-droits, les complaisances de toutes sortes constituent le salaire des gens qui ont déjà réussi leur vie.

– Bien entendu. Regardez, moi, par exemple. Je n'ai pas d'argent. Si la France peut me nourrir en échange de mes bons et loyaux services...

– ... Vous ne diriez pas non.

– C'est ça. »

Christiane jette un regard démoniaque à son voisin. Pour qui se prend-il ce jeune paltoquet ? Il pense peut-être qu'il va la laisser si facilement sur la touche.

« Je respecte votre franchise, monsieur, continue Clément. Après tout, vous avez raison. Vous êtes jeune. On est tous passé par là. N'est-ce pas Mme Besson ?

– Oui... Enfin tout est relatif...

Clément sourit avec une ironie si arrogante qu'elle a l'impression de se retrouver devant un ennemi. Pourtant, ils échangent un salut de courtoisie.

– Vous savez, on a besoin de gens comme vous, Madame, continue le Chat. Entre les partisans de la Résistance et cette masse de Français persuadée que la sécurité compense la honte de leur défaite, et ça fait du bien de trouver des gens courageux, prêts à rendre un vrai service à leur pays.

– Oui, dit-elle, en France, il y a beaucoup à changer.

– Vous pensez à quoi ? »

Édouard sent la pente savonneuse se présenter à ses yeux. Pourvu que Christiane s'en sorte :

« Je ne sais pas... Enfin, ce n'est pas mon affaire...

– Quoi ? »

Le jeune homme fait un signe à sa voisine et continue :

« Moi, je pense qu'il y a des hommes bien des deux côtés. Chacun a ses idées, le principal c'est de savoir les défendre.

– Quelle jeunesse de caractère, monsieur Froissac.

– Pardonnez-le Monsieur, lance la vieille.

– De quoi ? se rengorge Clément en se levant. Il a raison. Ne faut-il pas concevoir l'héroïsme dans sa forme collective ? »

Christiane ne comprend rien. Elle est venue dénoncer un traître et la conversation dévie sur un sujet qui lui est totalement étranger.

« Qu'en pensez-vous ? continue Clément

– C'est que...

– C'est vrai, ça demande réflexion. Nous discuterons de cela ce soir, si vous le voulez bien. Je ne vais certainement pas vous laisser repartir ainsi. Vous prenez tellement à cœur votre sens du patriotisme que c'en est touchant. Vous ferez votre déposition demain.

Et autour d'un dîner vers 7 heures, vous m'exposerez les faits dans les détails afin que l'on puisse agir dans les meilleurs délais.

– D'accord, acquiesce Christiane.

– Je vous propose de nous retrouver dans un restaurant charmant de l'autre côté de la ville. *Aux Deux Cruches*. C'est le genre d'auberge très française avec des nappes à carreaux. Un bouquet sur chaque table.

– Avec plaisir, rajoute Édouard. Parler avec vous à bâtons rompus doit être fort agréable. »

Clément ouvre les bras dans un geste théâtral :

« À la bonne heure... Ah ! encore une chose, la plus importante d'ailleurs. Qui est au courant de ce secret que vous venez de me révéler ?

– Personne, répond immédiatement Christiane.

– Non personne, confirme Édouard.

– En êtes-vous bien certains car autant vous dire que, si mon action échouait à cause d'une fuite, vous paieriez très cher le lourd tribut de ma défaite.

– Nous n'aurions aucun intérêt à...

– C'est tout ce que je voulais savoir. Et surtout, gardez bien votre langue jusqu'au bout... »

Quelques instants plus tard, posté à la fenêtre de son bureau, Clément regarde la voiture qui s'éloigne avec Christiane et Édouard à l'intérieur. Il appuie sur le bouton. Jérôme accourt. Le Chat allume son cigare et lance, du coin de la bouche, en observant son collaborateur à travers la fumée :

« Allons chez *Marraine*, j'ai à vous parler. »

* *
*

Le jour revenu, Jules ne peut s'endormir. Par la fenêtre entrebâillée, le printemps fait son entrée. Le médecin regarde par le mince interstice de lumière le jardin avec son herbe haute, un chêne aux feuillages naissants. Au bout du petit chemin, la liberté, Emma, Henri, la vie. Ivre d'espace, il se laisse tomber sur le lit.

Couché sur le dos, les yeux au plafond, il s'efforce de rassembler ses pensées en déroute. Il désespère de ne plus jamais revoir sa famille. Puis, au bout d'un moment, il finit par s'endormir...

Au milieu de son sommeil, Jules entend qu'on frappe à la porte. Plusieurs coups secs. Il regarde par l'embrasure du volet, mais il n'aperçoit qu'un ciel devenu brumeux. Il saisit son arme, descend timidement les escaliers et lutte contre l'angoisse qui le gagne. Le parquet craque. Peut-être a-t-il rêvé ? De nouveaux coups viennent confirmer sa première impression. Les traits tirés, les yeux brûlants, Jules pense qu'il vaut peut-être mieux ne pas répondre. Les joues en feu, le cœur bondissant, il ne bouge plus. « Je suis en plein milieu des escaliers, s'il défonce la porte, je suis mort au premier coup de feu », se dit-il.

Jules rejoint le salon, saisit une bouteille vide par terre et se poste sur le côté de la grande armoire. Un goût de sel lui emplit la bouche. Sa lèvre inférieure tremble, ses jambes faiblissent... Tout à coup, il aperçoit un billet glissé à même le sol. Un message urgent. Mais pourquoi n'essaie-t-on pas de le joindre par radio ? Avec la plus grande discrétion et sur la pointe des pieds, il se baisse pour récupérer le mot : *Au* Paso-doble, *on reçoit les clients avec un peu plus d'amabilité.*

Clément ! Les jambes de Jules faiblissent, son cœur s'arrête de battre. Son ami d'étude s'avance vers lui et l'étreint. Il n'a pas changé le bougre. Toujours aussi grand, mince, les épaules larges, le visage noble et régulier. Le médecin est pris de vertige en face de ce revenant souriant.

« Vite, rentre ! » lance Jules.

Il revoit comme à travers une brume le moment de leur séparation à la gare, leurs retrouvailles à Paris, les soirées sur les terrasses parisiennes. Les prunelles closes, Clément respire fort, à la manière d'un dormeur. En entendant la porte qui se referme derrière lui, il dit sans relever les paupières :

« Salut vieux.

– Tu es extraordinaire ! Tu t'adresses à moi comme si on s'était quitté hier.

– Oui, c'était hier.

– Tu n'as pas changé d'un pouce.
– Oh si !
– Mais…
– Qu'est-ce qui m'amène ? Je voulais te dire merci. Tout simplement. »
Le médecin se demande un quart de seconde si Clément est ironique, sérieux ou s'il a préparé sa phrase. Mais la sincérité résonne dans l'intonation comme un aveu.
« Un simple geste amical, répond Jules. Autant te le dire tout de suite, je l'ai fait pour toi, pas pour ta cause. »
Clément s'attendait à cette réponse, mais n'en est pas moins désemparé. Il se dirige vers un fauteuil, s'assoit et tire de son sac une bouteille de vin de Champagne :
« Si tu as deux verres…
– Tiens, constate Jules. Quand on était à Paris, tu ne jurais que par Mumm !
– Cette cave, financée par des juifs, a été mise sur la liste noire.
– Ah ! C'est vrai, s'exclame le médecin d'un air contrit. Être juif est un crime. Enfin, tu appréciais bien l'ivresse de leurs bulles.
– Chacun de nous a choisi son camp. Bon ou mauvais. Ta raison de vivre est ici, au milieu de cette forêt, dans la clandestinité. Moi, j'ai préféré le soleil.
– Ne t'en rapproche pas trop. À l'instar d'Icare qui s'y est brûlé les ailes. »
Jules redoute d'être allé trop loin et glisse un regard inquiet à son ami. Un crépuscule pluvieux assombrit la pièce. Il hésite à allumer la lampe. C'est l'heure à laquelle il se lève d'habitude.
« Jules, je ne suis pas là pour parler de politique.
– Comment m'as-tu trouvé ?
– Une dénonciation… »
Le médecin tressaille. Il bondit sur ses jambes et demande :
« Tu es sûr ?
– Certain. J'ai reçu les patriotes dans mon bureau, il y a quelques jours.
– Les ?
– Deux.
– Qui ça ?

– Est-ce que c'est véritablement important de le savoir ?
– Mais oui ! »
Malgré un effort de raison, Jules ne peut admettre l'évidence. Un traître dans son propre camp. Impossible ! Inconcevable ! Les délateurs se trouvent forcément dans la partie adverse. Comme le médecin insiste, Clément saisit un pli, chausse ses lunettes et tend les papiers à son ami :
« Ce sont les déclarations des personnes en question. »
Dès qu'il a jeté un œil sur le dossier, le visage de Jules se décompose. Clément le voit vieillir à mesure qu'il avance dans sa lecture. Parvenu au bout, le docteur lance au milicien un regard suppliant :
« Ils n'ont pas fait ça, grommelle-t-il.
– Si. Je t'assure. »
Les mâchoires de Jules se contractent. Clément imagine le cas de conscience que masque l'apparente dignité du résistant. Il a pitié de lui, pousse un grand soupir et murmure :
« Eh bien, ils ont fini comme ils ont vécu : dans le mépris de l'amitié et du monde. »
Cette déclaration stupéfie Jules.
« Qu'est-ce que tu veux dire ?
– Ils ont eu un malencontreux accident en rentrant à leur hôtel. Morts sur le coup.
– Tu y es pour quelque chose ?
– Simple preuve amicale.
– Pourquoi tu as fait ça ?
– Je t'ai aidé comme tu l'as fait pour moi.
– Tu n'avais pas besoin de... »
Un sourire navré déforme les lèvres de Jules. Comment Clément a-t-il pu tuer, lui, un ex-étudiant en médecine ?
« Tu te demandes comment j'en suis arrivé à de telles extrémités.
– Exactement.
– Tout a commencé le jour où je suis rentré à Vichy. On sentait la guerre se profiler à l'horizon. Il me fallait éviter la mobilisation. Tu me connais, Jules. Je voulais à tout prix garder ma fortune, mon confort. À la Milice, on m'offrait la facilité, une carrière, un toit, dit Clément presque à regret entre deux gorgées de champagne...

– Au moins as-tu le courage d'avouer tes erreurs ?

– Toute mon enfance, on m'a facilité la tâche, on m'a permis de jouir de la vie et de celle des autres, sans prendre conscience de la gravité de mes gestes. L'argent a tout pourri.

– Et pourtant Dieu sait qu'il y a tant de gens qui souffrent de ne pas en avoir.

– Je les envie.

– Ne dis pas ça.

– Ils voient les choses différemment. Ils connaissent la valeur de ce qu'ils ont en main. Moi j'ai dégusté les meilleurs plats dans les plus grands restaurants en pleine restriction de produits alimentaires. J'étais habillé comme un roi alors que des ménagères se sont battues pour pouvoir acheter quelques pelotes de laine. Je me suis gavé de foie gras à Noël quand d'autres avaient une orange dans une chaussette.

– Est-ce bien du regret que tu as là ? s'écrie Jules en respirant lourdement. Ou est-ce une culpabilité tardive, facile à mettre en pâture quand tout est fait ? Ce qui est important de savoir, c'est ce que tu vas faire maintenant ! Avouer est une chose, réparer en est une autre. Si tu es si mal dans ta peau, quitte la Milice.

– Impossible.

– Pourquoi ?

– C'est trop compliqué à expliquer.

– Si tu avais la possibilité de refaire ta vie, aurais-tu la force de contrecarrer tes désirs de luxe, ton égoïsme ?

– Je ne sais pas. »

La pluie ruisselle sur les vitres noires. Les arbres craquent autour du chalet.

« Il faut que je parte Jules.

– Attends. Une dernière question mon ami, dit Jules que le champagne a rendu loquace.

– Je t'écoute.

– Pourquoi n'as-tu pas grandi ? On dirait un enfant de quinze ans qui part en fronde contre la société en n'agissant en rien pour que les choses changent.

– Parce que je ne m'en suis jamais donné les moyens. »

Clément se dirige vers la porte. Jules n'a aucun mot pour le retenir. Sur le seuil, le milicien se retourne :

« C'est là où nos chemins se séparent vraiment. On ne se reverra certainement jamais. Mes hommes seront ici dans soixante-douze heures. Tu as tout le temps de partir. Pour moi tu es mort et enterré à Saint-Cyprien. Les deux traîtres n'ont parlé à personne d'autre qu'à moi. Tu es libre de t'appeler comme bon te semble. Bon vent Jules. »

Le médecin ne bouge pas. Sa tête penche sur sa poitrine. À cette distance, Clément ne peut distinguer l'expression du visage de son ami. Mais il comprend qu'il pleure.

XXVI

Surtout, ne pas oublier…

JULES OUVRE LES PAUPIÈRES et s'étonne. Au réveil, il lui arrive souvent de croire qu'il se trouve encore à Épalles. Inconsciemment, dans la pénombre, il cherche des yeux les quelques meubles familiers du chalet. Mais son regard fatigué rencontre une chaise défoncée. Il est dans un abri de fortune, loin des vicissitudes de la ville et en plein cœur du maquis. À côté, un homme ronfle bruyamment. Depuis deux mois le médecin a quitté son refuge, il ne peut s'habituer à sa nouvelle situation. Tournant la tête, il observe le grand corps qui repose à sa gauche, sur le flanc, le drap rabattu jusqu'au ventre, la veste boutonnée pour lutter contre la fraîcheur du matin. Sans bruit, Jules rampe hors de la pièce, enfile une veste et ouvre la porte. Aussitôt, le jour pénètre dans la chambre improvisée. L'homme grogne, enfouit sa tête dans l'oreiller et continue de dormir. Il est 8 heures et demie du matin. Le docteur sourit de bonheur. Les Alliés ont débarqué en Normandie le 6 juin. La débâcle allemande a commencé. Plus rien ne peut le retenir ici. Il rentrerait en Alsace à pied, s'il le fallait. Dans le ruisseau, il rase sa barbe. Comme s'il s'agissait de commencer une autre vie. Des moineaux volent par bandes entre les arbres. Jules regarde ce cadre bucolique. Il pense à Emma qui sans doute doit avoir ouvert l'épicerie. Bientôt, elle aussi pourra revoir Westhoffen. Puis, le cœur du médecin se met à battre plus vite. Ses pieds l'emportent sur les routes de la liberté. Il descend le chemin forestier, marche, marche encore pour s'éloigner de son passé de résistant. Il n'est plus le jeune homme qui se bat pour ses idées mais le père de famille attiré par le désir de revoir son enfant. Après trois heures de marche, il rejoint le village de Châtel-Montagne. L'église... La rue des prés... L'épicerie. Il retient son souffle et pousse la porte du magasin. Une clochette tinte. Au fond, une femme maigre et blonde compte des tickets d'approvisionnement. Elle a les cheveux tirés. Jules reconnaît Solange Rivière d'après les indications qu'on lui a fournies.

« Je viens voir si vous avez du chocolat noir de Suisse », dit-il.

C'est la phrase convenue. Elle ferme la porte à clef, revient, pousse le comptoir qui pivote lourdement et découvre une trappe.

« Vite », lance-t-elle.

Pendant que Jules descend les barreaux de l'échelle, tout reprend sa place au-dessus de lui. La cave est vaste, sombre, voûtée, avec des montagnes de bûches empilées contre le mur. Une grande table au centre. Deux hommes sont assis à côté. La lampe à pétrole qui pend du plafond éclaire leur front et laisse le reste de leur visage dans l'ombre. L'un est blond, plutôt fort. L'autre dresse au-dessus d'un corps squelettique une face de losange au regard de feu. Ce doit être le fameux François Martin, chef des maquisards. Il ne sort jamais de sa cave pour ne pas prendre de risques. Mais tout le monde dit dans le maquis que Martin est un despote peureux. Son compagnon est surnommé la « Boule de cristal » pour sa capacité à prévoir les événements.

« Ah ! voilà notre ami Peyrie. »

Étonné qu'ils connaissent son identité, Jules reste un instant muet.

« Qu'est-ce que tu veux ? continue Martin.

– Je rentre chez moi.

– Ce n'est pas bien raisonnable ça.

– Je pense que...

– Un maquisard n'a pas à penser. Il ne doit pas faire prendre de risques à ses camarades.

– Écoutez, j'ai donné une bonne partie de ma vie à la Résistance. Les Alliés ont débarqué. D'ici quelques semaines, on aura gagné la guerre.

– Mais c'est qu'il est optimiste le toubib. »

Le fin visage de Jules rougit sous un afflux de sang.

« J'ai… J'ai un enfant en Alsace que je n'ai pas vu depuis des années. Je voudrais rentrer chez moi.

– Comme c'est mignon…, ironise Martin d'un air efféminé. Mais avant de partir, il faudra nous rendre un dernier service.

– Lequel ?

– Réparer ton erreur de Lempdes…

– Quoi ?

– Viens par ici. »

Martin écarte quelques bûches, découvre une porte basse comme l'entrée d'un four à boulanger et s'y glisse à quatre pattes. Jules le suit. En se redressant, il découvre une autre cave, petite, humide où règne une odeur de poudre, d'encre et de papier. Des récipients sont alignés sur une table, avec, à l'intérieur, des pinceaux, de la pâte gélatineuse, des seringues.

« Tu vois, dit encore Martin, tout est disposé pour pouvoir déguerpir en moins de dix minutes. Assied-toi là. Nous n'en n'aurons pas pour longtemps. »

La Boule de cristal rejoint son ami et tous deux se mettent au travail. Ils sont en train de préparer des faux papiers. Leurs doigts se déplacent sur la planche d'imprimerie avec dextérité. Jules rêve au destin de ces nouvelles identités. On lui tend un carton.

« Une centaine de passeports et des laissez-passer ! » s'exclame Martin.

Jules saisit religieusement le paquet.

« Tu remettras tout ceci à un homme qui t'attendra jeudi à 4 heures de l'après-midi, devant le café *La Fumade*, rue du Parc à Vichy. Ensuite, tu seras libre de retourner en Alsace. Entendu ?

– Entendu.

– Si tu dois te réfugier, rends-toi à l'église Saint-Louis, rue Bassière, et demande le prêtre. Il est des nôtres.

– D'accord.

– Évidemment, si tu te fais piquer, n'oublie pas de protéger les autres.

– Oui.

– Tu as ce qu'il te faut ?

– Deux doses. Ça suffit pour tuer un cheval. »

Là-haut, le remue-ménage continue. Impossible de sortir tant qu'il y aura du monde au magasin. Il faut attendre le signal. Soudain, trois coups retentissent au plafond.

« La voie est libre, annonce Martin. Bonne chance.

– Merci. »

Jules ressort de l'atelier en rampant sur les genoux, enjambe l'amas de bûches et grimpe à l'échelle, tandis qu'au-dessus de lui Solange Rivière déplace le comptoir.

* *
*

La maison est calme, la vaisselle rangée, il n'y a rien d'autre à faire qu'à attendre l'arrivée du couple Russmann qui retourne lui aussi en Alsace. Emma s'assied dans un fauteuil et ramasse les journaux qu'elle a tout à l'heure jetés sur la table. Dans toutes les gazettes de ce 10 août 1944, on ne parle que de la libération de la Bretagne. Bientôt la France retrouvera sa liberté. Les journalistes sont rares à prendre parti. Emma s'étonne qu'ils puissent ainsi rester insensibles à la réjouissance populaire qui les entoure. La prudence. Sans doute ne veulent-ils pas s'attirer les foudres du gouvernement encore en place ? Dans le village de Saint-Cyprien, les visages sont anxieux. Quelle sera la réaction des Alsaciens qui ont subi sans broncher l'administration allemande dans toute sa splendeur ? Le IIIe Reich a imposé à la région une avalanche de décrets : école allemande, Hitlerjugend obligatoire, création de Bauernführer[1] dans les campagnes pour surveiller les récoltes des paysans, institution de tribunaux jugeant selon une procédure accélérée sans possibilité de pourvoi, création d'un camp d'internement pour Alsaciens récalcitrants à Schirmeck. La liste est longue. Forcément, certains habitants ont collaboré au régime. De gré ou de force. Comment vont-ils s'en sortir désormais pour vivre ensemble ? Ce matin, le journal relate un fait divers terrible. La famille Trehmann de Saverne se compose du père, de son épouse, de deux fils et d'une fille. Le premier des enfants a rejoint le camp

1. *Responsable local dans le milieu rural à la solde du Parti chargé des déclarations des récoltes à l'administration.*

des résistants français, le deuxième est parti comme malgré-nous[1] sur le front russe pour les Allemands et la jeune fille est secrétaire à la Kommandantur pour assurer les modestes revenus du foyer. Emma pense au patriarche, si proche de la mort et que le déshonneur frappe soudain. Quel coup ce doit être pour un Alsacien français dans l'âme d'apprendre un matin que son fils est envoyé en première ligne sur le front russe. Qui pourra comprendre que la fille ait pu travailler pour les ennemis pendant que son frère les tuait de l'autre côté de la frontière ? L'horreur de ces forfaits rejaillira sur tous les membres de la famille. Et pourtant, le cas des Trehmann est classique pour bon nombre d'Alsaciens, tiraillés entre la direction où les menait leur cœur et l'absolue nécessité d'obéir au pays auquel ils ont été vendus. Un frisson parcourt Emma. Elle se lève, range les journaux, marche de long en large afin de dissiper la lourde amertume de ses pensées. Elle descendrait bien au cimetière dire au revoir une énième et dernière fois à son mari. Mais les Russmann ne devraient pas tarder à venir. Dans un premier temps, ils se réfugieront en Bourgogne et gagneront l'Alsace dès l'annonce de la libération.

Des pas se rapprochent dans la rue. Ce doit être eux. Non. Six coups. Emma va ouvrir. La porte vole contre le mur. Ernest ! Figée, la jeune fille fixe du regard cet homme barbu, à l'air traqué. Des images défilent dans sa tête. Elle en est étourdie. L'horloge de l'église sonne 1 heure. Un soupir se dégage de ses lèvres entrebâillées.

« Laisse-moi entrer Emma.

– Oui, bien sûr. »

Ernest pénètre dans la cuisine, pose sa casquette sur la table avant de s'écrouler sur une chaise. En pressentant un malheur, Emma l'interroge du regard.

« Tu sais que Christiane et un de nos hommes ont été assassinés après s'être entretenus avec le chef de la Milice de Vichy ? »

Après un moment de stupeur, Emma balbutie :

« Qu'est-ce que tu racontes ?

1. Le 25 août 1942, un décret permet à l'administration allemande d'incorporer des Alsaciens dans l'armée allemande. Bilan : 105 000 déportés, 40 000 tués. Le dernier prisonnier détenu ne fut libéré qu'en 1955.

– Cette mégère avait placé une taupe au sein de notre réseau. Les hommes ont tout juste eu le temps de prendre la fuite. C'est affreux », lance Ernest en clignant des yeux.

Emma joint les mains et appuie les lèvres sur ses phalanges serrées :

« Mon Dieu, elle nous en aura fait voir la sorcière.

– Mettre un pion dans notre organisation. Une aubaine pour elle.

– Qu'est-ce que tu vas faire ?

– Ne t'inquiète pas pour moi. Je dois quitter la région au plus vite

– Allons, allons, dit Emma. Pas d'affolement, nous serons bientôt libérés et... Ce n'est pas si grave. Il n'y a pas de mort.

– Non, juste un ressuscité.

– Écoute Ernest. Il faut que tu te reposes. Tu dois être très fatigué. Je suis sur le départ. Je rentre en Alsace près de mon fils. Tu peux rester ici autant de temps que tu désires et je pense...

– Jules est vivant. »

Emma se fige. Le silence. L'absence. La brusquerie de la révélation laisse la jeune femme désemparée et incrédule. Ce décès, auquel elle s'était habituée depuis tant de jours, n'était qu'une mascarade. Elle ne peut pas y croire. Un rire nerveux égaie un instant son visage.

« Ce n'est pas possible, s'entend-elle dire. Ce n'est pas vrai ? Où est-il ? »

Soudain, les traits de Jules apparaissent à ses yeux. Le départ pour la Résistance. Le dernier sourire. L'ultime contact, la douceur de sa peau, le parfum de sa bouche. Emma balbutie des paroles sans suite. Ses larmes débordent. Elle se sent séparée du monde. Plus rien ne peut l'atteindre. « Jules est vivant », se répète-t-elle. Cette phrase retentit aux oreilles d'Emma comme un appel répercuté dans la montagne. Elle ne comprend pas ce qu'il lui arrive. L'image de son mari se fixe sur sa rétine, grandit, devient un soleil éblouissant. Puis tout s'éteint et elle tombe dans un gouffre.

Ernest tape sur les joues d'Emma.

« Allons, allons. Réponds. »

Elle incline la tête. Il bombe la poitrine en soufflant de soulagement. Les fenêtres laissent entrer une clarté de renaissance. À dix pas de là, le nom de Jules Peyrie est inscrit sur une tombe inhabitée. Emma lève le front et de nouveau regarde Ernest. Elle sent son cœur battre, ses pleurs couler, ses membres faiblir. On sonne à la porte. Les Russmann. Plus question pour Emma de partir désormais. Elle se lève en titubant et se dirige vers la porte d'entrée. Ernest l'attend dans la salle à manger. Elle revient. Le cœur serré, le pharmacien suit des yeux la jeune femme qui s'assoit et sourit vaguement à son interlocuteur comme pour l'encourager à entamer le récit. Ernest raconte le départ pour Épalles, les mois passés en pleine forêt, sans autre contact que les membres de la Résistance. Jules a eu du mal à croire que la dernière chance de revenir auprès de sa femme s'est éteinte le jour d'une mission. Pendant des mois, il s'est senti annihilé par une coalition de mauvais sorts contre lesquels il ne pouvait rien. Mais le pire pour lui, selon Ernest, ce fut sans aucun doute la solitude et l'impossibilité de communiquer avec les proches. Et c'est précisément ce qu'Emma ne pardonne pas. Une blessure s'ouvre en elle. Elle craint ne plus pouvoir rendre son amour à un être qui s'est fait passer pour mort. Quand elle le reverra, ne se sentira-t-elle pas crispée, voire hostile après les premières effusions ? Elle déteste cette part intransigeante d'elle-même qui l'empêche d'accepter ce que tant d'autres femmes auraient considéré comme un acte courageux.

« Je ne peux pas croire qu'il n'ait pas trouvé le moyen de me prévenir, lance-t-elle.

– Il t'aurait mise plus en danger encore, réplique Ernest.

– Est-il fier de s'être comporté ainsi avec sa propre femme ?

– Tu ne penses pas ce que tu dis, Emma.

– Demain, on partira pour Épalles, continue-t-elle.

– Il n'y est plus. Tu parles… Avec le décès de Christiane et de l'autre, on a dû le mettre à l'abri.

– Comment va-t-on le retrouver ? Tu vas essayer de le localiser ?

– C'est bien mon intention. Il faut juste faire très attention de ne pas me faire repérer. »

Emma remarque qu'Ernest n'a plus rien de ce robuste garçon aux traits énergiques, au maintien simple et franc. On dirait un chien traqué et apeuré. Elle lui montre sa chambre et le laisse seul quelques instants. Les volets sont fermés. Il marche deux minutes en rond, désœuvré et s'assoit sur le bord de son lit. Il se sent responsable de ne pas avoir dévoilé plus tôt la vérité à Emma. De toute évidence, en agissant ainsi, il voulait couper les ponts entre elle et son mari, garder Jules pour lui seul. Le pharmacien est si attaché à son ami qu'en le sauvant il n'a même pas eu la réaction charitable de prévenir Emma. Et pour quoi faire ? Le médecin était persuadé qu'il fallait à tout prix protéger sa femme à Saint-Cyprien et que le meilleur moyen était de se taire. Et là encore, il y a quelques minutes, quand Emma a parlé de rejoindre son époux à Épalles, il s'est écrié qu'elle n'a pas le droit, ayant un fils en Alsace, de prendre le moindre risque pour voler au secours d'un résistant. Ernest a honte. Emma est devenue une rivale.

* *
*

Depuis quelque temps, Emma n'a pas reçu de lettres d'Hélène. Dans la dernière missive, la vieille dame lui parlait un peu de la santé d'Henri, beaucoup d'elle-même et pas du tout des parents Zimmermann. Penchée sur la page blanche, la jeune femme se demande si, justement, Hélène n'emploie pas cette méthode pour mieux la rassurer. Et tandis que sa plume reste suspendue au-dessus du papier, les souvenirs de Westhoffen la reprennent. Elle souffre d'être privée de sa terre et surtout de son enfant qu'elle n'a pas vu grandir. Que d'êtres a-t-elle abandonnés par dévouement à un seul qui lui a menti pendant des mois. Comment a-t-elle pu sacrifier son fils pour un homme si égoïste et si lâche ? Certes, Henri ne manque ni de soin ni d'affection, entre Hélène qui l'adore, la vieille Germaine qui lui sacrifie tous ses tickets d'approvisionnement et une nuée de voisins qui s'extasient à ses sourires. Tout en concevant qu'Henri n'en est pas moins heureux en son absence, elle pleure à l'idée de ne pas pouvoir lui offrir tout l'amour d'une mère, d'être dans un état de manque extrême. Un attendrissement lui vient à évoquer ce petit visage rose et renfrogné, la lumière qui brille dans ses yeux quand il la voyait, ses balbutiements joyeux du matin. Il a dû grandir, en quatre ans. La reconnaîtrait-il seulement, lorsqu'elle reviendra à Westhoffen ? Elle a si hâte de le serrer contre sa poitrine. Des soucis maternels l'envahissent : mille recommandations à faire à Hélène ! Machinalement, elle trempe sa plume dans l'encrier. « Dans quelques jours, je serai au manoir Saint-Martin… »

* *
*

Une tache blanche s'élargit dans la tête d'Hélène. Ses paupières ne suffisent plus à la protéger contre la clarté du monde extérieur.

« M'entends-tu Germaine ?

– Oui.

– Où est Henri ?

– Chez ma voisine.

– Bien. Quelle heure est-il ?

– Presque 11 heures. Mais ne parle pas. Essaie de dormir.

– J'aurai le temps bientôt. Je voulais te dire… Quand Emma sera là…

– N'oublie pas de lui donner la soupière, continue Germaine. Tu me l'as dit des centaines de fois.

– Je suis vieille, je radote. »

Germaine arrange les oreillers de la malade et passe un linge d'eau froide sur son front, sur ses joues qui transpirent abondamment.

« Ma poitrine… Mouille ma poitrine aussi… »

Germaine masse délicatement les deux seins fripés pour les rafraîchir.

« Oh ! C'est bon… Encore un peu… Cela suffit… Écoute… Quand je ne serai plus, tu viendras t'installer ici… Jusqu'au retour d'Emma.

– Je te défends de parler de mort. Tu joues à te faire mal. Veux-tu que je te change de draps ?

– Non… Écoute-moi, c'est tout ce que je demande. »

On sonne.

« Ah ! Le facteur, affirme Germaine d'un ton joyeux. J'y vais. »

Quand elle revient, une lettre à la main, Germaine aperçoit un masque livide devant elle, percé de deux trous où brillent deux billes bleues inexpressives. Une figure de matière inerte…

« Hélène ! Non ! »

Germaine colle son oreille contre la poitrine de son amie. Une syncope ? Non ! Le silence ! Un corps inhabité livre son reste de tiédeur aux doigts qui la palpent follement. Cette mort à laquelle elle se prépare depuis quelque temps la surprend comme si elle n'eût jamais admis l'éventualité. « Hélène !... Hélène… Ce n'est pas possible, ce n'est pas vrai. » Dérangée par un mouvement, la tête de la morte s'incline, roule sur son épaule. Germaine la redresse, la prend entre ses paumes, la couvre de baisers craintifs. Elle abaisse l'une après l'autre les paupières dociles. Il faut aussi fermer la bouche. Hélène est loin du monde maintenant. Plus rien ne peut l'atteindre. Pas même son amie de toujours qui s'est agenouillée auprès du lit, à bout de forces et qui applique sa joue contre une main blanche et légère, aux ongles usés. Tout semble pétrifié dans le silence, pour toujours. Quand elle entend sonner la demie, elle se redresse enfin et s'éloigne du lit sur la pointe des pieds. Arrivée dans le corridor, les larmes aux yeux, elle décachette le courrier réceptionné tout à l'heure :

Dans quelques jours, je serai à Westhoffen. Je me languis d'Henri. J'espère que mon petit va bien. Tu ne m'en parles pas beaucoup dans tes courriers. Je t'embrasse.

Emma.

Une expression ahurie passe sur le visage de Germaine. Ses paupières battent. Elle chuchote : ne pas oublier la soupière.

XXVII

Ennemi dans son propre camp

DEBOUT ENTRE LE *BÜRGERMEISTER*[1] et l'instituteur, au premier rang de l'assistance, Germaine a l'impression d'être reportée quelques années en arrière, de revivre intensément la scène de l'enterrement de son mari et de son fils. Le même abbé, les mêmes chants, les mêmes cierges, le même drap noir, taché de cire et bordé par un galon d'argent terni. Hélène est là. En dessous. Tant de magnificence lugubre s'accorde assez mal avec le souvenir effervescent de la vieille dame. Germaine est incapable d'associer l'idée du néant à celle d'un être qui, deux jours plus tôt, lui parlait, lui souriait. Ainsi se dit-elle qu'Hélène, de là-haut, doit être gênée par un faste théâtral qui la désigne aux regards de tous. Sans compter qu'après la cérémonie il y aura le transport au cimetière, la fosse ouverte et l'ensevelissement. Pour se délivrer de cette vision glaçante, Germaine se lance dans la dévotion. Privée d'un espoir immédiat, elle se raccroche à l'existence future, à un au-delà vaporeux où son amie serait heureuse et où tous, tôt ou tard, la rejoindraient. Le prêtre en fait la promesse. Une promesse incertaine mais qui adoucit les chagrins. Germaine se courbe en avant. Après la cérémonie, en hommage à son âme, le Cercle du Carré d'Or a organisé un repas avec les intimes. La veille, en descendant de la chambre mortuaire, elle a surpris une discussion entre ces messieurs qui parlementaient pour savoir s'il valait mieux servir un consommé aux asperges ou une omelette aux champignons

1. *Le maire.*

avant le rôti. La perspective de cette épreuve excite la répugnance de Germaine qui retrouve bientôt l'air et la lumière du jour avec un sentiment de délivrance. Elle jette un coup d'œil à Henri et une lourde peine écrase son cœur. Engoncé dans un vêtement noir, peigné bien à plat, le petit garçon tend une figure blafarde vers sa nouvelle protectrice.

« Ta maman va bientôt rentrer. Ne t'inquiète pas.

– C'est qui maman ? »

Le prêtre et les enfants de chœur prennent la tête du mouvement. On entend des bribes de voix. La grande croix d'argent monte et descend, selon les oscillations du terrain. Marchant immédiatement derrière le corbillard, Germaine frémit. Henri bute contre un caillou. Le chemin devient cahoteux, creusé de grosses ornières. Derrière le mur du cimetière, des croix s'élèvent, bras écartés, tête droite, comme pour guetter de loin l'arrivée du convoi. La grille est ouverte. Impressionné, Henri se rapproche de Germaine et cherche la main dont il s'est séparé cinq minutes auparavant. La vieille dame chuchote :

« Allons-y. »

Tous s'engagent dans l'allée centrale, bordée de caveaux majestueux. L'emplacement réservé à Hélène se trouve à l'extrémité de l'allée. Bras croisés, les fossoyeurs attendent devant la tranchée. Le cercueil arrive, dansant comme une barque entre les porteurs. Un cercle d'habits noirs se précipite bientôt autour du trou. Ceux des derniers rangs se dressent sur la pointe des pieds pour mieux voir. Le prêtre marmonne des prières. Le cercueil tenu par quatre cordes descend Hélène dans sa dernière demeure, large et profonde. Germaine a un mouvement de recul. Le défilé des condoléances commence. Henri n'est pas épargné par des caresses sur les joues, des « oh ! Pauvre enfant », « il n'a pas de chance ce petit ». Une brève secousse tire la vieille dame de sa songerie. On lui serre la main avec vigueur. On la regarde jusqu'au fond des yeux. Qui ? Elle doit s'imposer un effort surhumain pour reconnaître Armand Singert. Mais elle ne comprend pas ce qu'il lui dit. Comme aux autres, elle murmure :

« Merci ! »

* *
*

Vichy dort encore dans un petit matin du mois d'août. Les rues désertes paraissent anormalement larges. Entre deux rangées de façades aux fenêtres closes, des patrouilles marchent par cinq soldats de front. Parfois, un visage d'homme sort du sommeil et se penche au-dessus du vide. Les temps ont changé, l'espoir commence tout juste à remplacer la crainte. Passée la gare, Jules tourne à gauche et remonte la rue. La première étape est de trouver un abri jusqu'à 4 heures de l'après-midi, moment fatidique de la livraison des faux papiers. Le ciel bleuit. Jules hume la fraîcheur du jour. Puis, il serre les dents comme pour dominer une douleur physique. Il connaît le danger d'une telle mission qui ne lui a pas été confiée par hasard. À l'idée qu'il ne reverrait peut-être jamais sa femme et son enfant, le désespoir, longtemps contenu, s'engouffre dans sa tête. Que fait-il sur cette route, seul, alors que chaque pas l'éloigne de sa vraie raison de vivre ? La journée s'annonce radieuse. Emma !... Dort-elle encore ? Les ultimes ombres de la nuit, le vaste silence où résonne encore le pas de la patrouille donnent aux réflexions de Jules une tournure plus solennelle. La fatigue physique de ces deux jours de marche contribue à augmenter son écrasante mélancolie. Des larmes tremblent dans ses yeux. L'église Saint-Louis est tout près de là, dans la rue Bassière. Jules s'y rend, pressant le pas. L'édifice est sobre. On dirait une maison bourgeoise avec une croix sur le toit. À côté, la maisonnette du presbytère. Il frappe à la porte énergiquement. Un vieil abbé lui ouvre. Levé avec les poules, il a déjà dû dire sa première messe. Dès que Jules lui expose le but de sa visite, il s'affaire.

« Venez, entrez mon enfant.

– Merci. »

Petit, maigre, l'œil bleu intense et le visage strié de rides, le curé tire le médecin à l'intérieur.

« Personne ne vous a vu entrer ?

– Non.

– Je suis l'abbé Fessière. Vous avez eu raison de venir me voir. Une ville comme Vichy est dangereuse pour un homme comme vous », continue-t-il, en serrant convulsivement le bras de son interlocuteur.

Le prêtre boite et s'appuie fortement sur Jules à chaque pas.

« Vous croyez que les Américains viendront jusqu'ici ?

– Certainement. Et puis, il faut aussi compter sur le patriotisme des Français.

– Le patriotisme des Français ? C'est un sursaut qui n'a aucune valeur jeune homme.

– Vous croyez ?

– Préparons-nous, mon enfant, à vivre des heures difficiles. Tout est à craindre de la part d'Hitler. C'est un homme sans foi ni loi. Même si notre Saint-Père Pie XII ne le critique pas trop, le Führer est un Antéchrist. Partout, au cours de ses invasions, il a pourchassé les prêtres. Mussolini, avec sa rudesse, a plus de religion que lui… Dites, jeune homme, vous avez la foi, j'espère… »

Jules a un mouvement de recul. Il considère le curé avec trouble.

« Oui… Enfin… Oui, je suis catholique, dit-il avec une nuance d'hésitation dans la voix.

– C'est une grande chance, mon fils. Vous allez m'assister pour ma prière du matin, puis vous irez vous reposer. »

Jules est au supplice. Les deux hommes gagnent la salle à manger du presbytère, transformée en chapelle pour l'occasion. L'abbé Fessière drape un guéridon avec un linge blanc, dispose dessus un récipient d'eau bénite avec un rameau de buis, un peu de pain rassis dans une coupole, un crucifix en argent, deux chandeliers dont il allume les cierges. Puis il se penche en avant en parlant à voix basse. Jules pense au grotesque de la situation. Lui, le lecteur de Victor Hugo, l'athée de la famille se retrouve là, en train de célébrer la messe pour obtenir le droit de dormir en paix.

Le curé met péniblement le genou à terre. Jules l'imite dans l'espoir que ces ultimes simagrées lui ouvriront les portes du royaume de Morphée. L'abbé se relève en soufflant, présente le crucifix aux lèvres du médecin, le bénit de haut en bas et de gauche à droite.

« Voilà, mon fils, allez en paix », dit-il encore en rangeant les objets sacrés.

Jules le remercie.

« Couchez-vous quelques heures maintenant. Je suppose que vous êtes fatigué, lance-t-il en désignant un lit de fortune situé au fond de la pièce.

– Oui. Ce n'est pas de refus. »

Après le départ du prêtre, le docteur s'allonge, un coussin sous la nuque. Étourdi par la fatigue, il s'endort lourdement. Dans les méandres de son sommeil, il entend un coup de sonnette. Il perçoit la clef tourner dans la serrure. Jules se lève d'un bond et regarde rapidement les murs de la pièce. Pas de fenêtre.

« Oui, dit l'abbé d'une voix rude. C'est pour quoi ? »

Le médecin sort de sa chambre doucement. Le parquet craque à chaque pas.

« Je désire voir Alfred Minoret. »

Immédiatement, le prêtre pense qu'il y a manœuvre policière là-dessous et murmure :

« Pardon ?

– Alfred Minoret.

– Ce nom ne me dit rien.

– Je sais qu'il est ici. Ne vous inquiétez pas, je suis de votre camp.

– Quel camp ? Êtes-vous religieux ? Votre nom ?

– Paul Zimmermann.

– Oh là ! Ça sonne bien allemand ça.

– Paul ! hurle Jules en sautant dans les bras de son beau-frère. Mais qu'est-ce que tu fais ici ?

– Ben tu vois, je te cherche.

– Congratulez-vous à l'intérieur, lance le prêtre. C'est plus prudent. »

L'abbé Fessière ferme la porte lourdement. Paul pose sa casquette sur la table.

« Tu sais, dit-il à Jules. Je suis content de te trouver ici.

– Et moi donc. Mais qu'est-ce que tu fais à Vichy ?

– C'est une longue histoire.

– Comment as-tu su que…

– D'abord j'ai eu les informations officielles de ta venue par le réseau. Mais c'est surtout Solange qui m'a aiguillé. Elle m'a dit que tu te trouvais dans cette maison.

– La fille de l'épicerie ?

– Oui.

– Ah ! lance Jules inquiet. Mais où habites-tu ? On pourra se voir ce soir. En attendant, j'ai une course à faire. Je ne peux pas rester.

– Les faux papiers ! Je suis au courant. La Milice aussi le sera, par un coup de téléphone anonyme dans moins d'une demi-heure.

– Tu veux dire…

– Oui, vieux. Tu me dois la vie », lance Paul.

Il prononce ces mots d'un ton modeste, mais, visiblement, il en est fier.

« Mais… Mais pourquoi ? » demande Jules effaré.

Paul essaie de sourire et murmure :

« Tu connais le Chat ?

– Oui… oui.

– Après le coup de Lempdes, le réseau a mené son enquête… Et ils ont eu peur, après sa visite à Épalles, que tu sois un agent double.

– Un traître… Moi ? hurle Jules.

– Je sais, mais mets-toi à la place des autres. Des traîtres, il y a en a partout.

– Après ce que j'ai fait pour la Résistance…

– Tu as aussi sauvé la vie du chef de la Milice de Vichy.

– La vie d'un camarade de faculté. Et il me l'a rendue. Et je ne peux pas croire que l'on puisse, au nom de la guerre, oublier les amis du passé. Quel que soit le camp où l'on se trouve maintenant, nous avons le droit d'avoir…

– Non, Jules, tu te trompes. C'est justement ça la guerre.

– Mais alors, comment vas-tu faire quand tu remettras les pieds en Alsace. Tu ne diras plus bonjour à tes copains qui ont collaboré et tu taperas dans le dos de ceux que tu détestais hier mais qui, par leur bonne conduite pendant l'annexion, méritent désormais ton estime. C'est ça la guerre d'après toi ?

– Ne te fâche pas s'il te plaît. »

Paul s'en veut de ne pouvoir trouver meilleure réplique. Les paroles de Jules lui ôtent soudain toute assurance. Heureusement, le prêtre, prenant en pitié son désarroi, lâche la conclusion de la conversation :

« Ce qu'essaie de vous dire votre ami, Jules, c'est que, sans lui, vous seriez mort cet après-midi. »

Le médecin se met à marcher de long en large, à grands pas.

« Les vrais combattants, continue Paul, ce ne sont pas ceux qui rêvent mais ceux qui risquent leur vie pour un idéal.

– Alors pourquoi es-tu ici ?

– Parce que tu es un ami avant d'être un membre de la famille.

– Et si j'étais réellement un double ?

– Non pas toi, répond Paul, certain de lui.

– Réponds s'il te plaît.

– Alors je te tuerais. »

Jules marque un temps d'étonnement, puis une colère le secoue devant tant de fanatisme :

« Tuer, toujours tuer, soulever des foules aveugles, renverser un pouvoir pour le remplacer par un autre qui, à l'usage, ne vaudra guère mieux. Tu n'en as pas assez de ce jeu absurde et sanglant. »

Paul fait un écart et regarde sévèrement le médecin :

« On a passé l'âge de croire au meilleur des mondes. »

Jules ricane :

« Si ta sœur avait eu ta façon de penser, elle aurait évité de prêter son corps pour te rendre la liberté. »

* *
*

L'automne revient, avec ses rafales, ses routes bordées de feuilles, son silence lugubre qui annonce un froid glacial. La vie de Germaine et d'Henri se concentre dans le manoir Saint-Martin aux doubles fenêtres calfeutrées et aux poêles de faïence craquant de chaleur. Depuis le décès d'Hélène, Germaine s'est coupée du monde, isolée dans la souffrance. Parfois, une lettre d'Emma vient égayer les journées monotones. Toujours la même promesse de retour. Même si Saint-Dié, Raon-l'étape, Delle et Montbéliard ont été libérés le 17 novembre 1944, l'Alsace est toujours dans les griffes des Allemands. Et ni Emma ni Jules ne pourront rentrer au pays tant que l'ennemi garde les frontières et résiste.

Quand le temps le permet, Armand Singert vient rendre visite à son fils. Le jeune homme n'est manifestement plus le même. Il a été blessé sur le front et marche lentement, en boitant. La camaraderie père-fils se renforce dans l'oisiveté. Mais elle est toujours à l'abri de témoin. Connaissant mieux Armand, Germaine ne l'apprécie pas davantage. Tout en admettant qu'il se comporte très différemment avec l'enfant, elle est frappée de son obstination à rabâcher des idées de nazi endoctriné. Elle lui trouve quelque chose de méchant dans le visage. En tant que femme, elle comprend Emma qui fuyait dès qu'elle le voyait paraître.

Armand s'occupe comme il peut. D'après ce que l'on dit au village, André Singert loge son fils dans un endroit exigu et mal chauffé de la maison. Un soir, les deux hommes se présentent au manoir Saint-Martin. Une balafre en travers du front, le chapeau à la main, Armand se tient derrière son père.

« Oh, mais que t'est-il arrivé ? demande la vieille dame.

– C'est moi qui l'ait frappé, répond le patriarche. Des gamins comme lui, ça se dresse à coups de bâton ! Plusieurs fois de suite, il est venu ici. Personne n'en parle mais tout le monde sait pourquoi dans le village. Alors, je vais te dire une bonne chose. Je ne veux plus qu'il mette les pieds dans cette maison, au risque de me fâcher vraiment. Est-ce bien clair ?

– Oui », répond Germaine tremblante.

Manifestement, André a bu. Un filet de salive coule des deux côtés de sa barbe. Il titube et se retient au bord de la table. Germaine le considère avec un mélange de crainte et de dégoût.

« Il n'y a pas de mal à discuter et à profiter de la bonne humeur d'un enfant ! » s'exclame-t-elle comme pour s'excuser.

Les traits d'André se durcissent. Ses prunelles se rapetissent sous la broussaille grise de ses sourcils.

« Si vous continuez ainsi, Armand quittera le village. Je lui trouverai une place d'employé à Strasbourg. »

Démonté par cette suggestion, l'intéressé sent qu'une fois de plus son père lui force la main. Germaine s'indigne :

« André ! Tu donnes trop d'importance aux qu'en-dira-t-on. Peu importe si…

– De quoi tu te mêles la Germaine ? hurle-t-il

– Papa, continue Armand qui ne sait plus quoi faire pour calmer la situation, je t'ai déjà dit que je me moquais bien de ce garçon.

– Tu mens.

– Tu as toujours le génie d'enfler les petites histoires, poursuit le fils Singert avec humeur. Je n'ai jamais pu compter sur toi pour les affaires importantes, mais quand il s'agit de choses ridicules, alors là, tu fais le beau.

– Mais je t'interdis de me parler de cette façon, crie André en levant la main sur Armand.

– Et bien vas-y, frappe-moi. J'ai l'habitude depuis que je suis rentré.

– Une loque ce gamin. Il n'est même pas capable de se battre au front.

– Dominez-vous, je vous en prie. Il est simplement venu quelques fois pour me demander des nouvelles du petit.

– Cette discussion est grotesque, poursuit André. Mais je ne veux plus qu'il vienne ici, sous aucun prétexte. Me suis-je bien fait comprendre ? »

Puis il sort, en claquant la porte.

« Un mouton enragé ! constate Armand. Mon père me déteste.

– Mais, non, rassure Germaine. Il a un caractère exécrable. Il s'emporte pour un rien. Mais c'est toi qu'il aime le plus et forcément c'est contre toi qu'il se retourne quand il est contrarié. »

La vieille dame n'est pas convaincue par ce qu'elle affirme, mais Armand paraît si accablé qu'elle désire d'abord l'empêcher de souffrir inutilement.

« Il ne se passe pas deux jours sans qu'il en vienne aux mains.

– Dieu que vous êtes compliqués chez les Singert. Il n'y en a donc pas un pour rattraper l'autre ?

– Souvent, je regrette de n'être pas resté du côté de Berlin. J'aurais dû prendre une chambre quelque part et…

– Tu n'y aurais pas été plus heureux.

– Je n'avais pas assez d'argent pour vivre comme je l'aurais voulu. Mais, à la longue, ma situation se serait améliorée. Tous les espoirs m'étaient permis là-bas.

– C'est sûr qu'ici tu n'as plus ta place, Armand. Tu nous en as trop fait voir. »

Il soupire. Son corps paraît se vider.

« Je sais. »

Germaine remarque que cet aveu le rajeunit. « Tant que je n'aurai pas récupéré mon fils, la vie me sera insupportable, pense Armand. Il faut que je le lui dise.

Quand j'étais au front, j'ai pensé à Henri tout le temps. Je ne peux me résigner à l'idée de vivre loin de lui, sans lui. Il porte mon sang. »

Germaine n'ose le croire. Le fils Singert est pris à son propre piège. Comme une abeille qui après avoir piqué meurt dans la solitude et dans la détresse, séparée d'une partie d'elle-même. Et pourtant, la vieille dame n'a aucune pitié pour cet homme qui a fait souffrir une famille tout entière.

« Tu es découragé, dit-elle. Le meilleur moyen d'oublier tes problèmes, c'est de travailler dur. Tu es un garçon vigoureux, malgré ta blessure à la jambe. Tu peux faire encore bien des choses. »

Germaine sent que ses mots ressemblent plus à de la flatterie qu'à une pensée véritable.

« C'est insupportable ! murmure Armand.

– Tout te paraît insupportable. Ton père, la campagne alsacienne, le travail.

– Pas mon fils. »

L'absence de réponse et la surprise qui se reflète dans les yeux de Germaine achèvent de le décourager. Il saisit qu'il ne doit plus insister tout en s'étonnant qu'une personne aussi proche d'Hélène ne comprenne pas ce détail des plus élémentaires. Soudain, Henri entre dans la pièce, son doudou à la main.

« Eh bien, lance Germaine avec une sévérité maternelle, qui t'a permis de quitter ton lit ?

– Il a dû être réveillé par les cris. »

L'enfant baisse la tête, n'offrant plus aux regards de Germaine et Armand qu'une boule de cheveux bruns, taillés court. Ils entendent sa respiration entrecoupée. « Comme son cœur doit battre ! », pense le jeune père. La vieille dame regarde Armand et pose ensuite les yeux sur le garçon, pieds nus. Elle a conscience de l'étrange tableau qui se présente à ses yeux. Il y a un fossé entre le rêve du père et la réalité. Jamais Emma n'accepterait la présence de son violeur chez elle. Germaine se demande si, finalement, André n'a pas raison. Mieux vaut-il aplanir les futures difficultés maintenant. Tout ce qu'elle peut faire pour Armand est de le séparer au plus vite de l'enfant. Henri relève le front et fixe Germaine.

« Allez, va te coucher mon petit. »

Les yeux d'Armand s'élargissent. Germaine croit qu'il va pleurer. Elle se trouble. Jusqu'au moment où il passe la porte à reculons.

XXVIII

Retrouvailles pour la liberté

EMMA DOMINE SA GÊNE et prie le gros monsieur chauve, assis près de la fenêtre du wagon, de changer de place avec elle. Il lui sourit avec l'ironie d'un habitué des trains et accepte.

« Êtes-vous malade pendant les voyages madame ? demande-t-il en se levant.

– Oui, monsieur, répond-elle.

– C'est vrai que nous en avons pour un peu plus de cinq heures. »

Elle acquiesce du menton. Ernest sourit de tant de politesse mielleuse. Mais peut-elle avouer que ce qui l'impressionne, ce n'est pas d'être tirée par une machine à vapeur, mais de voir défiler derrière la vitre la terre d'Alsace qu'elle s'apprête à revoir après plus de trois années d'absence. Les autres voyageurs se tassent avec des visages dédaigneux et rentrent leurs genoux pour permettre le chassé-croisé. Le gros voyageur passe devant Emma en rentrant son ventre. Déséquilibrée par les cahots, elle se laisse maladroitement tomber sur la banquette et sourit à la ronde pour s'excuser. La locomotive siffle avec force. Le convoi se met à rouler à une allure effrayante. Le plancher vibre, les portières tressautent. Dans l'encadrement de la fenêtre s'écoule une campagne rapide comme un fleuve en crue. Quand elle songe que, dans quelques heures, elle descendra sur le quai de Saverne, libérée depuis le 21 novembre dernier par les troupes du général Leclerc. Son périple s'était déployé en trois temps. « Heureusement, Ernest connaît du monde, sinon ce voyage aurait été un supplice », pense-t-elle. D'abord un petit séjour à Bordeaux chez les Geissmann, un autre à Paris de plusieurs semaines chez les Pichon, puis, quand Saint-Dié a été libéré, Emma a commencé à faire les valises.

Aujourd'hui, elle est heureuse de quitter un pays où elle n'a connu que la contrainte et le deuil. Elle est parvenue à ses fins, persuadée qu'il n'y a rien à faire sur la terre française où elle a eu la faiblesse de vouloir se rendre utile. Même l'idée du mensonge de Jules ne la tourmente plus. Elle a dépassé le temps de l'inquiétude et de la révolte. À Paris déjà, elle a eu l'impression de commencer une autre existence. Des amis d'Ernest lui ont ouvert leur porte. Timidement au début et plus aisément ensuite. Mais, tout en acceptant de partager avec ses hôtes les joies de la libération de la capitale, Emma ne pensait qu'à son retour. Elle allait revenir « chez elle » et son fils l'accueillerait à bras ouverts. Ah ! Tous ces gens autour d'elle doivent savourer le bonheur de rentrer en Alsace libre. « C'est vrai que je n'ai pas eu à subir le joug allemand comme Hélène, Germaine et Henri, se dit Emma. J'ai finalement eu cette chance dans mon malheur. » En effet, les enfants ont dû aller à l'école allemande, à la Hitlerjugend, endurer les règles de l'oppression administrative du régime, grandir sous le drapeau antisémite et se préparer à servir Hitler sur le front russe. Pendant que la France luttait contre l'ennemi, l'Alsace mettait un voile sur son identité. À Paris, il y a un abîme entre bourgeois et gens du peuple. Mais tous appartiennent à la même nation. Alors qu'à Westhoffen les riches financiers comme les paysans sont français de cœur, allemands par obligation et alsaciens avant tout. Trois pays pour un même homme. Qui donc, après la guerre, sera capable de comprendre une telle complexité ? Emma prend également conscience du fossé qui risque de se creuser entre les habitants eux-mêmes. Comment les « collaborateurs forcés », les vrais sympathisants et les résistants vont-ils se tolérer désormais ? Sans réponse à ces questions, la jeune femme jette un rapide coup d'œil à Ernest qui dort profondément en face d'elle et retourne au spectacle du paysage qui se déroule devant ses yeux. Tout paraît désert ici après l'immensité parisienne. Les champs piétinés par le passage des troupes, les barrières dressées entre les propriétés, les villages sagement regroupés autour de leur clocher à la pointe effilée. Là-bas, au loin, le grès des Vosges. Les voyageurs s'agitent comme une meute de chiens excités de partir à la chasse. Une dame humecte son mouchoir avec un flacon d'eau et l'applique sur ses yeux. Le monsieur obèse et chauve s'exclame :

« Regardez, on va passer le saut ! Depuis Paris, on roule à gauche. Désormais, on sera à droite. »

Emma colle son front à la vitre. Avec une lenteur presque inquiétante, le train s'engage sur un aiguillage grinçant. Chacun retient sa respiration. En contrebas brille un ruisseau. Un peu plus loin, des femmes y lavent leur linge. Lorsque la dernière voiture entame le passage délicat, la locomotive exhale un soupir de délivrance et accélère son allure. Puis le train plonge dans un tunnel après la gare de Lützelburg. Une terrible odeur de fumée envahit le compartiment. Puis, le long des rails apparaissent les premières maisons à colombages, les fermes alsaciennes, un dépôt de marchandises. Encore quelques tours de roues et le quai de la gare de Saverne s'avance avec lenteur. La vitre encrassée ternit la clarté de cette arrivée. La locomotive s'arrête, une forte secousse jette les voyageurs les uns sur les autres. Le cœur d'Emma se met à battre. Elle a envie de pleurer. Enfin de retour au pays ! Elle descend la première marche, puis la seconde et pose enfin son pied sur sa terre natale. Ce 1er décembre 1944 sera à jamais gravé dans sa mémoire. De tous les côtés, des hommes âgés accourent pour proposer leurs services. Ernest confie les bagages à l'un deux et rejoint son amie dans la salle d'attente. Juchée sur un banc, elle l'appelle en agitant les bras. Soudain, elle se retrouve dans la cohue. Des hommes en casquette, des femmes en bonnet, des enfants déboussolés qu'on tire par la main, une mer de visages et, par-dessus toute cette masse, le son guttural du dialecte alsacien… Le porteur a déposé les bagages juste devant la gare. Le pharmacien de Saverne, un ami d'Ernest, vient les chercher : un homme avec une tête ronde, la moustache frisée et un regard bienveillant :

« Vous avez fait bon voyage ? demande-t-il.

– Le train est fatigant mais le jeu en vaut la chandelle, dit Ernest. Merci pour ton aide. »

La voiture s'engage dans un flot de charrettes, de chevaux et de bœufs.

« J'ai eu la chance de pouvoir garder ma Traction pendant la guerre. Pour la livraison de médicaments en urgence, c'est indispensable. Le plus dur est de s'approvisionner en essence.

– C'est pareil à Paris, continue Ernest. Il manque d'ailleurs de tout. Mais le principal, je t'avoue, c'était de pouvoir te téléphoner.

– C'est vrai. On peut enfin communiquer avec nos familles, même si toutes les lignes sont loin d'être rétablies. »

Emma regarde les nombreux passants sur les trottoirs, les uns marchent vite, d'autres s'arrêtent pour discuter entre eux. Beaucoup de devantures de magasins si approvisionnés avant la guerre sont désormais vides. Quand la voiture prend la route de Wasselonne, Emma reçoit en plein visage ce décor alsacien qu'elle n'a jamais oublié dans ses rêves. Mais qu'y a-t-il de changé ici ? Ah oui, l'austère école de garçons s'est transformée en résidence d'officiers, les jardins à la sortie de Saverne ne sont plus que des emplacements de garage pour camions. La voiture remonte la grande-route, tourne à gauche à l'entrée de Wasselonne, contourne la caserne des pompiers et se dirige vers Westhoffen. Le soir tombe. Dans moins de dix minutes, Emma retrouvera Henri. Elle revoit l'épisode de la séparation, violente, insoutenable alors que son fils n'était qu'un bébé. Une âcre tristesse l'envahit à la pensée que son tout-petit avait grandi alors qu'elle était si loin de lui. En gâchant sa vie à Saint-Cyprien n'a-t-elle pas galvaudé l'enfance du jeune garçon ballotté de bras en bras ? Peu importe au fond, elle lui donnera tellement de preuves d'amour désormais. Soudain, la voiture s'arrête devant le manoir Saint-Martin. Émue à en perdre le souffle, Emma est paralysée par l'angoisse. Sa vue se brouille. Elle sent une larme couler sur sa joue. « Il ne faut pas qu'il me voie pleurer », se dit-elle en s'essuyant d'un revers de la main. La façade est toujours aussi bien soignée, il y a des rideaux aux fenêtres, l'herbe a poussé entre le portillon et la porte d'entrée mais la vieille demeure garde un air de sérénité. Emma se sent rassurée rien qu'à la regarder. L'ami de Saverne décharge les bagages. Ernest se rapproche de la jeune femme :

– Ça va ? lui demande-t-il.

– Bien sûr. Tu crois qu'ils sont là ?

– Je les ai prévenus de notre arrivée. »

En effet, la porte est ouverte. Emma entre sans faire de bruit. Le vestibule est désert. Les meubles anciens garnissent le couloir qui mène aux pièces principales. Le cœur d'Emma bat jusque dans sa gorge. Elle pénètre dans la salle à manger. Personne ! Sur les murs vert d'eau décolorés par le soleil, des taches rectangulaires, d'un ton plus foncé, rappellent l'emplacement des tableaux du docteur Wittmann avant son départ pour la Suisse. En promenant les yeux sur ce qui reste de cette période faste, Emma reconnaît un fauteuil, un guéridon, une commode en marqueterie. L'odeur même du manoir s'est miraculeusement conservée en ces lieux. Une odeur où se mélangent les effluves de l'étoffe moisie, de la cire et du bois vermoulu. Emma se contemple dans la glace, au-dessus de la cheminée allumée, et considère le contour de son visage vieilli, les rides sur le côté des yeux, dans le creux du nez… Pourquoi fait-elle cette tête ? Ramenée brutalement à la réalité, elle reconnaît que cette figure lasse témoigne des échecs, des deuils, des déceptions de sa vie. Elle a froid. « Ressaisis-toi », pense Emma. Elle a conscience en effet qu'elle devra dans quelques instants jouer le rôle principal dans un spectacle improvisé, participer sans le vouloir à une scène de séduction. Car, assurément, Henri ne la reconnaîtra pas. Il faudra user de coquetterie, paraître à son avantage pour laisser cet enfant se rapprocher de sa mère. La porte s'ouvre. Emma se retourne. Germaine pousse un garçon qui porte un morceau de bois à la main. Le monde se fige. Où est Hélène ? Germaine croyait qu'Emma allait s'élancer sur son fils, le pétrir, l'embrasser. Henri aurait pleuré de surprise. Mais ni l'un ni l'autre ne bougent. Comme si tous les deux accusaient le coup de ces années de séparation.

« Va dire bonjour à maman », chuchote Germaine en le poussant dans le dos.

Alors seulement Henri se jette dans les bras d'Emma qui respire avec bonheur une odeur familière d'eau de Cologne. Le contact de ces petits bras autour de son cou ne la trouble même pas. D'ailleurs n'avait-elle pas ressassé cette scène mille fois dans ses songes ? Pendant qu'elle le berce ainsi, maternellement, sous le regard heureux de la vieille dame, Ernest s'avise soudain qu'il faudrait peut-être remettre une bûche dans la cheminée.

Emma se relève en caressant le haut de la tête de son enfant, fixe Germaine d'un air inquiet : « Où est Hélène ? »

Un silence lourd répond à cette question.

« Germaine, continue Emma... Elle n'est pas...

– Si... »

La vague de tristesse qui s'empare de la jeune femme est si violente qu'elle en a le vertige. Hélène, son ancienne voisine, sa confidente, sa protectrice. Emma ne reverra jamais plus cette vieille figure rassurante. Sa seconde maman est désormais un cadavre froid, habillé pour son dernier voyage, situé quatre pieds sous terre. À cet instant, Emma se demande si son retour ne ressemblera pas plus à un cauchemar qu'à un rêve enfin réalisé.

* *
*

Depuis son retour de Saint-Cyprien voici quinze jours, Emma a renoué une complicité avec son fils à Westhoffen même si elle mène une existence douloureuse et dénuée de sens. Les jours s'écoulent avec un rituel rassurant. Repliée sur une collection d'images, elle classe, compte, arrange les albums de photos comme les restes sacrés d'un naufrage. La recherche d'une phrase qu'a prononcée Jules ou la nuance exacte de ses yeux l'occupe pendant des heures entières. Les nuits sont toujours plus agitées. Cette fois-ci encore, Emma se réveille en sursaut. Il lui semble qu'on a sonné à la porte. L'obscurité nourrit toujours un espoir absurde et douloureux. Elle ne peut s'empêcher de croire qu'un jour, tandis qu'elle sera couchée, un carillon autoritaire ébranlera les murs du manoir. Aussitôt, elle bondira hors de son lit, passera une robe de chambre, dévalera l'escalier, ouvrira le lourd battant de chêne clair et devant elle, sur un fond de jardin endormi, se tiendra Jules, maigre, pas rasé et les yeux brillants de larmes. Ce rêve s'amenuise avec le temps, et pourtant elle demeure soumise à son obsession.

Cette fois encore, elle se lève, descend jusqu'au vestibule sur la pointe des pieds et tire la porte. À la place de son amoureux nocturne, elle ne voit qu'un parterre neigeux. Le froid de l'extérieur la fait frissonner. Elle s'irrite d'avoir prêté foi à une illusion puérile.

Elle doit avoir l'air sotte, debout, à demi dévêtue, devant ce fantôme.

Déçue, elle se retient de pleurer. « Je suis folle d'être descendue. Ce n'est pas bien. C'est même inquiétant. Sûrement, je ne suis pas dans mon état normal. » Pourtant, elle aurait juré avoir entendu le timbre de l'entrée à travers son sommeil. Elle écoute encore. Rien que le vent. Pour elle, Jules n'est plus coupable. Il lui semble qu'une loi de prescription a joué sur la faute, que tout est pardonné. Assurément, elle l'aime comme au premier jour de leur mariage. Elle se plaît à imaginer son retour, la façon dont il la regardera avant de la serrer dans ses bras, les paroles qu'il lui dira après l'avoir baisée sur la bouche. Elle referme la porte sur le vide, remonte l'escalier et se couche. Puis elle se relève, se précipite vers le lit de son fils. Derrière la porte, elle entend le léger ronflement de l'enfant. Longtemps, elle hésite à entrer pour voir Henri assoupi, baigné dans un songe calme. Cependant, ce n'est pas son petit qui peut venir la consoler mais son mari. Elle retourne dans sa chambre, la bouche sèche. Depuis combien de temps elle n'a pas senti la peau d'un homme contre la sienne ? Rejetant son peignoir et allumant la lampe, elle se regarde dans la glace. Sa chemise de nuit crème lui paraît grotesque. Pour qui ? Pour quoi ? Elle se met nue, croise les mains derrière la nuque pour hausser la masse douce de ses seins. Elle a la chair de poule. Sa peau est tendue de désir. Un fourmillement monte de son ventre. De la sueur perle à la racine de ses cheveux. Elle appelle :

« Jules… Jules, mon chéri… »

Puis elle se tait. De nouveau, elle croit entendre le carillon de l'entrée. Quel spectre s'amuse ainsi à troubler son repos ? Elle s'agenouille, récite une prière. Peu à peu, elle se calme. Elle se couche enfin, éteint la lampe et guette dans l'ombre le choc d'un pas sur le gravier du manoir Saint-Martin, le tintement d'une sonnette, le son d'une voix familière qui lui dirait :

« C'est moi, Emma. Ouvre. »

La journée du lendemain se passe principalement en visites. Les voisins viennent échanger leurs impressions, se communiquent les dernières nouvelles. Les uns prétendent qu'il ne faut pas faire la peau aux collaborateurs du régime nazi ; d'autres, en revanche, réclament des représailles. Aujourd'hui, 18 décembre 1944, c'est un grand jour. Car certains tiennent de source sûre que les patrouilles allemandes ont franchi le Rhin au nord comme au sud de Strasbourg. La nouvelle s'est répandue à la vitesse du vent.

« La victoire est indéniable !... » s'exclame la mère Glasser.

Déjà Emma n'écoute plus. Elle est fâchée que l'on parle de guerre devant Henri qui l'a déjà subie une fois. Elle se lève de son fauteuil. Les visiteurs l'imitent. Elle les raccompagne dans le vestibule. Son visage est sévère. Un parfum de chèvrefeuille émane de sa chevelure. Sur le seuil, elle murmure un « à bientôt », à peine convaincant. Puis, elle se rend à l'épicerie du village. À mesure qu'elle approche du commerce, son appréhension devient plus forte. Chaque fois qu'elle sort, elle craint d'apprendre une mauvaise nouvelle à son retour. N'est-il rien arrivé à Jules se demande-t-elle inlassablement ?

Ce soir encore, ses frayeurs se révèlent sans fondement. Henri vient de se coucher. Elle l'embrasse, le serre dans ses bras et le borde. Puis elle dîne avec Germaine venue lui tenir compagnie.

« Tu sais, dit la vieille dame, je pense à Hélène. Elle aurait aimé te revoir.

– J'ai du mal à réaliser, répond Emma, qu'elle soit partie à jamais. Elle m'a tellement aidée. Tout cela est dur. »

Le carillon sonne les 9 heures. Germaine, qui n'a presque rien avalé, s'en va.

« Venez avec le petit à la maison pour Noël, dit-elle.

– Non, c'est toi qui viendras. On partagera notre repas en pensant aux absents.

– D'accord. »

Immédiatement après le départ de la vieille dame, Emma se couche. Cette dernière conversation retentit encore dans son esprit. « On partagera notre repas en pensant aux absents... » Enfin, elle s'assoupit. Au milieu de la nuit, un coup de sonnette l'éveille en sursaut. Dans la grande demeure, le timbre résonne de façon agressive et menaçante. Henri hurle dans sa chambre. Glacée de terreur, le visage moite et le cœur perdu, Emma saute hors de son lit, enfile un peignoir, dévale l'escalier de chêne verni. En chemin, elle se dit qu'elle a tort de se déranger et qu'il aurait été sage d'attendre. Sans doute s'agit-il d'une erreur. Elle s'immobilise dans l'entrée. La sonnette s'est tue. Un silence lugubre s'est installé dans toute la demeure. Rassemblant son courage, elle demande faiblement :

« Qui est là ? »

Et tout à coup, sans attendre la réponse, comme mue par un instinct plus fort que la raison, elle tire la chaînette et ouvre le vantail. Devant elle, dans l'ombre brumeuse, deux hommes se tiennent debout. Ils ont un visage raviné, tari, barbu. Sous leur front osseux, leurs yeux brillent, ronds et fixes comme ceux d'un animal empaillé. L'un d'eux lève la main. Emma pousse un cri :

« Jules... Paul... »

Et le sol glisse sous ses pieds.

Lorsqu'elle reprend connaissance, sa tête repose sur la poitrine du médecin. L'haleine de ce dernier lui caresse la figure. Ils se trouvent encore dans le vestibule, serrés l'un contre l'autre, maladroits, épuisés d'allégresse. Emma ne se lasse pas de tâter le corps de son mari à travers le tissu sale qui sent la route et la poussière. Elle a peur de s'éloigner de lui, comme si, en rompant le contact, elle eût risqué de perdre la preuve de son retour. Immobile, engourdie dans son plaisir, effrayée par sa chance soudaine, elle a oublié son frère, Henri et la porte ouverte sur la rue. Subitement, elle prend conscience de son égoïsme. Jules doit certainement avoir envie de voir son fils.

« Je te demande pardon, s'exclame le médecin.

– Mais pourquoi ?

– Pour t'avoir obligée à me suivre. Pour ne pas t'avoir informée que j'avais la vie sauve. »

Les yeux d'Emma deviennent graves. Enfin, elle prononce d'une voix enrouée :

« Ne parlons plus du passé. On a un enfant à élever. »

Il croit l'avoir mal comprise. Un élan de bonheur déchire son angoisse. Il porte le poing à sa bouche pour étouffer un sanglot.

« Conduis-moi à lui, supplie Jules.

– Il est là-haut. Viens. »

Avant de monter les marches de l'escalier, Emma serre son frère dans ses bras.

« Paul, je suis contente de te voir.

– Pas tant que moi grande sœur. On aura le temps de discuter demain. Profite de ton mari.

– Viens voir le petit toi aussi.

– D'accord. »

Parvenue devant la chambre d'Henri, Emma pousse la porte. Le garçon s'est rendormi. Jules sourit d'un air tranquille. Ses dents brillent dans sa barbe.

« C'est très bien comme ça, il me verra quand je serai lavé et rasé. Je lui ferai moins peur…

– Tu as peut-être raison. »

Ils sortent.

« Dès demain, j'irai remercier Hélène pour son aide.

– Jules, elle est morte depuis quelques mois déjà. »

Le docteur secoue la tête de gauche à droite comme pour nier l'évidence. Il demeure debout, les bras ballants, la face défaite par le chagrin. Emma embrasse Jules sur la joue. Ce seul contact le refoule vers le passé. Quand il allait voir sa jeune promise chez Hélène. C'est chez la vieille dame que leur idylle est née. C'est là bas aussi qu'elle a grandi. Jules ne peut s'empêcher de revoir la pièce dans laquelle il donnait ses leçons. La vieille dame se retirait pour laisser les amoureux seuls. Elle les faisait rêver, elle plaisantait, elle se battait pour eux. Est-il possible qu'il ne reste aujourd'hui d'Hélène que des souvenirs ?

« Tu es fatigué, mon chéri, demande Emma pour rompre ce triste silence.

– Oui, beaucoup !

– Tu as faim ? »

Jules ne répond pas et baisse les paupières.

« Mon Dieu ! s'écrie Emma en le poussant dans la cuisine. Et moi qui bavarde. Assieds-toi. Je vais te préparer une omelette.

– Laisse, je m'en occupe, dit Paul. Reste auprès de ton mari.

– Merci. »

Elle rit. Des larmes jaillissent au bord de ses yeux.

« Prends une bouteille de vin à la cave. Le docteur Wittmann ne nous en tiendra pas rigueur ! » s'exclame-t-elle.

Jules tousse dans son poing. Emma écoute le son de cette toux virile. Une voix et une odeur d'homme sont entrées dans la maison. Elle aurait voulu lui raconter tout ce qui s'est passé durant son absence. Mais elle ne parvient qu'à lui sourire d'un air béat.

Elle le regarde manger, rapidement. Puis, ils gagnent la chambre. Ils s'allongent. Jules tourne vers sa femme un regard langoureux. Et soudain deux bras étreignent Emma avec vigueur. Les lèvres gercées du médecin écrasent la bouche de la jeune femme. Ils se cramponnent l'un à l'autre dans un mouvement de désirs incontrôlables. Dans un amas de cheveux et de plaintes, elle entend tomber des paroles inespérées :

« Je t'aurais attendu toute ma vie… Tu es l'ombre de moi-même. »

Un spasme la surprend, lui coupe le souffle.

Le lendemain, Jules ne se réveille qu'à midi. Emma a apporté un plateau au lit. Paul s'occupe d'Henri. Apparemment, les deux sont devenus presque inséparables. On les entend courir dans toute la maison. Soudain, on frappe à la porte de la chambre.

« Oui, dit Emma

– C'est Paul. Germaine est là. Elle a failli avoir une syncope en me voyant et… »

La vieille dame n'attend pas que le jeune homme termine sa phrase. Elle colle son oreille sur le battant.

« Il n'y a rien de grave au moins ? crie-t-elle comme si elle parlait à un combiné de téléphone.

– Non. Ne t'inquiète pas, rassure Emma. Demande juste à Paul d'arrêter de courir partout avec Henri. Je préfère qu'il soit calme. Emmène-le dans le salon.

– Pourquoi ?

– Son père est revenu. »

Un cri pointu retentit derrière le battant :

« Dieu soit loué ! »

Emma et Jules se regardent en éclatant de rire. Le médecin conclut gaiement.

« Tant pis pour la barbe. Il m'acceptera bien tel que je suis. »

Elle lui saisit la main, appuie ses lèvres violemment contre la paume :

« Henri t'attend. Je vous laisse entre hommes. »

Jules descend l'escalier. Ces marches contribuent à créer l'atmosphère de la maison. Mais aussi le couloir qui conduit jusqu'à la salle à manger. Le bois du parquet s'est gondolé avec l'âge et craque à chaque pas. Une mouche virevolte devant le grand miroir qui trône dans le vestibule. Jules sait désormais qu'il est revenu à la maison. Sa rencontre avec son fils en est la confirmation. Une gaieté paisible l'envahit et brouille ses idées, comme s'il avait bu une quantité irraisonnable de champagne. Il a chaud subitement. Il entre dans le salon, aperçoit devant lui Henri en culotte courte et s'exclame en paraissant étonné :

« Alors, mon bonhomme ! Tu ne viens pas embrasser papa ? »

Sans quitter du regard l'adulte en face de lui, l'enfant serre convulsivement son ours en peluche sur sa poitrine et se met à pleurer :

« Ce n'est rien, dit Paul. Juste le temps de faire connaissance. Il est charmant ce gamin. En dix minutes, on est devenu copain lui et moi. »

Jules détourne la tête. Son cœur cogne dans sa gorge. Il sent les larmes se détacher de ses yeux, abondamment, régulièrement. Elles mouillent sa barbe, son nez. Il voudrait s'arrêter mais ne le peut pas. Il dirait à son fils qu'il a pensé à lui tous les jours, que c'est grâce à lui qu'il a gardé espoir durant cette maudite guerre. Mais il ne peut que murmurer :

« Je vais faire ma toilette. Je reviens. »

* *
*

Accoudés à la fenêtre de la salle à manger, Emma et Jules contemplent la nuit pendant que Germaine et Paul s'affairent à la cuisine. Henri est déjà couché. En ce soir de Noël, le ciel est étoilé. Une lune ovale marque le centre du monde. Son contour est vif comme celui d'une médaille qui rayonne sur la neige amoncelée dans le feuillage des arbres.

« C'est tellement beau que ça donne envie de pleurer », dit Emma.

Jules se tait. L'horloge sonne minuit. Les cuisiniers font leur entrée avec quelques *Bredele* et des oranges. On se souhaite de joyeuses fêtes et surtout une année meilleure. Les réjouissances sont rares en Alsace. Mais malgré toutes les horreurs de la guerre, les habitants ont toujours essayé de conserver la tradition.

« Mes enfants, j'ai à vous parler, lance soudain Germaine. Asseyez-vous. »

Tous prennent place autour de la table.

« Qu'est-ce qui se passe ? demande Emma inquiète.

– Rien de particulier. J'ai une promesse à tenir. Et je ne veux certainement pas y déroger. Avant de mourir, Hélène m'a fait jurer une bonne vingtaine de fois de vous remettre en mains propres votre soupière bleue. Je pense que le moment est venu.

– C'est tout à fait Hélène, lance Jules en souriant.

– Seul détail. La soupière est pleine.

– Pleine de quoi ?

– Je ne peux vous en dire plus, je n'ai pas eu le droit de soulever le couvercle.

– Mais ta curiosité…

– Elle m'avait répété mille fois *sous aucun prétexte.* »

Un silence parcourt l'assistance.

« Bon, eh bien on va voir ça tout de suite, déclare Jules. Où est-elle cette soupière ?

– Sur le guéridon, dans le couloir de l'entrée. Mais je t'en prie, Jules. C'est une histoire entre vous deux et Hélène. Si elle ne voulait pas que j'ouvre le couvercle, c'est bien pour garder secret ce qu'il y a dedans. Si après vous désirez en parler, libre à vous. Mais je vous en prie, pas maintenant. »

Jules se lève et se dirige vers la fenêtre. Il soupire tout en regardant devant lui. Pas de vent. Pas un bruit. Tout est calme. Emma se met à débarrasser la table.

« Allez, nous verrons ça demain », dit-elle sous un air faussement enjoué.

Germaine se met à rire en plissant les yeux.

« Je vais vous laisser.

– Mais non, proteste Jules. Reste encore un peu.

– Écoute, j'ai eu cet objet de faïence devant les yeux pendant des mois. Je sais la torture qu'il procure. Alors, on se verra demain. Il est déjà très tard. »

Le couple Peyrie raccompagne la vieille dame tandis que Paul gagne discrètement sa chambre. Quand le médecin ferme la porte d'entrée, un grand vide plane entre Emma et Jules. La pendule sonne la demie. Le moment n'est-il pas bien choisi pour ouvrir le couvercle de la soupière bleue ?

XXIX

La délivrance

Le 24 décembre 1944 est un véritable cauchemar pour les parents d'Armand Singert. Après le modeste repas pris en commun, le jeune homme ouvre la grande armoire, pleine de papiers, de journaux et de propagande nazie. Il jette les liasses les unes après les autres par terre. De temps en temps, il saisit un feuillet, le lit et le déchire.

« Qu'est-ce que tu fais ? demande André.

– Je me débarrasse de mes archives.

– À 11 heures du soir ? »

André considère son fils avec un mélange d'appréhension et de crainte.

« Tu peux m'aider à brûler tout ça ? » demande Armand.

André apporte des piles de brochures à côté de la cheminée. Une fois l'armoire vide, Armand saute à terre. Accroupi devant l'âtre, il jette un par un les opuscules dans le foyer. Des flammes claires s'élèvent au-dessus des pages qui noircissent et se recroquevillent avec lenteur. Au cœur du brasier, parmi des guirlandes d'étincelles, apparaissent des mots, des expressions : « Engagez-vous pour le Reich ! Soyez fiers d'être allemands ! Éliminez la vermine juive ! »

Un reflet jaunâtre éclaire le visage d'Armand et projette une ombre mouvante au plafond. Ce spectacle insolite pour un soir de Noël plonge le jeune homme dans ses réflexions. Depuis les combats acharnés autour de Kaysersberg et d'Ammerschwihr entre le 16 et le 19 décembre, il n'y a plus lieu d'espérer la victoire. Tous ces Alsaciens sont-ils devenus fous ?

« Tu ne vas pas repartir, dis-moi ? » interroge André.

Silence. Tapi comme une araignée dans son coin, Armand ravive le feu avec son tisonnier.

« Tu vas parler, nom de Dieu ? » hurle André en levant la main.

Armand tressaille, ouvre la bouche, prêt à avouer. Mais il n'en a pas la force. Depuis le retour d'Emma et de Jules à Westhoffen, il n'a plus rien à espérer ici. Il ne pourra plus jamais revoir le petit Henri. Quand il songe qu'il s'est engagé sur le front allemand dans le but d'oublier l'existence de son fils ! Un fils sur lequel il n'a jamais eu aucune légitimité. Doit-il accepter de vivre sa paternité par procuration ? Un tic nerveux fait vibrer les commissures de ses lèvres. Armand imagine sa pauvre existence pour les jours à venir : célibataire, abandonné par le Reich, condamné à vivre dans la demeure de ses parents, que peut-il encore espérer ? Soudain, il sent la main de son père le frapper violemment sur la tête.

« Mais dis quelque chose ? »

Armand se lève et sort de la pièce.

« Tu n'aurais pas dû, lance la mère à son mari.

– Pourquoi ? Il n'a rien dans la tête ce gamin... »

André s'assoit dans son fauteuil et se frotte le front avec le plat de la main. Sa respiration se calme. Sa colère s'estompe. Il résiste au désir d'aller retrouver Armand. Soudain, il entend la porte de la remise se fermer. Le jeune nazi est parti à vélo en pleine nuit sur la route de Westhoffen.

« Va-t'en au diable ! » grommelle André.

Et il se prépare à aller se coucher.

* *
*

Jules allume la lampe tandis qu'Emma dispose la soupière sur la table de la salle à manger. Un courant d'air étire la flamme de la cheminée. Sur le mur se profile l'objet en porcelaine. Le médecin ferme la porte du couloir pour préserver la chaleur et l'intimité de leur découverte. Le cœur battant, il s'assoit. Emma s'efforce de sourire, comme pour le rassurer. Puis elle regarde leur cadeau de mariage, le touche avec émotion. Sa gorge se crispe. Elle retient ses larmes tout en laissant courir ses yeux sur le décor qui l'entoure. Au milieu du mobilier en bois, des photos de famille, la soupière bleue a toute sa place.

« C'est tout ce qui nous reste d'Hélène ! s'exclame Emma.

– Oui, mais alors quelle leçon de courage elle nous donne.

– Toute sa vie, elle a fait front à ma famille, aux dangers qui se présentaient.

– Tu te souviens, elle disait toujours : mes enfants, acceptez l'avenir sans rien oublier du passé.

– C'était une femme merveilleuse, pleine de générosité, de force et de courage. Il faut lui faire confiance. Elle ne nous a pas donné cette soupière pour qu'on pleure devant, continue Jules. On y va ?

– D'accord. »

Emma soulève le couvercle. À l'intérieur, le magnétophone offert par le docteur Wittmann avec une petite carte accolée : « Je pense que vous savez mieux le faire fonctionner que moi… »

Jules et Emma se regardent, surpris. Le médecin appuie sur la touche lecture.

Bonjour mes enfants. Vous serez étonnés de m'entendre alors que vous venez juste de vous débarrasser de moi. Mon instituteur me disait toujours que j'avais la fâcheuse manie, quand on me sortait par la porte, de rentrer par la fenêtre.

Au son de la voix, il semble à Emma qu'Hélène est juste devant elle, avec son visage protecteur et ses mains tendues. Elle voit les yeux de la vieille dame briller, les rides de son front bouger et sa bouche se mouvoir pour égayer un moment grave, par un humour bien à elle.

La France est à bout. Vous devez tellement souffrir pour elle. L'Alsace n'est plus qu'un chaos où l'homme sensé ne discerne rien. Bref, je ne vais pas vous parler trop longtemps. Venons-en aux faits.

Instinctivement, Jules rapproche sa chaise de la table.

À la naissance d'Henri, j'ai immédiatement soupçonné que l'enfant était d'Armand. Pendant votre absence, j'ai conforté notre nazillon dans cette idée, pour le contenir.

Emma se lève d'un bond. Jules éteint rapidement l'appareil. Il prend son épouse dans ses bras. Ils s'étreignent longuement, en silence. Quand la jeune femme retrouve ses esprits, elle est assise dans un fauteuil en face du médecin qui se tamponne les yeux avec un mouchoir.

« C'est affreux, gémit-elle. Je ne sais pas quoi te dire. J'ai si mal pour toi. Je voudrais que tu...

– Emma, je n'ai rien demandé.

– Mais...

– Je le savais.

– Quoi ? Mais comment ?

– Peu importe la méthode. C'est vrai qu'au début je me suis senti trahi. Après, j'ai réfléchi. J'ai compris que tu n'avais pas vraiment eu le choix. Je m'y suis fait. Henri n'en saura jamais rien. Il est mon fils. Point final.

– Mais je voudrais t'aider, te soulager de ta peine. Je me sens bête, impuissante... »

Jules lui lève le menton :

« Je ne tiens pas vraiment à être consolé ma chérie. »

Emma incline la tête en signe d'assentiment. Son regard se fige, noir et brillant, comme une pierre précieuse.

« C'est étrange, reprend-elle après un court silence, je pense que si tu... Si tu n'étais pas rentré...

– Arrête Emma. C'est fini tout ça... Hélène a encore des choses à nous dire. Alors on va l'écouter et aller nous coucher. Tu es d'accord ? »

Bercée par le bourdonnement de ces paroles, Emma compare Jules à un héros de roman à l'eau de rose où les hommes sont toujours magnifiques de bonne humeur, de gaieté, d'audace et de dévouement. Elle se dit qu'elle a vraiment de la chance.

« D'accord, répond-elle. Allons-y. »

Je suppose que cette dernière révélation vous a bouleversés. Vous en aurez d'autres. Et si vous avez arrêté l'appareil le temps de discuter un instant, le mieux désormais est d'écouter le tout d'un seul trait.

Emma et Jules sourient à ce conseil autoritaire.

Je me suis néanmoins souvenue d'un détail. Un détail essentiel. Armand a eu les oreillons à l'âge de quinze ans.

« Ce n'est pas vrai ! » murmure Jules d'un air hébété.

J'ai donc contacté le docteur Wittmann en Suisse. La situation n'était pas simple. Le courrier était envoyé à une tierce personne qui le lui remettait. Et puis, vous connaissez le père Victor. On n'a pas intérêt à le prendre pour un imbécile. Mieux valait-il ne pas tourner autour du pot. J'ai donc joué franc-jeu, expliqué la situation, mes soupçons et insisté sur mes souvenirs. Notre vieux praticien, on le sait, est besogneux. Il a soigné toutes les familles du pays pendant plus de quarante ans. Je le revois encore avec sa trousse noire, ses besicles et son habit qui sent les médicaments et le crottin de cheval. À ma demande, il s'est méfié immédiatement, même s'il était pris dans l'étau. À la fois, il ne voulait pas rompre le secret médical et à la fois il ne pouvait pas laisser son amie d'enfance sans réponse. Vous savez, quand il veut, le docteur Wittmann a le goût des nuances. Il m'a dit que peut-être, cette maladie "pouvait" rendre stérile Mais si je cherchais mieux... J'aurais une réponse à mes questions. Évidemment, je lui ai demandé s'il se payait ma tête. Il m'a répondu qu'il était fort étonné que je n'aie pas encore regardé le dossier médical situé dans le cabinet. Le bougre, il m'aiguillait sans rien me confirmer.

"Ma chère Hélène ! m'a-t-il écrit. Tu oublies de reboucler. Tu évalues bien les situations, l'enquête n'est pas insensée. Mais au moment où tu vas toucher juste, tu passes à côté. Rien qu'à cause d'un détail. Tu me déçois. Tu as encore une marge de progrès, mon amie... Le dossier... Le dossier."

Je m'en suis voulu pendant des jours de ne pas y avoir pensé plus tôt. J'ai ouvert l'armoire avec difficulté. En fait, j'ai dû la défoncer. J'ai saisi le dossier d'Armand. Moi non plus je n'étais pas persuadée que les oreillons puissent rendre un homme totalement stérile. Alors j'ai lu le rapport médical. Quand Armand a eu cette maladie infantile en pleine adolescence, le docteur Wittmann a, par précaution, vérifié les testicules de son patient et a constaté une "cryptorchidie inguinale et bilatérale", entraînant forcément la stérilité d'Armand. Je me remets donc, dans mes derniers jours de vie, au diagnostic de notre bon médecin de village. Je crois en lui. Voilà... Je ne veux pas faire ici d'adieux trop émouvants. Je pars la conscience tranquille et avec la certitude que notre Henri est bien un Peyrie, un vrai. Soyez heureux mes enfants. Que Dieu vous garde ! ... Ah ! Encore une chose, j'ai vendu ma ferme et mis l'argent de côté pour Henri. Le livret est dans le tiroir de droite du vaisselier, dans une pochette bleue. Faites-en bon usage. Embrassez ma tendre amie Germaine. Sans elle, je n'aurais pas tenu tant de temps. Elle a été ma force. De là-haut, je veillerai sur elle. Je vous embrasse.

Hélène.

La pièce baigne dans une lumière blafarde. Jules ouvre la fenêtre.

« Une cryptorchidie inguinale et bilatérale, murmure-t-il en appuyant sur chaque mot.

– C'est quoi ? demande Emma.

– Une non-descente des deux testicules dans les bourses au cours du développement embryonnaire. C'est une malformation.

– Et...

– À l'adolescence, les testicules sont atrophiés et totalement inopérants. En résumé, Armand est stérile, comme nous l'apprend Hélène. Et le verdict est sans appel.

– Mais la tache de vin sur le corps du petit ?

– La tache de vin ? Mais ça n'a rien à voir.

– Ce n'est pas héréditaire ?

– Mais où as-tu cherché ça ? »

Un vent froid soulève les rideaux et chasse les papiers disposés sur un des accoudoirs du fauteuil. En repensant au monologue d'Hélène, Jules éprouve une étrange impression d'angoisse et de bonheur. Ce qui, hier encore, était de l'ordre du rêve devient soudain une réalité lourde de conséquences. Il songe que demain commence une nouvelle vie. Il s'inquiétera légitimement pour son fils. Dans quelques années il redoutera pour lui les mauvaises fréquentations et les femmes trop légères. Et il pourra lui faire des remarques sans craindre la réponse fatidique : « Tu n'es pas mon vrai père. » Jules ferme la fenêtre. Il lui semble qu'il respire mieux depuis qu'il a connaissance de la vérité. Il s'était tellement persuadé qu'il fallait s'habituer à vivre avec le fils d'un autre ! Il y a quelques minutes encore, il jouait la comédie de la sérénité comme une discipline imposée. Maintenant, il est libre d'aimer.

De son côté, Emma n'a plus la moindre raison de se contenir. Longtemps, elle s'est débattue dans le désespoir. Désormais, ses forces l'abandonnent. Hélène l'a libérée du carcan dans lequel elle était enfermée. Pendant cinq minutes, Emma et Jules se regardent sans parler. Elle frotte ses mains l'une contre l'autre, dans un geste machinal. Puis, elle le rejoint près de la fenêtre. Une pleine lune étincelante se distingue dans un ciel moucheté d'étoiles. Longtemps, ils restent enlacés devant ce spectacle de lumière. Elle pense que finalement Henri n'a pas beaucoup changé à ses yeux. Elle continue à le voir tel qu'elle l'avait quitté : un bébé avec de gros yeux bruns, pailletés d'étincelles rieuses. À cette évocation, un flot de tendresse la soulève. Ah ! tenir dans ses bras, réchauffer, préserver, bercer cette vie à ses débuts. Être utile à nouveau. Évidemment, il y a Armand dans les alentours. Jules ne le sait pas encore… Mais elle est assez forte maintenant pour écarter le rouquin. Une fois cette pourriture éloignée, le petit sera tout à elle. À elle et à Jules. Ils s'occuperont d'Henri, ensemble. Ils l'élèveront selon leurs idées. Ils en feront un homme simple et travailleur. Cette conviction devient le centre de la joie d'Emma. Elle reprend espoir. Elle aperçoit désormais un but dans le lointain : vivre ici, en Alsace, dans son village, avec sa famille, pour l'éternité.

* *
*

Armand donne un coup de pédales. Le voici seul au cœur de la forêt qui descend vers Westhoffen. La lampe de son vélo éclaire à peine deux mètres devant lui. C'est suffisant pour avancer. Sa jambe lui fait mal. Il pense à ses espoirs, ses doutes et ses révoltes. Dans le noir de ce bois profond, le visage de Jules s'affiche clairement à ses yeux. « Jules… Jules Peyrie… L'homme entier, dur, honnête… Eh bien Jules Peyrie, j'ai déposé ma marque à jamais dans ta vie, se dit-il. Je ne pourrai m'en séparer qu'en mourant. » Armand l'a compris maintenant. Très tard sans doute. Mais il ne croit plus se tromper. Oh oui ! Il régnera à jamais sur les Peyrie, d'un bout à l'autre de leur maison. Tout à l'heure, il regardait le bûcher où se consumait tout ce qui restait de sa gloire passée. Il a vu se tordre, noircir, étinceler et fumer les derniers vestiges de son maudit passé. Il a vu se perdre sa dernière chance de reconnaissance. Comme les flammes étaient belles et claires !

Le nazi avance. Les premières maisons du village apparaissent sur le bas-côté. Quelques fenêtres sont encore éclairées. La peur se réveille en lui devant son acte futur. La peur qu'il croyait oubliée. A-t-il le droit de disposer de la vie d'autrui comme il va le faire ? N'est-il pas un assassin ? Il voudrait tomber à genoux, se signer sept fois pour conjurer le mauvais sort qui le fascine. « Vous savez bien mon Dieu que je suis la réincarnation du diable. Vous savez bien mon Dieu que je ne peux pas agir autrement. » Armand revoit en une seconde le visage d'Henri. Une dernière fois. Assez ! Assez. Vite la délivrance.

Le vent souffle sur Westhoffen. Les volets sont fermés. Le silence emprisonne le corps d'Armand jusqu'à la poitrine. Son vélo dévale la rue principale. Il se croit reporté à cette époque lointaine où Emma lui tenait compagnie parce qu'il était enrhumé. Ils avaient sept ou huit ans. Ce soir, elle pourrait être près de lui, comme jadis, mais pour toujours cette fois. Il roule à vive allure maintenant, jusqu'au carrefour. Il tourne à gauche. La pente devient raide. Sur le trottoir, Germaine rentre de sa soirée. Quelques mètres séparent son habitation du manoir Saint-Martin. Elle est juste devant chez elle. En apercevant Armand Singert filer sans la voir en direction de la maison de ses amis, elle comprend que quelque chose de grave va se passer. Mille pensées se chevauchent dans le cerveau de la vieille dame. Une seule émerge : le pistolet qu'Hélène lui a confié avant de mourir. Elle se rend dans sa salle à manger, ouvre le tiroir de son armoire et, sous un chiffon, attrape l'arme. « Hélène m'a dit qu'il est chargé. » Elle met l'objet dans son sac et ressort à vive allure de son domicile. « Que nous veut encore cette peste ? Il ne nous laissera donc jamais en paix. » Devant elle, à l'extrémité de la rue, elle voit l'ombre d'Armand poser la bicyclette sur le mur. « Et mon arthrose me fait mal », se dit encore Germaine. Il disparaît dans l'allée. Elle accélère le pas. La fumée des cheminées emplit les poumons de la vieille dame. La rue principale défile avec ses demeures aux volets fermés. Germaine lève les talons. Inutile de se faire repérer par le gamin. Parvenue au bout de la rue, protégée par l'angle du mur, elle tourne méthodiquement la tête sur le côté.

Il y a encore de la lumière chez les Peyrie. Armand est caché derrière le tilleul situé en face de la propriété. Il attend. Ce n'est pas bon signe. Emma et Jules doivent être en train de découvrir l'intérieur de la soupière bleue.

« Mais que fait-il là ? murmure Germaine. C'est pas bien catholique tout ça. »

Elle serre les poings pour se donner du courage. Elle se dresse sur les orteils pour observer la scène. La lumière s'éteint chez les Peyrie. Éclairé par la lune, Armand bouge de quelques pas et s'immobilise au centre du jardin. Elle le voit sortir de sa poche un pistolet, se diriger vers la porte d'entrée de la maison. Germaine flotte un instant dans le vide. Dans un effort de raison, elle ne peut se convaincre que tout espoir soit perdu. Elle respire fort. Son haleine fume en sortant de sa bouche. « Il ne va pas faire ça, se dit-elle, ce n'est pas vrai. » La maman d'Yves reste figée. Sa figure ronde est rouge d'échauffement. L'urgence de la situation ne permet aucune attente. « Il faut que j'y aille. C'est eux ou lui. » Certaines paroles, une fois prononcées, donnent la sensation du devoir accompli. Elle s'élance dans l'allée. Ses chaussures écrasent les gravillons. Armand a la main sur la poignée de la porte.

« Non ! non !... N'entre pas ! » crie Germaine.

Armand tressaille. Sa chair se hérisse. Entre son pistolet et la main, il a la sensation que le sang ne passe plus. Il se retourne. La vieille dame a braqué son revolver sur lui. Il sourit. « Une femme de ton âge venue défendre ses amis de toujours en pleine nuit de Noël, comme c'est touchant. »

« Tu ne feras pas ça !

– Eh bien Germaine, tu veux aussi faire partie de la fournée ? Tu sais que je suis meilleur tireur que toi. Sais-tu au moins si ton arme est chargée ?

– Ça suffit Armand. Je ne suis plus une enfant.

– C'est toi ou moi en quelque sorte ?

– Nous verrons. J'ai une seule question à te poser.

– Tu crois que c'est le moment ?

– J'ai toujours été persuadée que tu avais tué Yves. Ai-je tort ? »

Le souvenir de son camarade de lutte frappe Armand comme un album photo qui défile devant ses yeux. Cette vision du passé, des fêtes entre copains, de la gloire du nazisme émergent comme un cauchemar. C'est vrai, cet homme il l'a tué. Par obligation, par discrétion. À cette époque, c'était pour lui quelque chose d'insignifiant. Aujourd'hui, son esprit bat en retraite et s'aperçoit de l'horreur dans laquelle il a plongé ses proches durant toutes ces années. Et alors ? Yves n'avait-il pas choisi son camp ?

« J'ai toujours su, continue Germaine. Et malgré tout, je n'ai rien dit.

– Tu n'as pas de preuves.

– Hélène m'avait expliqué qu'elle t'avait demandé d'être discret, de parler à Yves. Et toi tu l'as supprimé.

– Pourquoi ne m'as-tu pas dénoncé ?

– Tu dirigeais tout ici. On ne m'aurait pas crue. »

La vieille dame a raison. Il est responsable. Il incarne le génie du mal dans ses manifestations les plus basses. Il a, par sa seule présence, apporté le trouble dans une famille heureuse. « Le ver dans le fruit… La semence du diable. »

« Soit tu t'en vas. Soit je te tuerai, dit-elle. Et je te jure que je le ferai. »

Armand pense soudain qu'il n'échappera pas à ce qu'il a été. Un nazi. Un meurtrier. Un violeur. Il n'y a plus qu'une seule issue pour lui. Par son geste, il aura au moins l'illusion d'être encore bon à quelque chose. Il approche l'arme de sa tempe et bouche ouverte, paupières closes, s'emplit jusqu'au vertige d'une explosion salvatrice.

XXX

« On ne fête jamais les échecs... »

Au coin de la rue principale et du passage Adolf-Hitler, l'encombrement est tel qu'Emma et Jules Peyrie se frayent difficilement un chemin. Les abords de l'église sont noirs de monde.

« Nous arrivons juste à temps, dit le médecin. Le corbillard est là. »

En effet, quatre hommes portent un cercueil qui flotte au-dessus de leur tête comme une barque. En un clin d'œil, la nef se remplit. Sous l'élan des porteurs, les grilles du chœur ont été renversées. Armand repose désormais devant l'autel. L'assistance est si nombreuse que les chuchotements créent un bruit de fond. Les cierges sont allumés un à un. Puis c'est le tour des lustres. D'abord très sombre, le sanctuaire resplendit de tout son or, comme pour une grande fête chrétienne. Ce n'est plus un pécheur que l'on enterre à la sauvette, c'est la réconciliation entre collaborateurs et résistants que célèbre la communauté des fidèles.

Jules tourne la tête, s'étonne :

« Tu as vu un peu ça, dit-il à Emma. Ils sont tous là. Les Grossmann, les rois du marché noir, les Hermann, résistants de la première heure, les Keller, qui ont dénoncé tant de monde, et Germaine, la pauvre, qui a perdu son fils avec le Reich et récupéré son honneur avec Armand. C'est incroyable de les voir tous ici réunis.

– Je ne suis pas étonnée. »

L'attente se prolonge un peu. Les gens parlent entre eux, toussent, font craquer les bancs. Enfin le prêtre paraît. Des enfants de chœur lancent de droite à gauche des regards surpris. Jamais l'église n'a été si remplie. La chorale paroissiale réunie en hâte entame un Ave Maria aux notes écorchées. La ferveur monte. Le curé ferme les yeux et accompagne les chanteurs. De nouveau, le silence. Des sanglots dans l'assemblée.

« Mes bien chers frères. Nous sommes ici pour rendre hommage à la mémoire d'Armand Singert… Je suis vraiment heureux de voir que nombre d'entre vous ont fait le déplacement dans un esprit de réconciliation. Car oui, c'est bien de cela dont il s'agit ici. Armand était un jeune garçon simple et plein de vie. Je lui ai moi-même enseigné le catéchisme. Quand nous avons subi la guerre, des comportements se sont modifiés…

– Regarde là-bas, chuchote Emma à son mari. Il y a les Stoessel, les Imber… Les Uhmann. Les plus grands résistants à l'enterrement d'Armand, c'est curieux. »

Jules tourne la tête, s'étonne, demande des précisions.

« Cependant, je suis heureux de constater que certains d'entre vous ont fait l'effort de venir se recueillir ici même auprès du défunt… Jésus lui-même n'a-t-il pas pardonné à ses bourreaux ? Oui ! C'est un signe d'intelligence de croire que nous sortirons de ce conflit par la réconciliation.

– La réconciliation… Il n'a que ce mot à la bouche. Il est tout de même gonflé, continue Emma.

– Oui… On pourrait être surpris de voir ici Germaine Dutrimann. Combien d'entre nous lui ont tourné le dos quand son fils Yves servait les intérêts du IIIe Reich ? Combien la remercieront d'avoir sauvé la famille Peyrie ? »

Les visages plongent par terre.

« Combien de Germaine y a-t-il en Alsace ? Des mères de famille qui ont un enfant résistant à l'intérieur et un autre incorporé de force sur le front russe ? Laquelle de ces deux actions héroïques la France retiendra-t-elle demain ? La plus honnête ? La plus glorieuse ? Ou la plus arrangeante ?

Emma se pose la main sur le front et lève la tête.

« Car tout le monde, je dis bien tout le monde, ici a quelque chose à se reprocher, continue le prêtre. Une viande achetée au marché noir, une fausse déclaration, une jalousie, une dénonciation et parfois même une collaboration. »

Un brouhaha s'élève dans la salle.

« Certains l'ont fait sciemment. Mais la majeure partie n'a pas eu le choix. Demain, on aura du mal à nous croire. Alors vous voir réunis ici me fait chaud au cœur. Cela veut dire que vous prenez l'Alsace dans le creux de votre paume. Vous pourrez ainsi, par cette caresse, ressusciter votre région comme vous l'avez connue avant. »

En entendant des compliments de ce genre, Jules se sent aussi flatté que s'ils lui eussent été destinés personnellement. « Je vais me réconcilier avec les curés », pense-t-il. Aux derniers mots du prêtre, les gens se mettent à parler ensemble. L'un gémit parce qu'il a été obligé de servir l'Allemagne devant l'insistance de sa femme malade. Un deuxième se plaint de son fils, chef à la Hitlerjugend. Un troisième supplie Dieu de le pardonner d'avoir cédé à la tentation du marché noir. Mais qui se sent réellement responsable ? Personne et tout le monde ?

« Le moment est venu d'accompagner Armand dans sa dernière demeure. Prions pour recommander son âme à Dieu.

– Là, il exagère, chuchote Emma. Le pardon a des limites. »

Quand tout est fini, les amis et la famille du défunt défilent pour asperger le cercueil d'eau bénite. Parmi eux, les parents d'Emma et de Paul.

« Il faudra du temps, prononce doucement Jules à l'oreille de sa femme. Mais ils reviendront... Ils reviendront vers leurs enfants.

– Je ne demande rien, répond-elle.

– Oui, mais j'espère que tu ne leur fermeras pas la porte.

– Et c'est toi qui me dis ça ?

– Pourquoi pas ? »

Le mouvement de la foule les pousse vers la sortie. Ils se retrouvent à côté de Germaine, sur le parvis. Il fait froid. La neige, qui est tombée la veille, forme une boue jaune sur la chaussée, mais brille encore sur les toits des maisons. Les porteurs glissent le cercueil dans le corbillard et emportent la boîte dans laquelle les habitants ont déposé une carte, un mot, une injure.

« Somme toute, dit Germaine, l'affaire s'est déroulée au mieux. »

Une main légère se pose sur l'épaule de Jules. Il se retourne. Un éclair en plein jour. Le cœur qui tombe en chute libre : Victor Wittmann ! Le vieil homme lui sourit sous son couvre-chef. Toujours cette bouche mutine et prête à trouver un bon mot, cette joliesse de traits, cet air d'audace et de gaieté dans le regard. Le docteur enlève son chapeau. Il a perdu des cheveux. Mais ça lui va bien.

« J'ai mal choisi mon retour, dit-il.

– Oui, enfin, je ne sais pas », lance Emma, en larmes.

Germaine rattrape les personnes qui suivent le corbillard.

« Le docteur Wittmann est rentré ! hurle-t-elle sans se sentir ridicule.

– Je n'ai pas voulu venir à la cérémonie… Vous savez, je préfère la synagogue, plaisante le vieux monsieur.

– Mais ce n'est pas grave, lance Jules ironique. On ne va pas vous tuer pour ça.

– Il est mignon mon élève... Il est devenu aussi cynique que moi. »

Tous rient. Emma s'appuie au bras de son mari pour traverser la foule qui se disperse. Victor marche à côté d'elle. Personne ne dit mot pendant quelques secondes. Chacun se retrouve avec lui-même. Soudain, Emma rompt le silence :

« Nous savons toutes les horreurs que votre famille a connues. Je voudrais vous dire que…

– Et moi je sais que vous avez un robuste petit garçon que j'espère voir bientôt, coupe Victor pour rompre une conversation qui lui déplaît.

– Il est au manoir, annonce Jules. Il vous attend.

– Et toi, mon élève, qu'es-tu devenu ?

– Oh ! Moi. Vous devez être au courant.

– Oui, de quelques exploits.

– Germaine ?

– Évidemment.

– La chipie.

– Rien ne résiste à un médecin de campagne. Tu devrais le savoir. »

Ils sont arrivés. Les peupliers qui annoncent le parc du manoir Saint-Martin leur font la haie d'honneur. La demeure est intacte avec ses pierres en grès des Vosges, son toit tapi derrière les branchages du grand chêne. L'édifice barre toujours l'horizon avec pour seul éclat de lumière le ciel qui le surplombe, changeant ainsi de forme avec la course du soleil. Le léger sifflement du vent, sourd, continu, comme le battement du cœur, comme la rumeur de la vie. Les reflets de la mare qui virent du transparent au blanc étincelant au simple passage des oies. L'odeur du pin centenaire, du canard mouillé… Victor pensait avoir tout oublié des impressions du passé. Il s'est trompé.

Dans le vestibule, la jeune fille qui a gardé Henri se précipite pour les accueillir. Victor regarde les murs de sa maison comme s'il les découvrait pour la première fois. Puis il rentre dans le salon. Emma et Jules l'observent. Le médecin s'assoit dans son fauteuil couleur potiron. Sur le guéridon, quatre flacons de schnaps sont dispersés sur un plateau. Emma demande à Victor ce qu'il préfère. Il la détaille du regard avec inquiétude. Elle s'est habillée de violet pour suivre les obsèques d'Armand. Cette couleur sombre accuse la lumière de sa peau.

« Comment se fait-il que vous ayez préparé ces alcools ?

– Nous n'avons pas eu beaucoup l'habitude de fêter un événement comme l'enterrement d'Armand depuis…

– N'avez-vous pas honte ?

– Mais Victor…

– Il n'y a pas de Victor qui tienne. Vous n'êtes pas mieux que les Boches finalement ?

– Qu'est-ce que vous dites ? s'exclame Jules en se levant.

– Oui, vous avez bien entendu. Boire à la gloire de la mort d'Armand, c'est bien peu considérer un homme. Et c'est doublement décevant de la part d'un jeune médecin.

– Vous avez perdu la tête ou quoi ?

– Qui de nous deux l'a véritablement perdue, Jules ? Il m'arrive parfois de rêver au temps où je me trouvais de l'autre côté de la barre. J'avais une situation confortable dans un village où j'étais apprécié. La bêtise n'a pas égayé ma fin de vie. Elle a décimé des familles entières. Prenez de la hauteur par rapport aux événements.

Des Armand, il va y en avoir des milliers demain. Je les plains comme je me plains. Si nous désirons oublier un tant soit peu, il faut se taire et reconstruire, loin de la haine et de la vengeance personnelle. Il faut être maître de votre destin et non esclave de vos sentiments. »

Tout en causant, Victor fait abstraction de son histoire, de celle de sa famille. Il parle posément. Au point qu'Emma en a le souffle coupé. La moindre des attitudes du docteur Wittmann est comme dessinée d'un crayon léger. Il émane de lui une aura indéfinissable, une sagesse incompréhensible.

« Comme vous êtes raisonnable ! s'exclame Jules.

– Tu le regrettes ?

– Mais non, bredouille le jeune homme. Pourquoi ?

– Parce qu'on voit la colère dans ton regard. Le seul moyen de la contrecarrer, c'est de la mépriser. »

Emma penche la tête vers le sol :

« Vous êtes formidable, Victor. Moi je ne peux pas.

– Tu es encore jeune. Avec le temps, tu apprendras que la mort d'un homme est un échec à la vie. On ne fête jamais les échecs. »

Elle frémit.

« Je comprends. Je veillerai à ne plus avoir de mauvaises pensées. »

Peut-il la croire ? Elle relève le front. Elle lit dans ses larges yeux presque noirs un élan, un don de sa personne si entier et si irréfléchi qu'elle ne doute pas de la sincérité du vieil homme.

« Voilà Henri, dit Jules.

– Ah ! Enfin », lance Victor en se levant.

Il s'agenouille et fixe le jeune garçon dans les yeux.

« Embrasse ton parrain, ordonne gentiment Jules.

– Son parrain ? s'étonne le vieil homme.

– Et pourquoi pas. Nous ferons un *Mikvel*[1] pour vous. Et vous consentez à le protéger en cas de défaillance de notre part… Selon le rite catholique.

– Vous plaisantez ?

1. *Bain rituel dans la religion juive.*

– Non, dit Emma avec joie. Ça me permettra de renouer avec ma religion et de faire honneur à la vôtre. »

Le docteur Wittmann prend la main de Jules et la serre convulsivement contre sa poitrine. Emma porte un mouchoir à sa bouche pour étouffer un sanglot d'émotion. À ce moment, Victor ne peut s'empêcher de penser à ses frères, ses amis retrouvés dans des fosses communes, sous une douche de chaux. Demain, on plaindra les juifs d'avoir vécu de telles tortures. Un frisson passe dans le dos du vieux monsieur, tandis que Laïka lui lèche le dessus de la main pour montrer qu'elle comprend l'instant présent.

« J'accepte. Au nom de la réconciliation des peuples. »

Victor sourit mélancoliquement. Cette dernière parole ne charrie-t-elle pas en lui plus de doutes que d'espoirs ? Il se dirige avec Henri vers la grande baie vitrée qui donne sur le jardin du manoir Saint-Martin... Le manoir Saint-Martin qui a vu battre dans son cœur le destin de tant de générations. Victor prend l'enfant dans ses bras et l'emmène dans l'allée. Tout à coup, les souvenirs reviennent à sa mémoire : les réceptions des années 30, son épouse, Samuel, les Staubes, la grande romancière Claudette Heurtubise, le nouvelliste José Locus et tous les amis malheureusement disparus. L'air du parc est plein de rêves morts, de nobles projets avortés. Mais peut-être ce désir obstiné de changer la face du monde est-il la marque de l'Homme où chaque génération efface l'ancienne et où tout est toujours à recommencer ? Peut-être le besoin de se passionner pour la masse est-il plus important que la notion d'amitié et de bonheur ? Remué par toutes ces pensées, le vieil homme marche doucement. Un volet claque dans le vent, lui rappelle ses hivers ici, la pelouse enneigée, les luges qui glissaient sur la pente de la rue. Un cri joyeux retentit : « Victor... Victor... On passe à table... Rentre ! » Il y avait bien longtemps que le timbre clair de la voix de sa mère ne lui avait pas caressé l'oreille...Victor repose le bambin et fait quelques pas avec lui. Des larmes coulent sur ses joues flétries. Henri le regarde sans comprendre mais tout en lui souriant avec confiance. Et cette candeur rassure tout à coup son parrain : les cris de joie n'auront de cesse de retentir au manoir Saint-Martin, les habitants de Westhoffen ne tarderont pas à se réconcilier avec eux-mêmes et l'Alsace verra toujours son peuple debout, fier et heureux !

« Ah ! murmure Victor, heureusement qu'il y a les oreillons pour sauver l'humanité ! »

Remerciements

Je tiens à rendre hommage à Élisabeth Mangeolle qui depuis tant d'années corrige mes manuscrits. Une fois de plus, elle a été fidèle au rendez-vous.

Toute mon amitié à José Locus. Il a su avec intelligence et simplicité sortir Robert, Bescherelle, Grevisse pour m'aiguiller sur les pas de l'irréprochable sans me faire de cadeau.

Merci à Stéphanie Hurtubise, l'experte du final, à Henri Debriffe, mon père, l'impitoyable, à Jacqueline N'guié, la plus redoutable latiniste que je connaisse.

À mes premiers lecteurs, Élise Larmande et Dany Bauer.

À Séverine Wittmann et à Corinne Stoessel. Elles savent pourquoi.

À Gérard Griesbach, un grand connaisseur de l'Alsace annexée. C'est grâce à lui que je me suis lancé dans cette aventure. Je le remercie sincèrement pour son travail et ses remarques historiques toujours si judicieuses.

À mes marraines du premier tour, Annie Degroote et Dominique Marny, pour leurs encouragements.

Et surtout à Pierre Adam, mon bras droit, mon second cerveau, mon aide, qui m'a encouragé à des moments où j'en avais besoin. Sans lui, rien n'aurait été possible.

Enfin, aux lecteurs du *Secret de la Villa Marianne* qui m'ont transmis leurs impressions, leurs compliments et leur soutien. C'est la plus grande récompense d'un auteur. Emmanuelle Fumet et Hélène Tellier y sont pour quelque chose. Mille mercis.

La Désirade, le 20 janvier 2010.

http://www.martialdebriffe.com

Table des matières

Chez le même éditeur

Sagas familiales et destins singuliers sont au cœur des romans De Borée. Découvrez-les sans plus attendre.

ANGLADE Jean
Le Chien du Seigneur

AUCOUTURIER Alain
Aux innocents les mains pleines
La Mère-Nuit
Le Besacier
Le Bon Dieu dans les orties

AUDIDIER Robert
Les Sentiers de traverse
Le Voyage de Pierre Angibaud
Les Trois Frères

AUDOUX Marguerite
Marie-Claire suivi de
L'Atelier de Marie-Claire

AUJOULAT Noël
Le Village perdu

BARBET Jean-Louis
Le Chocolat des temps amers

BARDOT Thierry
Le Hameau des Tailles
Les Mauvaises Herbes

BARRAL René
La Colère des drailles

BARTHOMEUF Georges,
ROUZAIRE Roger
Le Prix de la terre

BÉLARD Paul
Moissons d'enfance
La Ferme aux écrevisses

BÉNÉ Robert
La Belle Virginie
La Belle Marguerite
La Belle Mathilde
Le Trésor d'Alpaïde
La Belle du Saint-Laurent

BENOÎT Michel
Les Moissons de sang

BERTHÈS Colette
La Mémoire des chemins

BERTHOD Michel
Le Temps des hirondelles

BESSON PIERRE
Un pâtre du Cantal

BOBÈCHE Adrien
La Fille de la meunière
Les Confitures du haut de l'armoire
Au vent des brandes

BORMANN Christian
Les Coulées douces

BOSQUET Roland
Les Yeux de Chloé

BOUCHARDY Christian
Le Fugitif de la Saint-Jean
La Trace mystérieuse

BOUCHET Maurice
La Pierre au mercier
Le Chêne foudroyé
La Fille du pertuis
Là où disparaît le torrent

BOUDOU Josette
La Maison d'école
Marie, fille des montagnes
Les Chemins de toile
La Ronde des saisons
La Nuit des abeilles

BOURRET Johan
Quand les loups rôdent

BOUSSUGE Micheline
Le Bois de Bis

BRIAND Charles
Le Foulard de l'aviateur

BUICHE Jean-Pierre
Une petite âme

CALLEROT Geneviève
Treize grains de maïs

CAPPEAU Marie Nicole
Chantemerle
Désacœur
Un château de famille

CASTELAIN Anne-Marie
Les Amours de Louise
La Promesse
Le Passant de l'été

CHALAYER Maurice
Les Promesses du haut pays
La Paix des collines
Un buisson d'aubépine
Le Secret de Jean
La Tourmente

CHARMASSON Guy
La Main du maître

CHATRY Colette
Les Rubans roses

COGNÉRAS François
La Mémoire engloutie

COLLIN Yvon
L'Écorce amère

CORNAILLE Didier
La Photo de classe

COSEM Michel
Justine et les loups
Le Bois des demoiselles

DEBRIFFE Martial
Le Secret de la Villa Marianne
Les Peyrie

DELOMME Martine
Un été d'ombre et de lumière

DEMURE Jean-Paul
Les Rosiers de la rue Vermenouze

DRAVAINE Claude
Le Grand Domaine

DUCLOZ Albert
Une étrange récolte

DUHAMEAU Jacques
Le Vent du Peyradoux

DUPUY Daniel
Fontcouverte

FABRE Jean-Luc
Le Colporteur des âmes
Une neige de juillet

FARINELLI Bernard
Terre-Dieu

FRONTENAC Yvette
Les Années châtaignes
Les Années chantepleure
Éléonore

GALLOIS Christiane
La Clairière aux genêts
Nanou, les doigts pleins d'encre

GAMARRA Pierre
Le Maître d'école
Les Coqs de minuit
suivi de *Rosalie Brousse*
L'Empreinte de l'ours

GAY Marie-Claude
Le Vallon des sources

GIBERT Sylvie
Derrière les portes

GIMBERT Yveline
La Méprise
Le Crépuscule du loup

GONZALÈS Daniel
La Demoiselle du port

JAILLER Isabelle
La Ferme des hautes terres
Louis, loin du pays

JUBIEN Aurélie
Un jour d'octobre

JUDENNE Roger
Les Terres brunes
Les Bons Jours
Une vie de dimanche
Louison la douce
Le Silence des rives

LABORIE Christian
L'Arbre à pain
L'Appel des drailles
Les Drailles oubliées
Le Secret des Terres Blanches
L'Arbre d'or
Le Saut-du-Loup
Les Sarments de la colère
Les Bonheurs de Céline

LACOMBE Michel
Les Brûlots de paille
La Bonne École

LAFONTAINE Jacques
Les Jours de gloire

LAOUENAN Roger
Le Pain bleu

LAVARENNE Michelle
La Belle Vie d'Anna
Le Rossignol des Tuilières

LAVISSE Suzanne
Le P'tit Louis de la loge

LEBERT Karine
Nina et ses sœurs
Le Secret d'Emma

LEDOUX Ivan
La Guerre des marrons

LEMAIRE Philippe
Les Vendanges de Lison
Le Chemin de poussière
La Belle absente
La Soureillade
Compagnons de fortune
Gus

MALLOUET Jacques
Années vertes, années noires
Japperenard

MÉRAUX Philippe
Le Chasse-pendule

MICHELIN Yves
L'Héritage trahi

MOSCA Lyliane
Les Gens de Laborde
Les Amants du moulin

NAVARRO Christine
Le Bonheur en été
L'Échappée belle

NEGRI (DE) Gérard
La Brûlure des pierres

PALET (DE) Marie
Les Terres bleues
La Demoiselle
Tistou
Mademoiselle Fine
Céline, une vie toute simple
Sidonie des Bastides
Le Village retrouvé

PECOU Raymond
Allée des Alyscamps

PÉRILHON Jean
Les Racines de mai

PERRÈVE Paul
La Pierre levée
La Burle

PERROT Philippe
Les Pommiers sauvages

PICCINO Sylviane
Les Sabots de peine

PINCE Jacques
Tustou et Marie
Les Premiers Sillons
Les Blouses grises
Le Goût du blé
La Vengeance de Bogis
L'Ombre du chai

PLAIT Annie
Les Longues Saisons

PONTY Monique
Un orage dans la tête

PUIJALON Bernadette
L'Œil du vivier
Un parfum de gentiane
L'Heure de l'alouette
Des monts de tempête

RIPERT Pierre
Le Temps d'un été

ROCHE Florence
Des monts de résistance
Les Hautes Terres
L'Honneur des Bories

ROSSET Jean
Les Derniers Porteurs de terre

ROYER Roger
La Colombière
La Colline des Maures
Le Médecin de Maurevers
L'Envol du choucas

SABOURIN Pierre
La Terre des coteaux
Le Boulanger de Saint-Laurent

SAND George
La Ville noire
Jean de la Roche
Le Péché de monsieur Antoine (tomes I et II)
Le Marquis de Villemer
François le Champi
Le Compagnon du Tour de France *
Le Compagnon du Tour de France **
Contes d'une grand-mère *
Contes d'une grand-mère **

SOYEZ Jean-Marc
La Vigne à Saint-Romain
Le Bonheur selon Félisse
Les Galoches de Julia
La Ramandeuse
Julia

TAMAIN Louis
Le Renard
Le Temps de l'école – L'Encre violette
Médecin de campagne – L'Encre violette
L'Énigme de Fontary
Le Miroir aux alouettes

TESSIER Colette
Les Carnets noirs

THOULON-LANGUET Michèle
Le Tablier bleu
Maria du bout du monde

TOUATI Claude-Rose et Lucien-Guy
Une maison dans les herbes
Le Cahier bleu
Les Ombres de la palombière

VAISSIÈRE Marie-Louise
Marie, fille de cocagne

VALETTE Paule
Les Feuilles du pêcher

VÉDRINES Jean-Pierre
Un jour d'orage
Froides Vendanges
Marie des vignes
Soleil de femmes

VERDIER Henri
La Fille du bénitier

VINCENT Claude
La Révolte du père